현대의 위기와 인간

현대의 위기와 인간

●●●●정명환 지음

민음사

희유한 지적 혜택을 베푸신
이마미치 도모노부(今道友信) 선생에게
이 책을 바치나이다.

책머리에

여기에 실린 10편의 글은 「대학에 관한 객담」을 제외하고는 내가 '에코 에티카' 국제 심포지움(일본 동경)에서 서양 말로 발표한 논문들 중에서 최근의 것을 바탕으로 삼아 쓴 것이다. 그 대부분은 이미 국내의 여러 잡지나 문집에 번역되어 실렸으며, 나는 이 기회에 그것들을 다시 살피고 정리하여 한 권의 책으로 엮었다. 이 책을 출간함에 있어 나는 다음과 같은 서너 가지 사실과 생각을 미리 밝히는 것이 독자에게 도움이 되리라고 믿어 몇 자 적는다.

'에코 에티카(Eco-Ethica)'는 세계적으로 널리 알려진 철학자인 이마미치 도모노부(今道友信) 동경대학 명예교수가 처음으로 제창한 개념으로서, 테크놀로지에 의해서 근본적으로 달라진 물질적, 정신적 생권(生圈) 속에서 새로 수립되어야 할 윤리학이라는 뜻이다. 그러나 그 윤리학은 이미 확립되었다기보다도 이마미치 선생과 뜻을 같이 하는 동서양의 학자들에 의해서 아직도 구성 중에 있는 것이 사실이다. 따라서 문학을 전공한 나로서는 그 작업에 참여하기에 마땅하지 않다는 생각을 하면서도 선생의 권유에 따라 그 일원이 되어 왔다. 현실에 대한 문학자로서의 반성이 에코 에티카의 발전에 다소라도 이바지할 수 있었으면 하는 것이 희망이었다.

그러나 20여 년에 걸친 참여에도 불구하고 나의 직접적 공헌은 전무했다고 해도 과언이 아니다. 이 글들이 보여 주는 바와 같이 내가 한 일이 있다면, 그것은 새로운 윤리학을 위한 적극적 구상이 아니라 도리어 그 구상을 어렵게 만드는 여러 여건의 제시였다. 지적 성찰에서 중요한 것은 문제의 성급한 해결이라기보다도 문제의 올바른 제기에 있다고 평소에 믿어 와서 그런 결과밖에는 내지 못했을 것이다. 그러면서도 해결하기 어려운 문제들을 직시하고 안이한 명제나 논의를 비판하는 것이 더욱 굳건한 현대 윤리학의 성립에 역설적으로 작용할 수도 있으리라는 생각으로 자신을 달래고 있다.

또한 그런 생각이 이 한 권의 책을 세상에 내놓는 이유이기도 하다. 1980년 내외로부터 전개되어 온 현실은 아마도 르네상스 이후로 처음 경험하게 된 대격변이라고 말할 수 있을 것이다. 형식과 내용이야 천차만별이지만 이성의 힘과 역사의 발전과 정신적 가치를 믿어 온 인간이 자신이 생산한 기술과 제도와 사상으로 말미암아 그 믿음을 거두어야 할지도 모를 판국에 이른 것이 그 무렵부터였다. 그리고 그 후로는 어떠한 비전도 지배적 이념도 심지어 유토피아적 환상도 자리잡지 못했다. 내가 이 책에 감히 '현대의 위기와 인간' 이라는 거창한 제목을 붙인 것은 나의 모든 글이 오늘날 더욱 현저하게 된 그런 상황을 염두에 두고 쓰여진 것이기 때문이다. 그러나 사실인즉 나의 성찰의 대상이 된 것은 우리 모두가 겪고 있는 이 격변의 구체적 양상과 그것에 대처하려는 시도들의 극히 일부분에 지나지 않는다. 독자 여러분이 그것을 비판적으로 살피고 앞으로 이 위기를 관리하거나 초극하기 위하여 타산지석으로 삼아주기를 바랄 따름이다.

이 책은 2부로 되어 있으나 그 구분에는 큰 뜻이 없다. 다만 독자의 편리를 위해서, 일반적 논의에 가깝다고 생각되는 글들을 제1부로, 그리고 문학과의 관련에서 오늘날의 인간과 사상의 문제에 접근해 보려는 글들을 제2부로 나누어 보았을 뿐이다. 양자에 걸쳐서 나는 주로 서양 사람들의 생각을 검토했지만, 우리 한국인들 역시 테크놀로지와 경제논리가 인간사의 집정관(執政官) 노릇을 하는 '하나의 세계' 속으로 돌이킬 수 없이 편입된 오늘날 그들의 생각은 이미 타자의 것이 아니라고 나는 믿는다. 동양 대 서양이라는 이분법적 사고의 바탕에서 문제를 다루고 또 넘어서 보려는 시도는 자칫 철없는 이상주의나 관념론으로 빠져들기 쉬운 것이다. 아울러 말해 둘 것이 있다. 내 글에는 사르트르에 관한 언급이 많은데 그것은 내가 그에 대해서 줄곧 관심을 가져왔기 때문에 불가피한 일이었다. 그러나 그 관심은 결코 내가 그를 스승으로 삼기 때문이 아니라, 그의 사상이 현대의 문제를 생각하기 위한 출발점으로서, 그리고 많은 경우에 부정적 계기로서 호적(好適)하다는 인식에서 비롯된 것임을 독자는 알게 될 것이다.

끝으로 출간을 선뜻 맡아 주신 박맹호 회장에게 깊은 감사의 말씀을 드린다. 그리고 원고를 꼼꼼히 검토해 준 편집부 여러분에게도 사의를 표한다.

2006년 여름
정명환

차례

2부

1부

대중, 여가, 예술

1

제1차 세계대전이 막 끝난 1919년에 폴 발레리는 『정신의 위기(*La Crise de l'Esprit*)』라는 제목의 글을 썼는데, 이 글은 다음과 같은 비통한 외침으로 시작되고 있다. "우리들 문명은 우리가 죽을 수 있다는 것을 이제 알게 되었다." 나는 이 글을 처음으로 대했을 때(그것은 제2차 대전이 끝난 얼마 후의 일이었다.), 바로 이 첫 구절에 큰 충격을 느꼈었다. 아니 충격을 느꼈다기보다도 어리둥절했다고 말하는 편이 더 옳을 것이다. 제2차 대전의 체험을 간접적으로나마 겪었던 나는 제1차 대전이라는 인류 역사상 최초의 총체적인 격변이 발레리에게 주었을 문화적 충격을, 일종의 감정이입을 통해서 나 자신도 느낄 수 있는 듯이 생각했었다. 그러나 이 깊은 인상은 곧 당혹감과 자리를 바꾸었다. 왜냐하면 바로 그 첫 구절에 대해서 어떤 의심이 슬그머니 싹텄기 때문이다. "우리들 문명은……"이라고 쓴 것을 보면 '우리들'과 '문명'을 동격화하고 있는 것이 분명한데, 도시 그 동격화를 어떻게 이해하면 된단 말인가? '문명'의 본질을 한 몸에 지니고 있는 것으로 되어 있는 '우리들'이란 도대체 누구란 말인가?

그것은 인류 전체인가 혹은 어떤 특정한 집단인가?

그러나 나의 당혹감은 오래 가지 않았다. 왜냐하면 그 글을 읽어 나감에 따라 쉽게 대답을 찾아냈기 때문이다. '우리들'과 '문명'의 동격화는 이른바 유럽 중심주의의 소산이었던 것이다. '우리들'이란 다름아니라 유럽을 이루어 온 사람들, "이 지상의 귀중한 부분, 지구의 진주, 거대한 육체의 뇌수(腦髓)"[1]를 의미했다. 발레리에 의하면 "이 세계의 다른 부분에도 훌륭한 문명이 있어 왔던 것은 사실이다. [……] 그러나 세계의 어떤 다른 지역도 가장 강렬한 흡수력과 강력한 방출력의 합일이라는 희한한 물리적 특성을 갖춘 일은 없었다. 모든 것이 유럽으로 왔고 모든 것이 유럽에서 나왔다. 적어도 거의 모든 것이 그렇다."[2] 한데 그는 문명의 권화(權化)로서의 유럽의 우월성이 위기에 처하게 되었다고 생각한 것이다.

그것은 물론 전쟁이 "유럽의 골수에 엄청난 전율"을 일으켰기 때문이다. 그러나 문명을 담당해 온 유럽의 정신에 대해서 치명적인 영향을 줄 수 있는 두 가지의 또 다른 요인들이 있었다. 그것은 첫째로 "가장 이질적인 여러 생각들의 공존"이다. 다시 말해서 20세기의 초엽부터 극성을 떨어 온, 근대적이며 또 모더니스트적이라고 할 수 있는 현상, 즉 "완전한 무질서의 상태"[3]이다. 둘째로는 "유럽의 우월성의 기초가 되어 왔던" 테크놀로지의 독점이 점차로 소멸되어 간다는 현상이 생겼다. 즉 "지구의 자원 개발, 기술의 균등화, 민주주의라는 현상들이 유럽의 시민권의 전락을 예견케 하는 것이었다."[4]

이렇듯 문명의 유일무이한 수호자로서의 유럽의 존재에 대해서 깊고

---

1) Valéry, *Oeuvres I*, Pléiade, 1957, p. 988.
2) 같은 책, p. 995.
3) 같은 책, p. 991. 이런 표현으로서 발레리가 고발하려는 것은 고전주의적인 통제에서 벗어난 새로운 언어와 이미지의 예술들(아폴리네르의 시, 다다이즘, 포비즘 등)이다.
4) 같은 책, p. 1000.

도 교만한 불안을 느낀 것은 비단 발레리만은 아니었다. 비록 다른 이유 때문이기는 하지만, 같은 종류의 불안이 오르테가 이 가셋의 경우에도 반복되어 나타나는 것을 우리는 볼 수 있다. 1920년대 말에 오르테가는 "유럽 세계 전체가 나날이 더욱 깊이 빠져들어 가는 끔찍한 동질적 상황"[5] 을 괴로워한다. 그렇다면 이러한 불길하고 파괴적인 동질성이란 무엇인 가? 그것은 유럽 사람들이 과거 수세기에 걸쳐서 누려 온 "균형 있는 문화적 다양성"에 대해서 무관심한 대중적(大衆的) 인간의 득의양양한 출현으로 말미암아 야기된 현상이다. 교육의 보편화, 경제적인 형편의 개선, 대중매체의 증가, 가속화되어 가는 도시화 등에 힘입어, "유서 깊은 옛 문화의 한가운데에 때 아니게 불쑥 출현한 야만인들……,"[6] 그들은 "조급하게 형성되고 몇몇의 빈약한 추상적 개념에 의지하고, 또 그렇기 때문에 유럽의 한 끝에서 다른 끝까지 똑같은 모습을 띠고 있는"[7] 그런 인간들이다. 이 경멸할 만한 무리는 "본질적으로 폐쇄적이며, 어떠한 고차적인 영역에 대해서도 진실로 마음을 열지 않는 밀폐된 인간들"[8]이면서도 사회의 전면에 나서고 있다. 그러고는 소수의 엘리트를 배제해 나가고 있다. "자기 자신에 대해서 까다롭게 처신하고 어려운 의무를 자진해서 축적해 나온 사람들,"[9] 다시 말해서 세계를 영도하는 명예로운 유럽의 전통을 지녀 온 사람들을 배제해 나가고 있다. 이렇듯 세계문명이라는 무대에서 유럽이 연출한 절대적 우월성을 주장하는 점에서 오르테가는 발레리와 동일한 입장에 서 있었고, 바로 그런 이유에서 대중적 인간의 대규모의 출현과 그 출현이 야기한 지적(知的) 수준의 저하는 비단 유럽

5) Ortega y Gasset, *La Révolte des masses*, Coll, Idées, 1961, p. 9.
6) 같은 책, p. 91.
7) 같은 책, p. 17.
8) 같은 책, p. 33.
9) 같은 책, p. 50.

만이 아니라 전 세계의 전락을 의미하는 것으로 생각했던 것이다.

유럽 중심주의적 문명관에 의거하면서 인류의 미래를 비관적으로 생각한 대표적인 사람으로서는 그 이외로도 슈펭글러를 들 수 있을 것이다. 그 사람에 관해서는, 특히 그의 『인간과 기술』에 관해서는 이미 다른 글에서 언급한 바 있으므로(졸저 『문학을 찾아서』, 1994, pp. 430-433), 여기에서는 다만 한 가지 이야기만을 간단히 되풀이하려고 한다. 그것은 그의 비관주의가 인종차별주의적인 히스테리로까지 악화되어 있다는 것이다. 하기야 발레리의 경우에도 테크놀로지의 범세계적인 평준화가 불길한 현상으로 생각되고 유럽 정신의 전락의 전조로서 예견되었다. 그러나 그 걱정스러운 예측이 완전한 절망으로까지 치달은 것은 아니었다. 다른 한편으로 오르테가로 말하자면, 대중화된 인간의 끔찍한 존재에 대한 그의 어두운 전망에도 불구하고, 그는 한 줄기의 빛이 스며들지도 모른다는 기대를 품었다. 그것은 앞으로 혹시 구성될지 모르는 유럽 연합을 광원(光源)으로 삼는 빛이며, 그 테두리 내에서 "유럽의 맥박이 다시 활기차게 고동치기를"[10] 그는 기대해 보았던 것이다. 이에 반해서 슈펭글러의 전망은 철저하게 부정적이었다. 그의 생각에 의하면 백인종이 어리석게도 유출한 비밀과 기법과 방법을 이용할 줄 알게 된 유색 인종이 그 원조인 백인종과 생사를 다투는 경쟁을 전개했으며(슈펭글러에게는 특히 노일전쟁(露日戰爭)의 충격이 컸다), "파우스트적인 문명의 심장 한복판"에 대해서 새로운 무기를 들이멜 공산이 크기 때문이다. 그리고 그의 예측으로는 유색 인종이 감행할 이 복수의 결과는 비(非)유럽적인 성격의 새로운 문명의 탄생이 아니었다. 그가 내다본 유일한 결과는 오직 "미증유의 이변의 전조"이며 그 앞에서 "아직도 무슨 출구가 있다고 생각하는 사람이 있다면 그것은 다만 허풍쟁이들뿐"[11]일 터였다.

---

10) 같은 책, p. 242.

2

그런 발언들이 있은 지 반세기가 훨씬 지난 오늘날의 입장에서 생각해 보면, 두 세계대전 사이에 위치한 이 세 사람의 사상가들의 유럽 중심주의는 변호되거나 새삼 주장될 만한 것이 못 된다. 그간에 유럽은 세계를 다시 지배할 만한 정신적 활력을 되찾지 못했다. 그러나 다른 어떤 지역의 문명이 자타가 공인하는 마땅한 지배적 지위를 대신 차지하게 된 것도 아니다. 유럽 중심주의가 힘을 잃고 그 후 그것에 대체할 중심이 자리 잡지 못한 가장 큰 이유의 하나는, 유럽의 관할권을 넘어서서 전 세계로 퍼져 나간 테크놀로지가 가져온 심각하고도 일상적인 문제의 공통성에 있다. 인류 역사상 초유의 이 공통적 문제는 정도의 차이는 있을망정 뉴욕에서도 서울에서도, 또 방콕이나 나이로비에서도 똑같이 제기된다. 발전 도상 국가는 선진국의 전철을 밟지 않으면서 테크놀로지를 채택해 나가면 좋을 것 같지만, 그 가능성은 극히 희박하다. 테크놀로지의 도입과 발전은 각 지역의 문화의 특수성을 넘어서서 인간의 존재와 사회의 양상에 동질적인 변화를 야기시키시 때문이다. 그런 현상의 일단으로서, 필자는 테크놀로지의 시대에 있어서 예술의 지위와 기능이 어떻게 달라져 가는지를 생각해 보려고 한다.

테크놀로지의 고도화에 따른 필연적 결과의 하나는 여가의 증가이다. 그러나 테크놀로지에 의한 생력화(省力化)가 증진시키는 이 여가에 그 자체로서의 가치가 있다는 말을 쉽사리 할 수는 없다. 물론 "선비의 지혜는 여가에서 생긴다. 행동에 분주하지 않은 사람은 어질게 될 수 있다."[12] 라든가, "행복은 일의 한복판에서는 맛볼 수 없고 오직 한가한 시간에만 누릴 수 있는 것이다."[13]라는 따위의 여가 긍정론이 있기는 하다. 그러나 그

---

11) Spengler, *L'Homme et la Technique*, Coll. Idées, pp. 174-179.
12) 구약성서, Sirach (Ecclesiasticus) 38 : 24.

반대로 우리에게 너무나 잘 알려진 "小人閒居 爲不善 無所不至"[14]라는 경고도 있고, 또 서양에서도 볼테르와 같은 사람은 "일은 기쁨의 아버지일 경우가 많다. 나는 여가에 짓눌려 어쩔 줄 모르는 사람을 불쌍히 여긴다."[15]고 여가에 대해서 빈정거리고 있기도 하다. 이런 말들은 여가가 그 자체로서는 유익한 것도 해로운 것도 아니며, 그 득실은 오직 그것을 가지게 되는 사람의 태도에 달려 있다는 것을 확인시켜 준다. 그리고 오늘날 교육의 목표의 하나는 사람들이 여가를 뜻있게 향유할 수 있도록 그 지성과 덕성을 함양하는 것이리라. 그러나 이런 교육적 임무의 수행은 그 어느 때보다도 더 어려워 보이는데, 그것은 바로 여가를 부단히 늘려 나가는 테크놀로지 자체의 내재적 조건 때문이다. 이것이 오늘날의 독특한 아이러니이며, 우리는 그 실체를 알기 위해서 서로 연관된 세 가지 요소를 생각해 보아야 한다.

우선 일의 성질이 달라졌다는 점을 지적할 수 있다. 고도로 기계화된 노동이 힘을 덜어 주고 육체적 굴욕을 많이 면해 주었다는 매우 긍정적 효과를 가져온 것은 사실이다. 그러나 다른 한편으로 보면 일은 가령 생텍쥐페리가 『인간의 대지』에서 전형적으로 보여 준 시련으로서의 직업—그 과정을 통해서 창조, 인간의 존엄성, 연대의식, 죽음의 의미, 자연과의 투쟁과 교감 따위의 인간적 혹은 초월적 가치를 절감하게 되는 그런 시련으로서의 직업은 이미 아니다. 그것을 알기 위해서는 단적으로 항공기 조종의 과거와 현재를 비교해 보면 된다. 생텍쥐페리의 젊은 시절, 즉 1920년대에는 항공기를 조종한다는 것은 엄청난 장애물들과 대치하고 그것을 극복하는 과정에서 인간의 위대성을 발견하고 자기 실현을 이루는 것이었다. 그것은 생명을 내거는 하늘의 개척자에게 두렵고도 찬란한 새

---

13) 아리스토텔레스, 『정치학』 제6장.

14) 『大學』 傳 8.

15) Voltaire, *Discours en vers sur l' homme, IV (De la modération en tout.)*

20

로운 세계를 열어 보이는 값진 모험이었다.

그러나 그런 감명 깊은 이야기는 생텍쥐페리의 과거의 체험이며, 『인간의 대지』라는 책 자체가 출간된 1939년이 되면 벌써 사정이 달라진다. 다시 말해서 항공기의 조종은 이미 죽음을 무릅쓰는 영웅적인 행동이 아니게 된 것이다. 이제는 "조종사도 기관사도 무전사(無電士)도 이미 모험을 하는 것이 아니라 실험실에 갇혀 있는 것이다. 그들은 이제 바늘의 움직임에 복종하는 것이지 천지(天地)의 변화에 복종하는 것이 아니다."[16) 누구나 알다시피 이렇듯 인간의 행동을 대신하는 기계의 작용은 날이 갈수록 가속화되어, 마침내는 "로봇화하고 규격화된 연쇄작업이 정규적인 것이 되었으며,"[17) 그런 작업 방식에 응하지 않는다는 것은 많은 경우에 실업을 의미하기에 이른 것이다. 한데 현대인이, 특히 물질적 생산에 직접적으로 종사하는 사람이 여가를 얻게 되는 것은 이런 비인간적인 대가를 치름으로써만 가능한 것이다. 그런 이상 자율성과 개성의 계발을 위해서, 그리고 주체적 특질이 일상생활에서 발휘될 수 있도록 하기 위해서 여가가 이용되기를 어떻게 바랄 수 있겠는가? 그런 희망의 실천은 테크놀로지 사회에서의 경제생활이 요구하는 주체의 포기, 즉 소외와 정면으로 충돌하는 것이 될 테니까 말이다. "만의 하나라도 여가로 말미암아 인간이 자신의 노동에 대한 심판관으로 변모하는 일이 생긴다면, [……] 인간이 더욱 교양을 쌓아 감에 따라 자기의 어리석고 기계화된 노동에 반발하는 '인격'이 된다면"[18) 과연 무슨 일이 일어나겠는가? 그렇게 되면 사회의 존립 자체가 위험하게 될 것이다.

따라서——이것이 내가 지적하고 싶은 또하나의 요소인데——여가는 노동의 원활한 운영을 방해하지 않도록, 더 노골적으로 말해서 인간의

---

16) Saint-Exupéry, *Terre des hommes*, Livre de poche, pp. 24-25.

17) Roger Sue, *Le Loisir*, PUF, 1980, p. 29.

18) Jacques Ellul, *La Technique ou l'enjeu du siècle*, Economica, 1990. p. 113.

기계적 조작과 소외에 이바지하도록 '소비' 되어야 할 필요성이 생긴다. 바로 이 점에서 현대적 의미에서의 여가는 한가로움이라는 전통적 개념과 다르다. 한가로움이란 "생명 유지의 과정 때문에 필요한 모든 관심과 행동에서 벗어나서 세계와 교양을 위해서 우리가 자유롭게 되는 시간"[19]인 반면에 오늘날의 여가, 즉 우리가 흔히 레저라고 부르는 것은 도리어 생명 유지를 위하여 요청되는 기계적 행동을 방해하지 않도록 소비되어야 할 시간이다. 그 목적을 위해서 동원되는 것이 TV 연속극, 단체관광 여행, 스포츠 관람, 광란적인 리듬의 대중음악 따위인데, 이 모든 것의 공통성은 수동성에 의해서이건(가령 TV 연속극을 보는 경우), 열광에 의해서이건(가령 광란적 음악 속에 빠져드는 경우) 간에, 인간의 존재에 관한 귀찮은 반성이 들어앉을 내면적 공간을 소거하는 데 있다.

그렇지만 사태를 좀 더 희망적으로 고쳐 생각해 볼 수는 없는 것일까? 오늘날에는 일의 가치와 여가의 가치가 전도되어, 일보다는 여가가 더 소중한 것으로 대접받는 경향이 있다는 점에 주목하면서 말이다. 그렇다면 이러한 여가에 대한 가치 부여는 반드시 부정되어야 할 것인가? 더 많은 여가를 바란다는 것은 대중적 인간이 개인적 인간으로 변신하고 인격적 자아가 실현되는 계기를 마련하겠다는 뜻을 내포하는 것이 아니겠는가? 적어도 이것이 새로운 세대의 희망이 아니겠는가?

그러나 나는 이런 견해가 지나치게 낙관적인 것이라고 생각한다. 오늘날 젊은이들이 유난스럽게 요구하고 있는 여가의 극대화는 "이해 관계를 초월한 탐구, 진정한 가치에 대한 관심, 보편적인 것에 대한 갈망, 자기 극복, 참여의 욕구, 세련성, 통찰, 창조성의 요청, 더 풍요로운 존재에 대한 희망"[20] —— 요컨대 키케로(Cicero)가 말하는 '영혼의 함양(cultura animi)' 과는 별로 상관이 없는 것이다. 그들의 여가의 요구는 차라리 '전

19) Hannah Arendt, *La Crise de la culture*, Coll. Idées, 1954, p. 263.
20) Louis Dollot, *Culture individuelle et culture de masse*, PUF, 1974, p. 113.

철·직장·잠자기(Métro, boulot, dodo)'의 연속으로서의 기계적 생활과 결정적으로 단절하지는 못하면서도(그 단절은 삶의 수단의 상실을 뜻할 것이기 때문이다.), 그런 생활의 굴레에서 되도록 더 많이 벗어나 보려는 안타까운 욕망을 나타낸다. 그리고 바로 이러한 양면성은 지난날의 히피족의 행동이나 1968년의 학생 혁명을 통해서 우리가 보았던 철저한 체제 부정과 근본적으로 다른 점이다. 그들은 한편으로는 기계화되고 획일화된 노동에서 탈피하기를 바라지만, 다른 한편으로는 그들의 생존 자체가 그런 종류의 노동에 의존하고 있다는 것을 잘 알고 있으며, 따라서 그것에 순응할 수밖에 없는 것이다. 그리고 그런 조건하에서 여가를 즐기려는 것이다.

바로 이러한 사회 경제적 상황에 끼어드는 것이 다름 아니라 대중문화와 여가산업의 생산자들이다. 그들은 우선 "대중의 조악한 취미에 발맞추어 돈벌이를 위해서 키치(kitsch)를 이용하는"[21] 편승자들이다. 그들은 또한 유혹자이기도 하다. 나날이 더욱 새롭고 다양해지는 프로그램과 기구(器具)를 창안하고 개조하고 선전하며, 대중으로 하여금 그 이용을 위해서 더 많은 여가와 돈을 소비하게 하기 때문이다. 그러나 그들은 무엇보다도 테크놀로지가 지배하는 사회의 이데올로기의 매개자로서 기능한다. 그들의 생산물은 사람들이 내적 자아와 대면하는 기회를 되도록 갖지 못하도록 고안되어 있다. 다시 말해서 안이하고 즉각적인 쾌락을 촉발해서, '생각하는 갈대'로서의 인간을 증발시키도록 고안되어 있다. 이리하여 그들은 비단 상업적 이득의 연속성을 확보할 뿐만 아니라 또한 테크놀로지 사회의 유지에 필요한 소외에 공헌하는 것이다. 이것이 여가의 바람직한 선용(善用), 특히 진실한 예술과의 만남을 위한 여가의 이용을 매우 어렵게 만들어 놓고 있는 제3의 이유——심리적인 동시에 제도적

---

21) Dwight MacDonald, "A Theory of Mass Culture," (Rosenberg & White, ed., *Mass Culture, the Popular Arts in America*, 1957, p. 61)

인 이유인 것이다.

3

그렇다면 테크놀로지의 사회와 상극적인 진실한 예술이란 도시 어떤 것인가? 예술 작품을 인간의 다른 생산적 활동과 구별하는 특성은 무엇인가?

매우 진부해 보이지만 사실은 매우 긴요한 이 질문을 대할 때, 가장 간단 명료하면서도 가장 교만한 태도는 엘리트주의를 내세우는 것이다. 도시 그런 질문은 진부한 것이며, 소수의 선택된 사람들이 지켜 온 진실한 예술과 속중(俗衆)을 소비자로 삼는 오락물과의 사이에는 옛부터 건너뛸 수 없는 심연이 가로놓여 있다고 되풀이하면서 말이다. 아닌게 아니라 이러한 엘리트주의는 서양의 경우, 부르주아지의 사회적 상승과 아울러 필요해진 오락거리의 제공이 나날이 더욱 두드러지게 된 19세기 중엽에, 이른바 '진실한' 예술가들이 취한 과격한 반응이었다. 그 대표적인 예로서는 "나는 저속하게 생각하는 모든 인간들을 부르주아라고 부른다."[22]는 플로베르의 한마디를 들 수 있겠고, 또 저녁 때 "천한 작자들의 무리가/쾌락이란 무자비한 박해자의 채찍에 몰려/비루한 잔치에서 뉘우침을 주우러 가는 사이에[23]" 명상에 젖어들려고 했던 보들레르의 경우를 들어도 좋을 것이다. 그리고 오늘날에도 이런 엘리트주의의 극단적인 표현으로서, '진실한' 예술의 영역을 아예 대중과 의식적으로 단절시키려는 사람들이 있다. 소수의 사람들이지만 그들은, 대중이 그 영역을 감히 넘보는 것이 마치 예술 작품의 가치를 저하시키는 부당한 침해 행위인

---

22) 모파상(Maupassant)이 그의 글 "Gustave Flaubert"에서 전하고 있는 말.
23) Baudelaire, *Recueillement*.

듯이 생각하는 것이다.

대중에 대한 이러한 반감은 앞서 언급한 것처럼 오르테가가 대중적 인간에 대해서 보여 준 세찬 증오를 상기시키는 것인데, 그것을 예술과의 관련에서 매우 분명한 언어로 표명한 것이 한나 아렌트와 모리스 블랑쇼이다. 아렌트는 이렇게 말한다. "예술 작품을 교육적 목적이나 인격의 도야를 위해서 이용하는 것은, 그것을 다른 어떤 목적을 위해서 이용하는 것과 마찬가지로 부당한 것이다."[24] 그러니까 아렌트는 대중문화와 여가 산업이 제공하는 오락거리와 사이비 예술에 만족하지 않고 위대한 예술 작품을 통해서 교양을 쌓으려는 일부 대중의 훌륭한 지향조차 거부하려는 것이다. 그녀는 그런 지향을 속물주의(philistinism)로 본다. 왜냐하면 속물주의란 그녀의 말에 의하면 "모든 것을 직접적인 유용성과 실질적 가치에 따라 판단하고, 따라서 자연과 예술의 특징이 되어 있는 무용(無用)한 사물과 일에 대해서는 안목이 없는 정신상태를 가리키는"[25] 것이기 때문이다. 예컨대 그녀는 예술 작품을 통한 교양의 향상을 타산적 행위로 보고, 대중은 이른바 '초연한 희열'과는 인연이 없는 족속이라는 이유에서 그들을 예술의 영역에서 배제하는 것이다.

다른 한편으로 블랑쇼는 자본주의의 체제가 문화적 기만을 한다는 차원에서 '진정한' 예술과 대중과의 관련을 의심의 대상으로 삼는다. 그는 그런 문화적 기만의 대표적인 예로서 포켓북(문고판) 문학의 전략을 든다. 그것은 가장 많고 다양한 독자들에게 동서고금의 걸작을 염가로 제공하려고 한다. 겉으로 보기에 포켓북에는 대중을 고급문화에 쉽게 접근시킨다는 크나큰 장점이 있는 것 같다. 그러나 블랑쇼에 의하면 그런 인상은 거짓된 것이며, 포켓북은 문학에서 그 본질을 앗아가는 것에 불과하다. 다시 말해서 포켓북으로 변신함으로써 문학 작품은 "기존 권력에

---

24) Arendt, 앞의 책, p. 260.
25) 같은 책, p. 258.

대한 항의, 존재하는 것에 대한 항의, [……] 언어와 문학적 언어의 형식에 대한 항의, 그리고 권력으로서의 문학 그 자체에 대한 항의로서의 힘"[26]을 상실하는 것이다. 그리고 그 결과로서 범용한 사람들이 마치 진리를 터득하고 "스스로 아리스토텔레스나 괴테나 마르크스와 같은 높은 경지에 도달한 듯한"[27] 착각에 취하고 만다. 따라서 고전적 작품의 대중화라는 일견 타당해 보이는 이러한 기획의 유일한 기능은 역시 대중의 속물주의를 조장하는 것뿐이며, 작품은 대중의 손아귀에 들어가자마자 그 본질을 상실할 정도로 전락하고 소비재가 되어 버리는 것이다.

그러나 아렌트나 블랑쇼처럼, 예술 작품이 대중의 수중에 들어감으로써 타락하는 일이 없도록 그것을 지키겠다는 것은 쉬운 일도 아니며, 또한 문제가 없는 일도 아니다. 여기에서 제기되는 가장 큰 문제는 이 예술 보호의 임무를 스스로 걸머진 엘리트 자신의 윤리적 책임과 관련된 것이다. 예술 작품의 초월성과 이의제기로서의 권능을 보전하기 위해서는 경멸할 만한 대중과 그들의 저속한 문화로부터 자기 자신과 예술 작품을 격리시켜야만 하는 것인가?

그러나 이 문제에 대답하기에 앞서 예술의 현재적 상황에 관한 전혀 다른 주장, 즉 지금까지 이야기한 엘리트주의와 정면으로 충돌하는 주장에 대해서 언급해 두는 것이 좋을 것 같다. 더 구체적으로 말해서 나는 「대중예술은 존재하는가?」라는 제목의 미켈 뒤프렌의 글[28]을 그런 대척적 논의의 대표적인 것으로 보고 그 글을 잠시 살펴보려고 한다. 뒤프렌은 '대중'이라는 존재의 내력에 대해서 오르테가와는 다른 견해를 가지고 있다. 오르테가가 야만인들과 같은 대중의 자연발생적인 출현을 통탄하는 것과는 달리 뒤프렌은 지배 계급의 사회적 실천, 가령 미디어의 지

---

26) Maurice Blanchot, "Les grands réducteurs", *N.R.F.*, avril, 1965, p. 681.
27) 같은 책, pp. 685, 686.
28) Mikel Dufrenne, *Esthétique et Philosophie*, tome 2, Klinksieck, 1976, pp. 303~320.

배, 도시화, 기업의 집중화, 기술의 개발 등의 결과가 곧 대중이며, 대중은 다만 그런 실천이 만들어 낸 부수 현상일 따름이라고 생각한다. 사정은 또한 대중예술의 경우에도 마찬가지이다. 그것은 지적, 예술적 자질이 매우 빈약함에도 불구하고 (아니 차라리 그 빈약성의 바탕 위에서) 자기들 역시 문화 생활에 참여하겠다는 대중의 자연발생적인 욕망의 산물이 결코 아니다. 저속한 것으로 치부되는 그 예술은 지배 계급이 대중을 특별히 겨냥하여 마련한 '부스러기 문화'이다. 그렇다면 이 사이비 예술의 기능은 무엇인가? "그것은 우선 이른바 진실한 예술, 즉 문화를 대조적으로 더욱 부각시키는 것이며," 또한 "대중의 마음을 딴 곳으로 쏠리게 하고 견딜 수 없는 현실을 은폐하고, 정치적 투쟁에서 멀어지게 하는 것이다."[29]

이러한 뒤프렌의 주장은 대체로 수긍할 만한 것인데, 다만 한 가지 점에 대해서만은 의견을 달리할 수 있을 것이다. 그것은 '진실한 예술'과 지배 계급의 관계에 관한 그의 생각이다. 지배 계급은 과연 그가 생각하듯이 '진실한 예술'을 대중으로부터 격리시켜서 그 고귀성을 보장하려는 것인가? 만일 그렇다면 그런 술책의 목적은 어디 있는 것인가? 그것은 더없이 소중한 인류의 재산을 존중한다는 매우 지당한 윤리적, 예술적 동기에서 나온 것인가? 혹은 예술의 소유자, 옹호자, 후원자로서의 자기들의 자랑스러운 지위를 확인하고 과시하기 위한 것인가? 그렇지 않으면 단순히 지배적 이데올로기의 도구로서 예술을 이용하려는 속셈에서인가? 뒤프렌은 그 점을 분명히 밝히고 있지 않지만 그것이 어느 쪽이건 간에, 우리는 그런 것과는 반대되는 더 그럴듯한 견해를 제시해 볼 수 있을 것이다.

내 생각에는 이른바 지배 계급 자신이 오르테가가 말하는 대중적 인간

---

29) Dufrenne, 앞의 책, pp. 306, 307.

들로 이루어져 있다는 사실에 주목해야 할 것 같다. 그들은 뒤프렌이 주장하듯이 '진실한' 예술을 존중하기는커녕, 대중문화가 제공하는 여러 수단을 동원하여 그것을 무력화시키려고 애쓰고 있다. 적어도 그것을 일정한 범위 내에 가두어서 그 영향력을 극소화시키려고 한다. 왜냐하면 예술은 지배 계급의 존재를 위한 필수 조건인 인간소외에 항거하는 초월과 새로운 시각과 이의제기를 그 본질적 기능으로 삼고 있기 때문이다.

그러나 뒤프렌은 예술과 지배 계급의 관계에 관해서 이런 생각을 해보지 않았을 뿐만 아니라, 우리를 놀라게 하는 새로운 예술관을 제시하고 있다. 그의 생각으로는 "놀이와 예술은 동일한 원칙을 따른다. 그것은 쾌락의 원칙이다." 물론 그렇다고 해서 그는 놀이와 예술이 꼭 같다고 말하는 것은 아니다. 왜냐하면 "유희적 활동은 아름다움의 규범에 따라 짜여질 때에만 예술적인 것이 되기"[30] 때문이다. 한데 "이 아름다움은 걸작이라는 척도(그것은 의심스러운 척도이다.)에 따라서가 아니라 [……] 작자와 수용자가 느끼는 강도에 따라서 측정되는 것이다."[31] 그렇다면 결국 바흐의 음악과 유행가는 만일 그것들이 베푸는 쾌락의 정도가 같다면 그 가치 역시 같다는 뜻이 되는 것일까? 그리고 한 걸음 더 나가, 만일 유행가가 주는 쾌락이 더 큰 것이라면 바흐 음악의 아름다움은 그것에 비해서 열등하다는 결론이 유도되는 것일까? 하기야 뒤프렌과 같은 탁월한 철학자가 그런 매우 소박하고 천박한 쾌락주의를 옹호하고 있다고는 얼른 상상할 수 없는 일이다. 그러나 놀랍게도 뒤프렌은 우리가 생각하는 것보다 한결 과격한 동시에 사실상 소박하기도 하다. 왜냐하면 서양의 여러 좌익적 지식인이 그랬듯이 뒤프렌 역시 사회주의 유토피아를 몽상함으로써 대중예술의 문제를 넘어서 보려고 했기 때문이다. 그런 유토피아에서는 계급적 지배 관계가 사라지고 따라서 이미 엘리트가 존재하지

---

30) 같은 책, p. 318.
31) 같은 책, p. 319.

않을 터인데, "민중예술의 실천으로 낙착될"[32] 문화적 혁명은 이미 유토피아를 향한 전진의 증거라는 것이 그의 후기의 생각이었다.

4

이 글은 예술에 관한 뒤프렌의 생각이 어떤 곡절로 이렇게 달라지게 되었느냐는 것을 따져 볼 자리가 아니다.[33] 나는 여기에서 그에 대한 비판을 본격적으로 시도하는 대신에 그의 처지를 다음과 같이 이해해 두려고 한다. 즉 뒤프렌은 대중의 몫으로 마련된 사이비 예술과 엘리트가 자기들끼리만 폐쇄적으로 향유하려는 '고급'의 예술 사이의 너무나 뚜렷한 대조를 괴로워한 철학자이며, 그가 후자의 예술을 규탄하고 배격하게 된 것은 그 나름대로 양심의 표현이라는 식으로 말이다. 다만 초월과 새로운 시각과 이의제기로서의 예술이 만인에게 똑같이 강렬한 쾌락을 베풀어 줄 사회주의적 유토피아의 민중예술로 녹아들어 간다는 것이 가능성으로서 설정되기 어려운 이상, 지금으로서 우리에게 부과된 일은 서로 밀접하게 관련된 두 가지의 현실적 위기를 생각해 보는 것이다.

한편으로는 대중문화가 예술을 침식하기를 계속하고 있다. 여기에서 문제가 되는 것은 이른바 그레샴의 법칙이 예술의 분야에서도 작용하고 있다는 것뿐만이 아니다. 더욱 중대한 문제는 예술이 변질되어 그것이

---

32) 같은 책, p. 320.

33) 이 변화를 다소라도 가늠하기 위해서는 그의 초기의 생각을 담은 『미적 체험의 현상학』에서의 주장과 비교해 보면 된다. 이 책에서는 예술의 발견적 기능이 다음과 같이 강조되고 있다. "예술의 고유성은 사물을 그 자체로만 머무르게 하지 않는 점에 있다. 예술가는 그 자신을 초월하는 기도를 수행한다. 그는 자연으로부터, 가장 깊이 숨어 있는 의미를 추출해 내는 것이다." (*Phénoménologie de l'expérience esthétique*, PUF, 1953, pp. 669–670.)

마치 다루기 쉽고 이해하기 쉽고 또 소화하기도 쉬운 것처럼 여겨지고 있다는 사실이다. 가령 영화나 심지어 만화로 전화(轉化)한 고전적 가치의 소설들, 의심스러운 해설을 곁들여서 다이제스트판으로 속화(俗化)된 원전(原典)들, 달착지근한 멜로디만을 골라 모은 레코드들, 하루에도 서너 곳씩 쫓기듯 돌아다니는 미술관 순례……. 이 모든 것은 진실한 미적 체험에 불가결한 지속(持續)과 숙성(熟成)을 박탈하고 만다. 그러기 때문에 다른 한편으로는 예술을 수호하겠다는 엘리트 계층이 대중문화를 해충처럼 경계한다. 그러나 이러한 거만한 고립은 그 침식에 대해서 어떠한 유효한 대책도 될 수 없다. 그뿐 아니라 이 거만한 고립의 이면에는 대중에 대한 일종의 부채감이 거북살스럽게 깔려 있을 것이다. 왜냐하면 대중이 아무리 열등한 족속일망정, 그 존재와 노동은 엘리트 계층의 경제적, 사회적 생활의 기반 그 자체를 형성하고 있기 때문이다. 그렇다면 엘리트는 대중과의 이 거북한 관계에서 어떻게 벗어날 수 있는 것일까? 뒤프렌과 같은 철학자의 변신을 자아내고 또 더 일찍 사르트르와 같은 작가의 정치적 참여의 동기가 되기도 했던 이 거북한 관계를, 대중 문화가 지배하는 오늘날의 시점에서 넘어서거나 혹은 적어도 누그러뜨릴 수 있는 길은 없는 것일까?

　나의 제안은 극히 상식적이며 간단한 것이다. 이제는 대중의 존재를 무시하고 행동하는 것이 불가능한 이상, 정직하고 진정한 유일한 길은 그 존재를 적극적으로 의식화하고 새로운 계몽주의를 구상해 보는 것이다. 더 구체적으로 말하자면 위에서 말한 대중매체, 대중문화, 여가산업 또 심지어 속물주의와 같이 '진정한' 예술의 지배에 불리하고 해로운 여건들을 도리어 역이용해 보자는 것이다. 이와 관련해서 내 머리에 떠오르는 것은 레너드 번스타인이 마련한 「청소년 음악회」의 한 장면이다. 나는 오래전에 그것을 텔레비전을 통해서 보았는데, 그 장면에서 번스타인은 바흐의 음악과 재즈의 리듬이 같다는 것을 보여 주었다. 한데 그 목적은 물론 재즈의 가치를 드높이기 위해서라기보다도(여담이지만 재즈는 무대 공연으로 관례화되고 돈벌이의 수단으로 이용됨으로써 그 본래의 넋을 상실했다. 그렇지만 재즈조차도 오늘날에는 더 광란적인 리듬에 의해서 밀려나고 말았다.), 바로크 음악의 아름다움과 신바람으로 청중을 유도하는 데 있었다.

나는 예술의 모든 분야에서 이와 유사한 작업이 가능하고 효과를 가져오리라고 생각한다. 키치의 원흉들이 순치하려는 대중에게 아직도 잠재해 있을 지적, 심미적 능력을 끝끝내 신뢰하고 계발할 수 있으리라고 생각한다. "(대중이) 시간과 더불어 그리고 교육에 힘입어 더 교양인이 되리라고 믿는 것은 돌이킬 수 없는 잘못이다."[34]라고 말하면서 경멸어린 절망에 휩쓸리지 말고 바로 그 교육을 위해서 내기를 해 보자는 것이다. 우선 '문화의 타락한 부스러기'를 이용하고 세속적인 자기 성취를 목표로 삼는 속물주의를 이용하고 또 그 엄청난 전달 수단들을 이용해서, 이른바 '대중적 인간'이 주체적 개인으로서의 자아를 다소라도 회복하고, 예술 작품이라는 경외롭고도 찬란한 세계에 한 걸음이라도 접근하도록 도와 보자는 것이다. 가령 『햄릿』이 비속한 만화로 둔갑한 것을 한탄하지만 말고, 그 만화를 발판 삼아 찰스 램(Charles Lamb)의 『셰익스피어 이야기』를 읽게 하고 마지막 단계로서 원전에 대한 관심을 갖도록 유도하는 것이 왜 불가능하겠는가?[35] 소설 일반의 구조를 이해시키기 위해서 대중소

---

34) Arendt, 앞의 책, p. 270.

35) 나는 최근에야 만화에 관해서 세 가지 사실을 알게 되었다. 1) 나는 몇 달 전에 어느 대학에서 문학개론에 해당하는 강연을 한 일이 있었다. 내 딴에는 매우 쉬운 말로 이야기했다고 생각했는데, 강연이 끝나자 한 일 학년 학생이 너무 어려운 내용이라서 알아듣지 못했다고 불평했다. 나는 고등학교 시절에 무슨 소설이나 시집을 읽어 보았느냐고 물었다. 오직 만화만을 보았다는 것이 그의 대답이었다. 2) 그 후 얼마 안 되어 한 후배 교수가 미셸 푸코의 사상을 쉽게 해설한 만화책을 갖다 주었다. 나는 그제서야 그런 종류의 만화가 존재할 만하다는 것을 마치 콜럼부스의 달걀처럼 깨달았다. 3) 나는 며칠 후에 다른 후배 교수에게 이 만화책을 보여 주었는데, 그는 어려운 사상의

설로부터 시작하고, 거기에서 얻은 개념들을 이용하여 가령 도스토예프스키의 『악령』에 대한 형식적 분석을 시도하는 것, 그러나 소설로서의 동일한 구조에도 불구하고, 대중소설과 『악령』 사이에 존재하는 내용상의 본질적 차이에 주목하게 하는 것──이러한 작업이 왜 거부되어야 한단 말인가?

하기야 이런 의견에 대해서는 반대하는 사람들도 있을 것이다. 그런 것은 오직 통속적인 해설자나 할 짓이며 심오한 진리의 탐구와는 별로 관련이 없는 것이라고 말이다. 그러나 나는 순수주의의 입장에서의 이런 반대가 마땅하다고는 생각하지 않는다. 왜냐하면 그것은 적어도 일부의 지식인이, 후기 자본주의의 지배 계층이 사용하는 전술에 말려들어 갔다는 것을 의미하기 때문이다. 다시 말해서 그들은 언어의 감옥 속에 스스로 유폐하고 대중과의 실존적 관계를 단절함으로써, 대중에 대한 지배 계층의 임의처분권을 묵인하고 인용하고 있는 것이다.

고차적이며 객관성을 표방하는 예술과 학문은 그 경제적 토대를 대중의 노동에 두고 있으면서도, 대중과는 멀리 격리된 것으로 착각하는 이른바 '아카데미즘'에 빠져 있는 경우가 많다. 그러나 이 사실은 그런 정신활동이 전혀 무가치하다는 것을 의미하는 것은 결코 아니다. 내가 생각하는 것은 지식과 행위의 바람직한 동반 관계(가령 지배 계급의 테크닉에 이바지하기 위한 기호학의 연구와 같은 것과는 정반대되는 동반 관계)이다. 소크라테스와 공자에 의해서, 또한 대체로 데카르트 이전의 서양 철학에 의해서도 구현되었던 앎과 실천의 긴밀한 관련을 오늘날의 대중사회에서 다시 생각해 보자는 것이다. 더욱 흔한 예를 들어 이야기하자면 자기 자

설명을 시도하는 그런 책이 이미 여러 권 있고, 자기의 딸은 프로이트를 해설한 만화책을 읽고는 앞으로 정신분석학을 공부하겠다고 결심했다는 이야기를 해 주었다. 나는 1)부터 3)으로의 길(근원으로의 길)이 트이면 좋겠고, 또한 그렇게 길이 트이도록 돕는 것이 대중문화 속에서 살아야 하는 지식인의 책무의 하나라고 생각하게 되었다.

신은 그토록 엄청난 수도와 고행의 끝에 발견한 신(神)의 진리가 속인들에게는 되도록 쉽게 터득될 수 있도록, 매우 비속한 언어를 이용하기조차 서슴지 않는 어떤 성직자들[36]의 본을 딸 수도 있으리라는 것이다. 이 글의 첫머리에서 언급한 바와 같은 서양의 나라들에서만이 아니라, 테크놀로지의 발전 과정을 답습했거나 답습하려는 모든 지역에서 다 같이 큰 위기에 처하게 된 예술의 분야에서도, 이러한 레토릭의 전술은 다소라도 효과를 낼 수 있는 것이 아니겠는가? 그러나 이 전술의 성공을 위해서는 정신 활동 전체가 무엇보다도 삶의 참뜻을 밝히고 실천하려는 윤리적 의지에 의해서 지탱되어야 할 것이다. 이것이 오늘날 한국에서도 특히 인문과학도가 마주치고 있는 큰 과제이며, 나는 그것을 강렬하게 의식한 사람들의 지적 활동이 여러 형식으로 증가하고 있는 것을 기쁘게 생각한다. (1996)

36) 베르나소스(Bernanos)의 소설 『시골 신부의 일기』에 등장하는 토르시의 본당신부는 그런 성직자를 소설화한 것이다.

사르트르 또는 실천적 타성태의 감옥

1

사르트르는 1974년에 보부아르와 가진 한 대담에서 사후(死後)의 영예에 대해서 이렇게 언급한 일이 있다. "만일 세상이 달라지지 않는다면, 사람들은 내가 20세기에서 어떤 역할을 했다는 것을 인정해 줄 것이다."[1] 그러나 여기에서 암시되고 있는 사후의 영예는, 절대적이며 그것 자체로서 완결된 예술작품을 창조하는 작가로서의 영예이며 철학자로서의 영예가 아니다. 왜냐하면 철학자의 담론은 원래가 상대적이며 열려 있는 것이어서 항상 시빗거리가 될 수 있고, 다른 철학자의 다른 담론에 의해서 지양될 수 있는 것이기 때문이다.[2] 물론 그렇다고 해서 철학자로서의 사르트르가 현대사상의 역사에 있어서 보잘것없는 자리밖에는 차지하고 있지 않다는 뜻은 결코 아니다. 도리어 그 반대이다. 관념론과 실재론, 존재와 가치, 자유와 상황, 실존주의와 마르크스주의와 같이 서로 융합되기가 어려워 보이는 것들을 융합해 보려는 엄청난 기도를 통해서, 사르

1) Simone de Beauvoir, *La Cérémonie des adieux*, Gallimard, 1981, p. 213.
2) 같은 책, pp. 201-202 참조.

트르는 비단 철학의 분야만이 아니라 정치적, 사회적 분야에서도 우리 시대의 가장 중요한 문제들과 스스로 직면했다. 비록 그것들을 해결하지는 못했을망정(누가 해결한 사람이 있으랴!), 가장 큰 이슈로서 제기했다. 따라서 20세기의 지적 작업을 결산해 보려고 하는 사람은 어떤 방식으로건 간에 그의 사상에 대해서 판단을 내려야 할 것이며, 이 경우 아마도 그의 좌절조차도 큰 의미를 지닐 것이다.

그러나 한 가지 미리 지적해 두어야 할 것이 있다. 일반적으로 말해서 역사적 판단은 두 가지로 이루어진다. 지나간 일들은 그것이 그 시대에 있어서 아무리 중요한 것이었을망정 다만 그 시대만에 응결된 것으로 판단될 수도 있고, 그와 반대로, 말하자면 미래로의 팽창력을 지닌 것으로 판단될 수도 있다. 가령 오늘날 공산주의가 과연 완전히 끝난 것으로 치부될 성질의 것인지, 혹은 비록 다른 형태를 띠면서라도 재생될 수 있는 것인지 알아보는 것은 흥미있는 일이 될 것이다. 하기야 두말할 필요도 없지만 이런 종류의 판단은 결코 보편적, 객관적일 수는 없다. 한편으로 역사적 우연성은 우리로 하여금 언제나 우리의 견해를 수정하게 만들 수 있는 것이며, 또 다른 한편으로는 우리 자신이 가지고 있는 미래에 대한 생각(그것 역시 변덕스러운 것이지만)이 우리의 판단을 좌우하기도 할 것이다.

사르트르로 말하자면, 그는 근 40년 전부터는, 다시 말해서 이른바 구조주의의 유행 이후로는, 정열적이며 집중적인 연구의 대상이 이미 아니게 되었다. 그렇다고 해서 구조주의의 퇴조가, "우리를 한길로, 위험의 한복판으로, 눈부신 햇빛 아래로 내모는"[3] 그런 초월의 철학의 복권(復權)을 가져온 것은 아니다. 오늘날 돌이켜 볼 때 20세기에 있어서의 그의 존재는 3중의 한계 속에 갇혀 있는 것처럼 보인다. 첫째로 '아버지'의 결핍 내지는 시해(弑害)에 바탕을 둔 그의 실존주의는[4] 1944년의 프랑스의

---

3) Sartre, "Une idée fondamentale de la phénoménologie de Husserl : Intenti-
   onnalité," (Situations, I, p. 33.)

해방과 때를 같이 한 것이었다. "그때 프랑스 역시 아버지를 부인하려고 했다. [……] 사실 그때는 다만 독일군으로부터의 해방만이 아니라, 또한 정치적, 사회적 조직의 모든 전통으로부터의 해방의 시기였다. 모든 것을 새로 만들어 내야만 했다. 그러기 때문에 '투기(投企)'와 '참여'의 필요성이 강조되었는데, 질서와 사회적 해결의 방침이 재정립되어 감에 따라 그런 필요성은 점차 감소되었던 것이다."[5]

둘째로, 사회적 안정이 회복되자, 지적 분위기가 급변했다. 이제는 형이상학적, 실존적 혹은 도덕적 비전이 아니라, 인간에 대한 객관적이며 한정된 지식, 즉 이른바 인문과학이 철학자들뿐만 아니라 문학비평가들의 관심의 대상으로 부상했다. 인간의 문제의 전체를 포착하겠다는 사르트르와 같은 사람들의 야심적이며 모험적인 포부에 비추어 볼 때, 이 새로운 '휴머니스트'들, 즉 인간의 과학자들은 한결 겸손해 보인다. 가령 레비 스트로스의 생각에 따르자면, 학자의 본질적 의무는 설명할 수 있는 것만을 설명하고 나머지는 우선 보류해 두는 것이다.[6] 한편 푸코의 말에 의하면, "철학은 이미 끝이 났다. 철학은 대학에 자리잡은 막연한 작은 분야에 불과하고, 거기에서 사람들은 실체의 현실성, 글쓰기, 기표의 물질성 및 그 이외의 비슷한 것들을 가지고 떠들어대고 있을 뿐이다."[7] 이렇듯 철학의 존재 그 자체를 의심의 대상으로 삼게 된 이상, 인간의 존재와 그 사회적 행동과 혁명의 가능성을 종합적으로 생각하려는 사르트르의 『변증법적 이성비판』과 같은 대규모의 야심적인 기도가 불신을 당한 것은 당연한 이야기이다. 그것은 "19세기의 사람의 안목으로 20세기

---

4) 가령 다음과 같은 상징적인 말을 들어 보라. "정의는 인간의 일이며, 나는 신이 그것을 가르쳐 주기를 바라지 않는다."(『파리떼』 2막, 2경, 6장)

5) Peter Caws, "Oracular Lives : Sartre and the Twentieth Century" (*Revue internationale de philosophie*, No. 152–153, 1985, p. 181.)

6) Lévi-Strauss, *L'Homme nu* (1971)의 결미 참조.

7) *Dits et Ecrits*, Gallimard, 1994, p. 305.

를 생각하려는 거창하고도 비통한 노력"이다.[8] 한데 철학적인 겸손 내지
는 그 능력의 한계를 내세워서 사르트르의 업적을 평가절하하는 이러한
경향은 최근에도 한 젊은 철학자에 의해서 되풀이되고 있다. 그의 말을
듣자면, "우리가 오늘날 『존재와 무』를 다시 읽으면 격세지감을 느끼는
데," 그 이유는 "존재하는 모든 것이 그렇게 존재하는 것은 왜 그러냐는
질문에 대해서 체계적인 대답을 시도하려고" 공연히 애쓰는 대신에 "실
천적 이성 그 자체에 주의를 집중하게 된 것이 오늘날의 철학적 활동"이
기 때문이다.[9] 과연 존재론에 대한 이 불신이야말로 사르트르의 입장과
정반대가 되는 것이다. 왜냐하면 사르트르의 견해에 의하면, "비철학자
(非哲學者)란 다름아니라, 대답이 아예 존재하지 않고, 질문을 제기하는
것 자체가 전적으로 불가능한 분야에 있어서 질문을 제기하는 것이 철학
자라고 비난하는 사람"[10]이기 때문이다. 하기야 이 말은 사르트르가 이른
바 '근엄한 사람'이라고 규탄하는 부류의 인간을 겨냥하고 한 것이지만,
또한 일체의 존재론적 성찰을 포기하고 도리어 그런 성찰의 철학적 근거
를 의심하는 사람들에게도 지향(指向)될 수 있는 것이다.

사르트르가 오늘날의 철학의 무대에서 떠나게 된 (혹은 적어도 주역의
노릇을 못하게 된) 세 번째 이유로서 우리가 들 수 있는 것은, 마르크스주
의와의 애매하면서도 정열적인 관계, 『변증법적 이성비판』(이하 『비판』으
로 약기)에 이르러 정점에 달했다고 볼 수 있는 그 관계이다. 그러나 여기
에서 내가 말하려는 것은 정치적인 급변으로 말미암아 그 이데올로기의
시대가 끝났고, 따라서 사르트르의 짝사랑 역시 시효상실이 되었다는 차
원의 이야기가 아니다. 그보다도 내게 중요하게 생각되는 것은 자신의

---

8) 같은 책, 1권, p. 542.

9) Alain Renaut, *Sartre, le dernier philosophe*, Grasset, 1993, pp. 246, 248.

10) "Pourquoi des philosphes?" (1959) (*Sur les écrits posthumes de Sartre*, Editions
   de l'Université de Bruxelles, 1987, p. 87.)

실존주의를 마르크스주의라는 이데올로기의 체계 내에 통합하려던 그의 시도 자체의 거의 완전한 실패이다. 『비판』의 도처에서, 그의 바탕을 이루는 개인주의적 담론의 전개는, 그의 눈에 "넘어설 수 없는 명증(明證)으로 보이는 마르크스의 명제"[11]와 부단한 모순을 이룬다. 아닌게 아니라, 이 거대한 저서는 융합될 수 없는 것을 융합하려는 매우 사르트르적인 '비통한' 또하나의 시도였다고도 말할 수 있다. 나는 여기에서 이 책이 출간되기 이전부터 벌써 마르크스주의자와 반(反)마르크스주의자에 의해 다같이 가해진 여러 비판에 대해서 다시 언급하려고는 하지 않겠다. 다만 인간의 사회적인 존재태(存在態)를 근원적인 것으로 보지 않고, 도리어 개인의 의식과 실천의 선행성(先行性)과 우월성을 내세운 사르트르는 애초부터 그런 융합을 이룰 수 없었다는 것을 지적한 점에서는, 좌우익의 평자들의 의견이 일치했다는 점만을 상기해 두자.[12]

그 대신 나는 이 책의 담론의 성격에 대해서 몇 마디 해 두려 한다. 왜냐하면 이 책에서 전개되고 있는 논리는 마르크스가 생각한 역사적 생성과는 별로 상관이 없는 듯이 보이기 때문이다. 『비판』은 물질적 생산양식

---

11) *Critique de la raison dialectique I* (이하 *CRD*), Gallimard, 1960, p. 32.
12) 예시 삼아 세 구절을 인용한다. "심지어 최근에 있어서조차, 사르트르와 마르크스주의를 갈라놓고 있는 것은 그의 코기토의 철학이다. [……] 사르트르는 전체에 있어서 한 요소의 효력을 고립시킬 수 없다는 것을 알고 있다. 그러나 사회적인 것은 전체성이라는 사실로부터, 그것이 의식들의 관계라는 결론이 추출될 수는 없는 것이다. 한데 사르트르는 그것이 명백한 것이라고 생각한다."(Merleau-Ponty, *Les Aventures de la dialectique*, Coll. Idées, Gallimard, 1955, pp. 232-233.) "개인적 의식의 권리로 환원될 수 있는 역사가, 동시에 인간 및 생성의 진리와 혼동될 만한 그런 포괄적인 의미를 어떻게 가질 수 있겠는가?"(Raymond Aron, *Histoire et dialectique de la violence*, Gallimard, 1973, p. 33.) "내가 보기에, 마르크스주의 사상의 주된 특질은 집단적 주체의 개념이다. 즉 역사적 차원에 있어서 행동하는 것은 결코 개인이 아니라 사회적 집단이며, 우리는 오직 사회적 집단과의 관련하에서 무릇 사건과 행동과 제도를 이해할 수 있다는 주장이다."(Lucien Goldmann, *Marxisme et sciences humaines*, Gallimard, 1970, p. 327.)

의 한 단계인 자본주의에 고유한 문제적 현상에 대해서도, 또 프롤레타리아 혁명과 사회주의의 정립(定立)으로 진행할 역사적 과정에 대해서도 논의하고 있지 않다. 하기야 사르트르는 마르크스의 중요한 개념들, 가령 실천, 소외, 변증법과 같은 개념들을 답습하고 있는 듯이 보인다. 그러나 그런 표면적인 답습으로 말미암아 사르트르가 마르크스주의자가 되었다고는 말할 수 없다. 그 이유는 두 가지이다. 한편으로 그 개념들은 사실에 있어서는 이미 『존재와 무』의 핵심을 이루고 있던 개념들을 사회 경제적 분야로 고쳐 적용한 결과에 지나지 않는다. 더 구체적으로 말하자면, 대자(對自)가 실천으로, 즉자(即自)가 소외로, 상황 속의 자유가 변증법적 이성으로 번안(飜案)된 것이다. 다른 한편으로 그런 개념들의 적용은 마르크스의 적용보다 그 범위가 한결 넓다. 마르크스의 경우에 그 개념들은 오직 사용가치와 교환가치 사이의 모순에서 야기되는 자본주의 체제의 모순과의 관련하에서 의미를 지니는 것인데 반해서, 사르트르는 "지금까지 존재한 바와 같은 인간의 세계 내에서 모든 시간과 장소에 있어서 유효한"[13] 사회철학을 초역사적으로 세우기 위해서 그 개념들을 이용하고 있는 것이다. 그러기 때문에, 다시 말해서 이러한 보편적인 성격 때문에, 그의 기도는 '정체된' 마르크스주의를 재생시키겠다는 그의 거창한 포부에도 불구하고, 결국 처음부터 공전(空轉)할 수밖에 없는 것이다. 더구나 사르트르는 자신의 이와 같은 초월적 견지에 대해서 다음과 같이 분명히 언급하고 있는데, 이런 말은 정통적이건 수정주의적이건 간에 모든 마르크스주의자들의 혹독한 비판을 받을 만한 것이었다.

우리에게 오직 중요한 것은, 우리의 실천적인 다양성의 끊임없는 변화로서, 집렬체(集列體, séries)로부터 집단(groupes)으로, 또 집단으로부터

---

13) W. L. McBride, "Sartre and Marxism" (P. A. Schilpp, ed., *The Philosophy of Jean-Paul Sartre*, Open Court, 1981, p. 614.)

집렬체로의 이동이 일어난다는 것을 보여 주는 것, 그리고 이러한 가역적 (可逆的)인 과정의 변증법적 이해를 시도하는 것이다. [……] 한마디로 말해서 우리는 인간의 역사나 사회학이나 민족학의 견지에서 살펴보려는 것이 아니라, 칸트의 책 이름을 흉내내서 말하자면 '모든 미래의 인류학을 위한 프롤레고메나'의 기초를 마련해 보려는 것이다.[14]

다만 문제는 이 새로운 프롤레고메나는 비관적이라는 데 있다. 적어도 이론적으로는 인간의 행위의 사회적 과정은 출구 없는 순환 속에 갇혀 있다. 그것은 방금 인용한 구절에서 분명히 나타난다. 집단의 실천 (praxis), 특히 혁명적 투쟁은 기존의 어떤 형태의 실천적 타성태(實踐的 惰性態, pratico-inerte)(그 개념에 대해서는 아래 제2장의 첫머리를 참조)의 강요에 반항하는 개인들의 콘센서스에 의해서 실현될 수 있는 것인데, 이 개인들은 결국 새로운 형태의 실천적 타성태, 즉 조직화된 집단의 필연적 귀결인 제도의 강요로 말미암아, 다시금 집렬적 인간으로서의 무력성으로 빠져들고 말기 때문이다. 『사르트르의 마르크스주의』의 저자인 데산이 지적한 바와 같이, "사르트르는 [……] 슬프게도 자유와 숙명론 사이에 끼여서, 그중의 어느 쪽도 강조할 수 없는 괴로운 처지에 놓여 있는 것 같다. [……] 사르트르의 대자는 실천적 타성태라는 함정에 절망적으로 빠져 있는 듯이 보인다."[15] 그러니 비록 느릴망정 사회주의 왕국으로의 전진이 어떻게 가능하겠는가? 더더구나 소외와 물질적 희소성의 문제가 그런 왕국의 도래로 말미암아 마침내 해결되리라는 희망을 어떻게 품을 수가 있겠는가? 과연 사르트르도 자신의 순환적 논리를 의식하고, "우리의 소외의 징표인 집단적 사물들이 진정한 상호주관적인 공동체에서 어느 정도로 해소될 수 있을지, 그리고 소외의 자본주의적 형태의 소

14) *CRD*, p. 153.
15) Wilfrid Desan, *The Marxism of Jean-Paul Sartre*, Peter Smith, 1974, p. 121.

멸이 모든 형태의 소외의 폐지를 의미하게 될 것인지" 자문하고 있다.[16]

그럼에도 불구하고 그는 현재의 사회와 근본적으로 다른 미래의 사회를 전망하고 있다. 그러나 이런 전망을 할 때 그는 이론을 한결 넘어선 입장에 선다. 그래서 이번에는 변증법적 이성이 마치 무슨 기적적인 은총처럼, "환원될 수 없는 새로움의 절대적 이해"[17]로서 정의된다. 바꾸어 말하자면, 그가 기대하는 것은, 자신의 이론적 서술이 실천에 의해서 부정되는 요행이다. 왜냐하면 미래는 어떠한 이론으로서도 확정할 수 없는 것이기 때문이다. 사르트르 자신의 말을 인용하자면, "지나간 것을 빼놓고는 무엇 하나 정해진 것이 없으며," "개인적 관계와 집단적 관계는 무엇보다도 실천적인 것인 이상," "모든 집단이 우리가 서술한 여러 단계를 연이어 거쳐 가야 한다는 어떠한 형식적인 법칙"이 존재하지도 않기 때문이다.[18] 한데 사르트르가 이렇게 실천적 행동의 예측 불가능성을 희망의 이유로 내세우는 것은 비통한 느낌마저 준다. 왜냐하면 그것은 그가 '넘어설 수 없는 철학'으로 생각하는 것, 즉 프롤레타리아의 왕국을 향한 역사적, 단계적 필연성을 강조하는 마르크스의 변증법의 기초 자체를 잠식하는 것이 되기 때문이다.

이렇듯 어느 면에서 보더라도 『비판』은 병든 마르크스주의에 활력을 불어 넣겠다는 그 포부와는 정반대의 것이 되고 말았으며, 동구권이 해체하기 훨씬 전부터 마르크스주의의 적대자들뿐만 아니라 그 옹호자의

---

16) *CRD*, p. 349.

17) 같은 책, p. 147.

18) 같은 책, 각각 pp. 637, 641, 732. 참고로 미래 사회의 비전에 관한 사르트르의 매우 솔직한 고백을 인용해 두자. "나의 생각에서 가장 근거가 박약한 것은 미래의 현실에 관한 낙관주의이다. 나는 그런 낙관주의를 품고 있지만, 그 근거를 댈 수는 없다. 사실 그것이 핵심적 문제이다." (Francis Jeanson, *Sartre dans sa vie*, Seuil, 1974, p. 277에서 재인용.)

불신의 대상이 되어 온 것은 차라리 당연한 이야기이다. 그렇다면 이 방대한 책은 공연한 소동이거나 바벨의 탑에 지나지 않았던 것일까? 무너진 그 탑의 밑에 깔려 있는 것은 다만 쓸모 없는 폐석(廢石)들뿐이겠는가? 혹은 그와 반대로 거기에는 제법 번듯하고 단단한 돌덩이들이 남아 있어서, 다른 건축물을, 그러나 이번에는 한결 조촐한 건축물을 세우기 위한 재료로 활용될 수는 없는 것일까? 내 생각에는 『비판』이 갖는 현재와 미래의 의의는 그 핵심적 개념이 마르크스주의의 개념과 부합하지 않는다는 바로 그 점에 있는 것 같다. 달리 말하면 그 반역사적이며 초역사적인 사상이야말로 마르크스주의와의 우여곡절을 넘어서서 생명을 유지하고, 오늘날의 기술문명 사회의 물질적, 도덕적 생활에 대해서 더욱 근본적인 성찰을 하기 위한 도구가 될 수 있을 것이다. 비록 『비판』 그 자체가 그 점에 특별히 관심을 표명하고 있는 것은 아니지만 말이다.

2

사르트르가 이 책에서 창출한 가장 중요한 개념은 의심의 여지없이 실천적 타성태라는 개념이다. 그것이 망라하는 범위는 엄청나게 넓다. 그것은 내가 이 세상에 출현하기 전에 다른 사람들에 의해서 만들어지고, 비유기적(非有機的)인 타성(惰性)에 의해서 지탱되고 있는 모든 것, 내가 사회적 존재로서 잔존하기 위해서는 반드시 그 속으로 편입되어야 하는 모든 것을 가리킨다. 따라서 그것은 건물이나 교통수단과 같은 좁은 의미의 제작물만이 아니라, 전통, 사회조직, 문화적 유산과 같은 정신적 대상도 포함한다. 과연 사르트르는 『비판』에서 이 용어를 처음으로 사용하기 이전에 이미 언어에 관한 언급을 하는 중에 그 개념을 제법 정확하게 예시하고 있다.

세상은 밖에 있다. 언어나 문화가 개인 속에 있는 것이 아니라, 개인이 문화와 언어 속에, 다시 말해서, 도구의 분야의 한 특수한 영역 속에 있는 것이다. 따라서 개인은 자기가 들추어 낸 것을 표현하기 위해서, 너무 많은 동시에 너무 적은 요소들을 이용하게 된다. 너무 적다는 것은, 낱말들과 추리의 유형과 방법의 수효가 한정되어 있기 때문이다. 그것들 사이에는 빈터와 간격이 있어서, 태어나는 생각이 적절한 표현을 찾아낼 수가 없다. 반대로 너무 많다는 것은 낱말마다 시대 전체가 부여한 깊은 의미를 지니고 있기 때문이다. [……] 그래서 [개인이] 무슨 말을 하자마자, 그는 자기가 의미하려는 이상의 것을, 그리고 그것과는 다른 것을 말하게 된다. 시대가 그에게서 그의 생각을 훔쳐 가는 것이다. 그는 항용 이것저것 다른 표현을 써 보지만, 마침내 표현된 생각은 심각한 빗나감뿐이다. 그는 말들의 기만에 말려들고 마는 것이다.[19]

실천적 타성태로서의 언어에 관한 이 발언의 뜻을 더 분명히 알기 위해서, 우리는 사르트르가 이미 오래 전에 언어에 대해서 한 말을 상기하고, 그의 견지가 어떻게 달라졌는지를 잠시 살펴보는 것도 무익하지 않을 것이다. 그는 『존재와 무』에서 이렇게 말한 바 있다.

이리하여 나의 표현의 '뜻'은 항상 나에게서 벗어난다. 나는 내가 뜻하고자 하는 것을 과연 뜻하고 있는지, 또 심지어 내가 뜻을 주는 자(者)인지조차 결코 정확히 알 수 없다, 바로 그 순간에 나는 타자의 마음속을 읽어야 할 텐데, 그것은 원칙적으로 생각해 볼 수 없는 일이다. [……] 타자가 항상 거기에 있다. 타자는 언어에 그 자신의 뜻을 주는 자로서 현존하고 감지된다. 내 입장에서 보자면, 모든 표현, 모든 몸짓, 모든 낱말은 타자가

---

19) *CRD*, p. 75.

소외시키는 현실의 구체적 체험이다. '남이 나의 생각을 도둑질한다'고 말할 수 있는 것은 [……] 다만 정신병자만이 아니다.[20]

이 두 인용문에서 당장에 눈에 띄는 것은, 나의 생각이 표현되는 그 순간부터 그것은 타자에 의해서 도둑질당한다는 현상에 대한 공통적 인식이다. 다시 말해서 타자는 나의 언어를 소외시키고 기만해서, 그 결과 나는 발언의 주체가 아니라, 발언의 의미를 완전히 타자에게 맡기고 있는 객체에 지나지 않는다. 그러나 여기에서 우리가 좀 더 살펴보아야 할 것은 과연 구체적으로 누가 어떤 조건하에서 나의 말을 훔치느냐는 점이다. 『존재와 무』에서 인용한 둘째 구절에 의하면, 도둑질하는 타자는 나 아닌 다른 개인이며, 그 자신도 역시 나라는 개인에 의해서 생각을 도둑질당할 똑같은 위험에 처해 있다. 이와 반대로 『비판』에서 인용한 첫째 구절에서는 이러한 상호적인 취약성이 지적되어 있는 것이 아니다. 여기에서는 타자란 이미 남이라는 개인이 아니라 요지부동하게 구성되어 있는 전반적 언어 체계이며, 그것은 나의 생각을 배반하면서 일방적인 복종을 강요한다. 여기에서도 역시 두 개인적 의식의 사이에서와 마찬가지로, 나 자신의 언어적 실천과 이러한 기존의 언어체계 사이의 변증법적 융합의 전망은 성립하지 않는다. 언어활동에 있어서나 행동에 있어서나 개인적 관계의 특징이 갈등에 있듯이,[21] 공통적 언어와 나의 말 사이의 관계도 화합이나 조화가 아니라 긴장이다. 공통적 언어는 나 자신의 세

---

20) *L'Etre et le Néant* (이하 *EN*), Gallimard, 1943, pp. 441-442.

21) 적어도 『존재와 무』에서는 그렇다. 『윤리학을 위한 노트』를 보면 사르트르는 타인에 대한 호소에 입각한 상호성의 윤리에 대해서, 그리고 진정한 사랑의 가능성에 대해서 언급하고 있는 것이 사실이지만, 이런 새로운 개념은 그가 끝끝내 물리칠 수 없었던 개인주의적인 존재론과의 모순 때문에 체계화될 수 없었다. 그는 죽기 한 달 전에 이렇게 한탄했다는 일화가 있다. "내 존재론을 송두리째 없애 버렸으면 좋겠다!" (Jeannette Colombel이 전한 말, *Les Temps modernes*, mai 1996, No. 587, p. 132.)

계를 이룩하기 위해서 내가 의거해야 할 유산이 아니라, 다음의 두 가지 중의 하나를 선택하도록 강요하는 폭군이다. 첫째는 원하건 원하지 않건 간에, 나를 소외시키는 유사(類似) 커뮤니케이션의 장(場)을 그대로 받아들이는 것이며, 또 하나는 나의 반항적 실천을 통해서 그런 불순하고 거짓된 언어적 관용을 거부하는 것, 그러고는 불가피하다면 "말할 수 없고, 개념적이 아니고 개념화될 수 없으며, 의미화될 수 없는 그 어떤 것"[22]을 말하려고 시도하는 것이다. 이 후자의 경우에는 언어적 공동체로부터 소외당한다는 필연적인 결과를 가져오는데, 그것이 말라르메, 주네, 제임스 조이스와 같은 여러 현대 시인과 작가들의 선택이었다.

그러나 나는 여기에서 이러한 현대문학의 언어적 반항에 대해서 이야기하려는 것은 아니다. 내가 언어에 대해서 언급한 것은, 그것이 그 자체의 생명과 요청을 지니고 있는 것으로 보이는 실천적 타성태의 영역의 한 전형적인 예를 이루고 있기 때문이다. 실천적 타성태의 영역에서는 "각자의 행동이 사라지고 기괴한 형태가 판을 친다. 그것은 비유기적이며 외재적인 타성을 지니면서도, 행동의 힘과 통합의 힘을 갖추고 거짓된 내면성의 모습을 띤다.[23] 한데 사르트르가 『비판』에서 부각시키고 있는 것은 특히 사회적, 경제적 차원에서의 실천적 타성태인데, 집단의 실천을 통해서 그것을 지양하는 여러 단계에 관해서 언급하기에 앞서, 그는 실천적 타성태의 함정에 사로잡힌 사람들이 보이는 사물화(事物化)된 행위의 여러 양식과 모습을 자세하게 서술하고 있다. 이론적으로 보자면 『비판』의 변증법에 있어서는, 이러한 사물화된 행위는 둘째 단계가 될 것이다. 왜냐하면 애초에 있는 것은 실천의 단계, 즉 "물질적 조건을 넘어서고, 노동을 통해서 비유기적인 물질 속으로 뚫고 드는 조직적 기도"[24]

---

22) Sartre, *Situations*, VIII, 1972, p. 437.
23) *CRD*, p. 359.
24) 같은 책, p. 687.

이기 때문이다. 그러나 실제적으로는 실천적 타성태의 단계가 최초의 단계이다. 그것은 앞서 말한 것처럼, 우리는 모두 선대(先代) 사람들의 실천에 의해서 이미 만들어진 사물들이 우리의 복종을 요청하고 우리를 가두는 그런 세계 속에서 태어나 있기 때문이다. 이런 요청이 바로 사회경제적 조건을 형성하는 것인데, 이것은 『존재와 무』에서 서술된 상황의 개념보다 한결 더 강제적이다. 그래서 사르트르는 그 책에서처럼 '상황 속에서의 자유'를 강조하는 대신에, 이번에는 다음과 같이 상황 자체의 중압(重壓)에 역점을 두고 있는 것이다.

우리는, 스토아 학파의 철학자들이 주장하는 것처럼, 인간이 어떠한 상황 속에서도 자유롭다는 따위의 말을 하려는 생각은 없다. 우리가 하고 싶은 말은 정반대의 것이다. 즉 삶의 체험이 실천적 타성태의 영역에서 전개되는 한에 있어서, 그리고 이 영역이 본래부터 희소성에 의해서 조건지어져 있다는 바로 그 점에서 볼 때, 인간은 모두 노예라는 것이다.[25]

한데 우리 모두가 실천적 타성태의 영역에서 소외된 상태로 살아가고, "그 행동의 힘과 통합의 힘"에 복종하며 수동적으로 처신할 수밖에 없을 때 ——노동자가 기계의 요청에 따라서 일해야 하는 공장이나, 매매가 자의적으로 결정될 수 없는 가격에 의해서 이루어지는 시장은 그 고전적인 예이다.—— 우리는 집렬체를 구성하게 된다. 다시 말해서 그것은 "개인들 상호간의, 그리고 공통적 존재와의 관련하에서의 개인의 한 존재양식인데, 이 존재양식은 개인들의 모든 구조에 변화를 가져온다."[26] 더 구체적으로 말해 보자면, 집렬체로서의 인간은 세 가지 측면에서 무력성(無力性)을 나타낸다. 통합은 소극적 형태로, 행동은 수동적 형태로, 목적성은

---

25) 같은 책, p. 369.
26) 같은 책, p. 316.

반(反)목적성으로 타락하는데, 이것은 다름아니라 개인적 실천이 상실되고 그 대신 "제작된 물질의 흉물스런 행동"[27]이 지배하게 된 것을 의미한다. 이 세 가지 측면을 좀 더 자세히 살펴보자.

우선 소극적 통합은 시내 버스를 타려고 줄을 서 있는 사람들의 경우를 그 예로 들 수 있다. 그들이 이유 없는 우연적인 집합체가 아닌 것은 사실이다. 왜냐하면 시내 버스를 타기 위해서 기다린다는 공통의 목적에 의해서 매개되어 있기 때문이다. 그러나 이 매개는 매우 느슨한 것이어서 그들 사이에 어떤 필연적인 연줄이 생기는 것은 아니다. 그중의 누구도, 여간해서 오지 않는 버스를 꼭 기다려야 할 의무는 없고, 서로 인사할 이유도 없으며, 또 다른 사람들이 제 뒤로 늘어서는 것을 막을 권리도 없다. 겉보기에는 하나의 통합된 전체를 이루고 있는 것 같지만, 그들 각자는 누구라도 좋으며, 서로 고립되어 있고, 서로 바뀔 수 있다.[28] 실천적 타성태의 요청하에서는——이 경우에는 정해진 운행 시간과 한정된 좌석과 일정한 정류소를 갖춘 시내 버스의 요청하에서는——나는 비인격화된 존재로서, 타인과 똑같은 탈아적 존재로서 존재하고, 집렬체에 있어서의 나의 자리는 앞뒤에 있는 무명의 다른 사람들의 존재 여하에 따라서 결정된다. 가령 그 줄에서 일곱 번째로 서 있는 사람이라는 것이 나의 존재태이다.

다음으로 나의 존재의 이러한 비본질성과 그 비본질성에 대한 나의 무력(無力)은 실천적 타성태의 테두리 내에서의 나의 행동에도 그대로 나타난다. 내가 할 수 있는 모든 것은 그 체제의 과정에, 그리고 그 내에서 남

---

27) 같은 책, p. 352.

28) 이러한 소극적 결합의 현상은 이미 『존재와 무』에서도 예시되어 있다. 그 책에서 사르트르는 도시의 지하철에 탔을 때의 우리의 존재의 양태에 대해서 언급하고 있다. "나는 나의 곁에 있는 사람들 중의 한 사람과 상호 교환이 가능하다는 것으로 자신을 파악한다. 그런 점에서 우리는 우리의 현실적 개체성을 상실하고 만다."(p. 496)

들 역시 따른다고 생각되는 행동에 순응하는 것인데, 남들도 또한 나와 마찬가지로 집렬적 구조의 성분이긴 하지만, 그들은 내가 좌지우지할 수 없는 존재들이다. 앞서 시사한 것처럼 그 좋은 예는 상업적 행위가 소외를 바탕으로 이루어지는 시장의 경우이다. 거기에서 가격이 결정될 때 각 개인의 의사는 무력하며, 모든 것은 다원적인 '실천-과정'[29]의 총체에——이 경우에는 수요와 공급의 변증법에——의존한다. 그리고 그것은 내가 파악할 수 없는 타자에 의해서 행사되고, 우리 각자로 하여금 우리 자신과는 다른 존재로서 행동하게 하는 것이다. 사르트르는 이러한 수동적 행동의 다른 예로서, 라디오 청취자의 경우를 들고 있다. 한데 이 청취자들은 간접적 집렬체를 형성한다. 그들은 버스를 기다리는 사람들의 경우처럼 실천적 타성태가 된 대상을 중심으로 물리적으로 운집하는 것이 아니라, 흩어져 있고 고립되어 있다. 말하자면 비대면적(非對面的)인 이 관계는 구체적인 상호성의 성립을 거의 불가능하게 만든다. 가령 버스를 기다리는 경우 같으면, 나는 필요하다면 앞사람에게 나의 바쁜 사정을 호소하여 먼저 타게 해달라고 청원할 수도 있을 것이다. 또한 버스의 운행이 너무나 무질서하고 불만스러우면, 줄 선 모든 사람들에게 함께 항의하자고 제안할 수도 있을 것이다. 그럴 경우에는 나는 집렬적 인간으로서의 무력한 상태를 넘어서서 제3의 단계, 즉 집단적 실천의 단계로 들어서게 된다. 그러나 이와 반대로 라디오 청취자와 같은 간접적 집렬체를 이루고 있는 사람들의 경우에는, 각자는 타자와 삼중(三重)으로 분리되어 있다. 그는 방송과의 관련에서 수동적이며, 다른 청취자들과 연줄이 없으며, 또한 그들과 직접적인 접촉을 가질 가능성도 없다. 그것은 "집렬체를 이루는 성원 간의 진실한 관계가 무력성이라는 체험"[30]을

---

29) 실천-과정(praxis-processus)은 실천적 타성태의 희생물이면서도 그것의 존속을 유지해 주는 타락한 실천을 의미한다. (*CRD*, p. 732 참조.)

30) *CRD*, p. 325.

최고도로 하게 되는 상황이다.

셋째로, 반(反)목적성에 관해서 말하자면, 그것은 인간과 제작된 사물 사이의 역할이 전도된 현상을 가리킨다. 이 과정에서 "물질은 이미 만들어진 의미들의 수동적 통합을 통해서 인간의 실천을 조건지으며," "인간은 그가 만든 사물이 존재하기 위해서 사라진다."[31] 이런 이야기는 새삼스럽게 강조할 필요도 없을 만큼 매우 흔한 것이 되어 있고, 또한 이 점에 대한 사르트르의 설명이 마르크스의 설명에 비해서 특별한 것이라고도 말할 수 없다. 그의 서술은 마르크스가 자본의 반목적성에 관해서 하고 있는 말[32]의 부연에 불과하다고까지 말할 수 있다. 이 반목적성 때문에, 자본가들이 노동자들의 요청을 충족시키기를 거부하고, 그들 상호간의 무자비한 경쟁을 전개하고, 왜곡되고 모순된 행동을 서슴지 않아서, 뜻하지 않은 중대한 결과를 가져온다는 것[33]을 알기 위해서 굳이 사르트르의 설명을 기다릴 필요는 없다. 다만 여기에서 한 가지 의심을 품어 볼 만한 것이 있다. 그것은 이 반목적성의 개념이 『비판』 중에서 가장 독창성이 없는 것이기는 하지만, 집렬체의 개념보다 크고, 그것을 포섭하는 것이 아닐까 하는 의심이다. 왜냐하면 직접적이건 간접적이건 간에, 집렬체의 현상은 실천의 목적성이 설정된 후에 결과적으로 생기는 반목적성에서 비롯된 것처럼 보이기 때문이다. 그러나 이 인상은 과연 사실과 일치하는 것일까? 반드시 그렇지는 않을 것이다. 집렬체가 반목적성이 초래하는 불가피하고, 말하자면 '자연적인' 결과가 아니라, 도리어 완전히 의도적이며 인위적으로 만들어지는 경우가 있기 때문이다. 특히 근대

---

31) 같은 책, p. 238.

32) "자본은 더욱더 사회적 힘으로서 나타나고, 자본가는 그 봉사자가 된다. (사르트르 자신의 인용, 같은 책, p 99.)

33) 이런 양상은 그의 희곡 『알토나의 유폐자들』에 나오는 아버지 게를라흐에 의해서 전형적으로 형상화되어 있다.

적 현상이라고 할 수 있는 이 집렬체를 사르트르는 '조작(操作)된 집렬체' 라고 부른다. 그것은 달리 말하면 조작된 대중이다.

3

대중의 조작과 그 목적을 위해서 사용되는 수단은 오늘날 가장 널리 관찰되고 연구되고 있는 문제 중의 하나이다. 그러기 때문에 내가 여기에서 그 주제에 관한 사르트르의 이야기를 들어올리는 것은 그 중요성을 재차 강조하려는 것이 아니라, 그의 사회철학적 설명이 문제의 소재를 근본적으로 파악하는 데 어느 정도의 공헌을 할 수 있는지를 알아보려는 데 그 목적이 있다.

그의 서술에서 우선 부각되고 있는 것은 외적조절(外的調節, extéro-conditionnement)이라는 개념이다. 그것은 철학적인 개념은 아니며, 사르트르 자신의 말에 의하면 미국의 사회학자에게서 빌려 온 것이다. 그것은 지배집단이 각 개인을 조작하여, 그가 "타자로서 존재하기 위하여 자신의 자유로운 실천을 자기 자신에게 행사하도록"[34] 만드는 것을 의미한다. 누구나 쉽게 짐작할 수 있듯이 그것은 내적조절(內的調節)과 정반대되는 것이다. 이 경우에는 집단의 성원 각자가 스스로 자신의 자유에 한계를 설정하고, 집단의 공동목표의 내면화를 통해서 충분히 인정하고 수용한 남들의 기능과 자기 자신의 기능을 조화롭게 추구하게 된다.[35]

---

34) *CRD*, p. 614.

35) 사르트르는 내적 조절과 대조되는 외적 조절의 개념을, 구체적으로 어느 미국 사회학자에서 따왔는지를 명시하고 있지 않다. 이 점에 관해서 『비판』의 영어 번역자는 '타자 지향' 과 '내적 지향' 을 이야기하고 있는 리스만(David Riesman)(『고독한 군중』의 저자)을 지목하고 있는데, 나도 그렇게 생각한다. 다만 두 사람의 개념이 부합하는 것은 아니다. 리스만이 그런 용어로서 의미하는 것은, 어릴 때부터 뿌리 박히게

이와 반대되는 외적조절은 두 가지 방법으로 이루어진다. 우선 소극적 방법이 있다. 다시 말해서 집단화되지 않은 개인들을 그 상태로 방치하고, 실천적 타성태를 수동적으로 겪도록 내버려 두는 것이다. 그러나 이 방임상태만으로는 공고한 지배를 확보할 수 없기 때문에, 지배계급은 현혹(眩惑)이라는 적극적 방법을 사용하여, 각자가 타자처럼 행동하는 것이 진정하게 행동하는 것이라는 허위의식에 사로잡히게 만든다. 이러한 외적조절의 함정을 통해서, "지배자는 행동 전체가 타자성 속에서 이루어지도록 집렬체에게 작용하는데,"[36] 사르트르는 그가 1945-46년간에 미국에 잠시 머물렀을 때에 관찰했던 일을 상기하고 있다. 즉 그는 이른바 '서민'이 구매한 수효에 따라서 객관적으로 판정했다는 주간(週間) 10대 레코드의 목록을 공표하기도 하고, 또 아무도 그 권위를 의심치 않는 심사원들이 선정했다는 레코드 대상을 발표하는 라디오 방송을 듣고 충격을 느꼈었다. 『비판』에서 자세하게 분석되고 있고, 또 오늘날에는 너무나 잘 알려진 이러한 기만의 메커니즘을 재론할 필요는 없을 것이다. 다만 다음과 같은 점을 다시 한번 확인해 두기만 하자. "지배집단은 구매자에게 타자처럼 행동해야 한다는 것을 간단없이 주입한다. 그러나 아이러니하게도, 그 타자란 바로 그 자신이다. 왜냐하면 각각의 타자는 집렬체에 속하는 타자에게 의존하고 있기 때문이다."[37]

되는 사회심리적 지향이다. 특히 타자 지향은 사르트르가 말하는 외적 조절과 별로 공통성이 없어 보인다. 리스만에 의하면 "모든 타자 지향적인 사람들에게 공통적인 것은 그들과 같은 시대에 사는 사람들이 개인의 지향의 근원이 된다는 것이다. [……] 이 근원은 물론 '내면화'된다. 인생의 지침으로서 그것에 의지하는 일이 일찍 뿌리박힌다는 뜻에서 그렇다." (*The Lonely Crowd*, Doubleday Anchor Books, 1953, p. 37.) 다른 한편으로 내적 지향의 경우, "개인에게 있어서 지향의 근원이 '내적'이라는 것은, 그것이 어릴 때에 어른들에 의해서 뿌리 박히고, 일반화되면서도 여전히 피치 못하게 정해진 목표로 향한다는 점에서 그렇다." (같은 책, p. 30.)

36) *CRD*, p. 615.
37) Desan, 앞의 책, p. 185.

외적 조절을 통한 집렬체의 조작은 이른바 산업화된 사회의 경제적 분야에서 보편적으로, 그리고 매우 교묘하게 이루어져서, 그것이 사회의 구조 자체를 이루고 있다는 것은 두말할 필요도 없다. 그러나 그것은 또한 모든 근대국가의 정치적 분야에서 일어나는 일이기도 하다. 사르트르는 "타자의 인종차별주의의 조직적인 외적 조절"[38]이라고 말할 수 있는 반(反)유태주의 이외로도, 집권자에 의해서 조직되는 기념일의 행진을 예로 들고 있다. 사전에 정해진 계획에 따라 전개되는 이 행동에 있어서, "각자가 타자가 하는 짓을 하고, 타자의 행동을 따라 자신의 행동을 조정하고, 다만 수량에 의해서만 그 주된 성격이 결정되는 이 사이비 집단은 공동체로서의 어떠한 구조도 지니고 있지 않다." 한데 사르트르가 보기에는 이런 점만으로도 "구체적 사회에 대한 국가의 관계는 최상의 경우라도 외적 조절을 넘어서지 못한다."는 것을 증명하기에 충분하다. 가장 민주적인 나라의 선거제도에 있어서조차도, 이 메커니즘이 작용하여, 선거인에 의해서 뽑힌 후보자들의 리스트는 "국민의 의사를 나타내지 못한다. 그것은 가장 많이 팔리는 레코드의 리스트가 고객들의 취미를 나타내지 못하는 것과 같다."[39] 따라서 이 기만적 사태를 타파할 수 있는 단 하나의 올바른 방도는 혁명적인 재집단화(再集團化)를 통해서 대중의 진정한 의사를 표현하는 것인데, 그 가능성은 매우 희박하다. "왜냐하면 집렬적 구조는 개인들이 권리주장의 바탕에서 집단화하는 것을 가로막고, 외적 조절은 재집단화를 실현하기 위해서 넘어서야 할 문지방을 부단히 높이는 역할을 하기 때문이다."[40] 그뿐만이 아니다. 앞서 언급한 것처럼, 사회적 존재태에는 일종의 악순환이 있다. 모든 선의(善意)와 모든 예방

---

38) *CRD*, p. 622. 사르트르는 바로 이런 각도에서 유태인 문제에 접근한 바 있다. (*Réflexions sur la question juive*, 1947.)

39) *CRD*, p. 624.

40) 같은 책, p. 625.

책에도 불구하고, 혁명적 집단의 실천은, 비록 그것이 성공하는 경우라도, 그 성과의 제도화가 가져오는 필연적 결과로서 실천적 타성태로 전락하고, 따라서 그 성원의 자연적인 혹은 인위적인 집렬화로 전락하기 마련이기 때문이다.

이런 모든 점으로 보아서, 이론과 어긋나는 실천의 덕분으로 기적적인 출구가 마련될 수 있을지도 모른다는 비합리적인 희망에도 불구하고, 사르트르는 소외가 우리의 불가피한 운명이라는 생각 쪽으로 기울고 있는 것 같다. 그러나 여기에서 몇 가지 질문을 제기해 봄직하다. 소외는 '사물의 힘'의 필연적 결과인가? 그래서 인간의 존재를 일단 사회경제적 차원에서 고찰할 때에는, 사르트르의 철학의 핵심을 이루는 것으로 보이던 개인적 자유의 존재론은 결국 무효화되고 마는 것인가? 혹은 우리 자신이 이 소외의 의식적인 공범자인가?[41] 그렇지 않으면 그것은 우리의 무자각(無自覺)과 무책임성의 결과이며, 그런 점에서 도덕적 비난을 받을 만한 것인가? 또는 정반대로 소외의 궁극적 원인은 주체의 선택, 다시 말해서 자유를 부정하려는 자유에 있는 것이 아닌가? 내 생각에는 사르트르가 고찰한 바와 같은 사회적 소외의 양상이 그의 존재론과 가장 잘 연관될 수 있는 것은——사르트르 자신은 그런 연관성을 『비판』에서 부각시키고 있지 않지만——이 마지막 질문의 컨텍스트 속에서이다. 그러나 그 문제를 직접 다루기 전에, 약간의 우회를 하는 것이 도움이 되리라고 생각된다. 그래서 에리히 프롬의 『자유로부터의 도피』에 대해서 잠깐 언급하려고 한다.

---

41) 이 두 질문에 대한 사르트르의 대답은 애매하다. 그러나 그가 『비판』에서 강조하고 있는 것은 어느 쪽이냐 하면 소외의 숙명이다. "개인은 각자 제도의 존립의 공범자이다. 그러나 반대로 각자는 벌써 태어나기 전부터 그 희생자이기도 하다. 그들이 태어나기도 전에 앞서 온 세대가 이미 그들의 제도적 미래를 외부적이며 기계적인 운명으로서, 즉 넘어설 수 없는 결정적 요인으로서 규정해 놓은 것이다." (같은 책, p. 585.)

4

개인의 문제를 다루고 있는 이 오래된 책에서 저자는 역사적, 심리적 견지에 서서 이야기를 전개한다. 그의 말에 의하면 중세에 있어서는 "인간은 구조화된 전체 속에 뿌리를 두고 있었고, 따라서 인생은 어떠한 의심의 여지도 필요도 없는 의미를 지니고 있었다."[42] 그것은 말하자면 어린애가 어머니와 맺고 있는 바와 같은 그런 근원적인 관계였다. 그러나 이 시대가 해체되자 개인성이 성립된다. 자본주의가 싹틈에 따라, 인간은 밀폐된 세계에서 단단하게 정해져 있던 자리에 머물러 있을 수가 없게 되었다. 한데 이 안정된 폐쇄사회의 붕괴와 아울러 두 종류의 개인이 출현한다. 한편으로는 "새로운 경제력이라는 폭풍의 힘으로 일게 된 높은 파도의 꼭대기에, 부유하고 강력한 상층계급이" 형성되었다.[43] 다른 한편으로 이 소수의 지배자 곁에는, 안정성을 상실한 사람들——비단 농부나 도시의 빈민만이 아니라 특히 중산계층의 사람들이 버림받은 상태로 존재하게 되었다. 그들은 저주와 같은 자유를 어떻게 처리할 줄 모르고 자신의 생존을 뜻 없고 무력하다고 느낄 따름이었다. 이런 사태가 오늘날까지 계속된다. 그리고 프롬의 책의 많은 부분은 "개인적 자아에서 벗어나고 자기 자신을 스스로 상실하고, 달리 말해서 자유의 짐을 내던지기를 원하는"[44] 대중의 광적인 행위와의 관련하에서 정치적, 종교적, 심리적 현상들을 해석하는 데 주안을 두고 있다. 이런 일이 개신교의 탄생으로부터 나치즘의 유혹을 거쳐 대중매체의 지배에 이르기까지 한결같이 이어져 나온 것으로 풀이되고 있다.

한데 문명의 질병을 진단하는 사람들이 대부분 그렇듯이, 프롬 역시

---

42) Erich Fromm, *Escape from Freedom*, Holt, Rinehart and Winston, 1941, p. 41.
43) 같은 책, p. 47.
44) 같은 책, p. 152.

치료책을 제시한다. 그러나 그의 처방의 밑바닥에는 '휴머니스트'다운 열정과 인간의 덕성에 대한 믿음이 잔뜩 깔려 있지만, 충분한 설득력이 있는 것 같지는 않다. 그가 진실로 중요하게 생각하는 것은 '—으로부터의 자유'가 아니라, '—으로 향하는 자유'이다. 다시 말해서 그것은 "개인의 독자성의 전적인 긍정을 전제로 한"[45] 자발적 활동을 통한 자아의 실현인데, 이 실현을 가능하게 해주는 바탕은 민주적 사회주의라고 불리는 합리적인 경제체제이다. 이러한 종류의 휴머니즘적인 이상주의는 오래전부터 도처에서 되풀이되어 와서 도리어 공소(空疎)하게 들린다는 인상은 차치하고라도, 그는 본론에서 그토록 훌륭하게 제시한 근본적 문제, 즉 우리 속에 뿌리 깊이 박힌 자유에 대한 공포와 나날이 더 보편화하고 간사하게 되어 가는 소외의 조작과의 불행한 결합을 과연 어떻게 극복할 수 있는지를 결론에서 명시하고 있지 못하다. 그러기 때문에 『자유로부터의 도피』의 가치도 사르트르의 『비판』과 마찬가지로, 우리의 사회적 존재의 문제에 대한 처방이 아니라, 오히려 문제 그 자체의 검증에 있는 듯이 여겨진다. 그리고 그 점에서는 에리히 프롬의 검증이 『비판』의 경우보다도 더 가치 있다고 말할 수조차 있을지 모른다. 왜냐하면 『자유로부터의 도피』는 『비판』이 충분히 논의하고 있지 않은 현실, 다시 말해서 집렬적 인간과 관련된 타성과 수동성과 외적 조절이, 유기(遺棄)상태로서 체험되는 자유 앞에서의 인간의 선택의 결과라는 현실을 부각하고 있기 때문이다. 그렇다면 사르트르는 과연 그런 측면을 등한시하고 있는 것인가? 우리는 그 점을 알기 위해서 『존재와 무』로 잠시 되돌아가 볼 필요가 있다.

그러나 우선 말해 두어야 할 것이 있다. 그것은 자유로부터의 자의적(自意的) 도피에 관한 프롬의 논의는 사르트르가 『존재와 무』에서 하고

---

45) 같은 책, p. 263.

있는 같은 종류의 말과 완전히 일치하지는 않는다는 것이다. 두 사람 사이에는 관점의 차이가 있다. 프롬의 경우에 이 도피는 중세의 붕괴라는 역사적, 사회적 근원의 것인 반면에, 사르트르는 존재론적, 실존적 차원에서 그 이야기를 하고 있기 때문이다. 그 도피는 곧 즉자(卽自)의 유혹이다. 그렇다면 사르트르는 집렬적 인간의 수동적 존재양태에 관해서 설명하는 과정에서 왜 그 점에 대해서 언급하지 않았던 것일까? 한두 가지 이유를 짐작해 볼 수는 있을 것이다. 이른바 실존적 심리분석의 주요한 테마가 되어 온 이 즉자의 유혹은 실천적 타성태 속에서의 존재로서의 인간의 양상을 규명하는 데는 별로 상관이 없다고 생각한 것일까? 혹은 사르트르의 의도대로라면, 『비판』은 결국 계급 없는 사회의 도래라는 마르크스의 비전을 더 확실하게 정당화하는 데 공헌하기 위한 것이었는데, 즉자의 존재론은 그것을 크게 저해한다고 생각했기 때문일까? 또 혹은 그 책을 쓰면서, 메를로 퐁티의 비난——즉자와 대자(對自)의 엄격한 구별이 사르트르의 존재론의 근본적인 약점이며, 이 약점 때문에 나와 남 사이의 매개의 개념화도, 또 다른 한편으로는 나와 사물 사이의 간세계성(間世界性)의 개념화도 불가능하게 된다는 비난[46]을 절실하게 의식했기 때문일까? 아무튼 간에 『비판』에서는 이 두 용어가 자주 나오지 않는다. 그 대신 사회경제적 차원에서의 인간의 행위를 부각하기 위해서, 대자의 개념은 자유로운 실천의 개념으로 전환되고, 그 반면에 사물화를 지향하려는 즉자의 개념 대신에는 헥시스(hexis, 초월의 전망이 없는 습관적인 의견과 행동의 도식)에서 유래하는 소외의 현상이 행위자의 의식적 기도와

---

46) 가령 다음과 같은 비판. "[사르트르가 생각하기에는] 만일 진리라는 것이 있다면, 그것은 대자라는 유일한 이해가능한 양태로 나 자신도 남들도 존재하게 해주는 의식의 불꽃과 함께 올 것이다. 겉으로 보는 것과는 달리 사르트르는 그 양태만을, 그리고 그 상관개념으로서의 순수한 즉자적 존재만을 인정했을 따름이다." (Merleau-Ponty, 앞의 책, p. 207.)

는 별개의 것으로 고찰되어 있다. 그러나 사르트르의 뜻과는 어긋나는 것일지도 모르지만, 집렬적 인간의 헥시스를 다만 실천적 타성태에서 비롯되는 필연성으로서뿐만 아니라, 또한 자유의 존재론에 의거해서 설명될 수 있는 선택으로서 고찰하는 것이 가능할 것이다. 그럼으로써 우리는 『존재와 무』(이 책에서는 인간이 결코 타율적인 기계로서 다루어져 있지 않다.)와 『비판』(이 책에서는 특히 사르트르적인 테마인 자기기만의 문제가 사회경제적인 견지 때문에, 그리고 사회주의 혁명에 대한 근거 박약한 전망 때문에 은폐되어 있다.)의 양자를 동일한 실존철학의 테두리 속으로 합류시킬 수 있을 것이다.

대략적으로 말해서 『존재와 무』에서 사르트르는 괴로운 자유의 문제와의 관련에서 대자[47]가 선택하는 즉자의 양태를 세 가지 차원에서 생각해 보고 있다. 첫째는 사물화이다. 대자는 의식의 절멸이나 어떤 권위로의 절대적 의지(依支)를 통해서 "자기 자신을 소거하고 자기의 내면적 시선을 소거"[48]하려고 한다. "이리하여 우리는 우리 자신을 타자로서 혹은 사물로서 외부로부터 파악하기를 시도하면서 괴로움으로부터 도피한다."[49] 그러나 사물이 누릴 수 있는 영원하고 절대적인 평화는 오직 죽음을 통해서밖에는 실현될 수 없다. 다시 말해서 자아는 대상으로 지향할 수밖에 없는 의식의 존재 때문에 그런 사물적인 평화에 이를 수 없다. 그러기 때문에 자유로부터의 도피를 위한 또 하나의 술책이 시도된다. 그것이 곧 자기기만의 행위이다. 그것은 자기 자신을 가득 차고 단단한 존재로 고정시키고, 이 존재가 불변의 본질이라고 믿도록 자신의 의식을 속이는 것이다. 타인의 시선에 의해서, 실천적 타성태에 의해서, 혹은 어

---

47) 여기에서 말하는 대자는 비반성적 의식의 지향성이 아니라, 도덕적 차원에서의 의식의 의식화, 즉 "자유 그 자체에 의한 자유의 반성적 파악"(*EN*, p. 77)이다.

48) Sartre, *Le Sursis*, Gallimard, 1945, p. 107.

49) *EN*, p. 81.

떤 결정론에 의해서 매개될 수 있는 이러한 정착(定着)은 "세계와 나의 본질의 뜻을 [……] 혼자서, 정당화될 수 없이, 아무 변명의 여지도 없이 실현시켜야 하는" 어려움을 면해 준다. "외부의 세계로부터 가치를 포착하고, 그 가치들을 사물처럼 단단하게 실체화하는"[50] 근엄(謹嚴)의 정신(esprit de sérieux)이 하는 짓이 바로 이것이다. 셋째로 생각될 수 있는 매우 특별한 즉자는 "나의 존재의 무화(無化)의 목표이며 종점"을 이루는 존재, 다시 말해서 "대자의 욕망의 대상이 되고, 그것 자체가 자신의 근거가 될 존재,"[51] 즉 신(神)이다. 그러나 이러한 대자=즉자의 경지는 본질상 불가능하기 때문에, 이것은 실현될 수 없는 것이다. 그리고 이 차원에서의 즉자의 문제는 집렬적 인간의 문제와는 아무 관련이 없는 것이므로, 우리의 논의에서는 다음과 같은 점만을 확인해 두면 될 것이다. 즉 집렬체의 성립은 실존적 작용주(作用主)가 아니라 타성적 피동체가 되기를 스스로 바라는 사람들의 자기기만으로 설명될 수 있다는 것이다. 사르트르 자신의 말을 빌리자면, "대자에게 있어서 존재한다는 것은 즉자로서의 자신을 무화한다는 것이다. [……] [그러나] 대자가 자신의 무를 스스로 은폐하고 즉자를 자기의 진실한 존재의 양태로서 받아들일 때에는, 또한 자신의 자유를 스스로 은폐하려고 하는 것이다."[52]

누구나 알고 있는 바와 같이, 대자가 즉자의 유혹에 자진해서 굴복한다는 이 선택은, 프로이트의 정신분석과는 달리, 인간의 행위를 해독하고 이해하는 데에 그치지 않고 행위의 비진정성(非眞正性)을 고발하는 실존적 심리분석을 통한 도덕적 비난의 대상이 되어 있다. 바로 그 점에서 『존재와 무』의 존재론에는 벌써 윤리학의 요소가 포함되어 있다. 즉자로의 함입(陷入)을 고발한다는 것, 그것은 "도덕적 행위자에게, 가치가 그

---

50) 같은 책, p. 77.
51) 같은 책, p. 653.
52) 같은 책, p. 515.

자신을 통해서 존재하게 된다는 것을 발견[하게 하는 것이다]. 그때 그의 자유는 자신을 의식화하고, 또한 가치의 유일한 근원으로서, 그리고 세계를 존립시키는 무(無)로서, 괴로움 속에서 자신을 발견할 것이다."[53] 바로 이러한 자유의 고뇌 속에서의 진정한 선택의 이름 아래서 도덕적 고발을 해 온 것이 『구토』 이래의 사르트르의 한결같은 태도였다는 것을 새삼스럽게 강조할 필요는 없을 것이다.

5

그러나 집렬적 인간(이 인간형은 『비판』에서 그 명칭으로 개념화되기에 앞서 사람들(on), 속물(salaud), 모든 사람(tout le monde), 비진정한 인간(homme d'inauthenticité) 등으로 불려 왔다.[54])의 자기기만에 대한 도덕적 비난은 과연 어느 정도로 정당화될 수 있는 것인가? 『존재와 무』를 끝내면서 사르트르는 자유라는 존재 그 자체에 대해서, "그 자신과의 거리를 유지하기를 원하는 그 존재"의 의의에 대해서 일련의 질문을 던지고, 그런 자유의 개념 자체가 "자기기만인지 혹은 하나의 근본적인 다른 태도인지를" 스스로 묻고 있다.[55] 내 생각으로는 이 질문에 대한 결정적인 대답은 비단 『존재와 무』에서뿐만 아니라, 다른 어느 곳에서도 주어져 있는 것 같지 않다. 도덕적 문제에 있어서 그는 개인적 자유의 절대적인 우선권을 정당화시키는 주관주의[56]를 넘어서서, 칸트적인 보편주의를 연상시

---

53) 같은 책, p. 722.
54) "Pourquoi des philosophes?" 앞의 책, pp. 79, 83 참조.
55) *EN*, p. 722.
56) "나의 자유는 가치의 유일한 근거이며 내가 어떤 가치를, 어떤 가치체계를 채택하는 것을 정당화시켜 주는 것은 절대적으로 아무것도 없다." (같은 책, p. 76.)

키는 객관적 입장——상호주관적이며 사회적인 자유를 궁극적 가치로서 실현시키는 책임의 인식을 바탕으로 삼는 그런 도덕적 객관주의를 지향하려고 했다.[57] 그것도 역시 널리 알려져 있는 사실이다. 그러나 이런 지양(止揚)이 가능하다 하더라도 결국 자유는 무엇을 위한 것이냐는 형이상학적 질문은 끝끝내 남아돈다. 다른 한편으로 『윤리학을 위한 노트』는 여전히 자유를 기초로 삼는 상호주관성을 이론화하려는 사르트르의 강한 욕망을 반영하고 있고, 따라서 『존재와 무』에서는 설정될 수 없었던 증여(贈與), 호소, 관대성과 같은 덕목들을 강조하고 있지만,[58] 그것으로 본래적인 갈등의 존재론이 극복되지는 않는다. 『비판』으로 말하자면 자유의 문제가 집단의 반항적 실천, 즉 갈등을 극복하기 위한 갈등과 관련해서 제시되어 있는데, 그 결과는 앞서 언급한 바와 같이 낙관적인 것이 아니다. 왜냐하면 모든 행동은 필연적으로 새로운 실천적 타성태의 구성으로 낙착되고, 그것은 다시금 집렬적 인간으로서 존재하도록 우리를 강요하기 때문이다. 더구나 사르트르가 자신의 이론과의 모순을 무릅쓰고 믿었던 사회주의적 유토피아의 환상의 사멸은 우리가 실천적 타성태의 감옥에서 벗어날 수 없다는 것을 다시 확인시켜 주는 듯이 보인다.

그렇다면 사회적 차원에서, 특히 후기 산업사회 또는 테크놀로지의 사회라고 불리는 오늘날의 생활환경에서 대자적(對自的) 자유의 이야기를 하는 것 자체가 자기기만이 되는 것이 아니겠는가? 그 이름을 내세워서, 지배집단의 조종과 실천적 타성태의 필연적 과정에서 연유되는 외적조절

---

57) "인간이 자기 자신에 대해서 책임이 있다는 것은 엄격히 자기 개인에 대해서만 책임이 있다는 뜻이 아니라, 모든 사람들에 대해서 책임이 있다는 뜻이다." (*L'exis-tentialisme est un humanisme*, Nagel, 1959 (1946), p. 24.)

58) "통일성의 이상으로서 폐쇄적이며 주관적인 전체성을 생각하는 대신에, 상호적으로 의지하는 초탈의 개방된 다양성을 생각하는 것, 그것은 아무튼 자유가 비자유보다 낫다는 것을 인정하는 것이다. 호소는 바로 이러한 도덕적 입장과 관련되는 것이다." (*Cahiers pour une morale*, Gallimard, 1983, p. 292.)

(外的調節)에 자진해서 끌려가는 사람들을 고발하는 것은 여전히 가능하겠지만, 과연 어떤 대안이나 출구를 제시할 수 있는 것인가? 개인이 더 충실하게, 더 진정하게 자기실현을 할 수 있을 더 민주적이고 더 자유로운 사회란 어떤 것인가? 모든 모순과 갈등에도 불구하고 어떤 사람들이 생각하듯이,[59] 오늘날의 서구의 이른바 선진사회가 역사상 인간이 만든 최선의 사회라면, 지금으로서는 그것보다 더 좋은 사회를 얼른 합리적으로 구상할 수 없다면, 18세기식으로 그리고 헤겔과 마르크스를 뒤따라서 역사적인 완성가능성(perfectibility)을 외쳐댄다는 것은 우렁찬 헛소리에 지나지 않을 것이다.

우리가 벗어날 수 없고 또 어떤 의미에서는 우리가 꺼림칙하게 느끼면서도 향유하고 있는 이 '희한한 신세계'의 존립을 가능케 해주고 있는 것은, 바로 자신을 자유로부터 소외시키고 실천적 타성태에 몸을 맡기는 사람들의 존재이다. 그리고 이런 자진적(自進的) 소외로써 사회의 바탕을 형성하는 카테고리에는 외적 조절의 전략을 주도하는 지배집단 자체도 포함된다. 왜냐하면 그들 역시 궁극적 목적론과 결부되지 않는 소비의 극대화와 기술발전이라는 타성태의 유지를 위해서는 자기소외를 필요조건으로 하고 있기 때문이다. 그렇다면 이런 상황하에서 대자의 양태에 대해서는 어떤 생각을 할 수 있는 것인가? 그것은 오직 사적(私的)인 영역에서만 실현 가능한 것이 아니겠는가? 물질적 생존을 위해서는 인간을 실천적 타성태로 편입시키는 그런 공적 영역에 의지하면서도, 다른 한편으로는 상대적으로 자율적인 주체로서 그 테두리에서 유리함으로써(이 유리를 초탈이라고 생각한다면 그것은 간사하고 불성실한 자기기만이다.), 그나마 자유로운 존재로서 굳이 자기 확인을 시도할 수 있는 폐쇄적 영역이 있을 것이다. 그런 영역이 19세기에도 이미 '예술을 위한 예술'이라는

---

59) 일례로 리처드 로티가 그렇게 생각하고 있다. 이 점에 관해서는 이 책에 실린 「철학, 문학, 그리고 잔혹성」 참조.

이름으로 존재했다. 그리고 물질적 풍요와 표면상의 개인의 자유와 이데올로기의 사멸이 괄목할 만한 현상이 되어 있는 오늘날에는, 이 영역은 어느 때보다도 넓고 다양해 보인다. 그러나 그 향유에는 한 가지 조건이 따른다. 그것은 실천적 타성태라는 기본적이며 지배적인 구조에 대해서 각자가 모두 주변적이며 무력하다는 사실에 체념하는 것이다.

이 사적 영역은 또한 최후기의 푸코의 관심사였기도 했다. 그러나 그는 그 영역에 머무를 수밖에 없는 사회구조를 부각하려던 것이 아니다. 수신 제가 치국 평천하(修身 齊家 治國 平天下)의 이상을 상기시키는 한 대담에서, 그는 인간이 자신에 대한 관심과 금욕적 실천에서 출발하여 진실한 통치의 기술로 이를 수 있는 길을 생각해 보고 있다.[60] 개인 윤리로부터 정치로 확대되는 이 유토피아적 구상에서 그는 주체의 자유와 억압 없는 상호성의 환상을 보여 준다. 그는 권력의 계보를 추적하면서 주체의 허구를 밝히고 해체하기 위해서 그 자신이 했던 모든 일을 괄호속에 넣고, 새삼스럽게 철학의 구성적 기능에 기대하려는 듯이 보인다. 이제 그의 철학관은 앞서 주 7)로 표시한 구절과는 정반대되는 것으로 나타난다. "바로 모든 지배의 현상에 대한 도전이며," "소크라테스적인 요청에서 출현하는" 철학이, 그 자신의 손에 의해서 분쇄되었던 주체를 진정하게 재정립시킬 수 있다는 듯이 말이다. 마치 "너 자신에 대해서 관심을 가져라. 자신에 대한 지배를 통해서 너의 존재의 기초를 자유에 두게 하라."[61]는 소크라테스적인 요청이, 우리의 일상생활의 바탕을 이루고 소외의 메커니즘에 의존하는 현실세계를 떠나서, 수도원에서처럼 조용히 실천될 수 있는 듯이 말이다. 그렇기 때문에 최후기의 푸코의 극기적 이상주의는 놀랍게도 그 자신을 스스로 배반하는 탈사회적 자기중심주의로

---

60) "The ethic of care for the self as a practice of freedom" (Bernauer and Rasmussen, ed., *The Final Foucault*, MIT Press, 1988, pp. 1~20) 참조.
61) 같은 책, p. 20.

보이며, 1950년경에 후기산업사회의 문제들이 부각되기 시작했던 무렵에 쏟아져 나온 선의의 소박한 이상주의적 발언[62]과 대차가 없는 것으로조차 여겨지는 것이다. 또한 그렇기 때문에 실천적 타성태를 초극하려던 사르트르의 기도의 좌절이 도리어 더 값져 보이는 것이다. 다시 말해서 즉자와 대자, 개인과 집단, 존재론과 윤리적 명제, 혁명적 실천과 집렬체로의 복귀 사이의 대립과 모순이라는 난제들이 얽혀 있는 그런 기도의 좌절이 그의 죽음을 넘어서서 살아남고 있는 듯이 생각되는 것이다. 테크놀로지라는 실천적 타성태가 단순히 물질의 이용만이 아니라 인간 자신의 존재와의 깊은 연관을 의미하는 것인 이상, 그 어느 때보다도 큰 문제가 된 오늘날의 인간의 운명을 성찰함에 있어서, 사르트르의 좌절은 어떤 대안의 제시보다도 중요한 뜻을 내포하고 있는 것인지도 모른다. (1998)

---

62) 필자가 앞서 언급한 프롬의 이상주의 이외에도, 한가지 예문만 더 들어 두자. 여기에서는 실존주의적인 정신주의 혁명으로 위기를 극복할 수 있다는 소박한 희망이 피력되어 있다. "우리는 테크놀로지를 넘어설 수 없다. 그러나 우리는 테크놀로지의 소외를, 다시 말해서 우리가 테크놀로지를 지배하는 대신에 그것이 우리를 지배하는 사태를 넘어설 수 있다." (F. H. Heinemann, *Existentialism and the Modern Predicament*, Adam and Charles Black, 1953, p. 27.)

사르트르의 낮의 철학과 바타유의 밤의 사상
── 『내적체험』에 대한 논의를 중심으로

1

바타유(Georges Bataille, 1897~1962)는 작고하기 1년 전에 그가 마지막으로 가진 인터뷰에서 다음과 같이 말한 일이 있다. "내가 가장 자랑스럽게 생각하고 있는 것은 카드를 뒤섞어 놓은 것이라고 말해도 좋을 것 같다……. 다시 말해서 나는 가장 요란스럽고 가장 충격적이며 가장 파렴치한 웃음과 가장 심오한 종교적 정신을 결부시켜 놓았다고 생각한다."[1]

이 발언은 바타유를 모르는 사람에게는 하나의 엄청난 수수께끼가 되고, 다소간에 그를 아는 사람에게는 그의 사상의 핵심에 접근할 수 있는 실마리가 될 만한 것이기도 하다. 카드를 뒤섞어 놓았다는 것은 기존의 사고의 질서를 근본적으로 교란시켰다는 뜻이 되겠는데, 그 교란의 작업에 있어서, '가장 파렴치한 웃음'과 '가장 깊은 종교적인 정신'이 연관된다니 그것은 무슨 뜻인가? 그 연관은 모순의 야릇한 공존인가 혹은 어떤 변증법적 통합인가? 그렇지 않으면 그 둘 사이에는 인과관계가 있는 것

---

1) Madeleine Chapsal, *Les Ecrivains en personne*, Juillard, 1973, p. 29.

인가?

이런 질문에 대한 대답은 이 글을 써내려감에 따라 차차 시도되겠지만, 우선 말해 둘 것이 있다. 그것은 그의 글에 접하는 사람으로 하여금 당혹감을 느끼게 만드는 것은 '파렴치한' 웃음과 종교적 정신의 야릇한 관련뿐 아니라, 또한 그 각각의 존재라는 것이다. 방금 언급한 인터뷰에서 그는 현존하는 사태에 대한 격분을, 삶의 현실에 대한 격분을, 초현실주의자들 및 성(聖) 환 델라 크루스와 나누어 가지고 있다는 뜻의 말을 하고 있다.[2]

그렇다면 그런 격분이 왜 웃음으로 나타나는지 의심스럽다. 다른 한편으로 '가장 깊은 종교적 정신'이라는 표현도 결코 쉽게 해석될 수 있는 말이 아니다. 바타유는 한때 가톨릭으로 귀의한 시기가 있었으나, 그의 신성 모독의 언어는 충격적이다. 신부의 안구를 도려내면서 전개되는 성당 내에서의 성적(性的) 광란의 장면을 포함한 『눈 이야기(Histoire de l'oeil)』 (1928)를 단순히 청년기의 억압된 성의 폭발이라는 견지에서만 보기는 어려울 것이다. 거기에는 자기가 믿어 온 기독교에 대한 철저한 증오와 복수가 깔려 있는데, 그것은 어디에서 연유된 것인가? 그 후에도 그의 모독적 언사는 줄곧 계속되어 나간다.[3]

그렇다면 바타유가 말하는 종교적 정신이란 기독교신앙의 테두리 밖에서 찾아야 할 어떤 다른 초월적 존재에 대한 믿음인가? 혹은 모든 종류의 초월적 존재를 거부해도 남아도는 어떤 종교적 성향을 두고 하는 말인가?

---

2) 같은 책, p. 28 참조.

3) 두 가지 예만 더 들어 두자. 그의 최고의 소설이라고 일컬어지는 *Madame Edwarda* (1941)에서 동명(同名)의 창녀는 자기의 성기(性器)를 내보이며 "나는 신이다."라고 외친다. 더 이론적인 서술로서는 *Manuel de l'anti-chrétien* (*Oeuvres complètes* II, Gallimard, pp. 377-399) 참조.

이런 모든 질문을 염두에 두고 그의 사상을 총괄적으로 살펴보려고 할 때, 우리가 그나마 손쉽게 접할 수 있는 것은 『내적체험(內的體驗)』(1943)이다. 200쪽 내외의 이 수상록은 바타유 자신의 말로도 "가장 짜임새 있는 작품"이며, "이해 가능한 하나의 총체를 한 권으로 제시하고 있는 유일한 책"이다.[4]

분명히 이 책은 바타유가 과거에 어떤 사상적 경로를 밟아 왔으며, 그가 마주친 문제를 어떻게 풀어나왔는지를 전체적으로 보여 주고 있는 책이다. 그러나 "짜임새 있다."는 저자의 말에도 불구하고, 그 문체는 단속적이며 이야기는 논리적 절차를 따르지 않는다. 그리고 언어는 비유적, 상징적, 다의적이어서, 독자는 텍스트를 부단히 되읽어야 하고 미진한 해석을 거듭해 나갈 수밖에 없다. 『내적체험』에 대해서 이야기한다는 것은 바로 이러한 불완전한 읽기를 시도한다는 것이다. 모든 책 읽기가 군맹무상(群盲撫象)이겠지만, 이 책은 특히 읽는 사람 자신의 각도에 따라 얼마든지 다르게 읽힐 수 있는 종류의 것이기 때문이다. 그렇다면 나는 어떤 입장에서 이 책을 대하려는 것인가? 우선 그런 입장 표명부터 먼저 해 두는 것이 더 솔직한 처사일 것이다.

나는 바타유가 현대의 서양사상사에서 가장 중요한 지위를 차지하는 한 사람이라는 푸코의 견해[5]에 일리가 있다고 생각한다. 그는 과연 종래의 글쓰기의 틀을 근본적으로 깨고 사유와 언어가 갈 수 있는 극한까지 가 보면서 삶에 긍정적 가치를 부여하려고 제 몸을 태운 사람으로 보인다. 더구나 그는 다만 문학과 철학의 영역에서뿐만 아니라, 정치, 경제, 과학 등 인간의 모든 활동 분야에서 우상파괴의 작업을 이어나간 사람이다. 그러나 바타유의 존재는 그에게 선행하거나 그와 동일한 시대에 전

---

4) 《ユリイカ》, 1997년 7월호, p. 284에서 재인용.
5) "우리는 오늘날 알고 있다. 바타유가 그의 세기의 가장 중요한 작가의 한 사람이라는 것을." (전집 간행사의 첫마디——Bataille, *Oeuvres complètes* I, p. 5.)

개된 여러 지적(知的), 실존적 기도를 전적으로 무효화시켰다거나, 혹은 오늘날 그의 발상만이 우뚝 부각되어 있다고는 말할 수 없다. 그가 결정적으로 파괴하려고 한 체계적 언어와 합리주의적 사고방식과 미래지향적 기도는 여전히 일상생활의 밑바닥에 깔려 있을 뿐만 아니라, 하버마스와 같은 사람의 사회철학의 근간이 되어 있다. 더구나 바타유 자신은 그를 일방적으로 예찬하는 데리다나 푸코가 강조하듯이,[6] 그렇게 철두철미한 혁명적 사상가가 아니다. 그의 질서 파괴적인 언어의 밑바닥에는 보수적인 사회관이 깔려 있고, 논리를 초월하려는 그의 사고는 적어도 그 시발점에 있어서는 논리적이다. 또 한 가지 지적해야 할 것은 바타유가 이른바 '신의 죽음' 이후 존재의 문제에 당황하고, 그 자신의 말마따나[7] 그 죽음이 남긴 빈터를 두고 이야기하고, 가능한 보전(補塡) 내지는 대안을 찾으려고 한 근대 서양의 오랜 전통의 연장선상에 있다는 사실이다. 그가 스스로 '깊은 종교적 정신'의 소유자라고 말하고 있는 것은 바로 그런 의미에서이다. 그 점에서는 존재론적으로 신의 부재를 증명하고는 그 부재를 아예 문제로 삼지않은 사르트르의 태도에 더 일관성이 있다고 말할 수 있을지 모른다.

그러나 앞으로 검토하겠지만 『내적체험』이 출간되었을 때 사르트르가 가한 비판에는 분명한 한계가 있다. 그는 자기의 대극점(對極點)에 있는 바타유의 사상을 마땅하게 이해하지 못했다. 그 점을 지적하는 것은 정

---

6) 대표적인 것으로 Foucault, "Préface à la transgression" (*Critique*, août–septembre 1963, pp. 751–769 또는 Foucault, *Dits et écrits*, I, Gallimard, 1994, pp. 233–250) ; Derrida, "De l'économie restreinte à l'économie générale" (*L'Ecriture et la différence*, Seuil. 1967, pp. 369–407.)

7) "신을 믿는 사람들에게 신이 무엇을 표상하는지, 그리고 그들의 생각 속에서 신이 어떤 자리를 차지하는지는 누구나 다 알고 있는 일이다. 그리고 신이라는 인물을 제거할 때 그 자리에는 그 무엇이 남는다고, 즉 빈자리가 남는다고 나는 생각한다. 내가 이야기하고 싶었던 것은 그 빈자리에 관해서였다." (Chapsal, 앞의 책, pp. 30–31.)

당한 일이며, 우리도 우리 나름으로 '낮의 철학'을 대표하는 사르트르가 '밤의 체험'의 화신인 바타유와 얼마나 동떨어져 있는지를 밝혀 나갈 것이다. 그러나 이와 동시에 우리는 방금 언급한 바타유의 한계에 대해서도 주목을 기울이면서 그의 발상과 궤적이 지닌 의의를 따져 보아야 할 것이다. 다시 말해서 우리에게 필요한 것은 오늘날의 어떤 서양 사람들이 그러듯이 바타유의 참신성만을 내세워 사르트르의 사상의 시효상실을 선언하는 것도 아니며, 또한 양자간의 공통점이나 유사성을 들어올려 문제의 소재를 흐려 놓는 것도 아니다.[8] 또한 이와 반대로 새로운 합리주의의 이름 아래 바타유의 기괴하지만 필사적이었던 실존의 시도를 폄하하려는 것도 우리의 뜻이 아니다.[9] 이 글이 지향하려는 것은 그러한 택일주의나 타협주의에서 벗어나면서, 현대를 대표하는 두 대척적인 사상가인 바

---

8) 위의 주 6)에서 언급한 데리다의 글은 많은 부분에서 『내적체험』에 대한 사르트르의 비판의 결함을 드러내 보이고 있다. 다른 한편으로 필자가 최근에 읽은 Jean-François Louette, "Existence, dépense : Bataille, Sartre" (*Les Temps modernes*, janvier-février 1999, pp. 17-36)는 구토, 나무, 광증, 황홀 등의 이미지와 개념의 유사성을 지적하고 있으나, 그런 지적은 별로 의미가 없고 자칫하면 오해를 불러올만한 것이다. 가령 그는 "웃음, 현기증, 구토, 죽음에 이르기까지의 자기상실"이라는 『내적체험』의 한 구절을 들어올려 그런 낱말들이 사르트르의 『구토』에서 시사된 것인지도 모른다고 말하고 있다. 그러나 바타유에게 있어서는 그것은 황홀의 경지에 도달하기 위한 필수조건인 반면에, 사르트르의 경우에는 새로운 질서를 위해서 없애버려야 할 악몽인 점이 전혀 간과되어 있다.

9) 하버마스의 바타유론(論)("Entre érotisme et économie générale," in *Le Discours philosophique de la modernité*, Gallimard, 1988, pp. 249-280)은 바로 이런 점에서 한계를 보이고 있다고 여겨진다. 그는 바타유가 이질성, 지고성(至高性) 또는 성스러움 등의 개념을 내세워서 히틀러와 스탈린의 독재주의로 경사한 점을 비난하고 있다. 하기야 바타유가 한때 그런 편향을 보인 일이 있는 것은 사실이다. 그러나 하버마스는 그런 개념들이 정치적 의미를 넘어서서 갖는 중요성을 충분히 평가하고 있지 않다. 비합리적이라고 말할 수밖에 없는 그 욕망과 지향이 인간을 움직이는 힘이며 그것은 이성의 통제에 의해서 소거될 수 있는 성질의 것이 아님을 그는 마땅하게 인식하고 있지 않은 것이다.

타유와 사르트르에 의해서 제기된 문제를 재검토하고 그들이 오늘날 가질 수 있는 의미를 생각해 보려는 데 있다.

2

앞서 말한 것처럼 『내적체험』은 논리적 담론이 아니다. 그것은 바타유 자신의 말대로 "어떤 절망의 이야기"이다. 문제를 해결했다고 생각하여 승리감을 맛보기가 무섭게 "모든 것이 무너져앉고 [그는] 새로운 수수께끼 앞에서 깨어났다. 그리고 그 수수께끼가 풀 수 없는 것임을 당장에 알았다."[10] 그렇다면 지리멸렬하게 보이는 이런 절망의 이야기를 왜 하려는 것인가? 그것은 두 가지의 서로 상관된 목적을 위한 것이다. 첫째로 바타유는 독자가 그와 동일한 체험을 나누기를 바란다. "나는 나의 책 속으로 들어와서 마치 구덩이 속으로 떨어지듯 떨어져서 다시는 벗어나지 못할 사람들을 위해서 쓴다."(135)는 것이 그 자신의 말이다. 이 발언은 여러 가지로 씹어 볼 만한 것이지만, 지금으로서는 독자들이 자기자신을 버리고, 저자인 바타유가 내적 체험이라고 부르는 심연 속으로 함께 빠져들기를 바라고 있다는 한마디만 해 두자. 그렇다면 그 '구덩이'는 암흑의 세계이며, 바타유는 자기가 빠진 이 어둠 속으로 우리마저 끌고 들어가려는 일종의 사디스트이거나 악마인가? '다시는 빠져나올 수 없다.'는 표현과 '구덩이'라는 말을 결합시켜 보면 일단 그렇게 해석해 볼 수도 있을지 모른다. 적어도 그 표현이 광명으로 향하는 종극적 해탈을 위한 과

---

10) *L'Expérience intérieure* (*Oeuvres complètes*, V, Gallimard, 1973) p. 11. 이하 『내적체험』으로부터의 모든 인용은 이 전집판에 의하며, 그 쪽수는 본문에서 숫자로 표시한다. (참고 : Collection TEL 총서의 한 권으로 나와 있는 이 책의 보급판의 쪽수 매김은 전집판의 그것과 일치한다.)

정으로서의 고행을 의미할 수 없다는 것은 일견 분명해 보인다. 그러나 바타유는 얼른 생각하기에 이 말과는 모순되는 듯한 또 하나의 목적을 제시한다. 그는 "고뇌를 도취(陶醉)로 전환하는 방법을 가르치겠다."(47)고 나서는 것이다.

따라서 일관된 논리적 사고방식에 익숙하고 그것을 따르려는 사람으로서는 이런 말에 어떤 당혹감을 느끼지 않을 수 없고, 그 두 가지의 목적의 연계성을 이모저모로 생각해 보려고 할 것이다. 그렇다면 빠져나올 수 없는 구덩이 속에서의 도취란 도대체 무엇인가? 그것은 암흑 속에서 가끔은 비쳐오고 한 순간일망정 암흑을 쓸어내는 한 줄기의 광명일까? 혹은 반대로 바타유가 강조하려는 것은 도취 그 자체가 아니라, 도리어 어떤 순간적인 도취조차 결코 소거할 수 없는 고뇌라는 암흑의 숙명적 존재인가? 또 혹은 고뇌야말로 도취의 조건이며, 그 양자는 표리일체를 이루는 것인가? 이런 숱한 의문에 가하여, 『내적체험』이 절망의 이야기라는 바타유의 고백을 다시 상기하면 이야기는 더욱 복잡해질 것이다. 그렇다면 이렇게 절망과 희망이, 어둠과 빛이, 고뇌와 환희가 교착하고 성공과 좌절이 불분명해서 질문만 증식시키려는 것이, 그럼으로써 독자로 하여금 삶에 대한 어떤 근본적 이의제기의 길로 들어서게 하려는 것이 이 책의 근본 목적인가? 한데 이런 질문에 더 구체적으로 접근하기 위해서 우리가 해야 할 첫째 작업은 바타유가 '내적체험' 이라는 말로써 과연 무엇을 의미하려는 것인지 알아보는 일이다.

그 일은 비교적 쉬워 보인다. 바타유는 『내적체험』의 출간 당시에 쓴 작품 소개의 글에서 신비주의와의 연관을 다음과 같이 이야기하고 있다.

이상하게 들릴지도 모르지만, 무신앙자(無信仰者)에게도 열려 있는 신비적 체험의 가능성을 종교적 선례(先例)로부터 떼어 낼 수는 없는 것인가? 교리에 따른 고행과 종교적 분위기로부터 그 가능성을 떼어낼 수는 없는 것인가? 한마디로 해서, 신비적 체험의 가능성을 신비주의에서 떼어 내서, 그것을 무지(無知)의 헐벗은 상태와 결부시켜 볼 수는 없는 것인가?[11]

이 몇 마디의 말은 '내적체험'의 성격을 분명히 드러내고 있는 것이다. 그것은 요컨대 1) 전통적 신비주의가 도달하려는 목표, 즉 "인간의 정신과 존재의 근본적 원리와의 밀접하고 직접적인 합일, 신령(神靈)의 무매개적인 포착"[12]을 거부하면서도, 2) 신비주의자들의 방법을 적용하여 도리어 그것을 궁극적 무지로 이르는 길로 삼고, 신비주의자들이 느낀 것과 같은 황홀감을 바로 그 무지의 경지에서 체험하려는 것이다. 그러나 바타유 자신은 그 절차에 끌리면서도 신비주의라는 말 자체에는 저항감이 있다는 것을 『내적체험』의 첫머리에서 더 분명히 밝혀놓는다.

내가 말하는 『내적체험』은 보통 '신비적 체험'이라고 불리는 것으로, 황홀과 희열의 상태를, 적어도 침사(沈思)에서 우러나는 감동의 상태를 의미한다. 그러나 내가 생각하고 있는 것은 사람들이 지금까지 고집해 온 종교적 체험이 아니라, 어떤 적나라한 체험이다. 그것은 어떠한 종파에도 결부되어 있지 않고 또 거기에 기원하고 있지조차 않은 것이다. 그러기 때문에 나는 '신비적'이라는 말을 좋아하지 않는다.(15)

그러나 '신비적'이라는 말에 대한 저항에도 불구하고, 바타유는 결국 신비주의자 내지는 신비주의적 색채를 짙게 보존하고 있는 사람일까, 혹은 그의 주장대로 '내적체험'은 신비주의자들의 체험과는 본질적으로 다른 것일까? 만일 본질적으로 다른 것이라면 그가 말하는 '종교성'은 어

---

11) *Oeuvres complètes* (이하 *O.C.*) V, p. 422.
12) Henri Sérouya, *Le Mysticisme*, PUF, 1956, p. 8.

디에서 오는 것인가? 바타유를 이해하는 데 있어서 핵심적인 문제의 하나가 될 만한 이런 질문에 대해서 결정적으로 대답하기는 어려운 일이다. 그것은 무엇보다도 바타유 자신의 여러 양면적인 발언에 기인한다.

한편으로 그는 초고에서도 "시적(詩的) 상상에 찬동하는 모든 종류의 신비주의만큼, 나의 가능성 내지는 이 책의 의도와 먼 것은 없다."[13]라고 말하면서 차별성을 강조하고, 또한 완성된 텍스트에서는 '내적체험'이 "인간의 가능성의 한계까지로의 여행"(19)을 의미한다고 재규정함으로써 신비주의와 관련된 모두(冒頭)의 발언이 불러일으킬지도 모를 '오해'를 불식시키려 한다. 그뿐 아니라 후일에는 "나는 전에 그 지고(至高)의 작업을 내적체험 또는 가능성의 극한이라고 불렀다. 나는 이제 그것을 침사(méditation)라고 부르려 한다."[14]고 했고, 『내적체험』의 1954년도 판에는 『침사의 방법(Méthode de méditation)』을 속편으로 첨가했다.

그러나 다른 한편으로는 이러한 차별성의 강조와는 대조적으로, '내적체험'과 신비주의의 연관성을 스스로 인정하거나 반증하는 발언도 적지 않다. "나는 이미 내적 (또는 신비적) 체험이 아니라 꼬챙이에 대해서 이야기하려고 한다."[15]고 말한 것은 1944년의 일이다. 그러니까 그는 그 이전까지는, 즉 『내적체험』이 나온 1943년경까지는 '내적체험'과 신비적 체험의 관련이 있음을 반증하고 있는 셈이다. 또한 1953년에는 『내적체험』에 신비주의의 흔적이 있었다고 하면서 이렇게 말하고 있다. "나는 오

---

13) *O.C.*, V, p. 427.

14) Jean-Louis Baudry, "Bataille and Science : Introduction to Inner Experience" (Leslie Anne Boldt-Irons, ed. *On Bataille*, State University of New York Press, 1995, p. 266)에서 재인용.

15) *O.C.* VI, p. 78. 여기에서 언급된 '꼬챙이'란 옛날에 사람을 찔러죽이는 형벌에 사용했던 꼬챙이를 의미한다. 이 말에는 '내적체험'의 극치가 죽음의 순간에 마주친 수형자(受刑者)가 느끼는 공포와 황홀의 복합체에 의해서 실현된다는 바타유의 오래된 생각이 담겨 있는 것으로 여겨진다.

래전부터 외형적일망정 신비주의로의 사소한 경사(傾斜)조차 할 수 없게 되었다. 전에는 나의 태도가 그렇게 석연치 않은 경우가 있었다. 특히 『내적체험』과 그 연장선상에 있는 『침사의 방법』은 [……] 오늘날 보기에는 비판받을 만하다.[16] 그렇다면 이런 자기비판으로 신비주의에 관한 문제는 일단락된 것인가? 다시 말해서 그는 그 이후로는 '냉담한 지성'의 엄격성에 의거해서 우리가 신비주의라고 부를 수 있는 모든 것을 철저하게 그리고 효과적으로 배격해 나갔던가? 그것을 알아보는 것은 이 글의 범위를 벗어나는 엄청난 작업이 될 것이다. 다만 방금 예시한 바타유의 발언들을 통해서, 신비주의에 대한 그의 모든 적의에도 불구하고, 적어도 『내적체험』만은 최소한일망정 신비주의의 흔적을 남기고 있으며, 바타유 자신도 그것을 어느 정도 시인하고 있다는 말만큼은 이 자리에서 할 수 있을 것이다. 더구나 다음과 같은 말년의 술회는 그가 '신비주의'라는 말을 송두리째 거부한 것은 아니며 그의 모델이 기독교적 신비주의였음을 다시 한번 확인시켜 주는 것이다. "나로서는 극한까지 가야만 했다. 아마도 남들이 신비주의라고 부를 수 있는 것, 그리고 성 환 델라 크루스라는 이름을 빌려 지칭할 수 있는 것을 향해서 말이다."[17] 바타유가 과연 신비주의자인지 아닌지에 대해서는 논란이 그치지 않고 있지만, 필자로서는 이상에서 말한 이유로 그가 신을 거부하는 뒤틀린 신비주의자였다고 보고 싶고, 뒤에서 언급하는 것처럼 사르트르가 그를 '새로운 신비주의자'라고 부르는 것이 전적으로 부당하다고는 생각하지 않는다.[18]

---

16) *O.C.*, V, p. 490.

17) Chapsal, 앞의 책, p. 28.

18) 데리다는 사르트르의 바타유론을 비판하면서, 바타유가 신비주의자도 새로운 신비주의자도 아니라고 말한다. (Derrida, 앞의 책, pp. 399~400.) 그러나 데리다의 이 발언은 '내적체험'이 갖는 실존적 모험으로서의 측면을, 신의 대리물(Ersatz)를 찾으려는 비극적인 동시에 희극적인 경련을 무시하고 있기 때문에 나온 것이다. 그런 견해보다는 차라리 기독교적 신비주의의 입장에서 바타유의 '불가능을 향한 모험'을 비판

이제 우리는 '내적체험'의 내용과 방법에 대해서, 그리고 그 성패 여부에 대해서 이야기할 단계에 들어섰다. 이 글의 목적은 바타유와 사르트르의 생각이 그 근본에 있어서 어떻게 다른지를 생각해 보려는 데 있는 것이므로, 『내적체험』을 소상히 소개하고 분석하는 대신에, 그 목적과의 관련에서 몇 가지 사항만을 중점적으로 지적하려고 한다. 우선 강조해야 할 것은 '내적체험'의 신비주의적 색채에도 불구하고, 바타유는 당장에 초이성적 내지는 초논증적(超論證的) 체험으로 들어서는 것은 아니라는 점이다. 그는 도리어 논증적 담론을 전개시키는 이성이 적어도 시초의 작업에서는 필요하며, 한 걸음 더 나가서 이성의 한계에 대한 인식을 가져 오는 것도 이성 그 자체임을 이렇게 강조한다.

내적체험은 논증적 이성에 의해서 인도된다. 오직 이성만이 그것이 만들어 놓은 것을 해체하고 그것이 세워 놓은 것을 쓰러뜨릴 수 있다. 광기(狂氣)에는 효력이 없다. 그것은 잔해를 존속시키고 이성과 마찬가지로 상통의 기능을 어지럽힐 따름이다. [……] 자연발생적인 흥분이나 도취는 지푸라기에 붙은 불 정도의 효과밖에는 내지 못한다. 우리는 이성의 힘을 빌리지 않으면 '암흑의 백렬(白熱)'에 이르지 못한다.(60)

이 구절은 바타유의 출발점이 흔히 생각할 수 있듯이 직관, 열광, 영감, 반항적 정렬 따위에 있는 것이 아니라 냉철한 해체적 이성에 있다는 것을 알려 준다. 그렇다면 이 해체적 이성에 의해서 해체되는 것은 과연

하고 있는 르나르의 말에 더욱 설득력이 있다. 그에 의하면 바타유처럼 스스로 신이 되려고 하는 것은 "신비주의적 체험의 가능한 여러 의미 중의 하나이다."(Jean-Claude Renard, 《L'Expérience intérieure》 de Georges Bataille ou la négation du Mystère, Seuil. 1987, p. 24.) 참고로 Alain Arnaud & Gisèle Excoffon-Lafarge, Bataille (Seuil)는 바타유의 텍스트와 그가 모델로 삼은 기독교적 신비주의자들의 텍스트를 대조적으로 제시하면서 양자간의 유사성과 차이점을 부각시키고 있다. (pp. 28-59)

무엇인가? 그것은 신과 신이 베푸는 구원이라는 개념이며, 미래를 향해서 현재를 초월하려는 인간의 기도이다. 하기야 그는 일찍이 믿음을 버렸다. 그러나 만일 신의 부재를 다만 개인적 체험에 의거해서만 이야기했다면, 신 없는 신비주의로서의 '내적체험'은 설득력이 약한 것이 되고말았으리라. 또한 미래 지향적인 행동의 의미가 부정되지 않았다면, 궁극적 무지(바타유 자신의 용어를 빌리자면 '비지(非知, non-savoir))'의 암흑속에서의 순간적 황홀의 중요성 역시 충분히 증명되지 못했을 것이다.

우선 신의 존재에 대한 바타유의 부정적 논증은 내적체험의 이름으로다음과 같이 전개된다. 내적체험은 앞에서 말한 것처럼 어떤 황홀의 상태를 겨냥하지만, 그것은 모든 초월적 실체에 대한 선입견의 포기를, 미지(未知)와의 적극적 대면을, 그리고 그런 상태에서 지니게 되는 고뇌를바탕으로 한 황홀이다. 이런 점에서 보자면 내적체험은 무엇보다도 먼저"인간이 존재한다는 사실에 대해서 알고 있는 것을 열기(熱氣)와 고뇌 속에서 의문시하는 것"이다. 한데 만일 누가 [나는 신을, 절대를, 또는 모든세상의 근원을 보았다.]고 말한다면 그런 발언은 완전과 불완전의 구별을설정하려는 인간의 오성(悟性)이 만들어 낸 허구에 지나지 않는다. 이리하여 "신은 영혼의 구원과 결부되고 또 동시에 불완전한 것과 완전한 것사이의 다른 여러 가지의 관계와 결부된다. 한데 내적체험에 있어서는내가 언급한 미지의 것에 대한 나의 감정은 완전이라는 관념에 대해서깊은 적의를 가지고 있는 것이다."(16) 결국 바타유는 인식론적으로는 불가지론의 편에 서서 어떠한 절대의 환상도 거부하려는 것인데, 이러한지적 자세는 다음의 발언에서 더욱 잘 확인될 수 있다.

우리의 비참의 어느 순간에 신을 상정하는 것이 필요하다 하더라도, 이렇듯 인식할 수 없는 것을 인식되어야 한다는 요청에 굴종시키는 것은 진실로 헛된 도피에 굴복하는 것에 지나지 않는다. 그것은 우리가 표상할 수 있는 모든 곤란보다도, 또 더욱이 존재하는 모든 것보다도, 완전이라는 관념(비참이 매달리려는 관념)을 앞세우려는 것이다.(126)

이렇게 볼 때 신의 존재를 부정하려는 바타유의 논법은 그렇게 독특한 것이 아니다. 그것은 가령 카뮈가 강조하는 지성의 한계에 대한 자각과 크게 다를 것이 없다. 다만 다른 것이 있다면 신을 부정하고 나서의 태도이며, 이 다른 태도가 앞서 언급한 바와 같이 바타유를 매우 야릇한 의미에서의 '실존적' 인간으로 만들어 주는 중요한 요인이 된 것이다. 그러나 그를 야릇한 실존적 인간으로 만들어 주는 또 하나의 요인을 우리는 지적하고 넘어가야 한다. 그것은 바타유가 '기도(企圖, projet)'를 거부하고 있다는 것인데, 이 거부의 작업에서도 역시 논증적 언어가 다음과 같이 동원된다. 기도란 더 좋은 또는 완벽한 미래를 위해서 현재를 바치는 행위, 바타유 자신의 말을 빌리자면 "존재를 후일로 미루는 행위"(59)이다. 한데 완전이나 완성이라는 개념은 인간의 오성의 허구이며, 미래에 대한 기대는 "어느날인가 멍청하게 죽게 될"(63) 인간의 허망한 생각에 불과하다. 그것은 요컨대 허영에 찬 도피이다. 그리고 기도라는 이름의 이 현실 도피는 세 가지의 욕망으로 나타난다. 첫째는 구원의 욕망이다. 한데 이 욕망 때문에 현재의 순간을 희생하는 금욕과 고행의 기도가 정당화된다.(35 참조) 둘째로는 역사적 차원에서 인간의 완성을 생각하는 오래된 욕망이 있다. 그 대표적인 것이 노동과 기도의 철학을 구축한 헤겔의 경우이다.(96참조) 셋째로 우리가 들 수 있는 것은 바타유가 『내적체험』전체를 통해서 거듭거듭 배격하려고 한 언어적 욕망이다. 다시 말해서 언어를 명증적(明證的)인 것으로 보고 그것으로 진실을 파악하고 표출하기를 바라는 담론의 기도이다. 하기야 사르트르도 이미 『구토』에서 존재와 언어 사이의 괴리에 주목한 바 있지만,[19] 사르트르가 그 비극적 인식을 극한까지 몰고 가지 못하고 예술을 통한 구원을 생각한 반면에, 바타유는 그것을 그의 실존의 변함없는 바탕으로 삼으려는 것이다. 내적체험이 우리에게 보여 주는 것은 다만 미지라는 영역뿐인데, 그 미지를 표현하고 파악할 수 있는 언어란 언어의 본질로 보아 존재할 수 없는 것이며, 그런 기도는 미래를 위해서 현재를 희생하는 것과 마찬가지로 헛된 짓일 따름이다.

그러나 언어를 통한 기도의 무익성(無益性)을 지적한다는 것은 자가당착을 가져올 수밖에 없다. 왜냐하면 언어를 초월한 것도 또 침묵 그 자체도 필경 언어의 매개를 통해서 전달될 수 있을 따름이며, 무엇보다도 『내적체험』은 언어적 표현이기 때문이다. "체험의 본질은 [……] 기도로서는 존재할 수 없는 것"(59)이기는 하지만, 그것은 언어라는 수단의 사용을 불가피하게 만든다. 그렇다면 이 모순은 어떻게 처리되어야 하는 것인가? 해답으로서, 바타유는 '말을 없애기 위한 말'의 기능에 기대한다. 불립문자를 통한 깨달음을 목표로 하면서도 그것을 설명하기 위해서는 언어를 동원할 수밖에 없는 선불교의 경우를 연상시키는 다음과 같은 발언이 그것이다.

[……] 우리가 무엇을 바라건 간에 내적체험은 기도이다. 그것이 기도인 이유는, 인간이란 시적도착(詩的倒錯)을 제외한다면 본질적으로 기도인 언어로 말미암아 기도일 수밖에 없기 때문이다. 그러나 내적체험의 경우에는 그 기도는 구원이라는 긍정적 의미에서의 기도가 아니라, 말의 힘을, 따라서 기도의 힘을 없애기 위한 부정적인 기도이다.(35)

그렇다면 신도 구원도 언어적 기도도 부정하고 나면 어떻게 되는 것인가? 그 당장에 우리는 가능성의 한계에까지 이르러 황홀의 경지에 들어

---

19) "말들은 사라져버렸다. 그리고 말들과 함께 사물들의 의미도 그 용도도, 인간이 그 표면에 그어 놓은 가냘픈 표지도 사라졌다." (*La Nausée*, Gallimard, 1938, p. 161.)

서고 그 경지를 독자와 함께 나눌 수 있는 것인가? 천만의 말이다. 이성에 의한 그런 정화작업을 일단 수행하고 나면 남는 것은 오직 부정적 요소뿐이다. 생존의 목적을 모르는 데서 오는 고뇌, 미래와 단절된 현재, 존재를 완전히 무화(無化)시킬 죽음, 모든 지식을 휩쓸어버릴 블랙홀과 같은 궁극적 미지가 남는 것이다. 한데 바타유의 내적체험은 그런 인간조건을 비관적인 것으로 보고 초월이나 해탈을 겨냥하는 것이 아니다. 만일 그렇다면 그것은 불교적인 인생관과 상당한 유사점을 가진 것이 되었으리라. 그렇다고 해서 그것은 또한 카뮈의 『시시포스의 신화』의 경우처럼 부정적인 인간조건을 괄호 속에 묶어 두고, 오직 현재의 순간이 베푸는 최대한의 희열을 추구하려는 것도 아니다. 바타유가 "고뇌를 희열로 전환시킨다."고 말할 때, 그가 의미하는 것은 고뇌의 망각이나 해소나 지양이 아니라 바로 고뇌 자체가 산출하는 희열이다. 비유적으로 말하자면 고뇌와 죽음과 미지의 암흑 자체에서 비쳐올지도 모르는 섬광이다. 이것이 '가능성의 극한'으로의 여행[20]이 가져올 기적인데, 이 과정에서 논증적 이성은 이미 아무 기능을 못하고 도리어 장애가 될 따름이다. 다시 말해서 그 기적의 산출은 이성을 초월한 다른 방법에 의해서, 즉 침묵과 극화(劇化, dramatisation)에 의해서 이루어진다. 그것이 다름아니라

20) 다음의 구절은 이 극한으로의 여행의 치열함을 웅변적으로 말해주는 것이다. "가장 중요한 것은 가능성의 극한이다. 신 자신이 이미 알지 못하고 절망하고 살육자가 되는 그런 극한의 경지이다. 모든 것의 망각, 존재의 밤의 밑바닥으로의 깊은 강하, 무지에서 나오는 한없는 탄원, 고뇌 속으로 빠져드는 것, 심연의 위를 미끌어져 가는 것, 그리고 완전한 어둠 속에서 그 공포를 체험하는 것. 고독의 추위 속에서, 인간의 영원한 침묵 속에서 전율하고 절망하는 것." (48-49) 어떤 독자는 이런 구절에서 십자가에 못 박혔던 순간의 예수를 상기할지도 모른다. 사실 바타유에게 있어서 예수는 인간을 구원하기 위하여 부활한 신의 아들이 아니라, 유기 상태에 절망한 인간일 따름이다.(86, 121 참조) 그런 점에서는 예수는 가능성의 극한까지 간 전형적 경우인데, 바타유는 그 극한에서 역설적으로 체험될 수 있는 황홀의 기적을 통하여 절망의 초극을 실현시켜 보려는 것이었다고도 말할 수 있을지 모른다.

'가능성의 극한까지로의 여행'이기도 하다.

첫째 방법인 침묵은 말하자면 황홀이 찾아드는 계기를 만들기 위한 것이다. 그것은 논증적 사고를 정지시킴으로써 언어를 넘어서는 내적 움직임을 자각하는 것으로부터 시작된다. "말은 우리 속으로 거의 평생 동안 흘러드는 것이지만, [……] 우리 속에는 말 없고 감추어져 있고 사로잡을 수 없는 어떤 부분이 존속하는 것이다."(27) 그렇다면 우리에게 깃들어 있지만 우리가 일상생활에서는 의식하지 못하는 이 미지의 침묵의 밤과 융합함으로써 마침내 어떤 황홀의 체험을 기대할 수는 없는 것일까? 이 점에서 바타유는 요가 행자(行者)의 실천을 긍정하는 것으로 보인다.

감각을 자극하는 것으로부터 완전히 격리된 감수성은 자못 내면화되어, 외부의 모든 것이 되돌아 올 때, 가령 바늘이 떨어진다거나 바삭 소리가 난다거나 할 때 그런 소리는 엄청나고도 멀리 퍼지는 반향을 일으킨다……. 힌두교도는 이런 기이한 일을 기록해 놓고 있다. 내 생각에는 이런 사실은 어둠 속에서 동공이 팽창하면 시력이 한결 날카로워지는 경우와 같은 현상이다. [……] 보통의 밤에 있어서는 우리의 모든 주의력은 끝끝내 지속되는 말이라는 경로를 통해서 대상으로 집중된다. 진실한 침묵은 말들의 부재 속에서 일어난다. 그때 바늘 한 개가 떨어지면 나는 장도리로 얻어맞은 듯이 펄쩍 뛴다……. 내부에서 이루어지는 이 침묵 속에서 팽창하는 것은, 한 기관(器官)이 아니라 감수성 전체이며 마음이다.(30)

그러나 바타유는 이런 요가의 기법에 의한 침묵이 가져올 수 있을 어떤 지복(至福)의 상태[21]에 만족하지 않는다. 그것은 그런 상태가 줄곧 지

---

21) 그 자신의 과거의 체험은 다음과 같은 시로 표현되어 있다. "나는 소멸에 이르기까지 평화에 몸을 맡긴다. / 싸우는 소리들은 죽음 속으로 사라진다, 마치 강물이 바다로 사라지듯, 별빛이 밤 속으로 사라지듯. / 싸움의 힘은 모든 행동의 침묵 속으로 소진된

속될 수 없고 시간이 갈수록 도리어 그 효험이 감소되기 때문만은 아니다. 그것보다도 더 중요한 이유로서 우리는 적어도 두 가지를 들 수 있을 것이다. 첫째로 요가를 통해서 얻는 지복이나 황홀의 느낌은 미지의 것 앞에서의 '헐벗음의 의지(volonté de dénudement)'와는 거리가 멀고, 때로는 성적 쾌락과 결부되기도 하고, 또 특히 영겁회귀로부터의 해방이라는 구원을 겨냥하는 것이기도 하다. 그러니까 그것은 수단이며, 가능성의 극한까지 간다는 순수목적을 지닌 내적체험과는 다른 것이다. 둘째로는 그것은 고뇌와 죽음의 망각을 가져오고 또 그 망각을 바탕으로 삼는 고행이기 때문에, 그런 부정적 인간조건의 적극적 수용과 함께 전개되어야 할 내적체험과는 거리가 먼 것이다. 따라서 바타유에게 있어서 침묵이라는 체험이 끝끝내 중요한 것은 사실이지만, 그가 추구하려는 침묵은 결국 요가의 정적(靜的)인 실천이 아니라, 극적(劇的)인 상황이 가져올 어떤 말 못할 침묵이다. 다시 말해서 내적체험에 있어서의 침묵과 그 침묵의 황홀경은 오직 존재의 극단적인 극화만이 가져올 수 있는 것이다. 그렇다면 그 극화는 어떻게 이루어지는 것인가?

침묵이 황홀의 도래를 기다리기 위한 고행이었다면 극화는 황홀을 유발하기 위한 적극적 작용이다. 그것은 삶이 죽음으로 쏠려드는 어떤 견딜 수 없는 극점(極點)을 상상하고 그 곳으로 자신의 전체를 내던질 때에, 즉 가능성의 극한까지 갔을 때에 일어날 수 있다. 하기야 기독교적 신비주의의 경우에도 이런 극한까지의 여행이 이루어진다. 바타유가 모범으로 삼은 환 델라 크루스에 의하면 "우리는 신(예수)에 있어서, 그 실추(失

다./나는 어두운 미지로 들어가듯 평화의 속으로 들어간다. 나는 그 어두운 미지 속으로 떨어진다./나는 스스로 그 어두운 미지가 된다." (*Acéphale*, juin 1939. ——Jean Bruno, "Les Techniques d'illumination chez Georges Bataille," *Critique*, No. 195-196, pp. 708-9에서 재인용.) 우리는 벌써 여기에서 "어두운 미지 속으로 떨어진다."는 따위의 표현을 통하여, 바타유가 순전한 요가의 정관(靜觀)과 해탈이 아니라 드라마로서의 신비주의 쪽으로 기울고 있다는 것을 짐작할 수 있다.

墜)를, 그 고뇌를, '레마 사박타니'라는 그 비지(非知)의 순간을 모방해야
한다."(61) 그러나 십자가에 못 박힌 예수의 고뇌를 추체험으로서 극화하
는 것은 기독교적 신비주의의 경우에는 결국은 어둠 속에서 빛을 맞이하
기 위한 것이다. 견딜 수 없는 질문의 끝에는 대답이 있는 것이다. "이 행
복한 어둠에서 나를 이끌어 주는 것은 오직 내 마음에서 타고 있는 빛뿐
이었다. 나는 어둠 속에서 안전하게 있었다. [……] 어둠 속에서 영혼을
안전하게 걷게 해 주는 더 특별한 이유가 있다. [……] 영혼은 말하자면
신이라는 이름의 건강을 회복하기 위해서 요양 중에 있는 것이다."[22] 그
러나 바로 어둠 속에서의 영원한 빛의 발견이라는 기독교적 신비주의의
황홀의 체험을 바타유는 거부한다. 그는 환 델라 크루스조차 "신을 손아
귀에 넣음으로써 전일자(全一者, tout)가 되려는 포부"(34-35), 즉 죽음과
미지의 숙명을 초월하는 존재가 되려는 포부를 버리지 않았다고 비판한
다. 그렇다면 기독교적 신앙이 상실되면 극화는 불가능하게 되는 것인
가? 물론 그렇지 않다는 것이 바타유의 대답이다. 기독교적 신비주의자
가 예수의 형벌의 장면을 아찔하게 추체험하듯이, 바타유는 삶과 죽음의
아슬아슬한 경계를 넘나들면서 주체와 객체가 용해하는 극점으로 빠질
때 황홀의 영역으로 접어들기를 기대한다.

  나는 본다, 일찍이 담론이 도달하지 못한 것을. 나는 커다랗게 뚫린 구
  멍이 되어 아련한 하늘을 향하여 열려 있다. 내 속에 있는 모든 것이 궁극
  적 불합(不合)을 향해서 쏠려 들고 그 속에서 합치한다. 모든 가능한 것의
  파열, 격렬한 입맞춤, 유괴, 가능한 것의 완전한 부재 속으로의 소멸, 불투
  명하고 죽은 밤으로의 소멸, 그러나 마음속만큼 알 수 없고 눈부신 빛이기
  도 한 밤으로의 소멸.(74)

22) Jean de la Croix, *La Nuit obscure* (Arnaud & Excoffon-Lafarge, 앞의 책 p. 39에
    서 재인용.)

이 인용문은 매우 착잡하고 결코 일의적(一義的)으로 해석될 수 있는 논리성을 지니고 있지 않다.[23] 왜냐하면 황홀이란, 언어가 결코 표현할 수 없는 밤과 빛이 같이 있는 경지, 가능한 것이 불가능한 것과 만나서 파열하는 경지, 그리고 기지(旣知)의 것이 마치 블랙홀과 같은 미지 속으로 빨려 들어가는 경지에서 일어나는 것이기 때문이다.[24]

사실 『내적체험』의 어느 한 구절에서라도 황홀의 개념에 대해서 구체적이면서도 보편적인 정의를 찾아볼 수 없다. 도시 황홀이라는 것이 모든 모순이 보존된 새로운 혼돈 속에서 주객(主客)의 합일을 가져오는 것이 사실이라면, 즉 그 속에서 주체가 소멸되는 것이 사실이라면, 언어는 전혀 무력하고 남는 것은 오직 체험뿐이기 때문이다. 우리가 『내적체험』에서 알게 되는 것은 보다 명확한 정의로의 길이 아니라, 상이한 계기가 가져오는 또다른 황홀을 위한 거듭되는 시도이며 변덕스러운 움직임이다. 그리고 최고도의 황홀의 밤에 이르면, "나는 나의 자기(ipse)에 대립하는 '미지의 것'과 상통한다. 나는 나 자신도 모르는 자기가 된다. 그 양항(兩項)은 공허와 거의 다름없는 동일한 찢어짐 속에서 뒤섞인다." (145) 그렇다면 침묵 그 자체이며 공허와 다름없으면서도 열상(裂傷)처럼

---

23) 참고로 원문을 적어둔다. "...je vois, ce que jamais le discours n'atteignit. Je suis *ouvert*, brèche béante, à l'inintelligible ciel et tout en moi se précipite, s'accorde dans un désaccord dernier, rupture de tout possible, baiser violent, rapt, perte dans l'entière absence du possible, dans la nuit opaque et morte, toutefois lumière, non moins inconnaissable, aveuglante, que le fond du coeur."

24) 바타유의 소설들은 바로 이러한 황홀을 위한 극화의 구체적 표현이다. 존재의 진실을 말하기 위한 이 순수한 상상작용을 통해서, 그리고 그것에서 비롯되는 폭력적 언어를 통해서, 그는 독자의 의식을 교란시키고 독자가 "리얼리즘의 체험이 주는 빈약성의 느낌"(*O.C.*, III, p. 101)에서 벗어나게 하려는 것이다. "죽음 속으로의 맹목적 함몰"을 통해서만 얻어지는 여주인공의 희열에 독자를 참여시키기 위하여, 작가 스스로가 "내 글의 도입부는 가열(苛烈)하다."(같은 책, p. 19)고 선언하면서 이야기를 시작하는 『마담 에드와르다』는 그 대표적인 예이다.

아찔한 이 황홀을 남들과 어떻게 나누어 가질 수 있는 것인가? 더 구체적으로 지적하자면, 황홀을 말하려는 『내적체험』은 황홀을 말할 수 없다는 자기모순에 빠지는데, 바타유는 이 문제를 어떻게 해결하려는 것인가?

사실 바타유가 『내적체험』에서 가장 크게 부각시키고 있는 단어는 침묵, 황홀, 체험과 아울러 '상통(communication)'이라는 단어이다. 한데 이 말을 대할 때 우리는 두 가지 차원을 구별해야 한다. 첫째는 대자적(對自的)인 차원이다. 상통은 우선 자기자신과 미지의 것과의 상통을 의미하며, 이 상통을 통해서 황홀의 경지가 열린다. 바로 그것이 "비지(非知)가 황홀과 상통한다."(73)라는 말의 뜻인데, 이때부터 벌써 우리는 언어의 문제와 마주친다. 앞서 말한 것처럼 우리는 우리의 각자의 속에 깃든 기도로서의 논증적 언어를 말살해 나가야 하기 때문이다. "상통이 진정한 것이 되는 것은 오직 체험이 존재를 헐벗길 때, 담론과 행동의 사슬로부터 존재를 빼낼 때, 논증적이 아닌 내면으로 향해서 존재를 열 때이다."[25] 그리고 이 과정에서 중요한 것이 시적(詩的) 언어이다.

둘째로 상통은 타인과의 상통이라는 대타적(對他的) 차원의 것이기도 하다. 그리고 물론 이때에도 역시 언어의 문제가 생긴다. 사실 바타유는 타인과의 상통 없이는 내적체험이 불가능하다는 것을 강조하는데 우선 그 이유부터 잠시 살펴보자. 그는 이렇게 말한다.

아마도 극점(極點)에는 단 한 사람만이 도달해도 그것으로 족할지 모른다. 다만 그와 다른 사람들——그를 회피하는 사람들——과의 사이에, 그는 한 줄기 연줄을 남겨 두어야만 한다. 만일 그렇지 못한다면 가능성의 극한이 아니라, 하나의 야릇함밖에는 남지 않으리라.(51) [……] 내 생각으로 각자는 자기 혼자만으로서는 존재의 끝까지 갈 수가 없다. 만일 그렇게 하

---

25) Maurice Blanchot, *Faux-pas*, 1943, p. 51.

려고 한다면 그 사람 개인에게밖에는 의미가 없는 '개별성' 속으로 빠져 버릴 것이다. 그러나 단 한 사람만을 위한 의미라는 것은 있을 수 없는 것이다. [……] 만일 내 인생이 내게 의미가 있기를 바란다면, 그것은 타자에게도 의미가 있어야 하는 것이다.(55)

다시 말해서 가능성의 극한까지로의 여행으로서의 내적체험과 그것에서 비롯되는 황홀은 보편성을 갖추어야 하며, 따라서 필연적으로 타자와의 상통을 요청하는 것이다. 도시 가능성의 극한까지 가려는 지향에 있어서, 오직 자기자신 속에 유폐한다는 이기적 제한이 가해진다는 것은 원리적으로 있을 수 없는 것이기 때문이다. 그렇다면 이러한 필연적인 체험의 나눔은 어떤 형식을 취하는 것인가? 공희(供犧, sacrifice)와 축제로서 나타날 수 있는 그 나눔의 가능성은 현대사회에서는 극히 제한되어 있고,[26] 언어를 통할 수밖에 없다. 여기에서도 시적 언어가 중요한 자리

---

26) 공희를 통한 황홀은 바타유의 큰 관심의 대상이었다. 이미 1925년에, 처형당하는 찰나의 한 중국인의 사진에서 그는 황홀에 잠긴 표정을 찾아보았고, 1930년경에는 아스테가족(族)의 공희의 제식을 알게 되자, 생사의 경계선에서만 가능하게 될 황홀에 대한 집념을 더욱 굳혀 나간다. 그리고 Acéphale(1936-39)을 중심으로 공희를 지향하는 사적(私的)인 그룹을 형성하여 실제로 그 의식을 실행하려는 계획을 세우기도 하고, 또한 '사회학연구회(Collège de sociologie)'(1937-1939)는 공동체의 이름으로 공희를 강조하기도 했다. 바타유는 그 무렵의 기도에 관해서 "엄청난 과오였긴 했지만 어떤 역설적인 형태의 종교를 창시할 생각까지 하게 되었다."고 술회하고 있다. (O.C., VI. p. 373 참조.) 사실 공희의 종교는 성립하기가 어려운 것이었다. 첫째로 사적인 차원에서의 공희는 공동체나 생명 그 자체가 과하는 한계를 넘어서는 허무적인 것으로, 즉 타자와의 상통이 없는 개인적 죽음으로 전락하게 될 것이기 때문이다. 둘째로 공동체의 입장에서 보아도, 어느 정도의 공희가 공동체에 대한 사랑과 그 유지에 이바지할 수 있을지 가늠할 수가 없는 것이기 때문이다. 그런 점에서 바타유가 오직 글쓰기로써 문제를 해결하게 된 것은 불가피한 일이었던 것으로 보인다. (G. Bataille, Visions of Excess, Selected Writings, 1927-1939, University of Minnesota Press, 1985에 붙인 편자 Allan Stoekl의 말. pp. xxii-xxiii 참조.)

를 차지하게 된다. 바타유가 그렇게도 중시한 공희와 관련시켜 말하자면, "시는 가장 접근하기 쉬운 공희이다."(157) 또한 앞서 언급한 대자적 차원에서의 상통과 함께 생각해서 말하자면, 우리의 각자는 '시적 도착'을 통해서 기지의 것으로부터 미지의 것으로 가고, 또한 타자를 그 속으로 끌어넣는 것이다. "나의 속에 깃든 시적 존재는 남들의 속에 있는 시적 존재에 호소한다. 그리고 남들이 말똥말똥할 때에는 기대할 수 없는 것을, 그들 역시 시에 취해 있을 때는 기대하게 된다는 것은 하나의 역설이리라."(136) 결국 내가 기도에 의해서 지배되는 일상적 자아인 나(je)에서 벗어나서 미지로 향하는 자기(ipse)가 될 때, 나는 남에게서도 그와 동일한 자기가 자리잡기를 기대하게 되는데, 바로 그 공통의 자장(磁場)이 시적 언어이다.

그렇다면 시적 언어가 해야 할 일은 우선 언어를 일상적, 논리적 사슬에서 벗어나게 하는 것이다. 언어에 의한 언어의 파괴를 통해서 우리는 미지가 큰 구덩이처럼 열리는 것을 체험할 수 있다고 바타유는 말한다. 그는 그 예로서 말(馬, cheval)이라는 단어와 버터(beurre)라는 단어를 합쳐서 '버터의 말(cheval de beurre)'이라는 복합어를 만들어 본다. 그러면 우리 모두가 익히 알고 있는 말과 버터가 그 낯익은 실용성에서 벗어나고, 두 단어는 시적 도착에 의해서 그 본래의 의미가 박탈된다. 이렇듯 "시는 기지의 것으로부터 미지의 것으로 인도한다. [......] 시는 이렇듯 우리를 인식 불가능한 것 앞에 갖다놓는 것이다. 내가 낱말들을 발음하면 그 당장에는 말과 버터와 같은 눈에 익은 이미지들이 나타나겠지만, 그런 이미지들이 불려나오는 것은 오직 죽기 위해서이다. 이 점에서 시는 가장 가까이 가 볼 수 있는 공희이다."(157)

그러나 이 시적 도착에 관해서는 의심이 남는다. 미지의 영역에 이르고 거기에서 황홀의 경지를 체험하기 위해서는 논리적이며 실용적인 언어를 죽여나가기만 하면 족한 것인가? 다시 말해서 시의 기능은 오직 언어의 희생에만 있는 것이며 그것은 필연적으로 황홀로의 길을 트는 것인가? 바타유는 물론 그렇게 생각하지는 않는다. 아니 차라리, 그런 인상을 주던 애초의 생각을 고쳤다고 말하는 것이 옳다. 그는 이렇게 말하고 있기 때문이다. "시에 대해서 나는 처음에는 어떤 편협한 형식——즉 말의 전번제(全燔祭, holocauste)밖에는 주장하지 않았다. 그러나 이제 나는 한결 넓고 한결 막연한 지평을 시에 대해서 부여하려고 한다. 바로 그것이 마르셀 프루스트의 작품, 즉 현대의 『천일야화』의 지평이다."(158) 우리는 여기에서 "한결 넓고 한결 막연한 지평"이라는 말에 주목할 필요가 있다. 왜냐하면 바타유는 그가 생각한 시의 적극적 기능에 대해서, 즉 황홀을 가져오고 타자와 상통하는 기능에 대해서 반드시 긍정적인 견해를 가지고 있었던 것 같지는 않기 때문이다.

그는 한편으로는 이렇게 말한다. "시적 천분이란 말의 천분이 아니다. 그것은 그 모든 응결된 사상(事象)이 해체되고 사라지고 상통할 수 있도록 하기 위해서, 은연히 기다리는 파멸의 예감인 것이다."(173) 이 말은 모든 형체가 사라지고 난 다음에 보이지 않는 것(특히 냄새와 맛)을 통해서 영원히 되살아나는 과거를 추구한 프루스트의 세계를 앞질러 생각해 본 것이다. 그리고 이때 시가 단순히 언어의 전번제가 아닌 것은 물론이며, 이 파멸 속에서의 상통을 통해서 황홀이 실현되기를 기대할 수 있을지도 모른다. 그러나 다른 한편으로 시에는 아무래도 언어로서의 한계가 있다. "시적 이미지는 비록 기지로부터 미지로 인도하는 것이기는 하지만, 그 형체를 이루는 기지의 것에 밀착되어 있다. 그리고 시적 이미지가 기지의 것을 파열하고 그 파열을 통해서 삶을 파열한다 하더라도 기지의 것에 의지한다. 그러기 때문에 시는 거의 전적으로 실추(失墜)한 시이다. 그것은 분명히 예속적 영역[27]에서 벗어난 이미지의 향유이긴 하지만,

---

27) 예속적 영역이란 다른 목적을 위한 기도에서 벗어나서 그것 자체로서의 의의를 지니는 이른바 지고(至高)한 것(le souverain)과 대조되는 것이다. 지식과 논증적 언어

[……] 미지로의 도달이라는 그 내적 파멸로 미칠 수는 없는 것이다."(170) 그뿐 아니라 시적 언어를 통해서 남들과의 합일을 이루겠다는 희망 역시 성취되기가 어려운 것이다. "맹목적인 본능에 끌려서, 시인은 서서히 타인들로부터 멀어져가는 것을 느낀다. 자신의 비밀인 동시에 타인들의 비밀이기도 한 그런 비밀들 속으로 들어갈수록 더욱더 그는 타인과 떨어져서 혼자가 된다. 그의 속에 깃든 고독은 세계를 다시 시작하지만, 오직 그 자신을 위해서만 다시 시작하는 것이다."(174) 이 말은 물론 시적 언어가 타인에게 미지와 황홀로의 접근을 계도할 수 있는 가능성을 전적으로 부정하는 것은 아닐 것이다. 그러나 그 확증은 아무 데도 없고, 시인은 모든 인간을 구하려고 하다가 십자가에 못 박힌 최후의 순간의 예수처럼 외로울 것이다. 바타유는 시적 언어에 기대하면서도 그런 한계를 알고 있다. 도시 황홀과 그 상통은 어떠한 언어로서도 못 미치는 것이기 때문이다. 그렇다면 시보다도 더 멀리 가 볼 수는 없는 것인가? 바타유는 사실 그런 시도를 생각해 본다. 미지로의 여행에 있어서 또한 대타적 상통에 있어서 다같이 한정된 시에 만족하지 않기를 바란다면, "더 멀리 가 볼 수가 있는 것이다. 세계에도 신의 그림자에도 시인으로서의 그 자신의 현존(現存)에도 돌연 파멸의 낙인이 찍혀 있는 듯이 보일 것이다. 그리하여 그것들의 종극적인 본질인 미지의 것, 불가능한 것이 마침내 드러나 보일 것이다. 그러나 그 때에는 완전히 외롭게 느낄 것이다. 그래서 고독이 또 하나의 죽음처럼 될 것이다."(179)

그렇다면 사고가 더 이상 나갈 수 없이 대상이 파멸되고 자기자신이 파멸되는 이 죽음과 같은 극점에서 황홀은 체험될 수 있는 것인가? 『내적체험』은 그런 낙관적인 전망으로 끝나지 않는다. 황홀에 이르기 위한 가지가지의 시도가 소개되고 또 그것이 자주 실현된 듯이 기록되고 있기

가 진리를 밝히기 위한 기도로서의 예속적 영역에 속하는 반면에 "시는 숭고한 것이며 결코 예속될 수 없는 것이다." (O.C., XI, p. 297.)

도 한 이 야릇한 신비주의적 체험의 마지막에서, 바타유의 어조는 매우 아이러니하다. 그는 우울과 실의와 망각의 사막과 같은 병상(病床)에서, 곧 죽음을 맞게 될 병상에서(죽음을 맞게 된다는 것은 필경 현실이 아니라 상상적인 극화일 것이다.), 손을 축 늘어뜨리고 있다. 그러나 한 줄기의 햇빛이 부드럽게 스며들어 손을 면전(面前)으로 추켜올리도록 종용한다. 그러자 기나긴 안개 속에서 죽어 있는 줄만 알았던 생명들이 축제에 들뜬 듯 떼지어 솟아나오고, 그의 손은 한 송이 꽃을 들고 입가에 갖다댄다. 그렇다면 이 장면은 과연 죽음과 삶의 경계에서만 불현듯이 체험될 수 있는 황홀의 시적 이미지일까? 이 경우에, 시적 이미지는 논리적 사고의 학살을 통해서 황홀이 깃드는 조건을 조성한다는 기능을 넘어서서 황홀 그 자체를 나타내는 것일까? 그러나 사실은 그렇게 단순한 것이 아니다. 왜냐하면 이 장면의 첫머리에는 「신열(身熱)의 최종적이며 순수한 농담」이라는 소제목이 붙어 있기 때문이다. 다시 말해서 이 체험은 신열에서 비롯된 것인데(황홀은 항상 어떤 특수한 조건하에서만 일어난다), 바타유는 그 황홀의 체험에 빠지기가 무섭게 그것에서 몸을 빼낸다는 이중의 태도를 보이고 있기 때문이다. 한 순간 황홀의 경지라고 생각되던 것은 신열이 가져온 농담에 지나지 않는다. 신열이 사라지면 자취가 사라질 이 덧없는 황홀에 대해서 그는 스스로 웃어버리고 마는 것이다.

바타유의 '내적체험'의 특질의 하나는 바로 황홀의 체험과 결부된 웃음에 있다. 그것은 황홀을 가져오는 것이기도 하고 또 동시에 그것을 날려버리는 것이기도 하다. 그것은 일체의 고정되고 지속적인 것에 대한 부정이다. 영생, 구원, 진리, 존재의 근거와 같이 지금까지 "인간을 만들어 온 천을 찢는"(96) 것이 웃음이다. 그리고 그 웃음이 열어 보이는 불가능한 것, 미지의 것, 적나라한 죽음과의 만남에서 황홀이 깃들지만, 황홀이 만일 계속된다면 그것은 이미 황홀이 아니다. "황홀은 그것이 새롭기 때문에 주체를 사로잡는다. 만일 그렇지 않다면 그것은 의미가 없다. 만일 황홀이 지속한다면 주체는 권태에 빠진다. [……] 그리고 황홀은 존재로서 지속하려는 욕망을 지니고 있는 것이 아니기 때문에, 어떠한 안정성도 가지고 있지 않고 사라지는 것이다."(74-75) 한데 『내적체험』은 이러한 황홀의 순간성을 인식하지 못한 과거의 잘못된 체험에 대한 고백이기도 하다.(특히 130-133) 그리고 이러한 잘못된 황홀을 기대하는 자아를 부정하는 것이 또한 웃음의 기능이다. 필경 황홀의 귀착점은 자아와 대상이 완전히 무너지는 출구 아닌 출구인 웃음의 순간이다. "내게는 웃음이 모든 것의 근본이다. 다만 그것은 자기자신에 대한 웃음이라는 전제하에서 하는 말이다. [……] 자기자신에 대해서 웃는다는 사실에는 일종의 피어남이 있는데, 그것은 무너짐을 바탕으로 삼고 있는 피어남이다."[28]라는 만년의 역설은 바로 그것을 의미한다.

3

필자가 『내적체험』에 관해서 지금까지 한 이야기는 결코 그 책에 대한 요약이 아니다. 그것은 논리적 서술이 아니라, 긍정과 부정, 자기비판과 자기주장, 반복과 비약, 시도와 좌절이 착잡하게 얽혀 있는 움직임 자체이기 때문에 도시 요약이 불가능한 것이다. 필자가 드러내려고 한 것은 그 책에 대한 사르트르의 비판을 염두에 두면서 추출해 본 몇 가지 테마에 불과하다. 그렇다면 사르트르는 『내적체험』을 어떻게 읽은 것인가? 그 책이 나온 바로 그 해인 1943년에 「새로운 신비주의자」라는 제목으로 발표된 그의 글[29]을 필자가 다루려고 하는 이유는, 모두에서 말한 것처럼

---

28) Chapsal, 앞의 책, p. 29.
29) "Un nouveau mystique"(*Situations*, I, Gallimard, 1947, pp. 143-188). 앞으로 이 글에서 인용한 구절이 있는 자리는 본문에서 (S. 쪽수)로 표시한다.

그것이 바타유의 생각의 대척점에 있고, 그 양자는 우리가 서양의 사상을 이해하는데 있어서 중요한 표점이 된다고 생각했기 때문이다.

바타유의 『내적체험』을 읽고 난 대부분의 독자가 「새로운 신비주의자」를 대했을 때에 받는 소감은 사르트르가 철두철미하게 바타유를 규탄하고 있다는 것, 그리고 그 규탄은 정당하기는커녕 엄청난 편견과 몰이해에서 비롯되었다는 것이리라.[30] 사실 그것이 필자 자신의 소감이기도 하다. 그러나 좀더 깊이 생각해 보면, 사르트르의 비판이 과연 전적으로 편견과 몰이해의 소산일까 하는 의문이 생긴다. 다시 말해서 사르트르의 바타유 비판의 한계는 단순한 이해 부족의 소산이 아니라, 그의 철학적 태도에서 비롯된 점도 있다는 생각이 드는 것이다. 그 점을 밝히기 위해서, 「새로운 신비주의자」에서 사르트르가 지적한 사항을 필자 나름대로 다음과 같이 비판적으로 정리해 보려고 한다.

1) 문체와 내용의 비통일성——사르트르가 우선 부각시킨 『내적체험』의 약점은 그 문체에 통일성이 없다는 것이다. 사르트르는 그 문체를 두고 '수난자적(受難者的) 에세이(essai-martyr)'라고 부른다. 왜냐하면 바타유는 자신의 내심의 깊은 상처를 노출시키고 있기 때문이다.(사르트르가 특히 지적하고 있는 것은 『내적체험』의 제2부인 「형고(刑苦)」에서 보여 주고 있는 신 잃은 자의 절망, 어둠, 무지, 공포의 체험, 즉 가능성의 극한을 향한 도정으로서의 자기부정의 작업이다.) 그러다가도 이 책은 어느 틈에 헤겔과 데카르트를 논하면서 지적 태도를 보인다. 그렇다면 가깝게는 니체를 닮으

---

30) 앞서 주 8)에서 시사한 것처럼 데리다의 바타유론에는 군데군데 사르트르의 비판의 부당성이 지적되어 있다. 그 이외로도 Michel Surya의 매우 유익한 전기인 *Georges Bataille, la mort à l'oeuvre*, Frédéric Birr, 1987(pp. 332–339)와 Michele H. Richman, *Reading Georges Bataille, Beyond the Gift*, Johns Hopkins University Press, 1982(pp. 128–137)도 역시 서로 다른 견지에서 사르트르의 비판의 결함을 지적하고 있다.

려 하고 멀리는 파스칼을 상기시키는 이러한 개인적 체험과 논증적, 분석적 언어의 혼재는 과연 변증법적 종합으로 향할 것인가? 사르트르는 그렇게 묻는다. 그러나 바로 그런 질문의 제기 방식 자체가 사르트르의 이해의 한계 내지는 곡해를 드러내 보이는 것이라고 말할 수 있다.

사르트르는 그 질문이 제기되어야 할 근거로서 "웃음의 분석이, 공통적이며 엄밀한 정서적(情緒的) 인식의 여건과 논증적 인식의 여건이 일치하는 장(場)을 열어보였다."(11)는 『내적체험』의 서문을 제시하고 있다.(S. 145) 그러나 바타유의 이 말은 사르트르가 해석하는 것처럼 두 가지의 다른 언어의 종합을 의미하는 것은 아니다. 첫째로 그 말에서 바타유가 쓰고 있는 coïncidence는 우연의 일치를 가리키는 것이며, 그 양자를 지양하는 제3의 경지인 통합(synthèse)을 지적 작업으로서 추구하는 것을 뜻하지는 않는다. 다시 말해서 바타유는 그 양자가 모두 웃음을 통해서 종극적인 진리나 절대를 부정하고, '가능성의 극한까지로의 여행'과 그 끝에서 체험될 황홀로의 길을 연다는 것을 말하려는 것이다. 둘째로 정서적 인식과 논증적 인식은 내적체험에 있어서 우리가 앞서 본 바와 같이 동등한 지위를 갖는 것이 아니다. 이성의 작업인 논증적 언어는 바타유의 말을 다시 빌리자면 "기도를 없애기 위한 기도"이며, 그것 자체가 목적이 아니다. 그것은 체험의 진정성을 확보하기 위한 선요조건일 따름이다. 그리고 그 언어가 『내적체험』에서 간헐적으로 등장한다 해도, 그것은 어디까지나 황홀을 위한 체험과 그 표출을 위한 시적 언어(그것은 결국 불가능한 것이지만)를 더 진정하게 만드려는 예비적 수단으로서의 종속성만을 지닌다는 점에는 변화가 없다. 셋째로 사르트르의 단견은 『내적체험』이 어떤 주제를 논의하고 증명하려는 철학 논문이 아니라는 점을 간과하고 있는 데서 유래된다. 그것은 바타유가 서문에서 말하고 있듯이 '절망의 이야기'이다. 말을 바꾸면 황홀을 향한 여행에서의 가지가지의 시도가 때로는 성공한 것처럼 보였으나, 거기에는 안이한 자기만족이 있었다는 반성이 거듭되고, 다시 미궁 속에서 절망에 빠지고 그 절망 속에서 순간의 행운에 의지하려는 결론 없는 움직임이 바로 『내적체험』이다. 사르트르가 그 책의 언어적 통일성의 결핍을 탓 잡은 것은 그 진술이 그런 움직임 자체이며 결코 완결된 담론이 아님을 인식하지 못하고 있기 때문이기도 하다.

바타유의 문체에 있어서 두 가지 언어가 무질서하게 섞여 있다고 비난한 사르트르는 이번에는 내용면에도 그런 비통일성이 있다고 비판한다. 한데 사르트르가 이렇게 형식과 내용을 구별해서 생각한다는 것은 얼른 이해하기 어려운 처사이다. 그는 이미 발표했던 여러 글에서 문체와 내용의 불가분리성을 강조하는 지당한 작업을 했는데,[31] 「새로운 신비주의자」에서만은 그 양자를 갈라서 생각하고 있다. 그렇다면 소설에 있어서만큼은 그 일체성은 당연한 것이지만, 여타의 글에서는 일단 형식과 내용을 따로 분리해서 고찰해야 한다는 이야기일까? 그러나 사르트르는 그런 정당화의 작업은 하지 않고 마치 그것이 당연한 것처럼 "형식만의 문제가 아니다. 이번에는 내용을 보자."(S. 152)고 말하면서 제2장을 시작하고 있다.

그러나 제2장에서의 내용에 대한 고찰과 제1장에서의 형식 또는 문체(사르트르의 이 글에서는 이 두 말은 동의어로 쓰여지고 있는데 크게 탓 잡지 않아도 좋을 것 같다.)에 대한 고찰은 사르트르 자신의 의도야 어떻든 간에 다행히도 중첩되는 것이다. 제1장에서 사르트르는 바타유의 형식에 통일성이 없는 이유로서 그의 사상이 신비주의이기 때문이라고 말함으로써 벌써 내용에 관한 암시를 하고 있는데, 제2장에서는 내용에 관한 이야기

---

31) 가령 *Situations*, I에 포함된 거의 모든 소설론, 특히 포크너, 도스 패소스, 카뮈의 소설을 논한 글들이 그렇다. 그가 소설의 문체와 내용의 일체성을 중시했다는 것은 "소설의 기교는 항상 소설가의 형이상학을 보여 주는 것이다."(p.71)라는 그의 유명한 발언을 통해서도 확인될 수 있다.

를 부단히 형식에 관한 이야기와 연관시킨다. 사르트르는 바타유의 근본 문제가, "신은 죽었지만 인간이 그렇다고 해서 무신론자가 되지는 못했다."(S. 153)는 데서 유래한다고 본다. 이 판단은 앞서 우리가 본 바와 같이 부당한 것은 결코 아니다. 사실 바타유는 신이 남긴 빈터를 메우려고 한 사람, 신을 대리할 존재를 찾으려고 한 사람이다. 다시 말해서 그는 신의 죽음이라는 집념에서 완전히 해방되지 못한 사람이다. 한데 사르트르가 보기에 여기에서 바타유의 두 가지의 모순되는 지향이 비롯된다. 첫째로 그는 이성적 입장에 서려고 애쓴다. 신이라는 존재가 허상임이 밝혀진 이상 인간의 존재의 우연성을 기본적 여건으로 보는 객관적인 입장이 누구에게나 당연히 요청되는 것인데, 바타유 역시 그런 견지에 무관심한 것은 아니다. 이 점에서는 바타유의 입장은 무신론적 존재론을 논증적 언어로 전개하는 사르트르의 입장과 대동소이하고, 만일 바타유가 그 한도에 머물렀으면 사르트르는 그를 탓하지 않았을 것이다. 그러나 바타유는 그렇게 존재론적 사실을 객관적으로 검증하는 입장을 넘어선다. 이것이 그의 또하나의 지향인데, 이때 그는 인간을 해결할 수 없는 모순으로 보고 괴로워한다. 그것은 우연히 내던져진 존재가, 그 유기 상태를 벗어나게 해줄 수 있는 어떤 절대를 희구하기 때문에 생기는 괴로움이다. 그래서 바타유는 이번에는 키에르케고르, 니체, 야스퍼스와 같은 실존주의자들처럼[32] 비극적이며 드라마틱한 비전에 빠져들고만다. 다시 말해서 "실존주의와 가장 가까이 교류하고 실존주의의 용어를 빌려오기도 한 바타유 씨에게 있어서는, 부조리란 주어진 여건이 아니라, 만들어지는 것이다."(S. 155) 그리하여 바타유는 "상처가 스스로 파이고, 그 부

---

32) 사르트르가 여기에서 사용한 실존주의라는 말은 신의 죽음을 괴로워하는 사람들의 입장을 나타내는 것이며, 그는 이 말에 대해서 오히려 반감을 보이고 있다. 그가 이 말을 자기자신에게 적용하게 된 것은 1946년에 발표된 『실존주의는 휴머니즘이다 (L'existentialisme est un humanisme)』 이후의 일이다.

어오른 살조각이 하늘을 향해 넓게 입을 벌리고 있는 이미지"(S. 155)를 거듭 부각시키고 있는 것이다. 한데 첫 번째로 지적한 존재의 우연성에 대한 객관적 검증이 문체상으로 보아 논증적 언어로 나타나고, 둘째의 지향인 부조리의 괴로운 체험이 정서적 언어로 나타나는 것은 너무나 당연한 이야기이므로, 문체와 내용을 갈라서 서술한 사르트르의 방식에는 큰 뜻이 없다.

그것보다도 더 중요한 문제는 사르트르가 끝끝내 담론의 순수성을, 즉 장르의 단일성을 고집하고 있다는 점이다. 논리적 진술과 정서적 언어, 철학적 반성과 체험의 고백을 혼동하지 말아야 한다는 그의 명제는, 장르의 파괴가 일반화되고[33] 글쓰기의 실체에 대해서 근본적 반성이 이루어지고 있는 오늘날에는 유지되기가 어려운 것이다. 그뿐 아니라 우리는 여기에서 매우 아이러니한 사실을 한 가지 지적하지 않을 수 없다. 그것은 『내적체험』보다 5년 앞서 1938년에 나온 사르트르 자신의 『구토』가 바로 그러한 두 가지 언어의 혼합으로 이루어져 있다는 사실이다. 주인공 로캉탱은 존재의 우연성과 논리적, 합목적적 사고의 허구성을 이성적 언어로써 드러내는 철학자인 동시에, 그 체험을 주관적, 정서적 언어로 기술하는 '문학적' 인물이기도 하다. 사르트르는 한 인터뷰에서 청년기의

---

33) 문학 자체 내에서의 장르의 파괴는 이미 19세기 초에 빅토르 위고가 내세운 '장르의 혼합(mélange des genres)'이 대표적인 것이지만, 20세기 중엽에도 '글쓰기'라는 이름으로 다시 주장된 바 있다. 가령 "시, 장편소설, 단편소설 따위의 개념은 이미 아무도 속일 수 없는 야릇한 골동품들이다. [……] 이제 남은 것은 오직 글쓰기뿐이다."라는 르클레지오의 발언이 그렇다. (Barthes, *Critique et vérité*, Seuil, 1966, p. 46에서 재인용.) 사르트르 자신도 그가 『문학이란 무엇인가?』에서 전개한 시와 산문의 엄격한 구별을 후일 지양하고 소설의 시적 기능을 중시하게 되었다. (그 점에 관해서는 졸저 『문학을 찾아서』, 민음사, 1994, pp.146-178 참조.) 그러나 오늘날에는 '글쓰기'의 개념이 더욱 확대되어 데리다의 주장처럼 철학과 문학의 경계가 흐려지고, 그런 점에서 사르트르가 「새로운 신비주의자」에서 바타유의 『내적체험』의 선구자로 지목하고 있는 파스칼이나 니체의 글이 새삼스럽게 주목의 대상이 되고 있는 것이다.

습작을 회상하면서 "나는 고등사범학교 시절에, 문학적인 동시에 철학적인 작품을 썼지만 그것은 대단히 위험한 일이다. 그런 짓은 하지 말아야한다."[34]고 말하고 있지만, 그가 프랑스 문학사에서 큰 지위를 차지한 것은 무엇보다도 그런 '위험한 짓'인『구토』때문이다. 그 작품은 오늘날까지도 철학과 문학의 양쪽에서 부단히 재해석되고 있는 텍스트, 말하자면 그 자신이 장르의 혼동을 금하는 전통적 관례를 스스로 일찌감치 깸으로써 오랜 생명을 지니게 된 텍스트이다. 그렇다면 바타유의『내적체험』에 있어서의 혼합적 언어를 고발한 이유는 아무래도 이해하기 어렵다.『구토』는 소설의 형식을 띠고『내적체험』은 수상의 형식을 띠고 있지만, 그 양자는 철학적 담론의 폐쇄적 체계를 파괴하고 그것을 삶의 체험과 유기적으로 관련시키려는 목적을 공유하고 있는 것이다. 한데 사르트르가 그 점을 강조하기는커녕 도리어 나무라고 있는 것은 아마도 바타유의 '새로운 신비주의'에 대한 원천적 반감, 즉 합리주의자로서의 반감 때문이었을지도 모른다고까지 생각해 볼 수 있다.

2) 철학 이해의 불충분성──사르트르는 바타유의 철학 이해가 불충분하고 흔들거린다는 것을 그의 글의 도처에서 지적한다. 바타유는 현대철학을 관조적(觀照的)인 것으로 생각한다. 그리고 하이데거에 대해서 언급하고 있지만 그를 잘 모르고 있으며, 철학 밖에 위치하는 모험을 이야기하기 위해서 철학적 테크닉을 이용하고, 용어를 분별없이 사용하기 때문에 그 개념이 용해되고 정서만이 남는다는 따위의 비난이 쏟아져 나온다.(S. 156) 이런 비난에는 분명히 일리가 있다. 가령 바타유는 하이데거가 말하는 Dasein을 '인간적 현실(réalité-humaine)'로 잘못 알아듣고 있고,[35] 그 자신도 하이데거에 대한 자기의 이해가 불충분하다는 것을 후일

---

34) 1975년 5월 12일의 인터뷰에서 한 말. (Paul Arthur Schilpp. ed., *The Philosophiy of Jean-Paul Sartre*, Open Court, 1981, p. 7.)

(1950년)에 이르러서 인정하고 있다.[36] 그러나 바타유는 "왜 존재가 있고 무는 없는 것인가"라는 하이데거의 존재론적 질문은 그 자신이 제기하는 "왜 내가 아는 것은 있어야만 하는가?"라는 형이상학적 질문과 다르다는 것을 강조하고 있는데,(128) 사르트르는 바타유의 이런 질문의 적정성 여부에 대해서는 언급이 없다.

또 하나의 예를 들자면 사르트르는 바타유가 '자기성(自己性, Ipséité)' 이라는 말을 잘못 쓰고 있다고 비판한다. "코르뱅 씨는 Selbstheit라는 [하이데거의] 독일어 용어를 그 말로 옮겨 놓았다. 그것은 기도에서 출발해서 자기자신으로 실존적 회귀를 하는 것을 뜻한다. [……] 그리하여 자기성은 우리가 체험하면서 만드는 반성적 관계이다."(S. 159) 달리 말하면 그것은 자아(Ego)를 형성시키는 반성적 의식으로서의 자기자신인데,[37] 바타유는 인간에게 고유한 이 자기성이 마치 모든 사물의 자연적인 개체성을 보편적으로 의미하는 것처럼 잘못 생각하고, 그럼으로써 과학적 차원과 실존적 차원을 혼동하고 있다는 것이 사르트르의 지적이다. 사실 바타유는 이런 지적을 받을 만하다. 그는 "자기성이 없는 존재는 없다."(98)는 말을 하고 사르트르의 말마따나 칼이나 기계에 대해서도 그 말을 적용하고 있다. 정통적인 철학자가 보기에 이런 사례는 분명히 용납될 수 없는 것이리라. 그러나 한 용어를 이미 규정된 개념대로만 사용해야 한다는 법은 없을 뿐 아니라, 또한 바타유의 경우는 그의 사고의 과정에 있어서 언어의 의미의 부단한 확산, 수축, 변질, 회귀를 시도하는 일이 비

---

35) Dasein을 '인간적 현실'이라고 이해한 것은 바타유의 잘못이라기보다 『존재와 시간』을 프랑스말로 처음 번역한 코르뱅(Corbin)의 책임이다. 이 점에 관해서는 Derrida, 앞의 책, p. 405 참조.

36) "사르트르가 옳게 본 것처럼, 하이데거에 대한 나의 지식은 불충분하다." (O.C., VIII, p. 569.)

37) "자기의 근본적인 자기성에 있어서의 의식은 [……] 자기성의 초월적 현상으로서 자아 (Ego)의 출현을 가능하게 한다." (Sartre, L'Etre et le Néant, Gallimard, 1943, p. 148.)

일비재하다. '자기성'이라는 말이 바로 그러한 경우이다. 그는 사물에 대해서도 '자기성'의 존재를 일단 생각해 보긴 했지만, 그런 개념의 확대는 일시적인 것이며, 『내적체험』의 대부분의 구절에서 그 말은 "자기자신이며 어떤 남도 아닌 의식적 존재의 성격"[38]이라는 일반적인 뜻으로 사용되고 있다. 그리고 그런 뜻의 '자기(ipse)'에 대한 깊은 반성을 이어나간다. 바타유에 의하면 그것은 우선 '나(je)'와 구별된다. '나'는 '자기'에 의해서 부정되어야 할 대상이다. "'나'는 나의 속에서 유순한 저열성(低劣性)의 화신이 되어 있다. [……] '나'는 '자기'의 개별성과 이성의 보편성 사이에서 애매한 것이 [되어 있다]. '나'는 보편적인 것의 표출이며, 보편적인 것에 대하여 순치된 양상을 갖추어 주기 위해서 '자기'의 야성(野性)을 상실한 것이다."(134) 즉 바타유의 생각으로는 '나'는 논증적 이성에 끌려가는 자아의 차원이며, '자기'는 그것을 지양하여 진실한 개별적 자아로 돌아가려는 반성적 의식의 소산이다. 그러나 이것으로서 '자기'의 여정이 끝나는 것은 아니다. 그것은 스스로의 본체를 알지 못하는 고뇌에 빠지는데, 이때 전일자(全一者)가 되려는 유혹을 느낀다. 따라서 그 유혹을 물리치는 것이 첫째의 과업이며, 다음으로는 그 '자기성'을 남들과의 황홀의 상통을 통해서 지양해야 하는 것이다. 그것이 과연 가능한 것인지, 그 체험을 거듭해 나가고 그 실패의 궤적을 역추적해 보려는 것이 앞서 말한 것처럼 『내적체험』의 핵심적 테마의 하나이다. 그러나 사르트르는 자기성이라는 개념이 바타유의 사상과 체험의 편력에 있어서 갖는 이러한 의의를 등한시하고 있는 것이다. 사르트르는 그 이외로도 바타유의 중요한 용어에 대해서, 가령 비지(非知), 웃음, 상통과 같은 말의 뜻에 대해서 마땅하게 이해하고 있지 않은 것처럼 보이는데, 우리는 항목을 달리해서 그 이유를 간단히 생각해 보려고 한다.

---

38) "Caractère de l'être conscient qui est lui-même, soi-même et nul autre." (Robert 대사전의 정의.)

3) 기도의 중요성에 대한 인식의 결핍——널리 알려져 있다시피, 사르트르에게 있어서 가장 중요한 개념 중의 하나는 기도(projet)라는 개념이다. 그에 의하면 인간은 '있는' 존재가 아니라, '되어 가는' 존재이다. 즉 자에게는 불가능한 "이행(移行)이나 생성과 같이, 존재가 그것이 있게 될 것은 아직도 아니고, 그것이 아닌 것으로 이미 있다고 말할 수 있게 해주는 모든 것"[39]에서 대자(對自)로서의 인간의 존재양식을 보는 사르트르로서는, 이 생성을 향한 기도를 고발하는 바타유의 생각은 용납될 수 없는 것이다. 바타유처럼 모든 기도는 "존재를 후일로 미루는 것"(59)이라고 말할 때, 그리고 "사람들이 공허한 만족감을 갖는 것은 오직 기도를 통해서뿐이다. 기도가 실현되자 만족감은 사라지고, 다시 또 기도의 차원으로 되돌아 온다. 이리하여 사람들은 끝없는 올가미에 빠지는 짐승처럼 둔주(遁走)로 빠져들고 어느 날 바보처럼 죽고만다."(63)고 말할 때, "기도는 결국 파스칼이 말하는 심심풀이(divertissement)와 같은 것이 되는 것이다."(S. 169) 기도의 중요성을 인정하지 않는 바타유에 대한 이러한 비판은 그가 바타유와는 근본적으로 다른 인간관을 가지고 있다는 것을 단적으로 말해 주는 것이며, 그의 다른 모든 비난은 바로 그 차이에서 유래한다.

바타유에게 있어서는 인간이란 존재의 본질은 이미 주어져 있다. 그가 유신론자와 다른 점은, 다만 신의 죽음 때문에 그 본질을 모르게 되었다는 데 있는 것이며, 결코 그 본질이 사라졌다는 데 있는 것이 아니다. 앞서 본 것처럼, 이 불가지론[40]이 그가 말하는 미지이다. 또한 여기에서 그의 고뇌가 비롯되며, 그 고뇌를 순간의 황홀로서 넘어서려는 가지가지의

---

39) *L'Etre et le Néant*, p. 33.
40) 가령 다음과 같은 인식론적 한계에 관한 발언이 그것을 증명한다. "이의제기의 정신은 이제 다음과 같은 최후의 확인에 이르게 되었다. '나는 오직 한가지 것밖에는 모른다. 즉 한 인간은 결코 아무것도 알 수가 없다는 것이다.'"(125)

시도가 되풀이된다. 이와 정반대로 사르트르의 경우에는 궁극적 본질에 대한 관심은 전적으로 배제되고, 오직 부단한 기도와 부정의 작업을 통해서 자신을 만들어 나가는 실천만이 문제가 된다. 따라서 우리는 전자를 비극적 인간본질론이라고 부르고, 후자를 불확정적인 인간생성론이라고 부를 수 있을지도 모른다. 한데 후자의 입장에서 볼 때 전자의 잘못과 한계는 바로 이 생성의 가능성을 거부하는 데 있다. 뒤집어 말하면 사르트르 자신의 한계는 생성의 철학이라는 척도로써, 바타유의 고뇌에 가득찬 인간본질론에서 나오는 체험의 의미를 측정하려는 데 있다. 그래서 가령 '내적체험' 이라는 말에 관한 바타유의 누차에 걸친 정의(定義)의 시도에도 불구하고, 그것을 '주체적, 실존적 체험' 이라는 뜻으로 잘못 새기고, 그때 시간은 생성의 시간이 된다고 오해하는 일이 생긴다.(S. 163) 또한 바타유적 의미에서의 웃음은 기도의 세계에서 벗어나기 위해서 모든 객체를 파괴하려는 시니컬한 웃음, 초현실주의자의 이른바 '흑색의 유머' 와 흡사하다고 해석된다.(S. 169-170 참조) 그뿐 아니라 앎의 궁극적 도달점으로서의 바타유적인 비지(非知)도 사르트르가 보기에는 "본질적으로 역사적인 것이다. 왜냐하면 어떤 사람이 어떤 시점에서 가진 어떤 체험으로서밖에는 그것을 이야기할 수 없기 때문이다."(S. 150) 말을 바꾸면 비지는 대자로서의 인간의 기도에 있어서 그때그때 그 내용과 범위를 달리 하면서 나타난다는 것이 사르트르의 해석이다. 그렇다면 이렇게 인간의 본래적 존재양식인 기도를 등진 바타유에게서 발견될 수 있는 종극적 특질은 무엇인가? 사르트르는 그것을 자기기만(mauvaise foi)으로 보고, 바타유는 이른바 실존적 심리분석의 대상이 될 만하다고 말한다.

4) 자기기만과 신비주의 ─ 사르트르의 「새로운 신비주의」의 제3장은 바타유가 자기모순을 넘어서기 위해서 어떻게 재주를 부리고 있느냐는 것을 폭로하는 것을 목적으로 삼고 있다. 이 목적을 위해서 그는 다음과

같은 논리를 전개한다.

바타유는 불가지론자로서 출발한다. 그는 빈 하늘에 대고 '나는 모른다'고 외친다. 그러나 바타유는 인간의 사고와 언어를 초월하는 존재로서의 신에 대한 집념에서 떠나지 못한다. 그가 에카르트(Eckhart)의 이름을 빌려, 이렇듯 인간에 의해서 순치되지 않은 신을 생각할 때,[41] 바타유는 이미 불가지론자가 아니라 신비주의자이다. 여기에 그의 자기기만이 있다. 즉 바타유는 불가지론에서 비롯되는 인간의 비참과 자기혐오와 빈 하늘이라는 형고(刑苦)에 대하여 속임수를 써서, "고뇌를 희열로 전화시키려고 한다." 이때 특별한 뜻을 띠게 되는 것이 '비지의 밤'이다. 비지는 원래가 무였는데, 바타유는 그것을 실체화하고, 그것에 신이라는 이름을 주기도 하고 안 주기도 한다. 그리고 그 어둠 속에서 "지금껏 지(知)가 가리고 있던 것을 본다."(66) 그것은 스피노자의 "백색의 범신론"과는 대조적으로 "흑색의 범신론"(S. 185)이라고 부를 만한 것이다. 그러나 진실한 내적체험은 (사르트르는 앞에서 지적한 것처럼 바타유가 말하는 것과는 전혀 다른 의미로, 즉 인간의 주체적 기도 내지는 선택이라는 의미로 이 말을 사용하고 있다.)[42] 범신론과는 반대되는 것이다. "인간은 어디에 있건 간에 사물을 밝히고, 자기가 밝히는 것만을 본다. 사물의 의미를 결정하는 것은 인간이다. 만일 인간이 어떤 곳에서 부조리한 존재를 인식하게 되더라도, 그리고 그것이 자기자신일지라도, 그 부조리 역시 인간적인 의미이며, 인간이 그렇다고 결정한 것이다."(S. 185) 이러한 코기토로서의 인간 중심주의의 입장에서 볼 때 바타유와 같은 신비주의적 체험은 인간의 여러 체험 중의 하나이다. 그것은 존재의 괴로움을 견딜 수 없어 비인

---

41) "결국 인간으로부터 신에 대해서 이야기할 수 있는 모든 가능성을 박탈해야 하는 이유는, 인간의 사고에 있어서는 [……] 신이 필연적으로 인간에게 부합하는 존재가 되고 만다는 점에 있는 것이다." (120-121)

42) S. 157, 163, 172 참조.

간적인 눈으로 자기자신을 보려는 지극히 인간적인 꾀, 즉 자기기만에 지나지 않는다. 바타유가 시도한 것은 결국 위기에 봉착한 어떤 동물들이 보이는 가사반응(假死反應)과 같이, '황홀적인 실신'에 의해서 고뇌에서 한 순간 벗어나 보려는 것이다.

사르트르는 이렇게 바타유의 내적 체험의 의미를 극도로 평가절하하고는 마지막으로 다시금 기도의 본질적 중요성을 다음과 같이 빈정거리는 어조로 강조한다. "만일 바타유 씨가 우리에게 권유하는 희열이 오직 그 자체를 위한 것이라면, 만일 그것이 새로운 기도들의 테두리 속으로 편입되지 않는다면, 새로운 목적을 향해서 자기초월을 하는 새로운 인간을 형성하는 데 공헌하지 않는다면, 그것은 술 한잔을 마신다거나 해변에서 일광욕을 하는 쾌락과 다를 바 없을 것이다."(S. 187)

4

우리는 이상과 같은 사르트르의 『내적체험』론이 결코 이해성 있는 것이라고 말할 수 없고, 그 책의 취지가 그의 생성의 철학에 의해서 새롭게 조명되었다고는 더더구나 말할 수 없다. 그는 바타유 이해의 관건이 되는 말들을 오해하거나 곡해했고, 그의 정신적 과정을 추구해 나가지도 않았다. 언어의 힘을 믿고 합리주의적 입장에서 개인적, 역사적 생성을 부르짖는 사르트르로서는 바타유의 '내적 체험'이 신의 죽음이 남긴 빈터를 메우려고 하는 과정에서 이성의 학살을 일삼게 된 마땅치 않은 신비주의로밖에는 보이지 않은 것은 차라리 당연한 일이었다.

이러한 사르트르의 부당한 비판에 대해서 바타유는 「사르트르에게 주는 대답」에서 몇 가지의 변명과 반론을 시도하고 있다. 그 중에서도 가장 중요한 것은, 개념과 감정의 양자에 걸쳐서 자신이 끊임없는 움직임 속에 있는데 사르트르는 그 드라마를 따라가 보려고 하지 않고 도리어 그의 생각의 움직임을 정지시키고 있다는 지적이다. 근본적인 오해는 바로 여기에서 비롯된다. 그는 이렇게 말한다. "어떠한 움직임에 미치지도 취하지도 않고, 나의 괴로움과 도취를 느껴 보려고 하지 않고 국외자의 입장에서 판단하는 사르트르"[43]의 입장에서는 "신으로 귀착했다느니 혹은 공허로 귀착했다느니 하면서 번갈아 [나를] 비난할 수 있을지 모르지만, [……] 사람들이 나에게서 기대해야 하는 것은 최대한으로 멀리 가는 것이며, 어디에 귀착하는 것이 아니다."[44] 하기야 바타유 자신도 이런 한없는 도정이 가져 올 위험을 의식하고 있다. 그것은 마침내 결정적 절망에 빠지고 인간의 비참을 다시 일깨우는 결과만을 가져올지도 모른다. 그러나 그는 그것보다도 더 큰 위험이 있다고 말한다. 그것은 "다만 지식의 귀결점에 이르는 데만 적합한 방법들이, 결코 도달할 수 없는 전체에 관해서 단편화되고 손상되고 상대적인 존재성을 주는"[45] 위험이다. 이 말을 통해서 우리는 『내적체험』에서 누누이 지적되어 온 논증적 방법에 대한 불신을, 즉 사르트르적인 합리주의적 언어에 대한 불신을 재확인할 수 있다.

『내적체험』을 중심으로 한 양자간의 비판과 응수가 있고 난 이듬해에, 두 사람은 정면에서 마주친다. 1944년 3월 바타유가 「죄에 관한 토론」에서 주제 발표를 하자 사르트르가 질문자로 나선 것이다. 사르트르는 바타유의 이야기를 두 가지 점에서 비판한다. 하나는 이미 「새로운 신비주의자」에서도 언급했던 것처럼, 존재와 무에 대한 바타유의 개념은 야릇하며 그가 무를 실체화하고 있다는 것이다. 이 지적에 대해서 바타유는 이렇게 대답한다. "우선 자기자신을 초월하는 것을 찾는 존재는 특별히

43) O.C., VI, p. 198.
44) 같은 책, pp. 199, 200-201.
45) 같은 책, p. 201.

무를 대상으로 삼는 것이 아니라 다른 존재를 대상으로 삼는 것이다. 다만 이 다른 존재는 무를 통해서만 포착될 수 있는 것으로 내게는 생각되었다. 이때 무는 어느 정도까지 욕망하는 존재에 대한 일종의 평가절하와 일치할 것이다.[46] 이 말은 지적(知的) 존재인 '나'가 지를 스스로 부정하고(그것이 무의 기능이다.), 비지의 밤으로 들어선다는 것을 의미한다. 따라서 바타유의 입장에서 보자면 그는 무를 실체화한 것이 아니라고 말할 수 있을지도 모른다.[47] 적어도 방금 인용한 구절만에 의거해서 말해 보자면, 그것은 의식의 전환을 위한 기능이라는 점에서 사르트르가 생각하는 무와 일맥상통한다. 다만 사르트르의 경우에는 그것은 끊임없는 대자적 기도를 위한 의식의 무화작용을 의미하는 반면에, 바타유에게 있어서는 불가지의 궁극적 존재를 향하여 지를 무화하는 점이 다른 것이다.

그러나 사르트르가 지적한 또하나의 점에 관해서 말하자면, 그것은 바타유의 윤리적, 사회적 태도의 애매성 내지는 보수성을 통렬하게 찌른 것이라고 할 수 있다. "당신이 기독교도가 아니고 기존 도덕을 거부하는 사람이라면, 당신은 어떤 가치체계에 의거해서 죄나 악이라는 개념을 사용하는가?"라는 것이 사르트르의 질문의 요지이다. 한데 이 물음에 대해서 바타유는 양면적인 태도를, 그 자신의 말로는 아이러니한 태도를 보인다. "내가 믿지 않았던 선과 악의 개념을 그대로 간직하고 있다는 사실에는 일종의 아이러니가 있는 것같이 여겨졌다."[48]고 그는 말한다. 바타유는 세간에서 사용되는 바와 같은 선악의 개념을 그대로 인정하면서도

---

46) 같은 책, p. 340.

47) 그러나 무를 실체화한다는 사르트르의 비판이 전적으로 틀린 것은 아니다. 바타유는 『내적체험』에서 "미지는 담론이 나타낼 수 있는 어떤 것에 의해서도 무와 구별되지 않는다."(133)고 말하면서 그 양자를 동일시하고 있기도 하기 때문이다. 굳이 바타유를 위해서 변명하자면 개념이 이렇게 유동적인 점에 그의 생각의 특질이 있으며, 코기토의 철학자 사르트르로서는 그런 의미의 불확정성이 수상하게 여겨졌던 것이다.

48) 같은 책, p. 344.

개인적으로는 그것을 부정하려는 양면성을 보이고 있는 것이다. 그것은 그 개념의 파괴가 불가항력적이기 때문일가? 혹은 그가 겨냥하는 침범(transgression)이나 정상(頂上)의 윤리(morale du sommet)는 도리어 그러한 기존 도덕의 존속을 전제조건으로 삼을 때만 가능한 것이기 때문일까? 매우 중요한 이 질문에 대한 대답은 잠시 후로 미루어 두고, 그 후의 두 사람의 관계에 대해서 한두 마디 더 해두려 한다.

사르트르는 『문학이란 무엇인가』(1947)에서도 몇 군데에 걸쳐 바타유에 대해서 낮은 평가를 하고 있다. 바타유가 '버터의 말'이라는 표현을 만들어낸 것은 다만 병적인 언어의 학살놀이에 불과하고,[49] "불가능에 대한 그의 해설은 가장 하찮은 초현실주의자의 재치만도 못하며, 소비에 관한 그의 이론은 지난날의 큰 축제들의 약화된 메아리에 불과하다."[50] 또한 왕시의 초현실주의자였던 바타유는 반공주의자가 되었다는 비난도 이에 덧붙여져 있다. 그러나 이러한 지적은 바타유의 한계를 들어낸 것이라기보다도 사르트르 자신의 한계를 말해 주는 것임에 틀림없다. 그는 또한 다른 곳에서 바타유가 전일자가 되기를 바란다고 하면서 비판하고 있지만,[51] 바타유는 도리어 자기(ipse)의 그런 욕망이 초극되어야 한다고 강조한 것은 우리가 앞에서 보았던 바와 같다.

이러한 몇 가지 지적이 바타유에 대한 사르트르의 그 후의 언급인데, 이에 비해서 바타유는 한결 자주 사르트르를 비판하고 있다. 우리는 이 자리에서는 그것을 일일이 검토하지는 않으려 한다. 요컨대 바타유가 보기에 사르트르는 강단(講壇) 철학자에 불과하며, 그의 지성지상주의는 『구토』라는 훌륭한 작품에도 불구하고, 그를 시에서, 그리고 삶의 현실에서 멀어져 가게 했다는 것이다. 그는 『문학과 악(*La littérature et le mal*)』

---

49) Sartre, *Situations*, II, Gallimard, 1948, pp. 64, 85, 304.
50) 같은 책, p. 241.
51) Sartre, *Cahiers pour une morale*, Gallimard, 1983, pp. 103, 157, 509 참조.

에서 사르트르가 보들레르와 주네를 해석함에 있어서 시적 상황도 지고성(至高性)도 깊은 의미의 상통도 모르는 사람, 오직 기도와 행동만을 중시하는 사람으로 치부한다. 이러한 바타유의 사르트르 비판은 자유에 관한 그의 발언에 여실히 나타난다. 그는 초현실주의자들, 특히 브르통에 대한 비난을 거듭하면서도, 도리어 초현실주의의 이름을 빌려 사르트르가 말하는 자유에 대해서 다음과 같이 대척적인 입장을 표명한다. "자유는 이미 선택하는 자유가 아니다. 도리어 선택이 자유를, 자유로운 활동을 가능케 하는 것이다."[52] 즉 사르트르에 있어서는 자유는 주체적 기도의 선택의 조건인 반면에, 바타유에게 있어서는 그것은 이성의 피안에서 전개되고 그 어떤 기도에도 묶이지 않는 열린 가능성을, "그 어떤 것에도 머무르지 않는 가능성을 의미한다.

앞서 말한 것처럼 사르트르의 바타유 비판은 대체적으로 편협한 한편, 바타유의 사르트르 비판은 그에 대한 몰이해를 노정한다기보다도 차라리 양자의 입장의 근본적 차이를 부각시켜 준다는 인상을 우리는 갖게 된다. 사르트르의 합리주의적 입장에서 볼 때 바타유의 언어와 행위는 부조리한 것으로 밖에는 보이지 않지만, 바타유의 '밤의 체험'의 입장에서는, 사르트르의 '낮의 철학'은 답답한 것이다. 그러나 그 '밤의 체험'은 어떤 조건하에서 가능한 것인가? 바타유는 과연 가능성의 극한으로의 여행에 있어서 어느 정도로 자유로운가? 그는 니체의 차라투스트라처럼 인간을 묶는 모든 일상생활의 피안에 서려는 것인가? 우리는 이 질문에 대답하려고 할 때 뜻하지 않게 바타유의 보수주의를 만나게 된다. 그 점을 밝히기 위한 실마리로서 다시 한번 사르트르의 「새로운 신비주의자」로 돌아가서, 거기에 지적되어 있는 작은 디테일 하나를 드러내 보자.

사르트르는 "나는 때에 따라서는 나 자신을 괴롭힌다."(70)는 바타유의

---

52) "Le surréalisme et sa différence avec l'existentialisme" (*O.C.*, XI, p. 81.)

말에 주목하면서 이렇게 빈정거린다. "그러자 고뇌는 열광이 되고 괴로운 환희가 된다. 그만하면 위험한 여행은 할 만한 가치가 있는 것이 아니겠는가? 더구나 그런 지경에서 쉽게 되돌아 올 수 있으니까 말이다. 왜냐하면 바타유 씨는 글을 쓰고 국립도서관의 간부직원으로 근무하고 책을 읽고 육체관계를 갖고 세끼를 먹고 하기 때문이다. '나는 때에 따라서는 나 자신을 괴롭힌다'고 그가 스스로 말하고 있듯이 말이다. 한데 그런 표현을 듣고 내가 웃는다고 해서 나를 비난하지는 못할 것이다."(S. 175) 요컨대 사르트르가 보기에 바타유는 남들과 같은 일상생활을 영위하면서 기분 내킬 때에는 '내적체험'의 여기(餘技)를 하고 있을 따름이다. 우리는 물론 이러한 폄하가 마땅하다고는 생각하지 않는다. 사르트르가 여기라고 경멸하고 있는 것은 바타유에게 있어서는 일상생활과는 비교도 할 수 없는 본질적 중요성을 갖는 것이다. 그러나 동시에 이 조롱 섞인 말은 어떤 뜻깊은 시사를 던져 주는 것 같기도 하다. 그것은 바타유가 생존을 이중적으로 생각하고 있을지도 모른다는 것을 말해 주고 있기 때문이다. 다시 말해서 그는 일상생활과 기존질서를 거부하면서가 아니라, 도리어 그것을 긍정적으로 수용하고 그 바탕 위에서 존재에 대한 이의제기를 한다는 양면성을 지니고 있는 것이 아닌가 하는 의심을 품어 볼 수 있는 것이다.

일단 그런 의심을 품고 『내적체험』을 다시 살피면 과연 바타유의 양면적인 입장이 눈에 띄는 것을 막을 수 없다. 특히 결미에 있는 다음의 구절이 그렇다. 그 발언을 통해서 바타유는 그가 그렇게도 배격하려고 했던 행동 즉 기도(바타유의 입장에서는 그것은 내적체험과는 반대로, 후일의 더 좋은 삶을 기약하려는 일상생활과 실용적 사고에서 비롯된다.)의 필요성을 인정하고 있는 것이다.

사고의 극한적 움직임은 그 자체로서, 즉 행동과 무연(無緣)한 것으로서 이루어져야 한다. 행동은 그 나름대로의 법칙과 요청을 지니고 있고, 실용적 사고가 그것에 호응하는 것이다. 가능한 먼 곳을 찾아서 저 너머로 몰입하는 자율적 사고는 행동의 영역을 그대로 유보해 둘 수밖에는 없다. [그리고] 자율적 사고가 행동의 영역에 대해서 판단하는 것을 유보하는 것과 마찬가지로, 실용적 사고 역시 자신에게 해당하는 규칙들을, 가능성의 머나먼 한계까지 삶을 밀고나가려는 작업에 대립시킬 수는 없는 것이다. (179-180)

이 말은 우리가 『내적체험』을 읽어가는 과정에서 여러 번 확인했던 기본적 전제, 즉 체험은 행동에 대한 총체적 부정이라는 전제[53]와 잘 부합하지 않는 것처럼 보인다. 그렇다면 바타유는 결국에는 양자간의 대립관계가 아니라, 그 사이의 평화적 공존을 인정하는 쪽으로 가닥을 잡은 것이가? 사르트르의 빈정거림을 다시 상기하여 말하자면, 바타유는 도서관 직원으로서의 일상생활을 영위해 나가면서 때로는 체험의 형고(刑苦)를 스스로 겪는다는 이중적인 삶을 불가피한 사태로, 혹은 만족스런 사태로 받아들이고 있는 것일까? 더 일반적으로 말해서 그는 '나'를 둘로 분할해서, 기존체제에 반항하기는커녕 그 기도, 즉 그 생산활동에 순응하는 사회적 자아와, 존재의 의미에 대해서 이의를 제기하는 사적(私的)인 차원의 자기(ipse)를 별개의 행위자로서 양립시키려는 것일까? 그러나 문제는 그렇게 간단한 것이 아니다. 체험의 영역(위의 인용문에 나오는 용어를 빌리자면 자율적 사고의 영역)과 행동 내지는 기도의 영역(실용적 사고의 영역)이 따로 있을 수 있다고 하더라도, 이 인용문이 시사하듯이 서로 무연하게 독립적으로 존재할 수는 없기 때문이다.

---

53) 가령 다음과 같은 말이 대표적이다. "만일 체험이 [……] 행동(기도, 담론)에 대한 정신의 집착(합리적 존재, 즉 하인의 언어적 예속)에 거역하는 반항이 아니라면 그것은 한낱 속임수에 불과하다." (134)

우리는 그것을 두 가지 각도에서 말할 수 있을 것이다. 첫째로 체험은 행동에 대한 반항이라는 명제와의 관련에서 보자면, 반항을 하기 위해서는 항상 반항의 대상이 필요하며, 그런 점에서 기도나 행동은 체험을 성립시키는 역설적 여건이라고 말할 수 있을 것이다. 다시 말해서 바타유의 반항은 기도의 연속으로서의 사회생활을 진정치 못한 것으로 고발하고 체험에 의한 그 초극을 겨냥하는 것이 아니라(그럴 경우에는 아나키즘이 될 것이다.),[54] 오히려 그것을 바탕으로 삼으면서 이루어질 성질의 것이다. 둘째로 실용적 사고는 사회의 유지에 불가결하다는 점을 지적할 수 있다. 만일 그것을 거부하면 사회 자체가 성립하지 못할 것이다. 즉 물질적 생산을 해나가는 하부구조가 없다면, 자율적 사고는 존립할 수 없을 것이다. 그렇다면 바타유는 이런 현실에 대해서 어떻게 주체적으로 처신하였는가?

이 질문에 대해서 『내적체험』에서의 발언보다 한결 분명하게 자신의 태도를 밝히고 있는 것이 다음의 텍스트이다.

노동과 쾌락, 생산적 활동과 비생산적 소비, 내일의 배려에 대한 대답과 감성의 즉각적인 요청은 매시마다 반대되는 지향을 우리에게 제시한다. 우리는 우물거리고 망설일 수도 있을 것이다. 그러나 우리는 번갈아

---

54) 사실 바타유는 1930년 전반기까지는 프로이트와 마르크스의 영향하에 아나키즘을 전망하기도 했다. 1933년에 발표된 「국가의 문제(Le problème de l'Etat)」 in O.C., I, pp. 332-336)는 그 대표적인 것이다. 그는 여기에서 구소련의 전체주의적 편향을 맹렬히 비난하고, 피착취자들 스스로가 괴로운 자유를 체험하면서 "미래에 대한 낡아빠진 기하학적 개념"을 포기하기를 종용한다. 왜냐하면 "미래는 불치의 낙관주의를 지닌 몇몇 규합자들의 자질구레한 노력에 의존하는 것이 아니라, 총체적인 방향 상실에 전적으로 의존하는 것이기 때문이다." 그러나 이런 극단적인 무정부주의는 1936년 《무두인(無頭人, Acéphale)》의 창간과 더불어 사라진다. 그는 인간이 더 좋은 사회를 향해서 변할 수 있다는 생각에 대해서 회의를 품고, 그의 관심을 정치적인 차원으로부터 종교적 차원으로, 즉 무정부주의로부터 공희로 옮겨간다.

양방향으로 대답하는 것을 회피할 수 없는 것이다. 우리는 행동하는 필요성을 말소할 수 없지만, 행동은 결코 감성적 존재의 요청을 완전히 무화할 수는 없다. [……] 현재의 순간에 대한 관심은 내일에 대한 관심에 의해서 말소될 수 없다. 노동의 세계에서는 내일에 대한 관심에 호응하는 의무가 만인에게 동일한 것이지만, 그 노동의 세계는 감성적이며 낭비적인 순수한 존재(시는 그 완전한 형태이다.)와 인간을 갈라놓기는커녕 도리어 접근시키는 것이다.[55]

필자의 생각으로는 바타유를 이해함에 있어서 결정적 중요성을 갖는 이 텍스트는 적어도 두 가지의 것을 가르쳐 준다. 첫째는 기도와 체험이라는 말로 대표될 수 있는 양항(兩項)을 그가 동시에 수용한다는 것이다. 앞서 본 『내적체험』의 구절에서는 그 양자의 독립성과 불간섭의 원칙이 지적되었을 따름인데 반하여, 여기에서는 그 요청들을 다같이 충족시켜야 할 필요성이 일종의 의무로서 제시되어 있는 것이다. 둘째로 그 양항은 이율배반적이면서도 서로 연관되어 있다는 것이 지적되어 있다. 하기야 바타유가 강조하는 것은 이 인용문의 마지막 구절을 보아서도 알 수 있듯이, 둘째 항("감성적이며 낭비적인 순수한 존재" 및 그 완전한 형태로서의 시──요컨대 『내적체험』에서 '자율적 사고' 또는 '체험'이라고 부르고 있는 것)이지만, 그것을 가능케 해주는 첫째 항(노동, 생산적 활동, 실용적 사고, 요컨대 기도)의 기능이 무시되어 있지 않다는 것이다. 그렇다면 체험의 세계와 절연하기는커녕 도리어 그것을 접근시키고 또 그 바탕을 이루어 줄 기도의 세계는 구체적으로 무엇인가? 기도가 실현시켜 나가는 '내일에 대한 배려'란 구체적으로 어떤 배려인가? 그것은 가령 계급 없는 사회와 같은 어떤 이상향의 실현을 내다보는 혁명의 과정인가? 아니다.

---

55) 『문학과 악』에 포함된 「보들레르론」의 초고 (O.C., IX, 448.)

전혀 그렇지가 않다. 『내적체험』에는 부르주아에 대한 신랄한 고발이 있고[56] 또한 많은 다른 텍스트에서도 부르주아는 비판의 대상이 되어 있지만,[57] 바타유는 무정부주의를 버린 이후로는 부르주아지를 초극하는 더 진정한 사회에 대한 어떠한 전망도 제시하고 있지 못하다. 그가 말하는 내일이란 결국 부르주아 사회의 질서 내에서의 노동이며 생산활동이다. 그리고 그것이 이른바 내적체험의 바탕을 형성해 주는 것이다.

그 점은 금제(禁制)와 침범(侵犯)의 관련에 관한 그의 생각에서 잘 드러난다. 위에서 말한 행동과 체험의 관계가 여기에 그대로 적용된다. 선행하는 것은 사회질서와 생산활동의 합리적 조직을 위한 금제이지만, 금제는 그것에 대한 이의제기인 침범을 위해서 있다고도 말할 수 있다. 침범되지 않는 금제는 없는 것이다. 그러나 침범은 결코 금제의 전적인 소멸을 목적으로 하는 것이 아니다. 금제가 없는 사회는 사회로서 존립할 수가 없기 때문이다. "금제의 진실은 우리의 인간적 태도의 열쇠이다. 우리는 금제가 외부로부터 강요된 것이 아님을 정확하게 알아야 하고 또 알 수 있다."[58] 따라서 바타유는 한편으로는 금제를 따르는 공적(公的)인 인

---

56) "계산에 대한, 기도에 대한 (부르주아들의 시들고 조로(早老)한 얼굴들에 대한, 그들의 신중성에 대한) 증오"(34), "대지가 무너져내리는 것을 모르고 점잖은 격언에 매달리기만 하는 작자들."(54)

57) 두 가지 예문만 들어 두자. "이러한 제한된 소비라는 굴욕적인 개념에 호응한 것이 부르주아가 17세기 이래로 발전시켜 온 합리주의적 개념이다. 그것은 오로지 경제적인 세계──천하고 부르주아적인 의미에서의 경제적인 세계의 표상을 뜻할 따름이다. 소비에 대한 증오는 부르주아지의 존재 이유이며 그 정당화이다. 그것은 동시에 부르주아지의 끔찍한 위선의 원리이기도 하다." ("Notion de dépense" in O.C., I, p. 314.) 이 발언은 바타유가 무정부주의에 쏠려 있던 1933년의 것이지만, 그 후에도 부르주아지에 대한 그의 고발에는 변함이 없다. 가령 1947년에 쓰인 「보들레르론」에서도 개인주의, 낭만주의, 자본주의, 부르주아지의 유기적 관련을 드러내는 과정에서 다음과 같이 말하고 있다. "계급적 질서가 봉건 사회의 목적이었던 것과 똑같이 필연적으로 개인은 부르주아 사회의 목적이다. 이에 가하여 사적 이익의 추구는 자본주의적 활동의 근원인 동시에 목적이다." (O.C., IX. p. 207.)

간으로서 행동하고(그것이 도서관직원으로서의 그의 존재태이다), 다른 한 편으로는 내적체험의 이름 아래 노동 대신에 쾌락을, 생산 대신에 낭비를, 미래를 향한 기도 대신에 순간의 황홀을 사적인 차원에서 추구하려는 것이다. 더 일반적으로 말해서 그는 공적, 집단적 차원에서는 인류가 생존을 유지해 나가기 위한 제도, 즉 금제를 기본적 여건으로 받아들이고(그 점에서 그는 "금지하는 것을 금지해야 한다"는 구호를 내세운 1968년의 학생혁명의 주창자들과는 근본적으로 다르다.), 그것을 선(善)의 영역으로 지칭한다. 그리고 그 대극(對極)에서, 동시에 그 바탕에서, 그것을 침범하려는 개인적, 사적 차원에서의 지향(내적 체험, 시, 지고성(至高性), 낭비, 정상의 윤리, 순수한 존재 따위로 불리는 것)을 악 또는 죄라고 칭하는 것이다. 한데 이 이원적 한계를 무시하고, 가령 집단적 차원에서 금제에 대한 침범을 감행한다면 아우슈비츠의 참상을 가져 올 것이다. 또한 개인적으로도 장 주네처럼 악의 사회적 조건과 한계를 무시하고 그것으로 쏠려들 때는 지고성 그 자체를 배반하게 될 것이다.

　이렇게 볼 때 매우 아이러니한 일이 생긴다. 인간의 존재에 대해서 가장 격렬한 항의를 하고, 서양을 유지해 온 합리주의적 사고를 전복시키려던 바타유는 사회적, 정치적 측면에서는 누구보다도 보수적인 생각을 가지고 있는 사람이며, 심지어 합리주의자라고까지 말할 수 있다. 그 반면에 전통적인 합리주의 철학을 대표했다고 볼 수 있는 사르트르는 가장 급진적인 사회주의 혁명의 기수로서 서구사회의 구조에 대해서 근본적인 이의제기를 한 것이다. 합리적 사고방식에 대한 바타유의 반란은 개인적 존재의 의미를 근본적으로 재정립하기 위해서 기존질서를 인용(認容)하고 따르는 쪽으로 나갔고, 그 사고방식을 계승한 사르트르는 개인의 궁극적 자유를 약속해 줄 혁명의 신화에 매달렸던 것이다.[59] 한데 오늘날

---

58) "L'Erotisme" (*O.C.*, X, p. 41.)

사르트르의 혁명의 신화는 사회주의 세력의 거의 완전한 사멸과 함께 그 시효를 상실하고 만듯이 보이며, 그 후 어떠한 새로운 사회체제의 전망도 자리잡고 있지 않다. 다시 말해서 이른바 역사의 종말이 온 것 같고, 오늘날의 자본주의적 기술사회가 당분간은 그대로 이어져 나갈 것이다. 따라서 오늘날의 정치관과 사회관은 바타유와 더불어 보수적일 수밖에 없고, 이것이 포스트 모더니티의 한 특색이다. 그리고 바타유가 생각한 공사(公私)의 구별, 즉 공적 금제와 사적 침범이라는 이원주의는 지금도 삶의 태도로서의 유효성을 지닐 것이다.

다만 두 가지 측면에서 단서를 달아둘 만하다고 여겨진다. 첫째로 금제는 그 구체적 내용에서 달라져 갈 수 있을 뿐 아니라 날이 갈수록 더욱 완화되어 나갈 것 같다. 오늘날의 이른바 자유민주주의 체제는 어떠한 개인적 이의제기도 거의 충격 없이 소화해 나가고 그 힘을 중화시킬만큼 포용력이 크다. 과거의 많은 금기를 파괴하는 신성모독과 폭력과 성의 표현이 사회적으로 허용되어 있는 것이 그 좋은 예가 될 것이다. 그렇다면 바타유가 크나큰 가치를 부여한 침범이라는 '악'의 의의(意義)와 맛은 그만큼 줄어들고 말 것이다. 둘째로 사르트르적인 혁명의 꿈이 사라지고, 바타유적인 이원주의가 유효하게 보인다는 것은 전자가 허위이며 후자가 진실이기 때문이 아니다. 그런 판단에서 문제가 되는 것은 진위 여부가 아니라 다만 시대적 현실과의 관련이다. 따라서 사르트르적인 역사적 비전은 앞으로 인류가 겪을 어떤 알 수 없는 우연성을 계기로 해서 다시 살아날지도 모른다. 혹은 '역사의 종말'이 그대로 계속되다가 마침내 신인종이 창조되어 바타유적인 내적체험도 혹은 사르트르적인 혁명의 신화도 일체 무의미하게 될지도 모른다. 그러나 지금으로서는 그런 예측은

---

59) 그 신화를 유지해 나가기 위해서 사르트르가 치른 대가와 그가 마주친 난점에 대해서는 졸저 『문학을 찾아서』의 제1부 「사르트르의 문학참여론에 대한 비판적 고찰」 및 이 책에 실린 「사르트르 또는 실천적 타성태의 감옥」 참조.

부질없는 짓이며, 바타유와 사르트르라는 양극의 사상이 예시하는 바와 같은 실존적 문제는 우리가 이어받은 지난 세기를 이해하기 위해서뿐만 아니라, 우리 자신을 선택해 나가는 데 참고가 되리라고 믿는다. (2001)

세계화와 인문학자

1

우리가 벌써 오래전부터 일상어처럼 사용하고 있는 '세계화'라는 말은 매우 모호한 말이다. 이 말은 그것 자체로서는 충분한 의미를 형성할 수 없는 듯이 보이는 단어, 말하자면 일종의 불완전 명사이다. '세계화'란 "어떤 것에 세계적 성격을 부여하는 것, 어떤 것에 대하여 전 세계와 관련되는 연장(延長)을 부여하는 것"을 뜻하는 것인 이상, 우리는 우선 그 '어떤 것'이란 무엇이냐는 것을 규정하고 인식해야 하는 것이다. 가령 "세계화합시다."라는 말은 목적어의 결핍 때문에 뜻이 없는 표현이며, 또한 "우리는 세계화의 시대에 살고 있다."라는 흔히 들리는 말조차도 한정어(限定語)의 부재 때문에 무슨 뜻인지 얼른 파악하기 어려울 것이다.

그러나 현실적으로는 이 말에 대해서 적확한 의미를 부여하려는 노력이 반드시 이루어지고 있는 것은 아니다. 『옥스포드 영어사전(OED)』에 의하면 세계화(globalization)라는 말은 1962년에 『스펙테이터(Spectator)』의 한 논설에서 처음으로 사용되었다고 하는데, 그 논설의 제목 자체가 "세계화란 참으로 뒤퉁거리는 개념이다."("Globalization is, indeed, a staggering concept.")라고 되어 있어, 이 말이 그 태생부터 불신의 대상이 되어 왔다는 것을 말해 주고 있다. 심지어는 그 말에 한정어를 부가한다고 해도 그것이 함축하는 의미내용이 동일하다고는 말하기 어렵다. 가령 '테러리즘의 세계화'라는 말과 '인권의 세계화'라는 두 표현이 가능하다고 하면, 그 양자에 있어서 세계화라는 말이 갖는 공통의 의미 내용은 그렇게 큰 것이 아니다. 전자에 있어서 그 말을 사용하는 사람은 테러리즘이 세계적으로 확산하고 있다는 객관적 사실에 우리의 주목을 끌고(이 표현을 문장화하면 '테러리즘이 세계화하고 있다'가 된다. 즉 이 경우 '테러리즘'은 주어이며 '세계화하다'라는 동사는 자동사이다.), 우리가 이 정치적 폭력에 대처해야 할 긴급한 필요성을 강조하려는 것이리라. 그 반면에 '인권의 세계화'를 말하는 사람은 '우리는 인권을 세계화해야 한다'는 것을 말하고 싶은 것임에 틀림없다. 환언하면 이 경우에 '인권'이라는 명사는 '세계화'라는 타동사의 목적어이며, 화자(話者)는 우리에게 그 윤리적 요청에 동참하기를 종용하려는 것이다. 따라서 한편으로는 우리가 회피해야 하고 막아야 할 세계화가 있고, 다른 한편으로는 가치로서, 이상으로서 추구해야 할 세계화가 있는 셈이 된다. 그러나 많은 경우에 세계화와 관련된 이러한 윤리적 선택은 그렇게 쉬운 것은 아니다. 가령 인터넷, 대중문화, 원자력, 유전공학의 세계화가 바람직한 것인가 혹은 경계해야 할 것인가에 관한 판단에 있어서 우리는 어떤 분명한 합의에 이를 수 있을 것인가? 심지어 이런 문제의 논의에 있어서 정치적, 경제적 권력이 개입하여 그 지배를 더 공고히 하려고 할 수도 있을 것이다. 그 문제를 일부러 막연하게 놓아 두거나 더 복잡하게 만들면서, 혹은 찬성과 반대의 한쪽으로 억지 논리를 펼치거나 여론을 조작하면서 말이다.

한데 세계화에 관한 이야기가 더 착잡하게 되는 이유 중의 하나는 앞서 언급한 것처럼 그 말이 아무런 한정어 없이 단독으로 쓰이는 일이 일상화되어 있다는 점에 있다. 그렇다면 그런 경우에 그것이 뜻하는 것은 과연 무엇인가? 그 말의 의미내용이 오늘날에는 너무나 분명한 것이 되어, "무엇의 세계화인가?"라고 물을 필요조차 없게 되고, 그 말은 그 자체로서 보편적으로 그리고 큰 오해 없이 이해되고 있는 것인가?

물론 우리는 세계적인 뜻이나 영향력을 지녔다고 생각되는 모든 활동과 현상에 대해서 세계화라는 말을 사용할 수 있다. 그러나 동시에 우리가 부정할 수 없는 것이 있다. 그것은 국제경제의 새로운 구조가 오늘날 전대미문의 심각한 영향을 전 세계에 끼치고 있고, 정치를 포함한 모든 다른 활동은 그것과 깊이 관련되고 심지어 그것에 의존하다시피 되어버렸다는 것이다. 그래서 여기에서 일종의 언어적 찬탈이 일어났다고 말할 만하다. 다시 말해서 의당 경제적 세계화라고 불러야 할 것의 의미와 역할이 으뜸가는 것이 되어, 그것이 그냥 세계화라고 불러도 좋을 지경이 된 것이다. 이것이 한정어 없이 '세계화'라고 말할 때의 일반적 의미이다. 그러나 나는 여기에서는 이런 일반적 관례를 따르지 않고 '경제적 세계화'라는 본래적인 용어를 사용하려고 한다. 왜냐하면 나는 앞으로 경제적 세계화와 밀접히 관련된 다른 분야의 세계화에 관해서도 언급하려고 하는데, 자칫 용어상의 혼동이 생길 수도 있을 것이기 때문이다.[1]

2

우선 경제적 세계화란 무엇인지 잠깐 생각해 보자. 촘스키(Noam Chomsky)는 그것을 "다국적 기업의 횡포의 연장"이라고 하면서 다음과 같이 말한다. "[이 기업들은] 비교적 책임을 지지 않는 최고층으로부터 운

---

1) 나는 이 글에서 '세계화'라는 말을 단독으로 사용하는 일도 있을 것이다. 그 경우에는 앞으로 언급할 바와 같이 경제, 기술, 문화 사이의 유기적 연관으로서의 세계화를 두고 하는 말이 될 것이다.

영되고 여러 가지 양상으로 서로 연계된 거대한 통할적(統轄的) 경제기구이다. 그들의 제일의 관심은 이익이다.——그러나 그것보다도 더 넓게, 특별한 유형의 소비자층을 만드는 데 있다. 그것은 인위적인 욕구를 지닌 어떤 라이프 스타일에 빠져드는 그런 소비자층이다."[2] 다시 말해서 세계화란 다름 아니라, 인간을 소비주의의 희생자로 삼으면서 최대한의 이익을 얻으려는 거대기업들의 연계를 통해서 엄청나게 강화되고 확대된 제국주의적 자본주의이다. 그러나 어떤 정의나 성격 규정의 시도는 그런 시도를 하는 사람의 입장을 반영하는 일이 많다. 촘스키의 말이 경제적 세계화에 대한 반대를 분명히 하고 있는 한편, 그 옹호자가 보기에는 그것은 긍정적인 효과를 수치적으로 제시할 수 있는 자유로운 시장의 원리를 통해서 경제만이 아니라 인간의 통합을 실현시키려는 움직임이다. 그들은 경제적 세계화가 소득의 불평등을 심화시킨다는 촘스키와 같은 반세계화 운동가들의 생각을 이렇게 반박한다. "그런 주장은 간단명료해서 멋있어 보이지만, 다른 많은 중요한 요소를 무시하고 있는 것이다. 한 국가경제에 있어서의 소득 불균형의 정도는 세계화나 무역 자유화보다도 역사, 경제적 성장, 물가 및 인금의 관리, 복지계획, 교육정책 따위와 연관되어 있는 일이 많을 것이다."[3]

서로 일방적으로 보이는 이 상반되는 견해에 비해서, 보다 객관적이라고 여겨지는 견해는 약 30년 전부터 자리잡게 된 세 가지 요소에 의해서 경제적 세계화의 특징을 생각해 보려는 세계통화기금(IMF)의 것이다. 그 기관에 의하면 그것은 "재화와 서비스의 국외적(國外的) 거래의 양과 종류의 증가, 자본의 국제적 유동의 증가 및 테크놀로지의 가속화되고 일

---

2) Chomsky, "Media and Globalization" (www.corpwatch.org/issues/PID. jsp?articleid= 1809)

3) A. T. Kearney, "Measuring Globalization" (www.foreignpolicy.com/issue_ janfeb_2001/atkearney.html).

반화된 보급에 의해서 야기된, 세계의 국가들 전체의 증대하는 경제적 상호의존"[4]이다.

이 정의는 물론 국가 간의 이른바 '경제적 상호의존'의 기원, 역사, 필요성, 실체 등에 관한 많은 질문을 유발할 성질의 것이지만, 그것을 깊이 살피는 것은 나의 능력에서 벗어나는 일이다. 그 대신 나는 분명하면서도 흔히 소홀히 다루기 쉬운 한가지 것에 대해서 잠시 이야기하려고 한다. 그것은 이 정의에서도 언급되고 있는 테크놀로지, 그 중에서도 특히 정보통신기술이 원래부터 경제적 세계화를 위해서 태어난 것은 아니라는 사실이다. 일반적으로 말해서 어떤 한 과학기술의 용도는 그것의 탄생과 동시에 결정적으로 주어지는 것이 아니고, 그 후 때로는 뜻하지 않은 방향으로 또 때로는 최초의 용도와는 다르게 이루어진다. 가령 원자력은 그 최초의 목적인 대량살상과는 다르게도 이용되고 있으며, 최근에 태어난 유전공학이 앞으로 어떤 목적으로 이용될 것인지 우리는 예측할 수 없는 일이다. 정보통신기술의 경우에도 마찬가지이다. 인터넷이 처음으로 발명되었을 때, 우리는 "물음에 대해서 알고 있는 사람이 대답하고, 모두가 지식을 공유하는 공동체"를 만드는 것을 기대했었다. 즉 우리는 이 기적적인 새로운 미디어가 "여러 가지 다른 입장에서 프로젝트에 참가하는 사람들이 공유적(共愉的)으로(in conviviality) 일을 추진해 나가는 환경"을 조성하기를 기대했었다.[5] 나는 이 본래의 목적이 지금도 시효상실이 되었다고는 생각하지 않는다. 그러나 이 희한한 매체를 최대한으로 활용하고 그 가장 중요한 목적을 말하자면 변질시켜 놓은 것이 상업적 거래와 자본의 국제적 유동을 통해서, 그리고 생산보다도 투기를 통해서 최대한의 이익을 획득하려는 세력임을 부정할 수는 없다.

달리 말해서 정보통신기술은 이제 경제적 세계화의 필수불가결한 조

---

4) http://webduweb.free.fr/global.htm.
5) 古瀬幸廣, 廣瀬克哉 공저 『インタ―ネットが變える世界』岩波新書 1996, pp. 173, 195.

건이 되었다. 인터넷은 온라인 거래를 가능케 함으로써 세계화를 가속화시켰다. 그러나 세계화된 경제는 기존의 테크놀로지를 이용하는 데 그치는 것이 아니다. 우리가 비단 인터넷만이 아니라 전자과학의 덕분으로 개발된 일체의 정보 및 미디어 기술을 생각해 볼 때, 우리는 초국가적 또는 다국가적 자본이 그 기술의 향방을 결정한다는 사실에 주목하게 되는 것이다. 정보통신기술은 이미 상거래의 효율성을 증가시키고 자본의 원활한 유동을 확보하기 위한 이용 대상으로서만 존재하는 것이 아니다. 국제적 거대기업들은 그것이 엄청난 수의 이용자들에게 엄청난 양의 정보와 오락을 엄청난 속도로 제공할 수 있다는 무한한 가능성에 착안하여, 그것의 치열한 개발을 위해서 자본을 쏟아 붓는다. 이리하여 정보통신기술과 거대기업 사이의 긴밀한 연관이 성립된다. 거대기업은 더욱더 교묘하고 고차적으로 그 산업을 개발하여 최대한의 이익을 획득하려고 한다. 그리고 그 덕분에 그것은 오늘날의 세계의 가장 중요한 산업으로 자리잡고 있는데, 그것은 정보를 공유적으로 나누어 갖는다는 당초의 목적을 추구함으로써가 아니라, 그 발전을 위한 돈을 대는 자본에 봉사함으로써이다.

한데 이러한 경제적인 것과 기술적인 것의 '짝짜꿍' 에 끼어드는 것이 문화적인 것이다. 정보통신기술은 가장 많은 사람들을 유혹할 수 있는 이른바 문화적 콘텐츠를 부단히 그리고 가지각색으로 생산해 내는데, 그 목적은 모체인 기업에게 이익을 가져오는 데 있다. 달리 말하자면 그 기술의 매개를 통해서 "문화적인 것이 경제적인 것이 되고, 경제적인 것이 문화적인 것이 된다."[6] 이리하여 기술적인 것과 경제적인 것의 연관에 문화적인 것이라는 또 하나의 요소가 부가되어, 넓은 의미의 세계화는 삼위일체가 된 이 세 요소가 가져오는 합력으로 이루어진다. 그리고 또한

6) Frederic Jameson, "Globalization as Philosophical Issue"(Jameson and Miyoshi, ed., *The Culture of Globalization*, Duke University Press, 1999, p. 60.)

이리하여 이른바 문화산업이라는 것이, 다시 말해서 본질적 가치와는 별로 상관없는 문화적 콘텐츠를 만들고 팔고 사는 경제적 활동이 큰 자리를 차지하는 것이다.

　나와 같이 인문학을 공부하는 사람의 시각에서 볼 때, 오늘날 가장 걱정이 되는 것은 온 세계에 창궐하고 있는 바로 이 문화산업의 영향이다. 그것이 만들어 내고 있는 개짓(gadget)과 키치(kitsch)의 무분별한 소비에 물들은 젊은 세대의 미래는 어떻게 될 것인가? 20세기 초에 오르테가 이 가셋(Ortega y Gasset)은 예술의 비인간화라는 말을 사용하고 그 원인을 무식한 대중의 폭발적 등장에서 찾았지만, 오늘날에는 최대한의 인간을 대중화하려는 산업계의 거물들의 의도적 조작으로 말미암아 그런 예술의 위기는 더욱더 심각해진 것이 아니겠는가? 이와 아울러 문화산업은 각 공동체의 특유한 문화를 침식함으로써 생활과 생각의 획일주의를 가져올 것이 아니겠는가?

　이러한 우려할 상황에 직면하자 많은 식자(識者)들은 미국을 그 원흉으로 보고 세계화란 실질적으로 미국화에 의한 통합이라는 생각을 표명해 왔다. 과연 이러한 동일시는 이유가 없는 것이 아니다. 클린턴 정부시대의 한 대표자는 이렇게 말하고 있다. "미국으로서는 정보시대의 대외정책의 핵심적 목표는, 영국이 과거에 바다를 지배했듯이 전파를 지배함으로써 세계적인 정보의 흐름의 싸움에서 승리하는 것이어야 한다."[7] 이것은 세계의 총자본의 80 내지 90퍼센트를 차지하는 막대한 돈을 가지고 세계를 지배하려는 새로운 제국주의의 노골적인 선언이 아니겠는가? 그러나 이 '제국주의'는 단순한 야망의 소산이 아니라, 미국이 오늘날 보편적 문화의 전도사로서의 사명을 지니고 있다는 다음과 같은 거창하고 거만

7) David Rothkop, "In Praise of Cultural Imperialism? Effects of Globalization on Culture," *Foreign Policy*, June 22, 1997 (www.globalpolicy.org/globaliz/cultural/globcult.htm. pp.1-2.)

한 신념의 소산이기도 하다. "미국인은 세계사에 등장한 모든 국민 중에서 그들의 역사가 가장 의롭고, 가장 관대하고, 항상 자신을 재평가하고 발전시키는 데 가장 적극적이며, 미래를 위한 가장 훌륭한 모델이라는 사실을 부정하지 말하야 한다."[8] 따라서 그들이 전파를 이용하여 전 세계에 퍼뜨리려는 것──정보, 영화, 대중음악, TV 연속극, 유행, 광고, 스포츠 따위는 다른 나라들이 따라야 할 모델이 될 터이며, 가령 싱가포르의 이광요(李光耀)와 같은 사람이 주장하는 '아시아적 방식'은 다만 "자기중심적인 정치적 수사(修辭)"에 지나지 않는 것이 된다. 그리고 미국에서 상영되는 모든 영화 중에서 외국 영화가 차지하는 비율이 단지 1퍼센트에 불과한 것도, 이미 1985년에, "전 세계에 걸친 1960년대 및 70년대의 다양한 실험영화의 사멸과 헐리웃적 형식의 세계적 패권"[9]을 공식적으로 선언한 것도, 또한 1998년에 「타이타닉(The Titanic)」 한 편만으로 18억 달러의 이익을 올린 것도 모두, 미국 영화가 미국의 다른 문화상품과 마찬가지로 "미래의 가장 좋은 모델"이 되기 때문이라는 말이 될 것이다.

그러나 사실에 있어서는 취미의 저하와 소비적 유물주의를 '지구촌'에 만연시키는 데 결정적 역할을 하는 오늘날의 이러한 미국식 '문화적 제국주의'는 동시에 그 희생자들에게 매우 유혹적이며 그들에 의해서 크게 환영받는 제국주의이기도 하다. 그것은 문화(대중문화와 대립되는 고차원의 탐구, 창조, 표현의 총체, 달리 말해서 어폐가 있을지 모르지만 '고급문화'라고 부를 수 있는 것)와 고유문화를, 폭력적 수단이나 억압적 수단으로 파괴하는 것이 아니라, 자극적인 동시에 소화하기 쉬운 산물을 통해서 파괴해 나간다. 화장, 복장, 얼굴 모양에서 배우나 패션 모델이 새로운 아름다움의 기준이 되고, 상업화된 광란적인 음악과 몸짓이 마치 기존질서에 대한 반항인 것처럼 착각되고, 유명 상표의 옷을 입는 것이 우월한

8) 같은 글, p. 8.
9) Jameson, 위의 책, p. 62.

인간의 상징처럼 여겨진다. 헐리웃 영화의 지배를 거부하고 일정한 스크린 쿼터를 주장하는 한국 영화도 그 곳의 영화들을 닮아 폭력과 성적 표현을 마치 불가결한 요소처럼 담아 넣는다. 그래서 이런 한탄이 나오게된다. "미국은 이미 힘으로써가 아니라, 주술로써 우리의 복종을 자아내려고 한다. 미국은 이제 명령을 내릴 필요가 없다. 왜냐하면 우리가 벌써스스로 동의를 해주었기 때문이다. 미국은 또한 협박할 필요도 없다. 왜냐하면 쾌락에 대한 우리의 갈증을 겨냥하기 때문이다."[10] 롤랑 바르트 (Roland Barthes)는 『신화(*Mythologies*)』에서 1950년대의 프랑스 사회의 문화적 언어를 두고 그 조작과 기만과 허위의식을 분석한 바 있는데, 같은식의 분석 방법을 미국적 기원의 문화적 세계화의 신화에 대해서 적용해보면 매우 재미있으리라는 생각이 든다.

3

그렇다면 이러한 사태에 대한 마땅한 반응은 무엇인가? 당연한 이야기지만 우선 생각할 수 있는 것은 문화가 위기에 처해 있다는 것을 알리고 그 보위(保衛)의 방도를 강구해 보는 것이다. 아닌게 아니라 피에르 부르디외(Pierre Bourdieu)가 2년 전에 서울에 왔을 때 그가 내건 강연의 제목은 「문화가 위기에 처해 있다」는 것이었다. 그리고 그는 그 제목하에서 "예술의 환경적 조건"의 파괴에 대해서 이야기했다. 그에 의하면 문화적영역은 신자유주의의 상업적 논리의 위협을 받고 있다. "경쟁은 다양성을 가져오기는커녕 동질화를 초래한다. 최대 다수의 수요자를 획득하려는 생산자들은 모든 나라의 모든 계층의 사람들에게 먹혀들 수 있는 팔

---

10) Ignacio Ramonet, "United States Goes Global : The Control of Pleasure." *Le Monde Diplomatique*, May 2000(www.globalpolicy.org/globalz/econ/usa.htm, p. 4.)

방미인적인 제품만을 만들어 내려고 하기 때문이다." 이러한 '맥도널드식의 문화'에 가하여, '돈에 의한 검열'이 이루어진다. 거대기업들과 그 연합체들은 단기간에 이익을 가져올 수 있는 제품만을 유포시킨다. 따라서 "수익이 확실치 않거나 많은 경우에 사후에나 생길 수 있는 그런 기약 없는 투자를 필요로 하는 문화는 엄격히 거부된다." 그렇기 때문에 또한 문화라는 자율적 세계는 퇴화의 단계에 접어들게 되었다. 그러나 상황은 완전히 절망적인 것은 아니다. 세계에는 아직도 "깨어 있는 생산자와 비평가와 수용자들로 구성된 소집단"의 국제적 전통이 남아 있고, 그들은 "문화라는 개념은 일종의 금욕주의에 의해서, 원초적이며 찰나적인 욕구에 대한 굴종의 거부에 의해서 이루어져 나간다."는 것을 알고 있다. 따라서 이 '소집단'이 신자유주의를 표방하는 세계화의 원흉들에 대해서 전개하는 투쟁에 기대해 볼 것이며, 이런 점에서 자율적인 문화생산자의 존재는 아무리 그 힘이 약하다 해도 오늘날처럼 유용하고 귀중한 일은 일찍이 없었다.

이상이 부르디외의 강연의 요지인데, "원초적이며 찰나적인 욕구"를 만족시키고 그럼으로써 거대기업들의 경제적 이익에 봉사하는 대중문화에 대해서 진정한 문화를 지켜야 한다는 그의 말을 두고 크게 시비할 사람은 별로 없을 것이다. 그러나 내 생각으로는 문제가 그렇게 간단하지는 않을 것 같다. 왜냐하면 그 두 가지 문화 사이에는 다만 대립만이 있는 것이 아니라 복잡한 관련이 있기 때문이다. 대중문화와 문화 사이의 장르의 구별이 어렵게 되어 가고 있다거나 혹은 그 양자 사이의 영감, 발상, 표현이 교착(交錯)하고 있다는 따위의 현상은 오늘날의 포스트모던 시대의 특별한 현상 중의 하나이지만, 나는 여기에서 이 엄청난 이야기를 하려는 것은 아니다. 내가 하려는 것은 보다 알기 쉽고 구체적인 차원에서도 대중문화와 문화 사이의 관계가 일도양단으로 처리되기가 어렵다는 것이다. 나는 그 예로서 출판사나 신문사의 사정을 들 수 있다고 생각한다. 출판사와 신문사는 그것이 내는 책이나 기사나 광고의 질에 따라서 엄연히 그 성격이 구별될 수도 있을 것이다. 그러나 많은 경우에 특히 개발도상국가의 경우에는 이 구별은 모호하고 어려울 경우가 많다. 이야기를 출판사만에 더욱 한정시켜서 해 보자면, 명성이 높긴 하지만 자본이 적기 때문에, 궁여지책으로 "원초적이며 찰나적인 욕구"를 충족시키는 저질의 책을 내고(흔히 다른 출판사의 이름으로 위장해서), 그것에서 얻게 된 많은 이익금을 이른바 양서의 출판에 충당하는 출판사가 많을 것이다. 이 경우에 전자는 수단이며 후자가 목적인 것은 두말할 필요가 없다. 그러나 이때 우리는 벌써 목적과 수단에 관한 예부터의 난문(難問)에 다시 봉착하게 된다. 이 경우를 두고만 말하자면, 저질의 책을 낸다는 수단과 양질의 책을 낸다는 목적 사이의 불합치가 목적 자체를 변질시켜버리지는 않겠는가? 더 구체적으로 말하면 그런 출판사는 그 모든 선의에도 불구하고 그가 사용한 수단으로 말미암아 자기자신을 배반하게 되지 않을까? 문화를 지키고 창달하려는 당초의 목표와는 멀리, "원초적이며 찰나적인 욕구'를 충족시키는 책들을 유포시킴으로써 부르디외가 말하는 바와 같은 문화의 위기를 더욱 조장하지는 않겠는가? 더 일반적으로 말해서 나는 이러한 모순이 오늘날 구조적인 것이라고 생각한다. 그것을 알기 위한 또 다른 예로, 우리 인문학자들이 간혹 문화의 발전을 위한 제법한 연구비를 얻게 된다 하더라도, 그것은 많은 경우에 직접적이건 간접적이건 간에 문화의 위기에 책임이 있는 기관이 베푸는 혜택에 의한 것이다. 한편으로 우리는 수익성이 높은 문화적 콘텐츠의 개발, 생산, 수출을 국가의 가장 중요한 사업의 하나로 삼고 있는 정부의 보조금에 의지한다. 또 다른 한편으로 우리에게 베풀어지는 연구비는 흔히 문화적 산물의 생산과 유포를 무엇보다도 경제적 이익의 원칙에 따라 행하고, 그런 이익 획득의 실천을 관대하고 고매한 기부행위로 감싸려는 거대기업에서 나오는 것이다. 이리하여 '병주고 약준다'는 현상이 문화계에서도 생기는데, 그 양자의 비중은 우려할 만한 것이라는 생각이 든다.

　문화적 세계화에 대한 또 하나의 반응은 한 지방 또는 한 민족의 고유
문화와 관련된 것으로, 오늘날 문화적 동질화라는 걱정스런 가능성에 대
한 논의가 세계 도처에서 전개되고 있다. 물론 그 동질화는 아놀드 토인
비가 생각한 바와 같이 세계의 여러 문화들의 상호적인 영향에서 초래되
는 인류의 통합과는 다른 것이다. 만일 동질화가 일어난다면 그것은 문
화면에서 '최강자의 법칙'이 실현됨으로써, 최강자가 개별적 문화들을
흡수통합함으로써 일어나게 될 것이다.

　앞서 언급한 데이빗 로스컵(David Rothkop)처럼 미국문화의 보편성을
주장하는 어떤 미국사람들을 제외한다면, 이러한 문화적 동질화를 옹호
하는 사람들은 거의 없을 것이다. 한데 그 가능성에 대해서는 의견은 크
게 두 가지로 갈려 있는 듯이 보인다. 한편으로는 그런 동질화를 걱정하
고 그 불길한 증거를 대면서 그것을 가져오는 세계화에 반대하는 사람들
이 있다. 그리고 다른 한편으로는 세계화의 경향이 동질화를 가져오기는
커녕 도리어 각자가 속하는 공동체의 독특한 문화의 발전에 이바지하리
라고 생각하는 사람들이 있다.

　전자의 견저에 선 사람들은 세계화가 다른 문화에 대한 이해 내지는
그것과의 공존을 의미하는 것이 아니라, 고유문화의 파멸을 의미한다고
생각한다. 가령 월레 소잉카(Wole Soyinka)는 외국의 석유회사들과 공모
하는 나이지리아 정부가 오고니(Ogoni) 부족의 "먹이의 전통적 근원을,
물고기가 가득했던 연못을, 비옥한 땅을 파괴하여," 그들을 비인간화하
고 오지로 쫓아냈다고 개탄한다.[11] 같은 일은 지구의 다른 끝에서도 일어
난다. 오키나와 서남 250km에 위치하는 외딴 미야코 섬(宮古島)에서는 주

---

11) Wole Soyinka, "Culture, communauté et continuité"(www.eip-cifedhop.org/
　　publications/thématique7/soyinka.html).

민들의 정신과 삶의 근원이었던 신(神)들과 자연이 이제는 죽어가고 있다. 그 고도와 본토를 잇는 항공편이 생기고 새로운 기계와 산업이 들어오고 나서부터는 농사도 고기잡이도 이미 자연의 혜택의 향수(享受)로 인식되지는 않는다. 사람들은 반대로 될 수 있으면 그것을 기피하고, 당연한 이야기지만 덜 고단한 노동으로 생계를 유지하기를 바란다. 이리하여 그들이 섬겨왔던 마쓰리(祭)의 성격도 변질한다. 마쓰리는 이미 더 좋은 삶을 위한 기원이라는 신성한 성격을 상실하고 단순한 민속적 잔치로, 관광객을 위한 일종의 오락으로 전락하고 만다.[12]

사실을 말하자면 전통문화의 이러한 부정적 변화는 일반적으로 세계화의 도래의 결과라기보다도 그보다 한결 전에 시작된 산업화의 결과이다. 그러나 세계화는 그 과정을 촉진시켰을 뿐 아니라, 산업화의 초기 단계에서는 예측할 수 없었던 결과를, 즉 특정된 성격을 띤 세계적 동질화를 가져왔다. 이 '지구촌'이 심지어 미국에서조차 때로는 "보잘것없고 해롭다고 여겨지는 [다음과 같은] 가치들"에 의해서 동질화될 가능성은 매우 크다. "생활방식으로서의 소비주의. 무규칙으로서의 자유의 개념. 개인이란 오직 자기 자신이 만드는 지고(至高)의 존재이며, 타인이나 사회의 신세를 지는 일은 거의 없다는 생각. 결혼제도와 가족생활의 쇠퇴. 설상가상으로 이런 생각들이 환영받건 아니건 간에 지구의 거의 모든 구석에 이르기까지 그것을 쉴새없이 찬양하고 선전하는 거대한 오락기구와 통신기구."[13] 그리고 이런 현상들과 밀접히 연관된 배금주의를 생각해 보면 문제는 더욱 심각해질 것이다. 그 단적인 예로 *Rich Dad, Poor Dad*가 한국어 번역으로도 대단히 많이 팔렸다는 사실을 들 수 있다. 최고의 교육을 받았지만 생계가 어려웠던 자신의 아버지보다는 고등학교 중퇴생

12) Osamu Nishitani, www.inscrip.co.jp/nishitani/haneki/higure/higure7.

13) Enola Aird et al., "What we are fighting for," (www.propositionsonlinecom/html/fighting_for.html)

이면서도 억만장자가 된 친구의 아버지에게 정당성을 인정하는 이 저자의 노골적인 배금주의의 변호는 "너희가 하나님과 재물을 겸하여 섬기지 못하느니라."(마태복음 6 : 24)는 성서의 가르침과 청빈이라는 동양 전래의 윤리의 시효상실을 널리 알리는 것, 다시 말해서 오늘날의 시대정신을 선포하는 것이라고도 말할 만하다. 이런 경향은 "모든 사업의 가장 기본적인 책임은 이익을 내는 데 있다."[14]고 말한 클린턴 전 대통령의 말에도, 또 어려서부터 증권투자의 요령을 가르치는 미국 초등학교의 교육에도 그대로 반영되고 있다. 우리가 오고니의 원주민도 미야코 섬의 어부들도 미구에 그런 배금주의의 지배를 받게 되리라고 생각하는 것은 단순한 기우만이 아닐 것이다.

그러나 이러한 동질화를 두려워하는 사람들과는 정반대의 입장에서 사태를 전망하는 사람들도 있다.[15] 그들의 견해로는 세계화와 미국화의 해로운 영향에 대한 걱정은 문화를 정태적 견지에서 생각하기 때문에 생기는 일종의 편집증에 불과하다. 한 문화의 형식과 내용은 결코 결정적으로 주어진 것이 아니라 이질적 요소들의 도전에 대응하면서, 그리고 필요하다면 그것을 적극적으로 수용하면서 부단히 달라져 가는 것인 이상, 세계화는 각 공동체의 고유문화가 더 단단하면서도 융통성 있는 기반을 마련하는 기회가 될 수도 있다. 따라서 경계해야 할 것은 제 나라나 지방의 문화적 전통을 불변의 것으로, 심지어 거룩한 것으로 내세우려는 주장, 사실은 독재적 권력이 자신의 입지를 정당화하거나 강화하기 위해서 자주 써온 그런 주장이다.

이 견지에서 보자면 세계화는 고유문화에 대해서 적어도 세 가지 점에서 긍정적 효과를 낼 수 있다. 첫째로 그것은 아이러니하게 작용한다. 여

---

14) Jameson, 앞의 책, p. 257 참조.

15) 이러한 입장은 가령 Mario Vargas Llosa, "The Culture of Liberty"에 의해서 간략하게 대변되어 있다.(www.globalpolicy.org/globaliz/cultural/llosa.htm).

러 나라의 많은 지식인들은 세계화가 가져올 타락된 동질화를 강렬히 의식하고 자극의 도덕적, 사회적, 예술적 실천의 의의를 새삼스럽게 인식한다. 이런 반응은 자칫 편협한 민족주의나 지방주의로 빠져들 위험이 있지만, 다른 한편으로는 보편적 가치가 있는 실천을 자신의 역사나 현실 속에서 재발견하는 계기가 될 수도 있다. 가령 인권을 위한 투쟁의 전통, 전체주의적 권력에 대해서 투쟁해 온 자유주의의 전통, 또는 사회적 부정을 고발해 온 참여문학의 전통 따위가 그것이다. 둘째로 정보통신기술, 특히 텔레비전과 인터넷은 우리가 잘 모르고 지내온 다른 문화들의 모습을 제시한다. 그것은 고유문화에 대해서 앞서 말한 것과는 반대되는 작용을 함으로써 그것을 발전시킬 수 있는 많은 계기를 마련해 준다. 즉 세계문화의 다양성 앞에서 자신의 고유문화의 상대적 의미를 생각하고 그 한계를 반성하고 또 새로운 요소를 도입함으로써 전통의 풍요화와 발전적 개혁을 시도할 수 있는 기회는 오늘날 어느 때보다도 널리 열려 있다. 셋째로는 세계화가 엄청난 사람들의 왕래를 촉발하고 있다는 점에 주목할 만하다. 사실에 있어서는 이 인구의 이동은 많은 경우에 불우한 사람들이 노동시장을 찾아서 제 나라를 떠나 그 결과 자신의 문화적 동질성을 상실한다는 불행을 가져오는 것이기는 하다. 그러나 다른 한편으로는 거대기업에 종사하거나 개인사업을 하는 많은 사람들이 외국에 머물면서 그 나라의 문화를 습득하고 그것에 대해서 자기 나름대로의 해석을 가하고 그것을 나라 밖으로 소개함으로써, 국경을 넘어서는 교류가 촉진될 수가 있는 것이다. 요컨대 한국인이 근대화 이후 다른 문화와 마주치면서 취해 온 바와 같은 세 가지 지향, 즉 자신의 문화적 주체성을 지키고, 그러면서도 타자를 전향적으로 받아들이고, 자신의 가치를 타자에게 인식시키려는 지향이 세계화에 의해서 촉진될 수 있다고 생각하는 사람들이 있는 것이다.

4

그러나 고유문화는 과연 세계화의 부정적 영향에 대한 지나친 두려움 없이 지켜지고 발전조차할 수 있는 것일까? 나는 그런 낙관론이 의심스럽다고 생각한다. 실지로 존재하는 것은 양극화의 현상이다. 한편으로는 생각과 행동과 생활방식을 균일화하는 대중문화 속으로 자진해서 쏠려드는 대다수의 사람들이 있고, 다른 한편으로는 경제적, 문화적 소외의 위험을 의식하고 그것과 대치하려는 극소수의 사람들이 있는 것이다. 하기야 어느 시대에나 어느 사회에나 정도 여하를 막론하고 이런 양분화는 있어 왔다고 말할 수 있다. 한 사회의 구성이나 발전에 있어서 그 역할이야 어떻든 간에(그것에 관한 논의는 결코 끝날 수 있는 성질의 것이 아니다.), 서민과 지식층, 대중과 엘리트의 양자가 분립해 왔다. 그러나 오늘날의 새로운 점은 초국가적인 경제적 실권자가 단순히 서민을 착취하려는 것이 아니라, "원초적이며 찰나적인 욕구"의 만족을 통해서 모든 인간을 최대한으로 대중화하려고 하고, 그런 조작이 아주 잘 먹혀들고 있고, 또한 경제발전과 국제경쟁에서의 승리의 명목하에 거의 모든 국가가 이 대중화의 움직임을 국내외에 걸쳐서 적극적으로 지원하고 있다는 사실에 있다. 그러기 때문에 지금으로서는 상승하는 부르주아 계급을 대변하고 그것을 비호세력으로 가졌던 18세기 계몽주의의 시대와는 달리, 어떠한 계층의 후원도 없는 이 고립된 소수의 지식인의 역할이 성공하리라는 희망을 품어보기는 어려운 일이다.

나는 이러한 말을 함으로써 극단적인 비관주의의 편을 들고자 하는 것은 아니다. 그러나 동시에 나는 관념적인 이상주의나 당위론을 내세우거나 비현실적인 급진주의를 외치는 것은 일견 멋있지만 사실은 안이하고도 무책임한 짓이라고 생각한다. 그런 점에서 우리는 오늘날 모든 것이 과거의 어느 때보다도 불안하고 불확실한 시대에 살고 있다는 인식을 우리의 가능한 행동의 밑바닥에 깔고 있어야 한다는 것이 나의 생각이다. 주요한 거의 모든 질문에 아무도 결정적인 대답을 할 수 없는 시대에 우리는 살고 있다. 이른바 세계화라는 것은 현재 진행 중에 있는 과정이며, 그것이 어떻게 변질할지, 과연 무엇을 가져올지, 또한 그 결말은 어떻게 될지 아무도 예언을 할 수 없다. 우리의 의지로 그것을 막을 수 있고, 전 세계의 민중이 합심하면 자유, 평등, 우애의 새로운 세계가 가능하다고 믿는다는 것은, 세계화의 주역인 거대자본가들이 부처와 같은 마음을 갖기를 기대하는 것만큼 순박하고 어리석은 환상이다. 세계화는 과연 빈부의 격차를 넓힐 것인가 좁힐 것인가? 우리가 언급한 문화적 동질화가 과연 일어날 것인가, 혹은 반대로 획일적인 대중문화는 결국 각 개인과 문화의 핵심에는 아무런 영향을 미치지 못할 것인가? 국민국가의 주권은 나날이 쇠퇴하고 그 대신 자유시장의 원리가 마침내는 세계정부라는 형태의 지배체제를 가져올 것인가? 그런 질문보다도 더 본질적으로 세계화라는 이 과정 자체가, 혹은 그 내적 모순으로 말미암아, 혹은 우리로서는 예측할 수 없는 어떤 역사적 우연성으로 말미암아 폭발하고 말 것은 아니겠는가?

부질없어 보이는 동시에 현실적이며 인류 전체의 운명과 관련되는 이런 질문들은 인문학자들이 능히 다룰 수 있는 질문은 아니며 그것에 대한 전반적 대답의 시도는 그의 고유의 영역을 넘어서는 것이기도 하다. 그러나 인문학자가 오늘날 그들의 활동을 전개하게 되는 것은 그러한 질문이 제기될 수밖에 없는 환경하에서이다. 다시 말해서 인문학자는 오늘날 다음과 같이 자기 자신에게 물어야 할 윤리적 요청에서 자유로울 수 없는 것이다. "세계화가 만들어 낸 이 미증유의 역사적 상황하에서 학문을 하는 우리는 어떻게 그것에 대처할 수 있는 것인가?" 나는 결론 삼아서 서로 관련될 수 있는 네 가지의 가능한 태도를 시사해 보려고 한다.

1. **자진적 고립.** 하이데거는 1955년에 테크놀로지에 관해서 "이 변화의 의미는 무엇인가? 그것은 아직도 알 수 없는 일이다."[16]라고 말한 일이 있다. 그러나 그는 테크놀로지에 대해서 평정(平靜)한 태도(Gelassenheit)를 지킬 수 있다고 생각했다. 그런 태도를 지님으로써 "일상적으로 기술적인 사물들을 이용하면서도 동시에 그 사물들에게서 해방되어, 그것과 거리를 유지하는 것이 가능하다"[17]고 생각했다. 우리는 우리 나름대로 경제적인 것, 기술적인 것, 문화적인 것의 합력으로 이루어진 세계화에 대해서도 혹시 그와 유사한 각도에서 생각을 해 볼 수 있을 것이지만, 하이데거의 선례를 그대로 따를 수는 이미 없는 것으로 여겨진다. 그가 기술의 이용과 그것으로부터의 자유라는 양면적 태도를 취할 수 있었던 것은 개인적, 공공적(公共的)으로 그 선용을 생각할 수 있었기 때문이다. 그러나 오늘날 세계화는 하이데거가 생각한 기술과 마찬가지로 그 궁극적 목적성이 불분명하다는 공통점을 가지고 있긴 하지만, 기술과는 달리 그 선용이라는 것을 생각하기는 어렵다. 나는 앞서 세계화가 가져올 수 있는 긍정적 효용에 대한 일부의 사람들의 낙관론에 대해 언급하긴 했지만, 그것이 현실적으로 가져오고 있는 부정적 영향, 한마디로 말해서 인간적 가치의 전락이라는 엄청난 대가는 그런 낙관론을 거의 무의미한 것으로 만들 정도이다. 따라서 철학을 비롯한 인문학이 오늘날도 역시 '사유'라는 정신적 활동에 큰 가치를 부여한다면(나는 그렇게 생각하지만), 그것은 하이데거가 기술에 대해서 그랬듯이 세계화에 대해서 예스와 노의 사이에서 평정을 유지하는 것이 아니라, 그것이 적극적으로 만들어 내고 지배하는 대중들의 세간(世間)에서 의연히 초탈하는 것이다. 그러한 고립은 결코 단순한 자기(自棄)나 도피가 아니라, 진리와 미의 나무가 자랄 수 있는 불가결한 조건을 이루는 것이다. 이런 점에서 내 머리에는 네덜란

---

16) Heidegger, "Sérénité" in *Questions*, III, Gallimard, 1966, p. 178.
17) 같은 책, p. 177.

드로 달아났던 스피노자가 떠오르며, 또한 더 가까이 "쾌락이라는 사정 없는 형리(刑吏)의 채찍에 쫓기는 천한 무리들"을 멀리 한 19세기의 시인 들——노발리스, 횔덜린, 네르발, 보들레르의 모습이 떠오른다. 그리고 은폐된 권력과의 투쟁에 평생을 바쳤던 푸코가 말년에 이르러 자기자신 을 위한 미적 윤리, 말하자면 수신(修身)을 위하여 문자 그대로 은퇴하면 서 다음과 같이 말한 것은 이 자진적 고립의 최근의 사례이다. "우리는 타인에 대한 배려가 자신에 대한 배려에 우선하도록 해서는 안 된다. 자 신에 대한 배려가 도덕적으로 우선하는 것이다. 왜냐하면 자신에 대한 관계에 존재론적 우선권이 있기 때문이다."[18]

2. 환상 없는 도덕적 관심. 나는 이러한 자진적 고립과는 정반대로 보 이는 또 하나의 태도의 가능성을 제시하고 싶다. 그것은 동시대 사회의 도덕적 문제에 대해서 강렬하고 지속적인 관심을 갖는 것이다. 가령 내 가 벌써 20년 가까이 참여하고 있는 에코 에티카(Eco-Ethica)의 구상[19]을 위한 모임은 그런 연대성의 한 표현이 될 것이다. 그러나 세계 도처에서 전개되고 있는 이러한 종류의 도덕적 관심과 구상이 가져 올 효과에 대 해서 환상을 가질 수는 없다. 더구나 그것이 정치나 경제를 지배하는 사 람들의 행동에 어떤 직접적 영향을 주리라고 크게 기대하는 것은 소박한 생각이다. 또한 우리의 노력의 덕분으로 세계화의 전술, 즉 획일화, 배금 주의, 소비주의에 빠져드는 대중 사이에서 도덕적 문제에 대한 의식화가 크게 촉진될 수 있으리라고 기대하는 것도 지나친 일이다. 이 대중이 보

---

18) "The ethic of care for the self as a practice of freedom" (An interview with Michel Foucault on January 20, 1984), in Bernauer and Rasmussen, ed., *The Final Foucault*, MIT Press, 1988, p. 7.
19) 이마미치 도모노부(今道友信) 저, 정명환 역 『에코에티카: 기술사회의 새로운 윤 리』, 솔, 1993 참조.

기에 "실용적 범주의 것의 실현을 위해서 아무런 도움이 안 되는 것"[20]은
비단 사유, 즉 '명상하는 생각' 만이 아니라, 이 어려운 시대를 슬기롭게
살아가기 위한 구체적 윤리를 제시하려고 하는 모든 생각이기도 하다.
인(仁), 도(道), 정의, 추요덕(樞要德), 정언명령(定言命令)과 같은 개념(그
런 개념들은 많은 경우에 자진적 고립을 선택한 사람들에 의해서 구상된 것이
다.)의 현대적 적용을 말한다는 것은, 도리어 세계화의 추세에 끼어들어
야만 가능한 개인적, 국가적 생존의 전략과 모순된다고 생각하는 사람들
도 있을 것이다. 그들은 기껏해야 그런 담론이 이 생존의 전략을 위장하
거나 호도하는 한도 내에서만 필요하다고 생각할지도 모른다. 이런 점을
생각할 때 우리는 우리의 윤리적 담론의 밑에 또한 의연한 체념을 깔고
있어야 하지 않겠는가? 심지어 우리는 인간의 타락에 대해서 최후까지
항거하는 자들이 있었다는 것을 미래의 역사 앞에 증거한다는 단 한가지
이유만을 위해서라도 여전히 윤리에 대해서 이야기해야 하지 않겠는가?
받아들여지기 어려운 윤리적 담론을 전개한다는 이 행위 때문에, 다시
말해서 공동체와 도덕적으로 연대하려는 우리의 노력 그 자체 때문에,
도리어 우리는 대중과 자의적으로 격리한 사람들과 똑같은 고립 상태에
처한다는 아이러니가 생기게 되는 것이다.

3. 역사적 내기. 오늘날의 사태로 볼 때, 사르트르가 말하는 이른바 실
천적 타성태(實踐的 惰性態)[21] 때문이건 혹은 매우 의도적인 이데올로기에
서 비롯된 것이건 간에, 세계화는 인간의 소외와 하향 평준화의 작업을
가속화시켜 나갈 것이다. 그 결과 마침내 우리가 알고 있는 바와 같은 인
간은 사라지고, 올더스 헉슬리(Aldous Huxley)가 이미 오래전에 『멋있는
신세계(*Brave New World*)』(1932)에서 그려 보인 기획상품과 같은 변종이

---

20) Heidegger, 앞의 책, p. 166.
21) 이 책에 실린 「사르트르 또는 실천적 타성태의 감옥」 참조.

유전공학의 덕까지 입어가면서 산출될지도 모른다. 반대로 이런 근본적으로 다른 신인종의 출현을 두려워한다는 것은 망상의 탓이며, 인간은 그 정신을 침해하는 듯한 요인들의 존재에도 불구하고 본질적으로 달라지지는 않을 것이라고 생각할 수 있을지도 모른다. 다만 오늘날 그런 문제에 대해서 명쾌한 대답을 줄 만한 형안의 소유자는 없으므로, 나는 어떤 불행한 일을 예측하고 그것에 대비하는 것이 더 현명한 처사라고 생각한다. 세계화의 옹호자가 되어 그 밝은 미래를 운위하거나 그 영향을 경시하면서 여전히 역사의 지속적 발전을 믿어 우리 자신을 헛되이 달래는 대신에, 우리는 이제 이 소외의 길을 뒤돌릴 수 없다는 것을 자각하고, "끝까지 가서 이 과정이 그 종점에 다다를 때 무슨 일이 일어날지 보는 것이"[22] 더 정직한 일일 것이다. 혹시 이런 말이 너무 생경하고 거칠고 무책임하게 들린다면 우리는 그것을 다음과 같은 하이데거의 말로서 누그러뜨릴 수 있을지도 모른다. "우리에게 남은 단 하나의 가능성이 있다. 그것은 우리의 몰락의 과정에 있어서 신의 출현이나 부재에 대비하여 사유와 시의 개방성을 마련하는 것이다."[23]

그러나 우리는 하이데거의 그 말 또한 재고해야 할 것 같다. 오늘날 이 개방성은 다만 미래를 정관(靜觀)하는 데 있는 것이 아니라, 보다 적극적인 작업의 계속에 있을 것이다. 왜냐하면 우리의 어두운 전망에도 불구하고 그런 작업이 전혀 소용없다는 것은 아직까지는 결코 증명된 것이 아니기 때문이다. 오늘날 인문학자들이 하는 일이——그것이 고독 속에서의 진리와 미의 추구이건 혹은 사회 한복판에서 전개되는 공동체의 새로운 윤리의 구상이건 간에——암흑시대의 끝에 이르러 문화의 사이클이 다시 시작될 때(마치 서양에서 중세의 끝에 이르러 예기치 않았던 르네상스가

---

22) Jean Baudrillard, www.construire.ch/SOMMAIRE/0046/46entre.htm.
23) Heidegger, *Réponses et questions sur l'histoire et la politique*, Mercure de France, 1988, p. 49.

개화했듯이), 하나의 바탕을 이루거나 바탕을 이루는 데 이바지하지 못하리라고 아예 절망할 필요는 없을 것이다. 아무리 그 가능성이 희박하더라도 그것에 삶을 거는 것을 왜 마다해야 할 것인가? 마치 파스칼이 신의 존재 쪽으로 생사를 걸었듯이 말이다. 그리고 일단 이렇게 삶을 건 이상에는 파스칼이 기도(祈禱)에 심신을 바쳤듯이 우리의 인문학적 과업을 줄기차게 이어나가야 하지 않겠는가? 나는 이 내기가 앞서 언급한 의연한 체념과 모순된다고는 생각하지 않는다. 왜냐하면 미래는 우리가 아는 바와 같은 현재에 의해서 차근차근 구축되어 나가는 것도, 또한 우리가 그리는 어두운 그림을 반드시 실현시키는 것도 아님을, 역사는 너무나 자주 보여 왔기 때문이다. 궁극적 절망 역시 절대적 희망과 마찬가지로 무근거하다는 생각이 사유와 행동의 역설적 동기가 될 수 있기 때문이다.

4. 제한된 참여. 다른 한편으로 동시대적인 입장에서 볼 때, 도덕적 담론에 대한 넓은 관심이나 그 직접적 효과에 큰 기대를 걸지 않고 의연한 체념을 포지(抱持)한다는 것은 동시대인들의 의식에 호소해야 한다는 책임을 전적으로 면제해 주는 것은 아니다. 장밋빛 전망으로 자신을 달래지 않는다는 것과 인간의 위신과 가치를 위해서 지금 이 자리에서 할 수 있는 일을 안한다는 것은 같은 이야기가 아니다. 인문학자로서 우리에게는 여전히 그렇게 해야 할 책임이 있다. 그러나 대다수의 사람들이 세계화와 밀접한 관계를 가지고 있는 오늘날의 상황은 다음과 같은 이유로 이 일을 매우 어렵게 만들어 놓고 있다.

고래로 많은 사람들은 자신을 노동하는 자아(homo faber)와 지적, 정신적인 일들에 관심을 갖는 자아(homo sapiens)의 양자로 구분해 왔고 그 사이를 넘나들었다. 이 이중의 활동을 매우 적절하게 표현하고 있는 것이 '주경야송(晝耕夜誦)'이라는 옛 중국의 구절이다. 한데 그 당시에는 인간이 자신을 이분하는 것이 크게 문제시되지 않았을 것이다. 밭갈기와 책읽기라는 두 가지 활동은 이율배반적이거나 대립적이기는커녕, 도리어 연속적이며 동질적이었다고조차 말할 수 있을지 모른다. 왜냐하면 양자가 모두 인간의 존재를 다스리는 자연과 우주의 이치를 터득하게 할 수 있었기 때문이다. 그러나 스피노자의 경우가 되면 사정은 벌써 달라진다. 그는 망원경의 렌즈를 연마하는 일상적 노동과 철학적 탐구 사이에 어떤 긴밀한 관련을 설정하지는 않았을 것이다. 전자는 후자를 위한 수단에 지나지 않았을 것이다. 그러나 또한 그 양자 사이에 어떤 본질적인 모순이 있었다고는 생각할 수 없다. 아마도 그는 생계를 위한 노동 때문에 사색을 위한 더 많은 시간을 갖지 못하는 것을 안타까워했을지는 모른다. 그러나 호모 파베르와 호모 사피엔스가 본질상 양립하기 어려웠다고는 말할 수 없을 것이다.

한데 오늘날 이른바 선진사회나 개발도상 국가의 대부분의 사람들처럼 세계화의 과정에 끼여 있는 경우에는 호모 파베르와 호모 사피엔스의 분립은 매우 심각한 문제를 제기한다. 한편으로는 즉 물질적 생산과 생존의 유지를 위한 노동의 차원에서는 그들은 세계화의 요구에 적응하지 않을 수 없을 것이다. 국가조차 지상의 목표처럼 삼고 있는 국제경쟁에서의 승리와 최대한의 부의 창출을 위해서, 삶의 목적과 의의에 관한 물음을 되도록 배제해야 하는 그런 노동에 편입되지 않을 수 없을 것이다. 그런데 다른 한편으로 우리가 그들에게 자유로운 정신적 주체로서 자신의 존재를 반성하기를 촉구한다면 그들의 의식은 괴롭게 양분될 것이다. 그들은 끊임없이 자기소외를 요구하고 그들의 의지로서 처리하거나 지배할 수 없는 물질적 생활의 세계와 제 운명의 주인으로서 존재하기를 요구하는 정신의 세계를 어떻게 타협시킬 수 있는 것인가? 우리가 할 수 있는 일은 그들에게 어떤 변증법적 지양의 왕도를 보여주는 것이 아니다. 그것은 애초부터 불가능한 일이다. 우리에게 가능한 일은 기껏해야 호모 파베르와 호모 사피엔스 사이의 일종의 실존적 곡예를 해나가도록, 다시 말해서 일상적 노동이 과하는 요청과 모순되겠지만 되도록 삶의 가치와 의미와 맛을 되새기도록 돕는 것이다. 그러나 나는 이러한 일조차 모든 사람을 대상으로 이루어질 수 있으리라고는 생각하지 않는다. 왜냐하면 아리스토텔레스가 말한 바와 같이 "언설들은 우리 청소년들 가운데 재질 있는 사람들만을 격려하고 자극하는 힘을 가지고 있는 듯싶고, [……] 그 밖의 많은 청소년들을 격려하여 고귀하고 신하게 할 수는 없기"[24] 때문이다. 어떤 사람들은 이런 말에 찬동하는 것은 거만한 시대착오라고 탓할지 모른다. 그러나 아리스토텔레스의 시대와 우리 시대의 제도의 차이에도 불구하고 그의 말은 여전히 유효하다는 것이 나의 생각이다. 따라서 이 점에서도 만인평등이나 환상적인 완전가능성의 믿음으로 현실을 허울 좋게 기만함이 없이 의연한 체념을 할 줄 알아야 한다. 오늘날의 인문학자가 할 일 중의 한가지는 이미 돌이킬 수 없이 소외된 대중을 구한다는 거창하고도 소박한 야망에 끌리다가 결국은 실의에 빠지고 마는 일이 아니다. 그것은 '재질 있는 사람들'마저, 세계화의 환경 속에서 살아갈 수밖에 없게 되어서 마침내 군중 속으로 전락하는 일이 없도록 그들을 돕는 것이다. 그리고 가능하다면 군중으로 전락한 것을 의식한 사람들이 다시 '인간'으로 끌어올려지도록 돕는 것이다. 오늘날 대학에서의 인문교육의 임무가 진선미를 밝히고 그 반성적, 비판적 탐구를 이어나갈 후계자의 양성에 있다는 것은 예와 다름없겠지만, 그것은 또한 극성스럽고 권력화된 반인간의 세력에 대해서 그 나름대로 이론적 이의를 제기하고, 그 이의를 환상 없이 실천해 나가는 데도 있을 것이다. (2002)

---

24) 『니코마코스 윤리학』, 제10권 제9장 (최명관 역, 서광사, 1984, p. 307를 따랐으나 몇 자 고쳤음.)

대학에 관한 객담

  A. 오늘날 가장 많이 화제에 오르는 것 중의 하나가 대학에 관한 것이다. 대학의 질적 향상을 재정, 행정, 교육내용, 연구 등 모든 분야에 걸쳐서 시급히 도모해야겠다는 일반론이 사방에서 들려오는가 하면, 다른 한편으로는 더욱 구체적으로 국제경쟁의 사회, 기술시대의 사회, 대중의 사회에서의 대학의 존재양식에 대한 재고를 촉구하는 소리도 만만치 않다. 내가 당신을 찾아온 것은 마침 30여 년의 교수생활을 곧 마감하려는 시점에 당신이 서 있고, 그래서 이런 문제들에 대한 당신의 이야기를 듣는 것이 참고가 되리라고 생각했기 때문이다. 당신의 다년간의 경험에 비추어볼 때 당신은 나름대로 대학에 관한 어떤 의견이나 비전을 가지고 있을 것이다.

  B. 그런 뜻에서 나를 찾아준 것을 고맙게 생각한다. 그러나 부끄러운 일이지만 솔직히 말해서 나는 대학교수라면 마땅히 반성의 대상으로 삼아야 할 그런 문제들을 깊이 성찰해 보지 않았다. 가끔 산만하게 이 생각 저 생각을 한 일도 있고 또 그런 생각들을 잡문의 형식으로 적어 본 일도 있지만, 그것은 체계적인 반성과는 거리가 먼 것이다. 더구나 40년 가까운 대학 생활에도 불구하고 나의 경험의 범위는 불문학 교수에 한정되어

있어, 이렇다 할 행정 경력도 없으니 전반적인 문제를 다룰 만한 안목을 가지고 있는 것도 아니다. 그런 조건을 미리 알고 내 잡담을 들어줄 수 있겠는가? 별로 큰 도움이 되지 못할 텐데…….

A. 당신의 그런 한계는 나도 모르는 바 아니다. 그러나 모든 사람은 제 나름대로 한계를 지니고 있다. 아마도 제한된 식견에서 출발하는 것이 도리어 근본에 접하는 결과를 가져올 수 있을지도 모른다. 마치 구면체의 한 점을 잘만 찌르고 들어가면 중심이나 그 가까이에 이를 수 있듯이 말이다.

B. 그것은 요행에 지나지 않는다. 사실에 있어서는, 중심과는 멀리 헛찌르는 경우가 대부분이다. 그러니까 십상 지엽적인 이야기가 되리라는 것을 미리 알고 우리의 대화를 시작하자. 사람이 오래 살다보면 몇 가지의 충격적인 일이 끝내 머리에 남는데, 우선 그런 이야기를 한 가지 고백삼아 해보려 한다. 1965년경의 일이다. 그 무렵은 알다시피 조국의 근대화를 내세우면서 박정희가 독재를 강화하고 있던 시기이다. 대학에서는 연일 학생 데모가 벌어지고, 또 교수들도 몇몇 그의 앞잡이를 제외하고는 분노를 터뜨리고 비탄에 젖고 또 때로는 그들 나름대로의 저항을 표출하기도 했다. 그렇다면 이런 시기에 문학을, 더구나 외국문학을 가르친다는 것이 무슨 뜻이 있는가라는 질문이 어찌 나를 괴롭히지 않았겠는가? 주로 사르트르를 공부한다고 나섰고 그의 참여 이론에 동감하고 있던 당시의 나로서는 그 질문은 나의 문학적 자아와도 직결되는 질문이었다. 그러나 나는 이 어려운 문제를 넘어섰다. 넘어섰다기보다도 간사하게 회피했다. 어떻게? 그것은 다음과 같은 그럴듯한 교육학적 논리를 동원해서였다. 즉 문학의 기능이 현실참여에 있다고 해도 그것은 문학의 여러 가지 기능 중의 하나이며, 대학 강단에 선 사람으로서는 자신의 선택과 편견을 초월하여 되도록 객관적이 되어야 하고, 결국은 학생들 자신이 장차 제 나름대로의 문학관을 주체적으로 마련할 수 있도록 여러

가지 지식과 문제를 제시해야 한다는 식으로 말이다. 하기야 굳이 변명하자면, 이런 생각은 단순한 회피가 아니라 지금도 어느 정도 그대로 간직하고 있는 것이기도 하지만…….

A. 그러니까 벌써 그 무렵부터 당신은 사르트르의 참여론에 전폭적으로 의지하고 있지는 않았다는 말이 되겠군.

B. 이 사람아, 화제를 다른 곳으로 옮기지 말게. 지금은 우선 문학교육으로부터 시작해서 대학의 문제를 다루어보자는 것이니까. 내가 말하려는 것은 나의 사르트르관도 아니고 또 심지어 방금 언급한 나의 교육자적 입장 그 자체도 아니다. 그것은 그런 입장에서 강의하다가 겪게 된 작지만 충격적인 일이다. 나는 그 당시 어느 사범대학에서 가르쳤는데, 지금의 기억으로는 '현대 불문학'이라는 제목의 강의시간이었던 것 같다. 그런데 현대불문학이라면 아무래도 프루스트의 이야기를 수박 겉핥기나마 하고 지나가지 않을 수 없다는 데는 당신도 동의할 것이다. 그래서 그 유명한 마들렌 과자의 에피소드가 있는 부분을 텍스트로 삼아 번역도 시키고 자구 설명도 하고, 그것이 문체로 보나 내용으로 보나 얼마나 기막힌 글인지를 납득시키려고 애쓰지 않았겠는가! 그런데 내가 한참 찬탄으로 가득 찬 변설(辨說)을 늘어놓고 있는 도중에 한 학생이 느닷없이 손을 들었다. 나는 그가 나의 이야기에 무슨 잘못이 있는 것을 지적하려는 것으로만 알았다. 그러나 그의 입에서 나온 한마디 말은 청천벽력이었다. "선생님, 그런 이야기가 무슨 소용이 있습니까?"

A. 필경 당신의 강의가 서툴렀거나 혹은 장난삼아서 던져 본 말이겠지. 유머가 없긴 하지만 그런 괴짜 학생은 가끔 있는 법이니까.

B. 그랬으면 오죽이나 좋았겠는가? 천만의 말이다. 그는 내 말을 줄곧 열심히 듣고 있었고 그의 진지한 표정으로 보아 결코 농담이나 조롱일 수가 없었다. 그 한마디 말속에는 그의 온갖 고뇌가 담겨 있었다. 당시의 사범대학생의 대부분은 유복한 가정의 출신이 아니었다. 많은 경우에 그

들이 사범대학을 택한 것은, 그 무렵에도 이미 부당한 지위와 대우를 감수해야 했었던 중고등학교 교사가 되는 것을 도리어 사명으로, 천직으로 삼았기 때문이 아니라, 학비가 면제되었기 때문이다. 이에 덧붙여 당시의 불어교육과의 경우에는 졸업 후에 교사가 될 가능성조차 극히 희박했다. 따라서 그들로서는 현재의 역경과 미래의 어두운 전망이라는 이중의 실의 속에서 대학생활을 영위해야 할 처지였던 것이다. 그러니까 나는 마치 빵이 필요한 자에게 장미꽃을 주겠다는 사람처럼 터무니없고 심지어 매정한 소리를 한 셈이 된다. 사라진 시간을 되살리고 수정처럼 응결시켜서 죽음을 넘어서려는 프루스트의 문학적 언어가 아무리 희한하고 값진 기적(奇蹟)일망정, 그것은 그들의 상황 밖의 이야기, 아니 차라리 그들의 현존재(現存在)를 모욕하는 이야기가 아닐 수 없다. 그런 문학이 무슨 소용이 있느냐는 그 학생의 질문은 문학을 전적으로 이해하지 못해서 나온 불평이 아니라 피를 토하는 듯한 항의였다. 대경실색했다기보다도 크게 당황한 내가 어떻게 대답을 하고 그 자리를 모면했는지는 기억이 잘 나지 않는다. "여러분의 앞날이 햇빛처럼 밝지는 않다는 것은 나도 잘 알고 있다. 그러나 졸업하고 한두 해가 지나는 동안에는 어디라도 취직이 될 것이다. 그러니 지금으로서는 실생활에 아무 도움이 안 돼 보이는 이런 이야기를 재미있게 들을 정신적 여유를 애써 가져보도록 간청한다. 인생이란 엉뚱한 것이어서 생활과 유리된 듯한 것이 언젠가는 크게 실질적 보탬이 될 수도 있는 것이니까." 아마 대개 이런 식으로 그를 달래면서 어물쩍 넘어간 것 같다.

A. 당신의 이야기를 듣자니, 『구토』는 10억의 굶주린 민중에게 아무런 도움이 안 된다고 하면서 문학 포기를 선언했던 왕시(往時)의 사르트르가 생각난다. 그렇다면 당신도 그 알량한 문학 교수의 자리를 박차고 나와 사회적 경제적 정의를 위해서 더욱 직접적인 언어로 투쟁할 수 있었을 것이다. 혹은 반대로 사르트르의 문학 포기를 조급한 판단으로 비판하고

당신이 끌렸던 참여 문학의 길을 외곬으로 끝끝내 걸어가 볼 수도 있었을 것이다. 그러나 당신이 실제로 택한 것은 그 양자 중의 어느 것도 아니다. 당신은 방금 고백한 충격적 체험에도 불구하고 그대로 불문학의 교육과 연구에 종사해 왔으며 더구나 참여 문학과는 나날이 더욱 거리를 넓혀 왔다. 지금에 와서 그것은 과연 정당화될 수 있는 행위였다고 생각하는가? 당신 말마따나 우리의 화제가 당신의 개인적 과거가 아니고 대학과 관련된 것인 이상 다음과 같이 질문을 바꾸어도 좋겠다. 당신은 오늘날의 사회에 있어서 대학에서의 문학 교육에 무슨 뜻이 있다고 생각하며 그 뜻의 실현을 위해서 무슨 일을 해 온 것인가?

B. 그것은 매우 어렵고, 지금도 나 자신이 그 답을 구하려고 이리저리 생각해 보고 있는 열린 질문이다. 그러나 그 질문에 대해서 다소라도 구체적이며 시대적인 대답을 시도하기 위해서는, 오늘날의 대학이 무엇을 위해서 있으며 학생들은 무엇을 바라고 대학의 문을 두드리는지를 되도록 객관적으로 그리고 현실적으로 살펴보아야 할 것이다. 만일 그렇지 않고 다만 문학의 어떤 고매하고 고차원적인 이념을 대학에서 실현해 보겠다고 벼르는 것도, 또 그런 이념에 무심하고 무감각한 학생들의 모습을 두고 한탄하는 것도 부질없는 일이다.

A. 알아듣겠다. 그렇지만 당신이나 내가 사용한 '오늘날'이라는 말을 좀 더 명확히 한정하고 들어가야 할 필요가 있다고 생각한다. 언제부터를 '오늘날'이라고 보아야 할 것인가?

B. 옳은 말이다. 시대 구분은 역사 연구에서 항상 큰 문제가 되지만, 우리가 '오늘날'이라는 말을 사용할 때도 모든 사람이 동의할 수 있는 출발점을 설정할 수는 없을 것이다. 다만 다분히 편의적인 입장에서 '무엇보다도 물질적 번영이 국가의 떳떳한 생존을 보장하며 따라서 이를 위하여 국민의 유형적, 무형적 에너지를 총동원하는 것이 시급한 과제'로 부각되어 온 1960년대 이후를 오늘날이라고 규정해 두자. 이것은 민족의 독

립을 지상 명령으로 삼았던 일제강점기나 정치적 민주주의의 정립에 가장 큰 비중이 주어졌던 1950년대에는 명확한 국가 목표로 제시되지 않았던 일이다. 하기야 그렇다고 해서 자유나 민주주의나 민족통일과 같은 목표가 소실되었다는 뜻은 물론 아니고 또한 물질적 번영이 과거에는 무시되어 왔다는 말도 아니다. 그러나 1960년대로부터 문민정부가 자리 잡은 지금의 시점에 이르기까지 모든 전통적, 정치적, 사회적 이념은 물질적 번영과의 관련하에서 혹은 왜곡되고 혹은 변질되고 또 혹은 새롭게 의미가 부여되어 온 것이 사실이다. 한편으로는 국민교육헌장과 교도(敎導) 민주주의를 내세운 박정희의 독재도, 또 다른 한편으로는 모든 외교관은 세일즈맨이라는 현 대통령의 말도 이런 연맥에서 이해되어야 할 것이다.

A. 요컨대 물질적 번영의 요청 때문에 문학만이 아니라 문사철(文史哲), 달리 말하면 인문학의 교육과 연구가 평가절하되었다는 말이 아니겠는가? 그것은 새삼스러운 지적이 아니다.

B. 이야기를 그렇게 빨리 가져가지 말자. 내 생각에는 평가절하보다도 더 심각한 문제는 그 변질에 있다. 다시 말해서 인문학도 물질적 번영을 위한 국민의 에너지의 총동원이라는 '지상 명령'에 종속되는 경향을 보여 왔다는 것이 나의 실감이다. 그것은 크게 두 가지로 나타난다. 첫째로는 정치권력이 그 연구나 교육에 직접적으로 간섭하고 개입하고 그것을 좌지우지하려는 경우이다. 단적으로 말해서 그것은 군사정권의 특기였다. 국적 있는 교육이 강조되고 국민윤리라는 야릇한 이름의 철학 교과목이 생기고(나는 그 이름의 교과목이 지금도 존속하고 있는 이유를 모른다. 이제는 교과목의 이름이 단순히 '윤리학'이어서는 안 되는 것인가? 아울러 한 가지 사족을 달아 두고 싶다. 일본의 군국주의자들은 그 말기에 소학교를 '국민학교'라고 개칭했는데, 일본 자신은 종전(終戰)되기가 무섭게 그것을 버리고 원상 복귀시킨 반면에, 우리는 지금껏 그 고약한 냄새가 나는 명칭을 온존하고

있다.), 중고등학교의 국사나 국어의 교과서 편찬에 있어서는 울트라 내셔널리즘을 강조하도록 교수들을 몰아세웠다.(이것도 여담이지만 나는 1980년대 초반에 이른바 정책 연구비를 받고 중학교 국어 교과서에 나타난 이데올로기를 비판적으로 분석한 바 있다. 그러나 그것은 문교부에 의해서 묵살되고 말았다.) 그러나 이런 인문학의 국가주의적 편향이 단순히 독재 체제의 정당화를 위한 방편이라고만 생각해서는 안 된다. 왜냐하면 적어도 그들 군사 정권의 주역들의 비전으로는 독재 체제 자체는 민족의 물질적 번영을 위한 불가피하고도 가장 유효한 길이며, 이른바 국적 있는 교육은 국민에게 밝은 미래를 위한 자신감과 역량을 자각시키기도 하는 것이기 때문이다. 이리하여 번영, 독재, 민족의 삼위일체가 형성되고 인문학이 여기에 강제 동원된 것이다.

A. 그러나 민족의 이름을 내건 인문학의 연구와 교육이 그런 측면에서만 고찰될 성질의 것은 아니다. 그것은 정치 권력에 의한 동원이나 정치 권력과의 결탁과는 전혀 상관없이, 아니 차라리 그 반대의 극에서 반성적 지성이 실천해 온 자발적, 자각적인 움직임이었다는 측면이 더욱 두드러진 것이다. 다시 말해서 인문학에 있어서의 민족주의는 한편으로는 서양에 편중한 정신적 풍토를 초극하고 다른 한편으로는 독재에 대한 투쟁의 원리를 민족의 삶의 전통에서 찾아내도록 애썼다는 매우 뜻깊은 역할을 한 것이다.

B. 난들 왜 그것을 부정하겠는가? 세계관으로부터 일상적 행위의 패턴에 이르기까지 서양적인 모든 것이 한국적인 것보다 상위의 가치를 지니며 따라서 전자(前者)를 패러다임으로 삼아야 한다는 생각이 한낱 편견에 지나지 않음을, 민족의 역사를 통해서 실증하는 것만큼 중요한 일이 또 어디 있겠는가? 그러나 모든 경우에 편견의 타파를 위한 정열은 지나침을 초래하는 일이 많다는 것을 아울러 지적해 두어야 할 것이다. 예를 들어보자. 서양의 경우, 전통적 문학비평의 방법을 마땅하게 비판하는

것으로부터 시작한 구조주의적 문학관이 마침내는 문학의 실존적 의미를 소거해버렸다는 마땅치 않은 방향으로 치달려나갔듯이, 한국의 인문학에 있어서 민족주의적인 지향은 자칫 국수주의로 경사하지는 않을지 두려운 것이다. 가령 서양의 모든 철학은 퇴계(退溪)나 실학파의 철학 사상만 못하다는 조잡한 주장이나 모든 외래어의 침공에 대해서 한국말을 지켜야 한다는 따위의 극히 소박한 순수주의처럼 말이다. 한데 이런 터무니없고 안이한 민족주의가 학생들 사이에 만연되고 있는 것 같다. 내가 근무하고 있는 여자대학에서 연전에 다음과 같은 난센스가 있었다. 교내 축제 때에 불문과 학생들이 프랑스의 희곡을 번역하여 상연하려고 했더니 학생회가 그것을 거부한 것이다. 서양의 희곡을 상연한다는 것은 민족 정신에 어긋난다는 것이 이유였다. 민족의 이름으로 저질러지는 이런 우려할 만한 일은 대학의 도처에 나붙어 있는 구호를 보아도 알 수 있는데, 그런 지나침이 어디에서 유래했는지, 그것을 바로잡는 방법은 무엇인지를 심층적으로 분석하고 연구하는 것이 대학이 민족을 위해서 해야 할 당면 과제의 하나라고 생각한다.

A. 이야기가 빗나간 것 같다. 다시 '오늘날'의 특징을 이루고 어떤 의미에서는 콘센서스가 성립되어 있는 것 같은 물질적 번영의 추구로 화제를 되돌리자. 아까 당신은 국가 목표처럼 되어버린 이 물질적 번영을 위해서 두 가지로 인문학이 변질했다는 말을 했다. 그리고 그 변질의 한 경향으로 군사 독재 정권이 민족의 이름으로 인문학을 이용한 측면에 대해서 언급했다. 그렇다면 또 하나의 경향은 무엇인가?

B. 글쎄, 내가 그것을 설득력 있게 설명할 수 있을지는 의문이다. 대부분의 경우에 인문학에 종사하는 사람들이 물질적 번영을 위해서 자신의 학문을 동원해야 한다고 생각해 온 것은 아니다. 그 관련은 차라리 소극적이고 간접적이다. 가령 철학자나 문학자가 어느 기업체의 상담역이 되어 그 이윤 추구에 직접적으로 도움을 주는 일은 드물다. 여간 아량이 있

거나 천리안을 가진 기업주가 아닌 다음에야 인문학자에게 그런 자리를 마련해 주지도 않을 것이다. 그러나 큰 기업체는 나날이 더욱 인문학의 연구를 위해서도 재정적 지원을 해나가고 있다. 좋은 말로 하면 그것은 사회에서 얻은 부를 사회로 되돌리는 한 형식이며, 더욱 좋은 말을 하자면 기업주는 마에케나스(Maecenas)가 되는 것이다. 이것은 인문학의 발전에 기여하고 또한 그 기여는 연구 결과의 교육적 활용을 통해서 대학의 성원 전체를 위한 것이 될 것이다. 그러나 다른 한편으로 생각하면 이러한 인문학의 경제적 의존의 형태는 그 연구에 있어서 적어도 묵시적인 제한이 가해진다는 것을 의미한다. 크게는 그 재정적 지원의 바탕이 되는 물질적 발전을 부정해서는 안 되며, 또 더욱 구체적으로는 재정 지원의 주체인 특정 기업의 부의 축적을 위한 행위 그 자체를 비판하는 방향으로 연구를 진행시키는 것도 매우 거북한 일이 되기 때문이다. 이 종속 상태는 차라리 도의적(道義的)인 것이다. 하기야 지독한 경우가 되면 기업체 자체가 그것이 지원하는 학문적 활동에 어떤 요구나 제한을 가하는 수도 있다. 나는 십 여 년 전에 어느 문화재단으로부터 프랑스 근대 단편 소설집에 실을 좋은 작품들을 골라달라는 요청을 받은 일이 있었다. 그러나 내게 요구된 것은 결정적 형태로의 선택과 편집이 아니라, 예정 분량의 2배수의 단편들을 추천하는 것이었고, 그 중에서 자기들 자신이 선택하겠다는 말이었다. 나는 거절했다. 그 문화재단을 운영하는 재벌의 방침이나 구미에 어긋나는 이른바 반(反)체제적인 작품이 나의 선정 목록 속에 포함되어 있으면 그런 것은 제외하겠다는 뜻에서 나온 제안임에 틀림없었기 때문이다. 물론 과학자들이 가담하는 산학 협동에서 생기는 도덕적 문제(가령 대량 살상 무기의 개발을 위한 연구비를 받아도 좋으냐는 문제)에 비할 수 있는 일은 인문학의 경우에는 드물 것이다. 그러나 '물질적 번영→그 번영의 혜택으로서의 지원→그것이 가져오는 학문의 변질된 발전→그런 발전을 더욱 촉진하기 위한 더욱 큰 물질적 번영의 기대'

라는 순환은 피할 수 없을 것이다.

A. 당신이 말하는 것처럼 그 과정에서 인문학 역시 변질하고 자칫하면 기존체제의 정당화조차 서슴지 않는 일이 일어날 수도 있을지 모른다. 만일 그렇게 된다면 사태는 독재에 의한 강제 동원보다도 더욱 나쁠 것이다. 그것은 자의적(自意的)인 종속이기 때문이다. 그러나 현실을 그런 부정적인 측면에서만 볼 것은 아니다. 인문학이 물질적 번영의 요청에 종속된다기보다도 그것을 도리어 이용하는 것이라고 생각할 수도 있을 테니까.

B. 사실상 나도 그 점에 대해서는 양의적(兩義的)인 생각을 가지고 있고 다만 매우 간접적이나마 종속의 가능성을 점쳐 보았을 따름이다. 아무튼 자본주의 체제하에서의 물질적 번영을 도외시하고는 인문학만이 아니라, 대학과 학문의 문제 전체를 논의하기는 힘들게 되었다는 것이 사실이다. 또 다른 예를 들어 보자면 대학에서 외국어 내지는 외국문학을 배우는 목적도 예외는 있겠지만 나의 세대의 사람들의 학생 시절과는 크게 달라진 것 같다. 적어도 나의 경우에는 그 학습은 자기 목적적이었고 홀림에서 유래했다. 그 말이 과장된 것이라면 이질적인 것과의 만남을 통한 의식의 확대 내지는 개조가 주안이었다. 학업과 졸업 후의 진로를 반드시 결부시킨 것은 아니다. 그것은 어떤 의미에서는 사치였고, 후일에 비록 엉뚱하고 마땅치 않은 일을 생업으로 삼게 되더라도 그 사치만은 나의 진실한 자아의 터전으로서 간직하겠다고 생각했다. 그것이 과연 바람직한 것이었는지 혹은 자기 기만이었는지는 차치하고, 오늘날 그런 마음가짐으로 외국어나 외국문학을 공부하는 학생은 나날이 줄어 가고 있다는 것이 나의 실감이다. 나의 학생 시절에는 물질적 번영이란 아예 생각할 수 없었고, 따라서 조반석죽만 된다면 물질적 생활의 권외에서의 자기 성취를 꿈꿀 수밖에는 없었다. 그러나 오늘날에는 직접적으로나 간접적으로나 물질적 번영의 에토스에 끼어들기를 스스로 거부한다는 것은

종로 바닥에서 수도승과 같은 고행을 하는 것만큼이나 어려운 일이며 또한 반드시 추천할 만한 태도라고도 말할 수 없다. 그렇기 때문에 영어를 배우는 학생들이 스터디 그룹을 만드는 것은 셰익스피어를 읽기 위해서가 아니라 《타임》이나 《뉴스위크》와 같은 시사잡지를 읽기 위한 것이라는 사실도 이해할 만한 일이다. 그렇기 때문에 또한 대학 당국이 외국어를 단순한 도구 과목으로 규정하고, 또 외국문학과의 교과 과정에 회화, 시사외국어, 상업 외국어, 외국사정과 같은 실리적인 교과목을 더욱 많이 끼워넣는 것이다. 내가 근무하는 여자대학이 미구에 가톨릭 대학교로 통합되는 계획에 따라 신설 학과를 구상하는 위원회가 생겼는데, 그 위원회가 제안한 것은 가령 일본어문학과가 아니라 일본지역학과이다. 문학이나 언어학은 그런 지역 연구의 테두리 안에서만, 다시 말해서 국제 경쟁 시대에 있어서 우리에게 실질적인 이익을 가져올 외국 연구의 테두리 안에서만 뜻을 지니게 되는 것이다. 나는 이런 추세에 대해서 졸속한 선악의 판단을 내리고 싶은 생각은 없다. 한국만이 아니라 전 세계에 걸쳐서 물질적 번영에 국가의 기본 정책을 맞추어 나가는 시대, 부강한 공동체가 되거나 부강한 공동체로 살아남기 위해서는 그런 정책이 당연한 것으로 널리 받아들여지고 있는 시대이니만큼, 그 추세는 불가피하다는 인식이 우선은 선행되어야 할 것이다. 최근에 프랑스에서 학생 폭동이 일어났는데, 그것이 1968년의 경우처럼 반체제적인 분노의 표출이기는커녕, 도리어 졸업 후에 마땅한 취직 자리가 없기 때문에 어엿한 일원으로 체제 속에 편입될 가능성이 희박하다는 어두운 전망의 소산이었음은 물질적 번영의 에토스의 편재성(遍在性)을 증명하는 것이다.

A. 그런 이야기를 듣고 있자니까, 당신이 처음에 소개한 사범대학 학생의 일화가 다시 생각난다. 나는 그 학생의 경우를 선의적으로 그리고 이해성 있게 해석할 수 있을 것 같다. 그가 빈곤으로부터의 탈출이라는 실리적 욕구의 충족을 대학 교육에서 기대했던 것은 아마도 사실이었을

것이다. 그러나 그 기대가 대학 교육의 전반적 목적과 관련된 것은 아니었으리라는 것이 나의 짐작이다. "나는 당신의 그 화사한 이야기 자체를 아예 뜻 없는 것으로서 거부하려는 것은 아니다. 대학이, 특히 인문학이 의식주와 직결된 문제만을 다루지는 않으며 또 그래서도 안 된다는 것은 나도 안다. 그러나 지금의 나의 개인적 형편은 예컨대 프루스트의 문학을 완미(玩味)할 만한 정신적 여유를 주지 못하는 것이다." 만일 "그런 것이 무슨 소용이 있느냐?"는 질문 다음에 그에게 부연이나 해명의 기회가 주어졌다면 그는 아마도 그렇게 말했을지도 모른다. 비근한 속담을 이용하자면 '금강산도 식후경'이라는 말이리라. 그 학생은 배를 채우고 나면 반드시 금강산을 찾아가보았을 것이다. 적어도 그렇게 생각하는 것이 그에 대한 예의이다. 그러나 사람에 따라서는 배를 채우고 나면 금강산에 가는 것을 잊어버리고 더욱 맛있는 것을 포식하기만을 바랄 수도 있다. 이런저런 이유에서 또 이런저런 방식으로 물질적 번영을 제일의(第一義)로 삼고 그것을 대학 교육과 직결시키는 오늘날의 추세가 말하자면 그런 경우이다. 사용된 수단이 원래의 목적을 소실시키고 그 자체가 목적으로 들어앉아 버린 것이다. 잘 산다는 말이 오직 물질적 풍요성만을 의미하게 된 현상이 바로 그 증거이며, 테크놀로지와 속화(俗化)된 실학의 개념을 항용 들먹이고 강조하는 대학의 현실도 그 테두리 속의 것이다. 당신의 이야기는 대충 이런 것일 테고 나도 그것에 동조하지만, 그렇다면 미래의 대학은, 특히 인문학은 무엇을 해야 하는지 이제 당위론적인 입장에서 한두 마디가 있어야 하지 않겠는가?

   B. 지당한 지적이다. 그러나 무슨 말을 한들 이성이나 도덕적 자아나 창조적 지성 따위의 함양을 강조하는 천편일률적인 이야기로 환원될 것이다.

   A. 그렇지만 어떤 이야기가 천편일률적이라 해서 반드시 역효과를 내는 것은 아니다. 똑같은 이야기를 귀가 아플 정도로 하면 듣기 싫기도 하

지만 또한 어느 틈에 머리 속에 단단히 박혀 진리로서 받아들여지기도 하는 것이다. 가령 교회에서의 설교가 그렇다. 그뿐 아니라 똑같은 테마도 상황에 따라 재해석되고 그 상황에 맞도록 구체화될 수 있는 것이다. 정상(頂上)은 하나이지만 정상에 오르는 길은 여러 가지인 것처럼, 오늘날의 여건에 비추어볼 때 이상이나 도덕이나 창조는 어떻게 실현되고 실천되어야 하는지를 생각해 보자는 것이다. 이것이 넓은 의미의 비평가가 도학자와 다른 점이기도 할 것이다.

B. 그런 상황의식과의 관련에서 말하자면 우선 물질적 번영에 대한 국민적 지향을 인정하고 들어가야 한다고 생각한다. 한국만이 아니라 보편적으로, 또 개인적 차원에서만 아니라 집단적 차원에서 실리적인 것의 추구는 역사를 움직여 온 가장 큰 동력이었다는 것을 부정할 사람은 없겠고, 인간의 이 본래적인 지향은 오늘날의 물질적 번영의 욕구와 극히 자연스럽게 접속된다. 그것은 현재 우리가 알고 있는 바와 같은 대학제도가 기독교적 이데올로기를 근간으로 삼은 12세기 서양에서 처음으로 생겼을 때 거기에는 다만 신학, 법학, 의학의 세 학문만이 포함되어 있었다는 것을 보아도 알 수 있는 일이다. 그런 점에서 보면 뉴먼(John Henry Newman)과 같이 '교양 있는 지성, 섬세한 취미, 순수하고 공정하고 무사무욕(無私無慾)한 마음, 실생활에 있어서의 고상하고 예의 바른 태도'의 함양, 즉 신사로서의 소양의 함양을 리버럴 에듀케이션(liberal education)의 이름으로 내건 것도, 또 독일에서처럼 진리 그 자체의 추구를 대학의 가장 고귀한 사명으로 삼은 것도 사실은 특히 19세기 유럽에서 두드러지게 나타난 현상, 예외적이라고는 할 수 없을망정 적어도 개별적인 현상이다. 그것이 부르주아 이데올로기의 소산이며 또 그 이데올로기를 은폐하거나 선양하기 위한 신화였는지, 혹은 부르주아지의 성립 때문에 실현 가능해진 문화와 학문의 마땅한 양상이었는지에 대한 논의는 일단 접어두자. 다만 분명한 것은 신사의 양성과 진리 탐구를 목적으로 삼은 이러

한 19세기 유럽의 대학의 형상은 패러다임으로 정착되지 않았다는 것이다. 유럽 이외의 지역에서는, 그리고 특히 20세기에 다가설수록, 국가의 사회 경제적 발전이라는 실리적 목표에 대학이 부응하는 것이 요청되었기 때문이다. 동경대학 총장이었던 하야시 겐타로(林健太郎)의 말을 빌리자면 "유럽에서는 응용학문을 순수학문보다 낮은 지위의 것으로 생각하는 것이 지적 전통으로 남아 있었고, 대학이 과학 기술적 연구를 위해서 그 문호를 개방하기 오래 전부터 사회는 산업화되어 있었다. 그러나 미국에서는 조속히 농학과 공학이 대학에서 지위 높은 분야가 되었다. 1877년에 창설된 일본 최초의 근대적 대학인 동경대학은 이미 그 초기에 법학, 의학, 문학, 물리학, 공학, 농학의 여섯 학부로 확장되었다." 요컨대 이른바 리버럴 아츠(liberal arts)는 실리적 교육, 즉 국가를 부강하게 만들 테크놀로지의 교육에 의해서 밀려나지는 않았을망정 그 지위가 상대적인 것이 되고, 또 심지어 후쿠자와 유키치(福澤諭吉)의 『문명론의 개략』에서 보는 것처럼 유형적(有形的) 진보를 위한 지적 기초(합리주의, 탐구의 정신과 방법, 국리민복을 위한 철학 따위)를 제공하는 데 동원되었다. 이러한 경향은 오늘날의 대학에서도 기본적으로 변함이 없다.

A. 그렇다면 당신은 역사적 전개를 통해서 볼 때 대학이 실리의 추구라는 공리주의를 주안으로 삼아 왔고, 초월적 진리의 추구는 차라리 종속적이었다는 것을 확인하자는 것인가? 심하게 말하면 모든 대학이 그 설립 취지에서 또는 교가(校歌)나 교표(校標)에서 본질적 사명인양 항용 내걸고 있는 진리 그 자체에 대한 숭상은 한낱 립 서비스에 불과하고 전문학교나 기술학교가 아닌 대학이라는 권위를 갖추기 위한 수사적 술책에 지나지 않는다는 말인가? 마치 옛날에 오렌지나 바나나가 귀했을 때, 일류의 과일 가게를 차리려면 팔리지도 않는 그런 진기한 과일을 몇 개씩은 진열해 놓아야 했던 것처럼.

B. 그렇게까지 극단적으로 말해서 좋을지는 모르겠다. 다만 확실한 것

은 진리 추구나 교양인의 형성과 같은 19세기 유럽의 대학의 이념이 오늘날 송두리째 버려지지는 않고 있는 이상, 또 내 생각으로는 그래서도 안 되는 이상, 그런 것과 실리 추구의 관계를 생각해 보는 것이 오늘날의 초미의 과제라는 것이다. 넓은 견지에서 보자면 우리는 오늘날 물질적 번영을 위한 실리 추구가 돌이킬 수 없는 관행이 되어 있는 사회에 살고 있다. 한편 대학으로 말하자면 인문학과 응용 학문이 분립되어 마치 두 마리의 말이 끄는 수레처럼 되어 있는데, 그 두 마리의 말이 수레를 서로 역방향으로 끌고 가려는 것은 아닐망정, 체구와 보조(步調)가 달라 수레가 크게 뒤뚱거린다. 그래서 대학은 이미 부분을 통합하는 전체성이나 보편성이라는 본래의 뜻, 즉 universitas라는 어원적 의미에서 벗어나 어떤 사람들이 지적하듯이 multiversity가 되고 만 것이다. 되풀이하지만 이 각개약진에서 크게 선두를 달리고 있는 것은 물론 실리적 학문이다. 그리고 그 실리적 학문, 좀더 넓게는 학문에 대한 실리적 생각이 물질적 번영의 신화와 불가분하게 얽혀 있다. 따라서……

A. 같은 이야기를 지루하게 반복하지 말고 얼른 결론 비슷한 것을 유도해 보자. 나는 그렇게 한가로운 사람이 아니니까.

B. 내가 시사하려는 것은 평범한 것에 지나지 않는다. 요컨대 인문학을 복권시키자는 것이니까. 다만 그것을 복권시켜야 하는 이유를, 그리고 그 복권에 따른 인문학도 자신의 책임을 좀더 구체적으로 생각해 보려는 것이다. 물질적 번영이 삶의 목적 그 자체가 아니라 진선미의 추구에 더 효과적으로 참여하기 위한 수단이라는 것을 강조하자는 말이다. 하기야 굶어죽더라도 진선미의 이상을 따르겠다는 극기적이며 순교자적인 태도는 바람직하겠지만, 그런 영웅주의가 널리 퍼지기를 기대하고 그런 지향을 보이지 않는 사람을 속중(俗衆)으로 멸시할 시대는 지났다. 아무리 고고하게 상아탑에 머무르려는 사람이라도 이제는 그의 행위의 의미를 사회적 연관 속에서 생각해야 하는 것이다. 왜냐하면 그의 사회적,

학문적 존재와 생활 자체가 물질적 번영을 추구하는 대다수의 사람들의 활동에 의존하고 있기 때문이다. 달리 말해서 진선미의 전문가들은 직접적, 간접적으로 물질의 생산과 풍요화에 종사하는 기층적 사람들에게 지고 있는 부채를 바로 진선미의 추구를 통해서 갚는 길을 모색해야 하는 것이다. 그것은 가령 어느 기업체가 운영하는 문화재단으로부터 연구비를 받았다고 해서 책머리에 감사의 표시를 하는 것과는 다른 것이다. 또한 물질적 번영의 지향을 아예 꺾어 놓을 정도로 (물론 되지도 않을 이야기지만) 고차원적인 소리를, 가령 부(富)는 행복을 가져오지 않는다는 따위의 소리를, 고금의 성현의 훈계를 빌려서 고래고래 지르는 것도 아니다. 그것보다는 좀더 현실적이고 현명하고 겸손하게 물질적 혜택은 행복의 필요조건이지만 충분조건은 아니라고, 인간은 내면적 자아를 가지고 있고 절대에 대한 향수를 가지고 있고 또 죽음에 의미를 주려는 존재인데 이것은 물질적 혜택 그 자체와는 다른 이야기라고 하면서 살금살금 접근해 보자는 것이다. 너무 약빠르고 전술적인 말 같지만, 이것이 오늘날 인문학이 좁게는 대학의 교양과목에서, 넓게는 그 사회참여를 통해서 수행해야 할 과제라고 생각한다. 물론 빈곤의 문제가 우리 사회에서 완전히 해결되었다고는 볼 수 없지만 이제는 '금강산도 식후경'이라는 속담이 차차 사라져가고 그 대신 '식후에는 금강산'이라는 새로운 속담이 들어서도 좋을 시점에 와 있다고 할 만하다.

A. 그 점에 대해서는 반드시 의견의 일치가 있는 것은 아니다. 그러나 경제 사정에 대한 당신의 낙관론이 옳다고 하더라도, 그리고 물질적 부의 바탕 위에서 가능해지고 또 당위적으로 요청되기도 하는 정신적 지향에 관한 당신의 생각이 합당한 것이라고 해도, 문제는 그렇게 쉽게 해결될 것 같지 않다. 당신이 새로 꾸미려는 속담을 이용하는 것은 좋겠지만, 금강산이 과연 어디 있으며 그것에 어떻게 오를 것이냐는 문제에 대한 한결 깊은 성찰이 선행되거나 동시에 진행되지 않는다면, 인문학도는 그

의 모든 선의에도 불구하고 약장수처럼 되고 말 것이다. 진정성을 향해서 자꾸만 깊이 파 내려가는 대신에 자유, 진리, 인간의 존엄성, 소외의 극복과 같은 귀에 젖은 말들을 이리저리 교묘하게 가지고 놀면서, 그리고 현대의 저명한 사상가들의 몇 구절을 아전인수하면서 설교하는 거리의 철학자들이 얼마나 많은가? 그들과 전철(電鐵) 속의 전도사 사이의 거리는 그렇게 멀지 않다고 느껴진다.

B. 나도 가끔 그렇게 느낄 때가 있고 또 내 이야기도 같은 종류의 것인지도 모른다. 그렇기에 나는 각각의 전공학과에서 진리 그 자체를 탐구하는 고행을 마다 않는 사람들을 존중하는 것이다. 그런데 대학에서의 교양과목을 통해서나 대중매체를 통해서나 '식후에는 금강산'을 설법하는 전도사와 초월적 차원에서 진리를 탐구하는 학승(學僧)이 한 몸이 될 수 없다는 법은 없다. 적어도 그것이 오늘날의 이상적인 인문학도의 모습이다. 그가 금강산에 가기를 권유하기 위해서 동원한 쉬운 언어는 매우 깊은 이론과 체험과 정신적 고행에 의해서 지탱되어 있어야 비로소 진정한 것이 된다. 그러나 실제로는 한 사람이 전도사와 학승의 역할을 동시에 하기는 어렵고 그 양자 사이에는 매우 협조적인 분업이 있기만 해도 좋을 것이다. 아무튼 간에 인문학에 있어서 진리 그 자체가 추구되어야 하는 것은 다만 호모 사피엔스로서의 순수한 행위가 아니라 가장 넓고 가장 좋은 의미에 있어서의 공리주의(이 경우에는 어떤 철학자가 주장하듯이 한자로는 公利主義라고 써야 하겠지만)를 위한 것이다.

A. 그러나 그런 공리주의가 마땅하게 실현되기 위해서는 자기가 전공하는 학문의 의의를 학문 전체와의 관련하에서 생각해 볼 필요가 있을 것이다. 당신은 물질적인 번영이나 혜택에 대한 고려를 사상(捨象)한 인문학의 연구는 이미 입지를 상실했다고 하는데, 그렇다면 가령 문학자나 철학자의 경우에도 경제학이나 사회학에 대한 안목이 어느 정도나마 필요한 것이 아닌가? 그 점에서 생각나는 것이 하버마스의 말이다. 그에 의

하면 다른 분야에서 배움으로써만 자신의 분야의 전제에 대한 비판적 반성이 가능하다고 하는데, 종합대학은 바로 이 이익, 아니 차라리 이 의무 수행을 가능케 해주는 곳이라고 볼 수 있다. 그러나 한국에서는 종합대학이 그런 기능을 마땅하게 하고 있는 것 같지 않고 또한 지나치게 세분화된 종적인 학과 구조가 그것을 가로막고 있다. 타 분야의 존재태(存在態)나 방법에 대한 관찰을 통해서 자기 반성을 하기는커녕 심지어 동일한 계열 사이에서의 대화조차 드물다. 비근한 예로 국영독불(國英獨佛) 등 문학과의 학생이나 교수가 모여서 문학의 존재나 기능을 두고 논의해 보았다는 이야기를 듣기는 드문 일이다. 문학의 본질이나 목적이 너무나 분명하기 때문은 결코 아닐 것이다. 이런 이야기를 하자니 하버마스가 지적한 또 하나의 사항이 머리에 떠오른다. 그것은 대학의 자율성에 관한 것이다. 진리를 탐구한다는 대학이 특히 정치적 간섭으로부터 자신을 지키기 위해서 자율을 주장하는 것은 정당하다. 그러나 자율이란 문자 그대로 자기를 스스로 바로잡는다는 자기 비판적인 움직임을 의미하는 것이기도 하다. 한데 이 자율성은 대학의 어떤 변치 않는 사명에 대한 고정관념에 의해서라기보다도 사회와 시대의 요청에 대한 비판적 고찰에 의해서 밑받침되어야 하는 것이다. 그러나 실상을 보면 다른 많은 분야에서와 마찬가지로 대학에서도 역시 집단 이기주의, 권위주의, 타성이라는 이름의 정체성(停滯性)이 눈에 띄고, 전통을 지킨다는 미명으로 그 정체성을 호도하고 있는 것 같다. 가령 대학원 과정이 이미 옛날처럼 장식품이나 옥상 옥이 아니라 지식의 전달, 습득, 재창조에 있어서 중심적 역할을 하게 된 오늘날, 그런 대학원 과정과 고등학교 과정 사이에 낀 학사과정에 어떤 기능이 부여되어야 하느냐는 문제는 매우 시급한 것인데, 그것이 근본적으로 재검토되지 않고 있는 것도 자율성이 정체성으로 변질한 한 사례일지도 모른다.

　B. 그런 전반적인 이야기를 하자면 한이 없겠고, 또 평생 대학에 몸담

아 온 나 자신도 당신이 말하는 정체성의 공범자임에 틀림없다. 그러나 나의 좁은 식견과 한정된 체험만으로 그런 방대한 문제에 대한 묘안이 제시될 수 있을 것 같지는 않다. 다만 대학에 있어서의 인문학의 지위라는 우리가 다루어 온 작은 문제에 국한해서 말하자면, 물질적 번영을 겨냥하는 시대이니까 그 장래가 더욱 밝을지도 모른다는 역설을 강조해 두고 싶다. 빈곤의 극복이 민족의 최대 과제였던 시기에는 그 존재 이유와 기능이 위축되었던 인문학은 이제 그 입지를 회복한 셈이다. 적어도 나는 그렇게 생각한다. 다시 말해서 그 사회적 책무가 매우 현실적인 것이 되고 무거워진 것이다. 산업화의 결과로 지구의 환경이 극심하게 오염된 오늘날에는 인간이 이 지구상에서 산다는 것이 무엇이냐는 근본 문제가 새삼스럽게 제기될 수밖에 없다. 이와 아울러 테크놀로지가 가져온 편익과 생력화(省力化) 때문에 여가가 엄청나게 증가한 지금, 그 여가를 무엇에 사용하느냐는 것이 매우 중요한 반성의 대상으로 대두될 수밖에는 없다. 기계가 너무 달아오르면 냉각을 시켜야 하고 그 냉각에 의해서 기계의 순조로운 재운전이 보장되듯이 여가는 조직 속의 인간이란 이름의 기계의 냉각을 위해서만 있는 것인가? 혹은 그와 반대로 사회적 기구의 일부로서 별수없이 동원되어야 하는 인간이 주체로서의, 내면적 자아로서의 자기를 회복할 수 있는 소중한 시간인가? 인문학은 단연코 이 후자의 입장에 서서, 자동차로 거리를 질주하기보다는 수풀 속을 천천히 걸어보기를, 로큰롤에 넋을 빼앗기기보다는 모차르트에서 내심의 평화를 찾기를, 한마디로 해서 속도의 세상 속에서 느릿느릿해질 여유를 갖기를 모든 사람에게 호소하려는 것이다. 그러나 앞에서 당신이 지적한 것처럼, 이 호소가 진정한 것이 되기 위해서는, 그것을 더욱 이론적으로 지탱할 엄청난 연구, 다른 분야의 학문에 대한 인식을 통해서 자체의 전제와 방법을 꾸준히 반성해 나가는 그러한 연구가 필요할 것이다. 인문학 자체를 두고 말하자면, 이런 노력이 진리의 탐구와 사회적 기능을 융합시키고, 그럼으로써 당신이 말하는 정체성(停滯性)이나 매너리즘에서 벗어나는 길이 되기도 할 텐데, 오늘날의 물질적 번영의 에토스는 아이러니하게도 이 바람직한 변모를 위한 좋은 기회를 제공하고 있는 셈이다.

A. 글쎄, 그렇게 낙관할 수 있을지 모르겠다. 하기야 구태의연하게 진리 탐구의 자기 목적성만을 강조하는 상아탑의 논리나, 사회적 부적응을 도리어 명예로 아는 패배주의보다는 낫겠지만.

B. 난들 앞날을 어떻게 점칠 수 있겠는가? 사실 내가 지금까지 한 말은 인문학을 일삼아온 사람의 근거 박약한 마지막 고집이며 헛소리일지도 모른다. 그러나 헛소리도 때로는 효용이 있는 법이다. 다음에 이야기할 사람은 이런 헛소리는 해서는 안 되겠다고 생각하고 더욱 단단한 논리를 전개시킬 테니까. 아무튼 시간을 내준 당신에게 지심으로 망언다사(妄言多謝)라고 인사해야겠다. (1994)

2부

문학과 정치

—— 사르트르의 문학참여론에 대한 비판

1

누구나 알다시피 세계 제2차 대전 이후의 20여 년 간은 매우 뜨거운 '냉전'으로 특징지어진 시기이다. 세계적 규모의 정치적, 사상적 갈등이 쉴새없이 전개되고 누적되어서 어떤 전체적인 파국이 절박한 것처럼 보였다. 그리고 이러한 절망적인 상황은 많은 작가들의 의식에 강력한 반향을 일으키지 않을 수 없었으며, 그들은 역사를 지배하는 죽음의 힘 앞에서 문학은 무엇을 할 수 있고 무엇을 해야 하는가 하는 난문(難問)에 대답하는 것이 자신의 초미의 의무라고 생각했다.

사르트르는 그런 작가들 중의 대표적인 사람이다. 널리 알려져 있듯이 전쟁이 끝나자 그는 이른바 '참여(engagement)'라고 불리는 것의 사도(使徒)가 되었다. 이 이념은 『구토』(1938)에서 보여 주고 있는 바와 같은 그 이전의 자신의 문학적 포부를 스스로 부정하는 것 같고, 한 걸음 더 나가서 문학의 존재와 기능을 근본으로부터 다시 생각하기 위한 기축이 되었다. 한데 인간의 해방과 자유를 위한 투쟁에 작가가 적극적으로 참가해야 한다는 정치적, 윤리적인 요청을 강조하는 이 참여의 개념은 벌써 『파리떼』(1943)와 같은 작품에 어느 정도 구상화(具象化)되어 있고, 《현대》지(誌) 창간사(1945)에 더욱 분명한 논리적 언어로 표명되어 있다. 그러나 문학을 통한 참여의 객관적인 정당성이 무엇이며, 그것이 문학의 일반적 이론과 어떻게 관련되는가 하는 문제가 충분히 밝혀지게 된 것은 『문학이란 무엇인가?』(1947)에 이르러서였다.

이 책에서 사르트르는 시와 산문이 엄연히 다르다는 것을 강조하는 것으로부터 이야기를 시작한다. 그에 의하면 이 두 가지 글의 사이에는 "글씨를 쓰는 손의 움직임을 제외하고는 아무런 공통점도 없다."[1] 시적 언어는 말하자면 자율적 언어(Selbstsprache)이며 어떠한 지시대상도 가지고 있지 않다. 시인이란 "단번에 도구로서의 언어와 인연을 끊은 사람이다. 시인은 말을 기호로서가 아니라 사물로서 본다는 시적 태도를 단호하게 선택한 사람이다."[2] 그러기 때문에 시인에게 참여하라고는 결코 요구할 수 없다. 그가 할 일은 사물로서의 언어, 즉 원초적 사물처럼 신비하고 불가사의하고 애매하고 무상적(無償的)이며, 그것 자체로서 존재하는 그런 언어를 탄생시키는 데 있기 때문이다. 이와 반대로 산문가(散文家)는 시인에게 참여를 면제해 주는 그와 같은 언어적 특권을 향유할 수 없다. 왜냐하면 산문은 필연적으로 유의적(有意的)인 것이어서, 세계의 어떤 모습들을 지시하고 밝히고 변화시키기 위한 기호로서 사용되는 것이기 때문이다. 그러므로 "우리는 산문가에 대해서 우선 다음과 같이 물을 권리가 있는 것이다. '당신은 무슨 목적으로 글을 쓰는가? 당신은 어떤 기도로 나선 것인가? 그리고 그 기도는 어떤 이유에서 글쓰기라는 수단을 필요로 하는 것인가?'"[3] '참여'란 다름 아니라 산문가로서의 사르트르가

---

1) *Situations*, II, Gallimard, 1948, p. 70 (번 27). 독자의 편의를 위해서 필자가 한국어로 번역한 책(사르트르, 『문학이란 무엇인가』 민음사 간, 『세계문학전집 9』, 1998)의 쪽수를 위와 같이 괄호 안에 표기해 둔다.
2) 같은 책, p. 64 (번 18.)

누구보다도 자기 자신에게 제기한 이런 질문에 대한 대답이다. 한데 내가 이 자리에서 지적하려는 것은 그의 참여론의 비효과성이라기보다도, 사르트르의 참여론의 토대 자체를 위태롭게 하는 그의 문학이론의 근본적 취약성이다. 나의 비판은 다음의 다섯 가지로 요약될 수 있다.

1) 매우 한정된 그의 시론(詩論)——사르트르가 그의 시론에서 패러다임으로 삼고 있는 것은 상징주의 시, 특히 말라르메의 시이다. 다시 말해서 그는 말라르메와는 본질적으로 다른 시적 표현들, 즉 응집된 사물로서의 언어를 형상화시키면서도 부정(不正)과 억압에 대해서 의식적, 직접적으로 반항하려는 메시지를 전하는 시적 표현들을 도외시하고 있다. 프랑스 문학에서만 예를 들자면 알프레드 비니로부터 빅토르 위고를 거쳐 폴 엘뤼아르로 이어지는 많은 '참여한' 시인의 존재가 배제되어 있는 것이다. 하기야 사르트르 역시 "역사적으로 보면 다른 형태의 시들이 있다."는 것을 인정하고 있기는 하다. 그러나 그는 "그런 과거의 시와 우리 시대의 시의 관계를 살피는 것이 나의 주제는 아니다."[4]라는 구실로 그 이야기는 고의적으로 들어올리지 않는다. 따라서 그가 시에 관해서 말하고 있는 것은 일반적인 담론이 아니라 부분적이며 매우 편파적인 담론에 불과하다. 말라르메가 근대의 시인 중에서 가장 중요한 시인이라고 해도, 시의 본질은 오직 말라르메에 의해서 구현되었다는 것이 객관적으로 논증되지 않는 이상, 그리고 말라르메의 시가 과연 사르트르가 생각하듯이 사물로서의 언어의 창조로만 뜻이 있다는 전반적 동의가 성립되지 않는 이상, 그의 시론에는 객관적 타당성이 없는 것이다.[5]

(2) '자유'라는 말의 뜻의 변이——사르트르는 『문학이란 무엇인가』의

---

3) 같은 책, p. 71 (변 29.)

4) 같은 책, p. 87 (변 54.)

5) 뒤미쳐 보듯이 사르트르는 말라르메에 관해서 『문학이란 무엇인가』의 본문에서와는 전혀 다른 견해를 표명하고도 있다.

제2장의 첫머리에서 작품을 성립시키는 필수 불가결한 조건으로서 독자의 자유를 강조하고 있다. 그의 주장에 따르면 모든 예술작품은 근본적으로 타자(他者)에게 지향되는 것이며, "쓴다는 것은 내가 언어라는 수단으로 기도한 드러냄을 객관적 존재로 만들어 주도록 독자에게 호소하는 것이다. [……] 이렇듯 작가는 독자의 자유에 호소하여 그의 작품의 산출에 협력하기를 바라는 것이다."[6] 어떤 종류의 작품이건 간에 작품의 존립에 필수적인 이러한 독자의 자유에 관한 매우 합당한 인식은, 그러나 모든 작품은 사회적, 정치적 자유를 겨냥해야 한다는 주장으로 변이한다. 마치 그 두 가지 자유가 동일한 성질의 것이거나, 전자가 필연적으로 후자로 옮아간다는 듯이 말이다. 그리고는 사르트르는 이제 작품을 성립시키는 독자의 자유에 대해서는 더 이상 이야기하지 않고, 화제를 바꾸어 자본주의 굴레로부터 인간을 해방하는 투쟁에 참여해야 할 작가의 의무를 강조하면서 제2장을 끝낸다.

3) 독자의 한정된 역할—방금 언급한 바와 같은 '자유'라는 말의 뜻의 변이에 가하여, 작품의 객관적 존재를 성립시키는 독자의 읽기의 자유 그 자체가 제한적인 것이라고 사르트르는 생각하고 있다. 왜냐하면 그에 의하면 작품의 의의는 작가에 의해서 이미 잠재적으로 주어져 있기 때문이다. 따라서 독자의 자유는 사실인즉 다만 수동적, 소극적으로 행사될 수 있을 따름이다. 다시 말해서 독자는 작가가 이정표처럼 군데군데 세워 놓은 표지의 안내를 받고 그것에 의거해서만 텍스트의 글자의 뜻을 스스로 풀어 나가게 되어 있는 것이다. 요컨대 읽기란 작가의 숨은 의도에 의해서 "인도(引導)되는 창조"이며, 그 의도가 "[작품의] 밀도를 형성하고 그 독특한 면모를 부여하는 것이다."[7] 그러나 텍스트에 내재하는 그 표지들과 숨은 의도를 틀림없이 발견할 수 있는 방법이나 규준은 무

---

6) *Situations*, II, pp. 96, 97 (번 68.)
7) 같은 책, p. 95 (번 66.)

엇인가? 그 의도를 알기 위해서는 작가가 자신의 작품에 관해서 발표 이전에 혹은 그 이후에 말하고 있는 것을 참조하면 되는 것인가? 그렇다면 독자는 뉴크리티시즘에서 말하는 이른바 '의도의 오류'의 희생이 되고 그의 자유는 실질적으로 행사되지 않는 것과 다름없을 것이다. 혹은 그와는 정반대로 독자는 자신이 선택한 해석적 전략을 따라, 작가 자신이 언급하지 않았고 또 언급할 수도 없는 핵심적 열쇠들을 텍스트의 밑에서 발견하거나 추측해야 하는 것일까? 그런 경우에는 텍스트의 진실한 의미가 그 표면적 의미와는 얼토당토아니하다는 것을 증명하거나 주장하게 될 수도 있을 것이다. 가령 적극적으로 참여한 듯한 작품 속에서 자못 상상적이거나 심지어 망상적인 테마를 찾아낼 수 있는 듯이 말이다. 그러나 사르트르는 이러한 읽기를 절대적으로 배척한다. 사실 작품의 의미의 산출에 있어서 그가 독자에게 인정하는 자유는 극히 야릇한 제한이 가해진 것에 불과하다. 다시 말해서 사르트르는 독자가 한 텍스트를 오직 정치적 견지에서만 읽고 평가하기를 단호하게 요구하고 있는 것이다. 루소는 오직 프랑스 혁명의 아버지로서만, 고비노는 오직 인종차별주의의 원흉으로만 읽혀야 하며,[8] 그들에 대해서 무슨 정신분석학적 해석이나 원형적(原型的) 비평을 시도하는 것은 전적으로 잘못된 일이라는 것이다.

4) 문학의 자립성과 그 즉각적 효과의 이상적 통합──사르트르의 이 이상은 실현되지 않았다. 그는 공산당의 어용문학을 자율성의 이름으로 고발하는 동시에, 피억압자들의 해방을 위해서 아무런 효과적인 역할도 못한 부르주아 사회의 문학을 규탄한다. 그의 말에 의하면 지금으로서는 한편으로는 소외된 문학이 있다. 그것은 "그 자립성에 대한 또렷한 의식에 이르지 못하고 세간의 권력이나 이데올로기에 굴복하고, 요컨대 문학을 무조건적인 목적이 아니라 수단으로 생각한다." 그리고 다른 한편으

---

8) 같은 책, p. 81 (번 44) 참조.

로는 추상적 문학이 있다. 그것은 "다만 형식적 자립성의 원칙만을 내세웠을 뿐, 작품의 주제는 아무래도 좋다고 생각한다."[9] 한데 오늘날 "문학의 운명이 노동자 계급의 운명과 연결"[10] 되어야 할 상황에 있어서는 문학은 그 자립적 목적성을 유지하면서도 사회주의 혁명을 통한 노동자의 해방을 주제로 삼아야 하는 것이다. 이런 발언으로 보아 사르트르는 그의 선의에서 우러나온 강령에도 불구하고 결합되기 어려운 두 가지 요청 사이에서 분열되고 있으며, 목적과 수단의 악순환에 스스로 갇히는 꼴이 된 것이다. 더구나 그 자신도 "현실적인 문학이 그 본질과 완전히 부합될 수 있는 것은 오직 계급 없는 사회에서뿐"[11]이라고 말함으로써, 그 두 가지 요청의 동시적 실현의 불가능성을 암시하고 있다. 따라서 그런 글쓰기의 유토피아가 도래하기까지는 필요하다면 문학의 본질을 혁명의 대의를 위해서 희생하는 것을 주저하지 말아야 한다는 생각이 그의 저변에 깔려 있는 것이다.[12]

5) 기본적 전제로 설정되었던 장르의 구별의 모호화——사르트르는 제2장에서 수용자의 자유에 의한 세계의 전체의 재획득이 예술의 목적이라고 포괄적인 정의를 내리고 있다. 다시 말해서 이 재획득은 모든 예술의 장르에서 일어나는 것으로 되어 있는 것이다. 그렇다면 회화나 음악과 같은 장르는 차치하고, 시와 산문 사이의 차이에 관해서만 보더라도, 그 차이는 그가 제1장에서 애써 증명하려고 하던 근본적이며 질적인 차이가 아니라 정도의 차이밖에는 안 될 것이다. 그러면서도 그는 이 세계의 전

---

9) 같은 책, p. 190 (번 204-5.)

10) 같은 책, p. 277 (번 333.)

11) 같은 책, p. 194 (번 209—개역.)

12) 그런 지향은 그의 희곡 『공손한 창부』가 영화화될 때, 또 러시아 말로 번역될 때 사르트르가 취한 태도에서 잘 드러난다. 그는 희곡의 슬픈 결말로 말미암아 젊은 노동자들의 기운이 꺾이지 않도록 하기 위해서 그 결말을 낙관적으로 고쳐 쓴 일이 있다. (Contat et Rybalka, *Les Ecrit de Sartre*, Gallimard, 1970, pp. 137-138 참조.)

체의 재획득이 최대한으로 실현되는 것은 다른 어떤 행위보다도 읽기, 특히 소설 읽기를 통해서라는 납득하기 어려운 말을 하고 있다.[13] 그리고 는 이런 부당전제(不當前提)를 밑에 깔고 그는 이제 주로 소설의 실상을 혁명과의 관련하에서 따져 보려고 한다. 그것이 제3장의 내용을 이룬다. 마치 '세계의 전체의 재획득'이란 혁명의 이념에 의거해서 소설을 성찰하는 행위를 뜻하는 듯이 말이다. 그러면서도 사르트르는 또한 어떤 시인들에 대해서 언급하기도 한다. 그러나 이 경우 그는 '참여'라는 견지에서 시인들에 대해서 왈가왈부한다는, 제1장의 주장과는 완전히 배치되는 태도를 보인다.[14] 시와 산문을 구별하기는커녕 시를 산문의 범주에 편입시킨 것과 다름없는 것이다.

이렇듯 사르트르는 앞뒤가 맞지 않고 모순으로 가득 찬 견해들을 바탕으로 삼아서 문학의 정치적 참여의 필요성과 정당성을 한사코 주장하려고 한다. 하기야 사르트르가 하는 이야기들 중의 많은 것은 문학의 근본 문제들을 포함하고 있으며, 그것은 특히 오늘날도 치열한 논의의 대상이

13) "이 재획득이 결정적으로 이루어지는 것은 보기라는 절차—특히 읽기라는 절차를 통해서이다. [⋯⋯] 작가가 남들의 자유에 호소하기를 선택한 것은 양자간의 요구의 연계를 통해서 그들의 존재의 전체를 인간에게 다시 귀속시키고 인간의 수중에 세계를 사로잡기 위해서이다." (같은 책, p. 107, 번 82.) (밑줄은 필자.)
14) "상상작용은 현실을 '부정하는' 무조건적인 능력으로 생각되고, 예술 작품은 세계의 붕괴 위에 세워졌다. 이리하여 데제쌩트의 극단적인 기교주의가, 모든 감각의 조직적인 착란이, 그리고 결국은 언어의 집중적인 파괴가 이루어졌다. 또한 침묵이 자리잡았다. 말라르메의 작품에서 보는 바와 같은 얼음 같은 침묵이, 혹은 모든 커뮤니케이션을 불순한 것으로 여기는 테스트 씨의 침묵이 자리잡았다." (같은 책, p. 172, 번 177—같은 쪽에 실린 역주 참조.) 이 인용문과 관련하여 다음의 두 가지 주석을 달아두자. a) 이 발언에 뒤이어 사르트르는 초현실주의에 대해서도 혹독한 비난을 가하고 있다. b) 제1장에서 참여의 권외에서 언급되었던 말라르메가 여기에서는 고발의 대상이 되어 있다. 그러나 뒤에서 보는 바와 같이 사르트르는 말라르메야말로 '가장 깊은 참여'를 한 사람이라고 주장해서 다시금 우리를 놀라게 한다.

되어 있다. 가령 장르의 논리, 독자의 역할, 텍스트의 해석, 문학의 기능 따위가 그런 것이다. 『문학이란 무엇인가』는 프랑스가 아직도 역사적 서술이나 도덕적, 사상적 성찰을 문학비평의 본령처럼 생각하고 있던 무렵에, 문학 자체에 관한 이론적 문제들을 들어올린 최초의 중요한 책 중의 하나라는 역사적 의미를 지니고 있다. 다만 사르트르는 참여라는 이름의 그의 정치적 정열을 정당화하기 위해서 그의 논점들을 흐려 놓고 어긋나게 하고 왜곡한 것이다. 그러나 그는 마침내는 말라르메에 관해서 집중적으로 이야기하면서 '참여'라는 말에 비정치적인 깊은 의미를 부여하고, 문학을 정치적 참여와 직결시킨 그의 좁은 생각을 지양하게 될 것이다. 그러나 그전까지는 정치적 참여의 주장을 여전히 밀고 나가고, 심지어 시마저 그 주장 속에 완전히 편입시키기를 주저하지 않는다.

2

그 단계를 나타내는 것이 「검은 오르페우스」(1948)라는 글이다. 이 글에서 사르트르는 이른바 '흑인성(négritude)'의 시인들, 특히 에메 세제르(Aimé Césaire)의 작품을 부각시킨다. 초현실주의가 그 당초의 방침이었던 프롤레타리아 해방운동과의 연계를 배반하고, 도리어 그것이 배격했던 부르주아지의 기생충으로 전락해버린 것과는 반대로, 초현실주의의 언어를 배운 그 흑인성의 시인들은 민족적, 정치적 해방을 위한 투쟁과 끝끝내 깊은 연대성을 지녀 왔다는 것이 사르트르의 생각이다. 그래서 그는 이 인식에서 출발하여, 시는 어떠한 조건하에서 그 시적 본질을 상실함이 없이 정치적 투쟁에 봉사할 수 있는지를 밝혀 보려고 한다. 그에 의하면 프랑스와 같이 자본주의가 고도로 발달한 나라와 검은 아프리카 대륙에서는 언어의 기능이 전혀 다르다. 전자에 있어서는 피억압자들이 이미 혁명 정당을 중심으로 치밀하게 조직되어 있기 때문에, 언어는 그들의 영혼에 호소하기 위해서 존재하는 것이 아니라, 계급투쟁의 더욱 효과적인 계속을 위하여 합리적, 구체적으로 그들의 에너지를 동원하는 데 사용된다. 말을 바꾸면 이런 역할을 수행하는 언어는 '도구로서의 산문(prose-instrument)'이며 '사물로서의 시(poésie-chose)'가 아니다. 이와 반대로 후자의 경우에는 모든 것이 이제 겨우 시작되려는 것이며, 시의 정치적 참여가 가능한 것은 바로 그런 초기 단계의 상황 때문이다. 여기에서는 시인은 지금까지 잠들어 있었던 검은 영혼을 깨어나게 하려는 것인데, 그들이 습득한 초현실주의적 언어는 이 목적을 위하여 이중으로 긍정적 기능을 할 수 있다. 첫째로 그것은 백색의 제국주의자들이 문명의 이름으로 강요했던 논리적이며 분석적인 프랑스 말을 그들의 민족의 의식에서 씻어내는 정화적(淨化的) 작업을 한다. 그리고 이와 동시에 그들의 동포의 깊은 주체성은 오직 언어적 마력에 의해서만 불러일으킬 수 있는 것인데, 그런 기능을 수행하는 것도 역시 초현실주의적 언어이다.[15]

그러나 흑인 시인을 통해서 초현실주의 시와 정치적 참여가 융합되었다는 사르트르의 주장은 여러 가지 이유로 말미암아 납득하기 어렵다.

---

15) 그렇다면 이런 초현실주의적 언어를 구사하는 흑인시가 어느 정도 민족해방의 투쟁을 추구하는 원주민의 전사(戰士)에게 도움이 된 것인가? 이 질문에 대한 대답은 차라리 부정적이다. 미셸 보주르(Michel Beaujour)가 정당하게 지적하듯이 "흑인시의 마력을 겪은 것은" 특히 사르트르 자신이다. "그 정치적 효과는 증명될 수 없다. 특히 그런 흑인시의 대부분의 독자는 프랑스에 살고 있는 사람들이거나, 새로 독립한 나라의 원주민 부르주아지의 구성원들인 점을 생각하면 더욱 그렇다." ("Sartre and Surrealism," in *Yale French Studies*, No. 30, p. 94.) 또한 시의 정치적 목적에 관해서 말해 보자면 문학적 소양이 없는 사람이라도 얼른 이해할 수 있는 직설적 언어로 쓰인 시가 더욱 효과적일 것이다. 그런 시에서는 "투쟁의 역사적 시기를 구체적으로 밝히고, 행동이 전개될 범위를 정확히 정해주고, 민중의 의지를 결정(結晶)시키는 사상들을 명시하려는 부단한 배려를 보게 되는 것이다." (Frantz Fanon, *Les Damnés de la terre*, Maspéro, 1974, p. 157.)

무엇보다도 이 융합은 그것이 비록 실현되었다 하더라도 일시적인 현상에 지나지 않을 것이다. 왜냐하면 가까운 장래에 일단 백인의 지배에서 해방된 독립국가가 세워지면, 흑인들 역시 그들 자신의 나라의 테두리 내에서 사회적 투쟁을 '합리적으로' 조직해 나가야 할 터인데, 사르트르의 논리를 따르자면 그 과업은 유럽에서와 마찬가지로 이미 시가 아니라 산문에 의해서 수행될 성질의 것이기 때문이다. 과연 사르트르 자신도 그 점에 주목했음인지 그의 글의 말미에서 다음과 같은 일련의 질문을 던지고 있다. "그리고 언젠가 희생이 결실(結實)되면 어떻게 되겠는가? 흑인이 그 흑인성에서 벗어나서 혁명을 겨냥하고, 자신을 오직 프롤레타리아로서만 생각하려고 하는 날에는 어떻게 되겠는가? 백인의 자본주의와 투쟁하기 위해서 백인의 기술을 섭취해야 할 날에는 어떻게 되겠는가? 시의 샘물은 말라버릴 것인가?" 그러나 스스로 제기한 이런 의심에도 불구하고 사르트르는 현재의 식민지 흑인의 상황과 흡사한 상황이 앞으로의 역사에서 다시 일어날 수 있다는 예측을 내세워서 문제의 핵심을 회피하고 만다. 그에 의하면 역사는 "특별히 어떤 한 국민, 한 인종, 한 계급으로 하여금 횃불을 높이 들게 하고, 오직 시를 통해서만 자신의 처지를 표명하고 초극할 수 있게 하는 상황을 만들 것이다."[16] 아마도 그의 말이 옳을지도 모른다. 권력에 대한 투쟁은 모든 층위에서 영원히 계속되겠고, 따라서 사르트르의 예측이 틀렸다는 것을 객관적으로 증명할 수 있는 사람은 아무도 없을 것이다. 그러나 흑인이 당하고 있는 바와 같은 조건하에서의 억압이 다시 일어난다는 확실성 또한 없는 것이다. 그런 것은 역사적 우연성에 속하는 일인데, 역사적 우연성을 바탕으로 삼아서 시의 정치적 참여를 위한 일반 이론을 세울 수는 없는 노릇이다. 사실 사르트르는 그 후 그런 이야기는 재차 하지 않았고, 그가 말라르메의 시를

---

16) *Situations*, III, p. 285.

논하면서 참여라는 말을 사용했다 해도 그것은 정치적 연관에서 완전히 벗어난 뜻에서이다. 그리고 그는 후에 그 말이 정치적 뜻이 아님을 명시할 필요가 있을 때는 '깊은 참여'라는 말을 쓰기도 했던 것이다.[17]

사르트르는 『문학이란 무엇인가』에서 말라르메에 관하여 몇 군데에서 언급하고 있는데, 그중에서 가장 중요한 것은 제1장의 끝에 붙인 주(註) 4이다. 그는 여기에서 직접적인 정치적 연관에서 떠나서 현대시의 참여가 가능하다는 것을 추상적인 담론의 형식을 빌려서 이야기하고 있지만, 그 논조로 보아 누구보다도 말라르메를 염두에 두고 있는 것이 확실하다.[18] 이미 『문학이란 무엇인가』에서 뿌려진 이 전혀 새로운 '시적(詩的) 참여'의 뜻의 싹은 『말라르메의 참여』[19]에 이르러 큰 나무로 자라고, 그 후 '패배를 향해 참여한 말라르메'가 장 주네와 플로베르의 산문의 이해에 있어서 패러다임이 된다는 역전(逆轉)의 현상까지 생기게 된 것이다.

『말라르메의 참여』는 이 시인을 형성하는 조건이 된 세 가지 요소를

---

17) 한 예를 들어 두자. "인간을 내포한 하나의 전체로서 세계를 파악하는 것, 무의 견지에서 세계를 이해하는 것, 그것이 '깊은' 참여이다. [……] 플로베르의 손자인 말라르메의 경우와 같이 그것은 성서(聖書)적 의미에서의 진실한 수난이다." (*Le Monde*, 1971. 5. 14.)

18) "시에 있어서는 패자(敗者)가 곧 승자이다. [……] 만일 구태여 시인의 참여를 들먹여야 한다면, 시인이란 패배를 향하여 참여하는 사람이라고 말해 두자. 시인이 항상 내세우는 액운과 저주의 깊은 뜻이 바로 여기에 있다. 시인은 늘 그런 액운을 외부의 간섭의 탓으로 돌리지만, 사실은 그의 가장 심오한 선택에서 유래하는 것이다." (*Situations*, II, p. 87 (번 54).)

19) 사르트르가 1952년경에 쓴 것으로 추정되는 말라르메에 관한 미완성 원고가 처음으로 공개된 것은 겨우 1979년에 이르러서였다. 그때 그 글을 실은 *Obliques* 지(誌)는 그것에 '말라르메의 참여'라는 제목을 붙였다. 편집자가 임의로 붙인 듯한 그 제목은 그러나 매우 합당한 처사였다고 여겨진다. 왜냐하면 사르트르는 『문학이란 무엇인가』에서 시사했던 시적 참여의 개념에 의거하고 그것을 더욱 발전시키면서 말라르메의 정신적 궤적을 추적하고 있기 때문이다. 사르트르의 양녀인 엘카임사르트르(Arlette Elkaïm-Sartre)는 매우 유용한 주석을 붙여 가면서 그 텍스트를 같은 제목으로 출간하였다.

부각하는 것으로부터 시작된다. 그것은 신의 죽음과 부르주아지의 지배와 그의 어머니와의 사별이다. 그 다음으로는 19세기 후반기의 모든 시인들 중에서 오직 말라르메만이 그의 사회적, 개인적 조건을 명철하게 내면화하는 데 성공했으며, 그럼으로써 자살과 같은 그의 시적 행위를 통하여 존재의 우연성을 없앨 수 없다는 인간의 진실을 밝혔다는 것을 증명하려고 한다. 사르트르에 의하면 말라르메의 위대성은 존재하는 것으로부터 무(無)를 몰아내려는 방법론적이며 필사적인 모든 시도에도 불구하고, 아니 도리어 그런 시도 때문에 결국 무로 귀착하고만 그의 역설적인 여정에 있다. 그러기 때문에 그의 시는 우리들 앞에 '정온(靜穩)한 아이러니'처럼 남아 있는 것이다.

하기야 사르트르가 보기에도 말라르메는 완벽한 존재는 아니다. 그의 '깊은' 참여는 사회적 실천으로부터 소외되어 있기 때문이다. 과연 『집안의 바보』에서 사르트르는 '무의 기사(騎士)들' ——특히 플로베르와 그 손자인 말라르메——에 대해서 통렬한 비판을 가한다. 그들의 작품이 비존재, 비현실화, 자기파괴, 사이비 반부르주아주의 등, 말하자면 오나니즘과 신경증세를 창조의 원리로 삼고 있다는 것이다. 그러나 이미 『말라르메의 참여』에서도 지적되었던 이러한 비난받을 만한 양상이 다른 한편으로는 세계와 인간을 무의 견지에서 통합하려는 깊은 참여의 필수적 조건이라는 이유에서 높이 평가되고 있는 것이다.

플로베르와 말라르메의 작품에 대한 사르트르의 해석에 관해서는 여러 가지 질문이 야기될 수 있겠지만, 가장 근본적인 질문은 다음과 같은 것이라고 생각된다. 이른바 '깊은' 참여는 필연적으로 무를 출발점으로 조정(措定)하고 그 결말에 있어서 무를 '실현'시켜야 하는 것인가? 우리가 이런 질문을 제기하게 되는 것은 말라르메의 시에 대한 사르트르의 견지가 과연 합당한지 의심스럽다는 이유에서가 아니다. 그런 의심은 차치하고라도 우리는 말라르메와는 다른 결론에 도달한 시인들, 즉 다 같이 무에서 출발했으면서도 각각 제 나름대로 세계와 인간을 어떤 절대적유(有)로 통합하기 위해서 몸을 바친 시인들(가령 네르발, 랭보, 클로델)을알고 있는데, 그들에 대해서는 과연 '깊은 참여'라는 말을 적용할 수 없는가라고 사르트르에게 물어보아야 하는 것이다. 다시 말해서 참여라는 말에관한 뜻 깊은 개념적 전환에도 불구하고 그의 새로운 정의는 문학적 참여내지는 시적 참여의 일반이론의 기본이 되기에는 너무나 편파적이며 추상적이라고 여겨지는 것이다. 그뿐 아니라 참여라는 말을 정치적 문맥에서분리시켜 사용할 때에는 그것은 매우 중대한 의미의 확산과 희석(稀釋)과심지어 역행을 초래한다. 그래서 사르트르가 말라르메를 범례로 삼아 '깊은 참여'라고 부르는 것은 도리어 '깊은 이탈(désengagement)'이라고 불러도 좋을 만한 것이라고조차 생각되는 것이다.

이상으로 우리는 참여라는 개념에 관해서 사르트르가 보여 온 생각의우여곡절을 추적해 왔는데, 그것을 요약하면 다음과 같이 될 것이다. 1)우선 산문가의 경우는 정치적 참여가 필연적 책무인 반면, 시인은 그 권외에 위치하는 존재로 조정(措定)되었다. 2) 그러다가 사르트르는 얼마 동안 적어도 어떤 종류의 시적 표현만큼은 정치적 참여의 테두리 속에 포함시켜 보려고 했다. 3) 마침내 그는 정치적 의미를 초월해서 참여라는말을 정의하고 그것에 '깊은'이라는 형용사를 붙였다. 그리고 이 새로운정의를 플로베르의 글쓰기와 특히 말라르메의 시에 적용했다. 한데 이변화의 과정에서 주목해야 할 매우 중요한 사항이 또 하나 있다. 그것은이 셋째 단계를 계기로 첫째 단계의 생각이 지양된 것처럼 여겨진다는것이다. 다시 말해서 사르트르는 이제 플로베르뿐만 아니라 산문문학 전반을 시적 관점에서, 즉 자율적 언어로서 재고하게 된 것 같은데, 다음에서 그 점을 밝혀 보려고 한다.

3

사르트르는 주네와 플로베르에 관한 성찰에서 산문의 경우에도 이른바 '의의(意義)'의 중요성을 인정하고 있고,[20] 이것은 그가 종래에 되풀이해 온 시와 산문 사이의 엄연한 구별을 많이 누그러뜨리는 결과를 가져왔다. 그렇다면 이렇게 달라진 생각은 어느 정도의 변화를 의미하는 것일까? 그것은 그의 문학관의 근본적인 변화일까 혹은 일시적이며 삽화적인 현상에 지나지 않는 것일까? 그 점을 알기 위해서는 그가 「작가는 지식인인가?」(1966)에서 하고 있는 이야기를 검토할 필요가 있다. 왜냐하면 사르트르는 이 글에서 그의 새로운 문학관을 매우 간결하게, 그러나 총체적으로 피력하고 있어서 그것은 일종의 이론으로 받아들여도 좋을 만한 것이 되어 있기 때문이다.

사르트르는 우선 그의 고찰의 주제를 한정한다. 그가 이 글에서 생각해 보려는 것은 "현대의 작가, 즉 자신을 산문가라고 칭하는 '시인'"[21]에 관해서이다. 그러나 이 한정은 지켜지지 않는다. 왜냐하면 사르트르는 곧이어 과거의 작가들(프루스트, 졸라, 라신, 그리고 심지어 18세기의 한 일본 작가)에 관해서도 언급하고 있기 때문이다. 더구나 이 언급은 산문으로 된 작품이 '의미'가 아니라 '의의'를 위해서 존재한다는 것을 강조하

---

20) '의미(signification)'와 '의의(sens)'의 구별은 이미 『문학이란 무엇인가』에서도 잠재적으로 나타나 있지만, 그것이 명시된 것은 『성 주네』에서이다. "의미는 의미화하려는 의도에 의해서 밖으로부터 대상에 주어진다. 반면에 의의는 사물들의 본연의 형질이다. 전자는 한 대상으로부터 다른 대상으로 초월하는 관계이며, 후자는 내재적인 것으로 낙착된 초월이다. […] 주네는 말의 의미를 의의로 변모시킨다.(*Saint Genet, comédien et martyr*, Gallimard, 1952, pp. 341-2.) 이 구별은 종래의 산문과 시의 구별에 부합하는 것이지만, 특히 『성 주네』 이후로 사르트르는 적어도 어떤 형식의 산문들에 대해서는 의의의 차원, 즉 시적인 차원에 주의를 기울이게 되었다.

21) *Situations*, VIII, Gallimard, 1972, p. 432.

기 위해서 이루어지고 있다. 다시 말해서 이들 산문작가는 현재나 과거를 막론하고 모두 일상적 공통어를 사용하긴 하지만, 그 목적은 지식의 전달에 있지 않고 의사(擬似) 정보(pseudo-information)의 부각에 있다는 것이다. 따라서 산문작가는 동시에 시인이다. 이리하여 이제 사르트르의 새로운 주장에 따르면 산문과 시는 동일한 종류의 글쓰기로 통합되는데, 양자에 걸쳐서 다 같이 지시대상(指示對象)으로부터 완전히 독립한 '말들의 야릇한 물질성'에서 그 의의가 태어난다. 사르트르가 문학적 언어의 이러한 '자동사적(自動詞的) 성격'을 강조하게 된 것은 야릇한 일이며, 그런 변화는 1960년대의 새로운 문학관의 주장자들(특히 바르트와 뷔토르)[22]의 영향에 의한 것이 아닐까 하는 생각이 든다. 그러나 재미있지만 확증이 없는 이러한 영향론을 이 자리에서 전개하려는 것은 필자의 뜻이 아니다. 그보다도 더 중요한 문제는 사르트르가 '의사 정보'라는 말로써 무엇을 의미하려는 것인지 알아보는 것이라고 여겨진다. 그래야 그의 변화가 과연 근본적인 것인지 혹은 모순을 내포하는 것인지를 가늠할 수 있기 때문이다.

22) 참고삼아 사르트르가 이 두 사람을 어떻게 생각하고 있었는지 몇마디 언급해 두자. 바르트에 관해서는 그가 작가(écrivain)와 서사(書士, écrivant)를 구별하는 것에 찬동하지 않았다. "나는 서사가 되지 않고 작가가 될 수 없으며, 또 작가가 되지 않고 서사가 될 수도 없다고 생각한다."는 것이 그의 말이었다. ("L'écrivain et sa langue" (1965), *Situations*, IX, Gallimard, 1972, p. 46.) 그러나 그는 이듬해에는 그런 생각을 스스로 부정하고 바르트의 견해를 전폭적으로 지지한다. 마치 이것이 자신의 새로운 문학관의 기초라고 말하려는 것 같다. "[……] 그래서 롤랑 바르트는 작가와 서사를 구별한 것이다. 서사는 정보를 전달하기 위해서 언어를 사용한다. 반면에 작가는 공통어의 파수꾼이긴 하지만 더 멀리까지 간다. 그의 소재(素材)는 비의미(非意味)로서의 언어, 달리 말하면 비정보로서의 언어이다." (*Situations*, VIII, pp. 436-7.) 다른 한편으로 뷔토르에 관해서는 벌써 몇 년 전부터 다음과 같이 극찬을 아끼지 않았다. "전체성(全體性)의 문제를 명확하게 제기하고 그 요청에 대답하려는 작가는 프랑스에 단 한 사람밖에 없다. 그것은 뷔토르이다." ("Les écrivains en personne" (1960) in *Situations*, IX, p. 17.)

도시 작가는 어떤 이유에서 사실적(事實的) 지식 아닌 의사 정보를 산출하는 것인가? 사르트르에 의하면 작가가 그의 '세계내(世界內) 존재'를 나타낼 수 있는 것은 "그것을 암시적으로 제시하는 애매한 사물"을 창조하는 행위를 통해서이다. 왜냐하면 작가는 일상적 언어라는 수단 이외로는 다른 표현 수단을 가지고 있지 않지만 그의 특이한 체험을 일상어로서는 적절하게 표현할 수 없다는 괴로운 이유로 말미암아 불가피하게 세상을 왜곡되고 변형된 모습으로 표상(表象)하게 되기 때문이다. 사실 이 점을 밝히려는 사르트르의 논리는 제법 단단하다. 우리는 그의 말을 들으면서 이러한 언어적 모순이 작가가 만들어내는 의사 정보의 근원에 깔려 있으며, 바로 이렇게 창조된 의사 정보의 특이성이 각각의 '애매한 사물'의 특이성을 이루는 것임을 납득하게 된다.

그러나 바로 여기에서 또 하나의 매우 중요한 문제가 제기된다. 그러한 '애매한 사물'로서의 작품은 과연 독자에게 적절하게 전달되어, 독자는 작가가 그 속에 '암시적으로 제시한' 의의를 어김없이 파악할 수 있는 것일까? '진실한' 전달은 첫째로 언어가 대타적(對他的) 존재라는 그 본질적 성격[23]으로 말미암아, 둘째로는 언어의 사회적, 역사적 특징[24]으로 말미암아 불가능하다는 그 자신의 중요한 지적에도 불구하고, 사르트르

---

23) "나의 표현들의 의미는 항상 나에게서 벗어난다. 나는 내가 의미하고자 하는 것을 과연 의미하는지, 또 심지어는 내가 의미하는 존재인지조차 정확하게 알 수가 결코 없다. [……] 타자가 언어에 대해서 의미를 부여하는 자로서 항상 거기에 현존하고 체험되는 것이다. 나로서는 표현, 몸짓, 말 하나하나가 나를 소외하는 타자라는 실재에 대한 구체적 체험이다." (*L'être et le néant*, Gallimard, 1943, p. 441.)

24) "[작품의] 이 부단한 재현실화(再現實化)는 부단히 '다른 곳에서' 그리고 항상 '타자에 의해서' 이루어진다. 다시 말해서 작자(作者)를 닮았지만 작자를 부정하는 사람들에 의해서, [……] 그리고 특히 초월의 실천으로서의 읽기를 통해, 의미를 자기들 자신과 물질적, 사회적인 세계 쪽으로 재현실화하는 사람들, 그 의미를 새로운 콘텍스트에 따라 밝히면서 변화시키는 사람들에 의해서 이루어진다."(*Critique de la raison dialectique*, Gallimard, 1960, p. 266.)

는 문학적 의미(그의 말을 빌리자면 '의의')의 전달에 관해서 낙관적인 생각을 표명하고 있다. 모든 언어적 활동 중에서도 의미의 전달이 가장 문제시되는 것이 문학의 분야라는 사실에 비추어 볼 때 이 낙관주의는 참으로 기이하다. 「작가는 지식인인가?」에서도 역시, 읽기는 작가의 의도에 의해서 인도되는 절차에 지나지 않는 것으로 조정(措定)되어 있다. 그리고 작가의 의도는 적어도 동일한 나라에서 동일한 역사를 사는 독자에게는 큰 어려움 없이 파악될 수 있다는 것이다. 한데 이렇듯 작가의 의도를 일방적으로 존중하고 작가와 독자의 동질적 체험을 중시하면서 마련된 이 낙관적 의미론은 작품의 의의를 처음부터 제한하는 처사이다. 그것은 독자들이 텍스트 그 자체로부터 출발해서 자신의 해석적 전술에 따라 읽음으로써 작품의 다양하고 뜻하지 않은 의미를 발견하는 가능성을 배제한다. 그리하여 작가가 애매한 사물을 만든다는 사르트르의 정당한 생각은 단일적 의미의 신화와 야릇한 한 쌍을 이루고 있는 것이다.

결국 문학 작품의 수용에 관한 생각에 있어서, 사르트르는 『문학이란 무엇인가』를 썼던 시절과 다를 바가 없다. 작품은 작가와 동일한 상황에 처해 있고 작가의 의도를 존중하는 한정된 독자에 의해서만 가장 '올바르게' 이해된다는 생각[25]이 「작가는 지식인인가?」에서도 다시 나타나 있는 것이다. 두 글 사이의 이러한 동일한 입장은 「작가는 지식인인가?」의 말미에서 참여에 관하여 하고 있는 말을 통해서도 확인될 수 있다. 여기에서 사르트르는 앞서 그가 강조한 문학적 언어의 특질(의의, 애매성, 의사 정보)을 문학의 정치참여와 다시 결부시키려는 어려운 시도를 보여 주

25) "바나나는 막 땄을 때 맛이 가장 좋다고들 한다. 마찬가지로 정신적 작품도 당장 그 자리에서 소비되어야 하는 것이다." (*Situations*, II, pp. 122-123, 번 104.) 구체적으로 말해서 사르트르가 '당장 그 자리에서' 그의 작품을 '소비'해 주기를 바랐던 주된 독자는 프티 부르주아 중에서 "아직도 망설이고 있는 사람들"이고, 2차적으로는 "공산주의에 가담하지 않았거나 혹은 그 전열에서 이탈한" 일부분의 민중이었다. (같은 책, p. 290. 번 352.)

고 있다. 그는 이 목적을 위해서 결코 합리적이라고는 말할 수 없는 두 가지 주장을 내세운다. 첫째는 '세계내 존재'[26]의 제시와 관련되는 것이다. 사르트르는 앞서 모든 작가의 작품에 객관적 사실로서 '세계내 존재'가 제시되어 있다고 말해 왔지만, 이제는 그 제시를 작가의 도덕적 의무로 설정한다. 다시 말해서 작품의 필연적 구성 요소로서 인식되던 '세계내 존재'의 제시가 새삼스럽게 당위적 요청으로 강조된다는 범주적 혼동이 저질러지고 있는 것이다. 또 하나의 주장으로서 사르트르는 현대작가가 '전달할 수 없는 것,' 즉 의의를 전달하려는 어려운 글쓰기에 종사하면서도, 오늘날의 역사적 상황, 특히 핵폭탄의 위협이 그들의 글에 "막연한 불안"으로나마 반영되어야 한다고 주장한다.[27] 이 주장은 문학적 텍스트를 정치적 견지에서 파악하고 해석하려는 사르트르의 의도의 조급성과 불합리성을 보여 주기에 족한 것이다. 핵폭탄의 위협을 다루는 것이 오늘날의 모든 작가의 책무라는 동의가 성립되지 않는 이상, 작품의 의사 정보의 애매성에서 독자가 느낄 수 있는 '막연한 불안'이 과연 핵폭탄의 위협에서 연유하는 불안임을 어떻게 증명할 수 있단 말인가?

요컨대 사르트르가 마침내 인정하게 된 문학적 언어의 특이성은 그가 여전히 소중히 여긴 '의도의 오류(intentional fallacy)'와도 또 정치참여와도 부합할 수 없는 것이다. 그런 점에서 그가 플로베르나 말라르메를 통해서 그토록 찬양한 이른바 '깊은 참여'의 뜻을 더욱더 부각시킴으로써 과거의 문학관과의 단절을 실현하지 못한 것은 안타까운 일이다. 또한 그런 점에서 작가 및 문학비평가로서의 사르트르는 무엇보다도 정치적

---

26) 이 말은 '타자가 있는 사회내 존재'라는 말로 대치될 수 있을 만한 성질의 것이다. 사르트르의 경우 '세계'는 넓은 의미에서의 '생존권(biosphere)'을 뜻하는 것도 아니고, 더더구나 '존재(Sein)'를 향해서 열려 있는 세계'라는 하이데거적 의미를 내포하고 있는 것도 아니다.

27) *Situations*, VIII, p. 454.

문제가 지식인의 집념이 되어 있던 그의 시대의 한계를 대표적으로 보여주는 것이라고도 말할 수 있을지 모른다.

4

그렇다면 사르트르가 '참여'와 관련하여 보여 온 곡절에 대해서 오늘날 우리는 어떻게 생각해야 할 것인가? 문학의 기능과 목적, 문학적 언어와 일상적 언어의 관계, 장르의 차이와 동질성 등을 고려하면서 그가 문학과 참여라는 개념 사이에 유대를 맺어 보려던 여러 시도는 그 자신의 말을 빌려 말하자면 '무익한 수난'[28]이었던 것처럼 보인다. 이른바 '깊은' 참여는 도리어 '깊은 이탈(désengagement)'을 의미하는 수사적 표현에 불과하다. 또 명시적이건 암묵적이건 간에 정치세력과 관련된 참여는 그 효과가 전무하다고는 말 못할망정 적어도 의심스러운 것이며,[29] 오늘날처럼 사회혁명의 세력이 사멸했거나 근본으로부터 뒤흔들리고 있는 시대에는 더욱 그렇다. 그렇다면 그것은 문학이 정치와의 관련을 갖는 시대는 이미 지나갔다는 것을 의미하는 것일까? 사르트르의 그 변덕스럽고 때로는 구차한 여정(旅程)은 문학을 비정치화해야 할 필요성을 아이러니

---

28) *L'être et le néant*, p. 708. 잘 알려져 있다시피 이 말(L' homme est une passion inutile)은 불안정한 존재인 인간이 즉자인 동시에 대자가 되려고 하는 기도와 관련해서 예수의 수난을 빗대어 한 말이다.

29) 문학의 정치 참여의 무용성에 대해서 사르트르 자신이 이미 1960년에 다음과 같은 감회를 피력하고 있다. "전쟁이 끝난 후 우리는 [……] 책이나 논설 따위가 무슨 소용이 있으리라고 생각했다. 그러나 아무 소용도 없었다. 그 다음으로는 직접적인 시사성이 없는 책이나 생각이나 글이 결국에는 도움이 되리라고 생각했다. 그러나 그런 것 역시 아무 도움이 되지 않았다. [……] 문학적 행동은 소기(所期)의 효과를 가져오지 못하는 것이다." (*Situations*, IX, p. 25.)

하게 보여 주는 것일까? 하기야 이런 질문에 대해서 우리는 그렇다고 대답할 수 있을 것이다. 예부터의 문학의 가장 중요한 기능의 하나인 낯설게하기를 내세우면서, 또는 특히 구조주의 이후로 강조되어 왔던 문학적 언어의 비지시성(非指示性), 자기목적성, 유희성 등을 내세우면서 말이다. 그러나 이와 동시에 귀찮고도 불가피한 질문이 여전히 남아돌 것이다. 우리 각자가 사회적 단위로서 공적(公的) 역할을 담당하게 되어 있는 터전인 제도(이미 구성되어 있건 새로 구성되건 간에)라는 정치적 환경과 문학은 전혀 무관한 것일까? 이 질문은 아무런 보편적 대답 없이 지금도 열려 있는 질문이다.

어떤 작가나 철학자들은 장기적인 견지에서 정치참여를 생각하여, 예술이 "우리가 사는 사회의 가능한 변모를 향해서 부단히 전진하기를"[30] 기대한다. 마르쿠제를 따르자면 "분명히 '정치적 예술'이란 기괴한 개념이며, 예술은 그 자체로서는 결코 [사회적] 변화를 이룰 수 없다. 그러나 예술은 그 변화에 필요한 지각과 감성의 해방을 가져올 수 있을 것이다. 그리고 일단 사회적 변화가 생기면, 상상(想像)의 형식인 예술은 새로운 사회의 건설을 인도할 수 있을 것이다.[31] 그러나 불행히도 이 장기적 안목의 정치참여는 3중의 의미에서 환상적이라고 여겨진다. 첫째로 가장 반체제적인 예술도 오늘날에는 기존 사회에 의해서 쉽사리 소화(消化)되고 만다. 가령 초현실주의적인 지각(知覺)이 패션 산업에 의해서 이용되고 저속화되는 따위이다. 둘째로 예술은 '새로운 사회'의 인도자가 되기보다도, 그 부수 현상이 되거나(예컨대 오늘날 중국에서 비교적 자유롭게 된 예술적 표현은 그 나라가 부분적으로 자본주의 체제를 채택하게 된 변화의 원

---

30) Michel Butor, "Une technique sociale du roman." *Sartre et les arts*, Obliques, 1981, p. 69.
31) Herbert Marcuse, "Art in the One-Dimensional Society," Baxandall ed., *Radical Perspectives in the Arts*, Penguin Books, 1972, pp. 60-61.

인이 아니라 그 결과이다.), 혹은 어용화되지 않는 이상 도리어 억압당하는 일이 많다.(1920년대에 구소련에서의 이른바 러시아 형식주의가 겪은 슬픈 운명을 생각해 보라.) 셋째로 예술이 가져오는 새로운 인식과 감성은 서로 다르고 충돌하고 분산되어 있어서 기존 제도의 벽을 허물 수 있는 집중적인 세력을 형성하지 못한다. 가령 오늘날 진정하다고 말할 수 있을 예술작품 치고 자본주의적인 기술 사회의 체제에 동의하는 것은 없겠지만, 그 체제는 나날이 더욱 굳어져 가고 있다.

그러나 나는 결코 낙관적이라고는 할 수 없지만, 예술의 존속과 필요성을 여전히 믿으면서 다음과 같은 말로써 이 글을 맺으려 한다. 오늘날 예술적 언어는 선전예술이 아닌 이상 어느 때보다도 무력해 보인다. 이제 절대적 우위를 차지하고 예술적 언어를 밀어내고 있는 것은 실리적이며 기능적인 언어이며, 그 전달 수단은 대중매체와 정보통신기술의 발전과 더불어 확산일로에 있다. 그러나 문학을 비롯한 예술적 언어의 종사자들은 바로 이 무력감에서 도리어 존재 이유를 찾고, 아이러니하게, 다시 말해서 명철하고 의연한 체념을 밑에 깔고 작업을 계속해 나갈 수 있을 것 같다.[32] 오늘날의 사회, 특히 이른바 선진 사회는 어느 때보다도 자기소외적인 관행에 휘말려드는 성원들로 구성되어 있다. 인간을 더욱더 '오가니제이션 맨(organization man)'으로 불가피하게 변질시키는 테크노크라시와 테크놀로지의 독재체제가 군림하고 있다.[33] 한데 바로 이렇게 해서 소외되는 사람들에게 예술작품과의 접촉은 아리스토텔레스가 말하는 '여가'의 참뜻[34]을 알게 해 줄 수 있을 것이다. 그것은 자아의 회복의

---

32) 이 점에 대한 보다 광범한 논의에 대해서는 졸고 「읽기에 관한 비이론적 고찰」 참조. (『문학을 찾아서』 민음사 1994, pp. 348-374.)

33) 졸고 「테크놀로지, 사회 그리고 인간」 참조. (같은 책, pp. 425-446.)

34) "일을 중단한다는 것은 그것 자체가 기쁨이며 삶의 행복의 한 부분을 이룬다. 일의 한복판에서는 맛볼 수 없고 오직 한가한 시간에만 누릴 수 있는 그런 행복 말이다." (『정치학』, 제6장.)

순간이다. 일상성이 은폐하거나 왜곡하고 있는 진실한 현실과의 만남을 통해서, 또는 현실에서는 체험될 수 없는 화사한 상상의 세계로의 비약을 통해서 다시 찾게 되는 그런 자아 말이다. 사람들을 깨어나게 하는 것, 창문 없는 단자(單子)로 전락하는 것을 거부하도록 격려하는 것, 정신을 균일화하거나 마취시켜서 주체의 해방을 위한 전망을 아예 막아버리려는 사회에 흡수되지 않도록 자각시키는 것, 여기에 문학을 위시한 예술의 특별한 사명이 있다. 구태어 사르트르적인 용어를 빌리자면 이것이 오늘날의 예술의 '깊은 참여'이다.[35] (1994)

---

35) 이 글에서 사르트르의 문학론에 대한 성찰이 너무 간략하고 추상적이라고 생각하는 독자는 졸저 『문학을 찾아서』에 실린 「사르트르의 문학참여론에 대한 비판적 고찰」 (pp.11-185)를 참조하기 바란다.

테크놀로지와 질적(質的) 가치
—— 퍼식의 『선(禪)과 오토바이 정비술』에 관하여

1

매리 셸리(Mary Shelley)가 『프랑켄슈타인(*Frankenstein, or the Modern Prometheus*)』을 쓴 것은 기술문명의 여명기라고 할 수 있는 1818년의 일이었다. 그때 벌써 그 소설은 기술적인 발명이 그 발명자를 매우 중대한 위험에 빠뜨릴 수도 있다는 것을 예시적으로 경고하고 있다. 아마도 그것은 작가 자신의 의도는 아니었을지도 모른다. 사실 그 경고는 시기상조여서 그것을 진지하게 생각한 사람은 별로 없었고, 이 작품은 그 후에도 오랫동안 단순한 괴기소설로서 읽혀져 왔다. 그러나 시간이 흘러감에 따라 그런 종류의 경고는 더 의식적으로 그리고 더 강력하게 늘어 가고, 그 대표적인 것으로 들 수 있는 것이 1872년에 나온 버틀러(Samuel Butler)의 『에리원(*Erewhon*)』이다. 이 반(反)유토피아 소설에서는('Erewhon' 은 'Nowhere' 의 애너그램(anagram)이다), 모든 기계가 파괴된다. 왜냐하면 기계가 마침내 "인간이라는 종족의 자리를 빼앗고, 동물과 다른 그리고 동물보다 월등한 생명력으로 충만될 것"[1]이 두려웠기 때문이다. 사실 어느 때보다도 1870년대가 되면, 일찍이 보지 못한 강력한 힘을 갖춘 열역학적(熱力學的)인 기계들이 출현하고, 그 앞에서 인간의 운명이 과연 어떻게 달라질지 깊은 불안이 쌓이기 시작했다. 가령 알퐁스 도데(Alphonse Daudet)는 1875년에 그의 소설 『자크(Jack)』에서 "기계라는 거대한 익명의 존재 속으로 인간의 개체성이 용해되는 것"[2]을 크게 걱정하고 있다. 에밀 졸라(Emile Zola)로 말하자면, 그는 기술의 발달에 의해서 인류 전체가 행복하게 되리라는 거의 신화적인 믿음을 가진 유토피아주의자였긴 했지만, 그래도 역시 석탄과 증기와 철을 이용한 기계들에 의해서 희생되는 노동자들의 참상을 목격하고는 심각한 우려를 표명했던 것이 사실이다.

하기야 "19세기의 [문학] 텍스트에는 구조적 차원에서이건 주제의 차원에서이건 간에 다 같이 기계가 들어앉아 있다."[3] 그러나 불안이나 비관이 보편적이었다고는 말할 수 없다. 방금 말한 졸라의 경우만 보더라도, 하층민의 비참한 상황에 대한 관찰은 결코 결정적인 것이 아니며 낙관적인 전망에 의해서 지양된다. 왜냐하면 그런 희생자들이 생기는 것은 역사의 불가피한 과정인데, 역사는 결국에는 지상낙원을 가져올 것이기 때문이다. 기계에 대한 이러한 기대는 또한 휘트먼(Whitman)의 경우이기도 했다. 시인의 귀에 기관차의 포효는 창조력을 노래하며 온 자연에 울려 퍼지는 나팔소리이다. 그는 "바위와 언덕에 메아리치고 / 호수를 가로질러 광막한 들판 너머로 / 확 트인 하늘을 향해, 기쁘고 다부진 자유로운 하늘을 향해 퍼지는 / 그대의 날카롭게 떨리는 소리"[4]를 찬양한다. 한편 줄 베른(Jules Verne)의 소설에서는 테크놀로지의 발전에 의해서 자극된

1) *Erewhon*, Chapter 9 (Signet Classic, p. 74.)
2) Jacques Noiray, *Romancier et la Machine*, tome 1, José Corti, 1981, p. 226에서 재인용.
3) Philippe Hamon, *Texte et Idéologie*, PUF, 1984, p. 161.
4) "To a Locomotive in Winter," Greenberg & Schachterle, ed. *Literature and Technology*, Lehigh Univ. Press, 1992, p. 58에서 재인용.

시적(詩的) 상상력이 탐험의 정신과 결합되어 있고, 지식의 대상으로서 그리고 동시에 개발의 대상으로서 자연을 완전히 소유하고 지배하려는 인간의 기도가 여실히 드러나 보인다.

기술문명에 대한 이러한 기대와 전망은 20세기의 문턱에 들어서자 특히 젊은 세대의 사람들에 의해서 더욱 적극적으로 표명되었다. 그들은 적지않은 선배들이 피력한 우려를 말끔이 씻어내고, 테크놀로지의 발달에서 미구(未久)에 자리잡을 행복의 약속만을 찾아보려는 듯했다. 그것은 청년다운 흥분에 불과했을지 모르지만, 또한 테크놀로지의 힘과 무한한 가능성을 예기한 시대, 즉 1900년을 전후한 20여 년에 걸친 이른바 '아름다운 시대(la belle époque)'의 낙관주의를 반영하는 것이기도 했다. 우리는 그 가장 좋은 예의 하나로서 미래주의의 선언서를 들 수 있다.

> 우리는 노래하리라, 노동과 쾌락과 반항으로 흥분한 거대한 군중을, 현대도시의 혁명이 보여 주는 다채롭고 다성적(多聲的)인 노도(怒濤)를, 강렬한 전기의 달빛에 비치는 병기창과 조선소의 한밤중의 진동을, [……] 수평선 저 너머를 감지하는 모험적인 여객선을, 철로를 걷어차는 다부진 가슴의 기관차를, [……] 미끄러지듯 나는 비행기를, 깃발처럼 펄럭이며 열광한 군중의 갈채를 받는 그 프로펠러를.[5]

이 구절이 잘 보여 주듯이, 새로운 기계들(특히 여객선, 기관차, 비행기와 같은 속도의 기계들)이 미래주의자들에게 준 충격은 사실은 감정적인 것에 지나지 않았다. 그들은 큐비즘으로부터 아폴리네르(Apollinaire)와 같은 모더니스트를 거쳐 오늘날의 포스트 모더니즘에 이르기까지, 20세기에 독특한 많은 예술적 표현의 원조라고 할 수 있겠지만, 그들의 열정

---

5) Bonner Mitchell, *Les Manifestes littéraires de la Belle Epoque*, Seghers, 1966, pp. 105–106.

은 인간의 사회적 존재와 개인적 존재에 대한 반성이나 비전으로 발전하지는 못했다. 그들이 근대의 테크놀로지의 산물들 앞에서 보여 준 흥분과 도취에 비하면, 줄 로맹(Jules Romains)의 위나니미즘(unanimisme)은 좀 더 이론적이며 실존적인 태도를 보여 주는 것 같다. 그는 테크놀로지의 사회에서 새로운 삶의 원리를 찾아보려고 했기 때문이다. 물론 위나니미즘 역시 20세의 청년이 표방한 덧없는 선언에 불과했고 감상적(感傷的)인 면이 없는 것이 아니다. 그러나 우리는 거기에서 '공간의 마술'이라고 부를 만한 것을 발견할 수가 있다. 로맹은 근대적인 대도시(이 경우에는 파리)의 분주하고 집단적인 움직임에서 무질서한 군중의 잡답(雜沓)을 보는 것이 아니라, 반대로 생동적인 리듬을 지닌 어떤 은밀한 일체성을 감지한다. 그래서 그가 '위나님(unanime)'이라고 부르는 것은 다름아니라, 우리를 무기력한 고립 상태에서 벗어나게 해서 역동적이며 심기일전하는 큰 흐름 속으로 투입해 주는 인공물(人工物)을 가리키는 것이며, 방금 말한 대도시는 그 전형적인 예이다. 그리하여 가령 분주한 거리에서 어깨를 스치면서 지나다니는 사람들은 한순간 우연히 모였다가 곧 흩어지게 되는 그런 집산적(集散的)인 개인들이 아니다. 로맹이 보기에는 그들은 어떤 무의식적인 영혼을 공유하고, 함께 있음으로써 솟아오르는 활력을 지닌 불가분의 한 전체를 형성하는 것이다. 따라서 당연한 이치로서 그는 테크놀로지의 산물들에서 많은 위나님을 찾아본다. 그런 산물들은 사람들을 한자리에 모으고 동일한 정신적 공동체로 융합시키는 생명의 에네르기의 상징이다. 일례로 철도역의 창구가 그렇다. 그 앞에는 여행의 흥분에 쌓인 군중이 파도를 이루고, 미지의 세계가 곧 눈앞에 펼쳐진다는 공통의 기대로 말미암아 사람마다 변신하는 것처럼 느낀다. 이와 아울러, 그들을 실어나를 기차는 무기력했던 시골을 가로질러 돌진하고, 그 요란한 소리는 지금껏 고립하고 잠들어 있던 의식들을 한 덩어리로 융합시켜 줄 열렬한 합창처럼 들리는 것이다. 로맹의 눈에는 20세기

초엽의 산업의 혁명적인 비약은 세상을 뒤바꾸어 놓는 것으로 여겨졌다. 하기야 과거에도 어느 정도 통합적 기능을 담당한 전통적인 위나님들이 있긴 했지만, 그것들은 이제 낡고 약화되어서 더욱 강력한 새로운 위나님으로 대치되는 것이다. 가령 교회는 이미 가장 크고 효과적인 위나님이 아니다. 이제는 그 대신 "공장들이 솟아났다. / 젊은 공장들이 솟아났다. / 그들은 힘차게 살아간다. / 그들은 종각의 소리보다도 더 높게 연기를 뿜어낸다. / 그들은 태양을 가리는 것도 두려워하지 않는다. / 그들은 기계로써 햇빛을 만들기 때문에."[6]

그러나 사실을 말하자면 위나니미즘이 보여 주는 사회적, 실존적 의의는 그렇게 대단한 것은 아니다. 집단의 움직임 속에 스스로 통합함으로써 느끼게 된다는 행복과 변신의 상태는 각 개인이 진실로 체험하는 감정이라기보다는, 새로운 기계들이 가져오는 구조적, 경제적 또는 사상적 문제들에 대한 충분한 검토 없이 오직 그 신기함에 홀려든 한 젊은 시인의 상상력이 산출한 것이라고 보아야 할 것이다. 이러한 말은 위나니미즘이 노래한 새로운 통합의 찬가에 대해서만 할 수 있는 것이 아니다. 그 이외로 또한 미지의 나라를 찾아가는 호화 여객선이나 호화 열차와 같은 새로운 국제적 교통수단의 매력에 끌린 코스모폴리탄들——특히 라르보 (Valéry Larbaud)와 모랑(Paul Morand)과 같은 작가들——이 부른 노래에 대해서도 우리는 같은 말을 할 수가 있을 것이다. 그것은 모두가 지나치게 '문학적'이다. 달리 말해서 인습적인 중산계급의 일상생활로부터의 해방을 약속해 주는 듯이 보이는 새로운 기계들에 의해서 자극된 유토피아적인 상상력의 소산이다. 이런 점에서 보자면 그들이 테크놀로지의 비약적 발전에 부여하려고 했던 의미는 일찍이 앙드레 지드(André Gide)가 다부진 생명력의 원천으로서 아프리카 대륙에 부여했던 의미나 또는 알

---

6) *La Vie unanime*, Gallimard, 1926 (초판은 1908), p. 76.

랭푸르니에(Alain-Fournier)의 『몬 대장(Le Grand Meaulnes)』에 나오는 인물이 발견한 신비의 나라가 지니는 의미와 크게 다를 것이 없다. 그 모든 경우에 있어서 겨냥된 것은 일상성으로부터의 탈출과 자의적(自意的)인 이질화를 통해서 새롭고 열렬한 삶을 자아 속에서 재창조하려는 것이었다.

그러나 테크놀로지가 물질과 정신의 양자에 걸쳐 엄청난 새로운 가능성을 지닌 것으로만 알고 그것을 맞아들인 20세기 초엽의 작가들의 팽창된 정렬은 머지않아 일종의 강압현상(降壓現象)과 자리를 바꾸게 되었다. 그것은 다른 모든 경우와 마찬가지로 이 경우에도 역시 비일상적인 것이 가져온 매력은 결코 오래 지속될 수 없기 때문이다. 아무리 새롭고 매력적인 것일망정 그것은 시간과 더불어 참신성을 잃어 가고, 우리는 조만간에 그것을 더 객관적으로, 더 근본적으로 관찰하고 분석하게 된다. 그때가 되면 새롭던 것의 일반화와 관습화에서 오는 일종의 식상(食傷)이 생길 뿐만 아니라, 여태껏 매력적인 외양에 가려서 우리의 주의를 끌지 못했던 반갑지 않은 본질과 해로운 효과에 대한 인식이 문제로서 부각되는 법이다. 바로 그런 일이 1920년대에 테크놀로지에 관해서도 일어나서 그 찬가는 사라지고 그 대신 심각한 불안이 들어앉게 된 것이다. 이 점에 대해서는 다음 두 가지를 특기해 둘 만하다.

첫째로 주목의 대상으로 떠오른 것은 이미 신묘하고 자극적인 기계적 산물들 자체가 아니라, 그 생산의 과정에 내포된 문제들, 다시 말해서 소외, 착취, 조직화 등 인간의 존재에 관한 문제들이다. 이런 문제는 1831년의 리옹 견직공들의 폭동에서 보는 바와 같이 19세기 전반기부터 이미 있어 왔지만, 그것이 대규모로 의식화된 것은 러시아 혁명 이후의 일이다. 1920년대 부터의 프롤레타리아 문학, 사회주의 문학 또는 민중주의 문학과 같은 것이 그 사정을 여실히 보여 주고 있다. 그러나 내가 여기에서 강조하고 싶은 것은 다음과 같은 또 하나의 사실이다. 그것은 다름아니라 매리 셸리나 새뮤얼 버틀러와 같은 사람들의 소설에 나타나는 불안이 이제는 터무니없고 과민한 상상력의 소산이 결코 아니라, 매우 현실적인 의미를 띠게 되었다는 사실이다. 나날이 가속화되어 가는 테크놀로지의 발달, 그 파괴적 효과, 그리고 지배적 권력에 의한 그 조직적인 이용의 짙은 가능성은 현실적이고 보편적이며 심각한 문제가 되어 왔다. 그리하여 벌써 1932년에 올더스 헉슬리(Aldous Huxley)의 『멋있는 신세계(*Brave New World*)』가 나오게 된다. 분명히 이 소설은 테크놀로지가 야기하는 우려할 만한 문제에 대해서 20세기가 산출한 가장 뜻깊은 문학작품 중의 하나이다. 그것은 무엇보다도 '인간공학'이라고 총칭할 수 있는 기술이 인간의 번식, 그 정신적, 신체적 형성 및 사회적 관계에 있어서 마침내 결정적이며 끔찍한 역할을 하게 될 경우에 우리에게 닥칠 근본적 변화를 주제로 삼고 있다. 작가 자신은 소설의 후기에서 그러한 사태의 도래를 예방할 수 있는 인간의 예지를 믿는다는 말을 하고 있지만, 오늘날의 상황을 살펴보면, 헉슬리의 풍자적 상상력이 묘사했던 많은 가공할 사항들이 이미 실현되었거나 미구에 실현될 가능성이 매우 크다는 것을 인정하지 않을 수 없게 된 것이 사실이다.[7]

2

나는 지금까지 매우 조잡하게나마 테크놀로지에 관해서 문학작품들이 보여 온 몇몇 반응을 살펴보았다. 그러나 이 언급의 목적은 역사적 회고를 위한 것이 아니라 그 내용을 일종의 무대적 배경으로 삼아, 그것과는 매우 대조적인 의미를 지닌 한 소설의 특별한 모습을 전경에 부각시키려

---

7) 이 점에 대해서는 졸저 『문학을 찾아서』(민음사, 1994)에 수록된 「테크놀로지, 사회 그리고 인간」을 참조.

는 데 있다. 그것은 이미 1974년에 나왔지만 내가 최근에야 읽은 퍼식(Robert M. Pirsig)의 『선과 오토바이 정비술(Zen and the Art of Motorcycle Maintenance)』(이하 ZAMM으로 약칭)이다. 이 작품은 '철학적 소설'이라는 범주에 꼭 들어맞는다. 저자는 고대희랍 이후의 서양철학이 보여왔던 형이상학적, 인식론적, 윤리적 문제들을 많은 경우에 명시적(明示的)으로 논의하고 하고 있어서, 이 작품에서의 소설적 결구(結構)는 그런 철학적 담론에 대해서 종속적이며 표면적인 것에 불과하다고 생각할 사람도 있을 것이다. 또한 이 작품은 자서전적일지도 모르지만 분명히 소설이며, 여기에는 두 가지 플롯이 겹쳐 있는 듯이 보인다. 한편으로 화자인 '나'는 그의 어린 아들을 뒤에 태우고는 긴 오토바이 여행으로 나선다. 따라서 독자는 우선 그것을 모험담으로 생각하고 소설의 진행에 따라 일어나게 될 어떤 야릇한 사건을 기대하게 된다. 그러나 다른 한편으로 이 기대는 소설의 시간이 다만 전진적일 뿐만이 아니라 또한 소급적이라는 것이 밝혀지자 어긋난다. 어긋난다기보다 차라리 그런 발견과 중첩된다. 화자가 이 여행을 통해서 찾으려는 것은 그의 전생(前生)이기 때문이다. 그는 완전히 상실되었을지도 모를 그 전생을 되찾아야만 비로소 자기의 현재와 미래의 삶을 설명하고 정당화할 수 있으리라고 생각한다. 그 점에서는 이 소설은 어느 정도 프루스트의 소설을 상기시키고 주제가 '실존적'이라고 말할 수 있다. 이렇게 보면 이 소설이 출간과 동시에 비상한 관심을 끈 것은 아마도 방금 말한 세 가지 주제, 즉 철학적 성찰과 여행의 모험과 잃어버린 자아의 탐구라는 주제가 서로 연계되어서 짜여진 복잡하고 흥미로운 구조의 덕분이라고 생각된다. 그러나 나는 여기에서는 그 점에 대해서는 언급하지 않고, 이 소설에 관한 설명과 주석과 비평을 모은 훌륭한 책이 있으니, 독자가 그것을 참고하기 바란다.[8]

---

8) DiSanto & Steele, ed., *Guidebook to Zen and the Art of Motorcycle Maintenance*, William Morrow & Co., 1990.

내가 여기에서 중점적으로 다루려고 하는 것은 그 세 가지 주제에 못지않게 중요한, 어떤 면에서는 더 중요한 또 하나의 주제, 즉 테크놀로지라는 주제이다. 퍼식은 앞서 시사한 것처럼 이전의 작가들과는 근본적으로 다른 견지에서 그 문제에 접근하고 있다. 더 구체적으로 말하면 그는 이른바 '휴머니즘'의 입장에서 테크놀로지에 대한 찬부(贊否) 여하를 말하려는 것이 아니라, 그것을 더욱 합당하게 받아들이거나 거부하기 위한 철학적 전제에 대해서 재고하려는 것이다. 그렇다면 *ZAMM*은 우리가 오늘날의 테크놀로지 사회를 자못 새로운 시각에서 보고, 그것 속에서 한결 더 진정하게 삶을 영위하기 위해서 사상적으로 어떤 도움을 줄 수 있는 것일까? 이런 질문에 대답하기 위한 시도로서 우선 소설의 첫 장면을 살펴보자.

화자는 "이 고장으로 다시 달려온 것이 행복하다. 이곳에는 아무 특징도 없고 무엇 하나 유명한 것도 없다. 하지만 바로 그런 점이 이 고장의 매력이다. 이런 옛길들을 따라 가면 긴장이 사라진다." 따라서 화자의 여행 목적은 오직 도시의 표피적이며 단조로운 생활로부터 우리를 벗어나게 해주는 자연의 임장감(臨場感) 속으로 젖어들기 위한 것처럼 보인다. 그리고 그가 교통 수단으로 자동차가 아니라 오토바이를 선택한 이유도 여기에 있다.

오토바이로 휴가여행을 하면 다른 방법으로 할 때와는 전혀 다르게 사물을 보게 된다. 자동차를 탈 때에는 당신은 늘 테두리 속에 갇혀 있는 꼴이다. 그리고 이런 상태에 익숙해 있기 때문에, 차창을 통해서 보는 모든 것이 다름아니라 TV의 화면의 연장이라는 것을 의식하지 못한다. 당신은 수동적인 관찰자일 따름이다. 모든 것이 테두리를 이루면서 지루하게 당신의 곁을 스쳐 지나간다. 그러나 오토바이를 타면 테두리가 사라진다. 당신은 모든 사물과 완전히 접촉하게 된다. 당신은 현장속에 있으며 이미 그것을 바라보는 것이 아니다. 그래서 임장감이 넘쳐흐른다. [……] 당신은 언제라도 다리를 내려서 땅에 닿게 할 수 있고, 모든 것이, 모든 체험이 직접적인 의식과 결코 분리되지 않는다.(p. 4)[9]

이것은 말하자면 기계의 '선용(善用)'의 전형적인 예이다. 여기에서 오토바이에 큰 가치가 부여되어 있는 것은 그것이 단순한 자연 지배의 도구가 아니기 때문이다. 그런 도구는 바로 자동차이다. 창틀의 존재가 차내로부터 보는 모든 풍경을 TV의 장면처럼 만들어 버린다. 자동차들은 마치 장례행렬처럼 넓은 도로를 가득 메우고 있다. 이와 반대로 오토바이는 자연과의 최대한의 접촉과 융화를 가능하게 해 준다. 이런 점에서 오토바이와 화자와의 관계는 초기의 비행기와 생텍쥐페리(Saint-Exupéry)와의 관계를 상기시킨다. 생텍쥐페리에게도 역시 이 나는 기계는 자연의 비밀과 접촉하기 위한 연장이었다. 이 양자의 사이에는 그뿐 아니라 또 다른 유사점이 있다. 생텍쥐페리처럼, 아마도 그 이상으로, 화자는 자신의 연장에 대해서 베풀어야 할 세심한 배려를 강조하는데, 이 강조는 소설의 첫머리부터 드러난다. 그리고 화자가 그의 여행 동반자인 두 친구 존 및 실비아와 다른 것은 바로 이 점이다. 그들은 자기들의 오토바이의 정비에 대해서 전혀 무관심할 뿐 아니라, 테크놀로지에 대해서 전반적인 적의를 품고 있다. 그들이 보기에 테크놀로지는 "비인간적이고 기계적이고 생명 없는 것이며, 맹목적 괴물이고 죽음의 힘"이다. 그들 역시 오토바이를 이용해서 시골길을 달리지만, 그것은 오직 테크놀로지의 세계로부터의 도피를 위한 것이다. 한데 이것은 분명히 모순된 행동이며 그들 자신도 이 모순을 의식하고 있고, 좋건 싫건 간에 테크놀로지로부터 벗어날 길이 없다는 것을 잘 알고 있다. 이 점에서 보자면 그들의 태도는

---

9) 모든 인용과 쪽수는 밴텀 북(Bantam Book) 판에 따른다.

1960년대의 비트닉이나 히피의 태도와 같다. "어디서부터인지도 알 수 없이 불쑥 나타나서는 '테크놀로지를 걷어치워라. 다른 곳으로 가져가라. 여기에서는 안 된다.' 라고 외치면서 [……] 반(反)테크놀로지 대중운동의 환상"(p. 16)을 품었던 그 작자들 말이다.[10]

    화자는 이런 종류의 사람들을 '낭만주의자' 라고 규정한다. 낭만주의자의 대표자라고 할 수 있는 존은 기계의 원리와 의미에 대해서가 아니라 다만 그 외모에 대해서만 관심을 가지고 있고, 더구나 테크놀로지가 가져 온 문화적 변화를 의식적으로 외면하려고 한다는 점에서 그의 태도는 진정(眞正)하지 못하다. 그는 테크놀로지가 "자기의 현실을 침범했다고 생각했다. 그것은 그가 지금껏 사물을 보아 온 관례적 견지 전체에 직격탄을 가했다. 그런데도 제 생활방식이 온통 무너질 것 같아서 그 사태를 받아들이려고 하지 않았다."(p. 49) 그러기 때문에 존은 그의 오토바이가 고장나면 어쩔 바를 모른다. 이와 반대로 화자는 자신의 태도를 '고전적' 이라고 부른다. 그에게 중요한 것은 기계의 표면이 아니라 그 내부구조를 합리적으로, 분석적으로 이해하는 것이다. 한데 이 이해는 오토바

---

10) 비트닉과 히피에 대한 작가의 비판은 소설이 나온 지 10년 후인 1984년에 붙인 발문에 더 분명하게 표명되어 있다. "히피들은 어떤 소원을 품고 있었는데 그들은 그것을 '자유' 라고 불렀다. 그러나 따져 보면 그 '자유' 는 결국 순전히 부정적(否定的)인 목표였다. [……] 히피들은 다채롭지만 덧없는 대안들 이외의 어떠한 대안도 전혀 보여 주지 못했으며, 그들의 대안 중의 어떤 것은 더욱더 순수한 변태처럼 보였다. 변태는 재미있는 것이긴 하겠지만, 평생의 진지한 관심으로서 지녀나가기는 어려운 것이다." (p. 377) 참고삼아 지적해 두지만, 그들의 존재에 관해서 퍼식과는 반대로 다음과 같이 긍정적으로 생각하는 사람도 없지 않다. "비트닉과 히피는 우리 시대의 기본적인 혁명가들이다. 그들의 건전한 본능은 선불교나 힌두교와의 유사성을 보여준다." (Lynn White, Jr., "The Historical Roots of our Ecologic Crisis," in Mitcham & Mackey, ed., *Philosophy and Technology*, The Free Press, 1983, p. 264.) 내 생각으로는 이것은 설득력 없는 견해이다. 하기야 테크놀로지와 선을 결부시키려는 퍼식 자신의 기도 역시 성립되기 어려운 것은 마찬가지이지만 말이다. 이 점에 대해서는 뒤미쳐 논의하려고 한다.

이에 대한 일반적 이해에 한정된 것이 아니다. 그가 특별히 관심을 갖는 것은 자기 자신의 오토바이에 대해서인데, 그것은 모든 경험 있는 탑승자가 익히 알고 있듯이 오토바이마다 일종의 독특한 개성을 지니고 있기 때문이다.

그의 더욱 기본적인 태도로 말하자면 그는 생활조건의 개선이라는 점에서 테크놀로지의 옹호자이다. 그래서 가령 시골길에서 만나는 농부들이 "그들의 신품의 픽업 트럭과 트랙터와 새 세탁기를 과시하는" 것을 보고 호감을 갖는다. 더구나 그들은 "기계가 고장나면 고치기 위한 연장을 마련하고 그 연장들을 사용하는 방법을 알게 될 것이다. 그들은 테크놀로지를 소중히 생각한다. 그들은 '최소한'의 테크놀로지를 필요로 하는 사람들이다. 만일 당장 내일이라도 모든 테크놀로지가 정지된다 하더라도 그들은 어떻게 꾸려나갈지를 알 것이다. 그것은 물론 거친 짓에 불과하리라. 그러나 살아나갈 수 있을 것이다. 존과 실비아와 크리스(화자의 아들)와 나는 일주일 내에 죽어버릴 것이다."(pp. 39-40) 이렇듯 테크놀로지를 일방적으로 단죄한다는 것은 진정치 못할 뿐 아니라 자신의 삶을 배반하는 짓이 될 것이다.

여기까지만을 볼 때는 화자의 이야기는 충분히 납득할 만하다. 하기야 테크놀로지에 대해서 다만 '최소한'만을 요구하는 그 농부들이 패러다임이 될 수 있는 것인지, 또 그 '최소한'을 결정하는 데 적용될 마땅한 척도는 어떤 것인지에 대한 어려운 문제가 남기는 할 것이다. 그렇지만 이런 문제 때문에 우리가 화자의 기본적 생각을 나누어 갖지 못한다는 것은 아니다. 테크놀로지에 대한 지식과 그 선용의 덕분에 더욱 풍요롭고 더욱 깊은 뜻을 띠게 되는 자연을 찬양하는 이 '고전주의자'에 대해서 반대할 이유가 어디 있겠는가? 이 점에서 주목할 만한 것은 화자가 여행하는 중에 줄곧 세 가지 책을 가지고 다닌다는 사실이다. 그것은 "1) 그의 오토바이에 관한 설명서, 2) [모든 종류의 오토바이에 적용될 수 있는] 모든 기술적 정보를 담고 있는 일반적 수리 지침서, 3) 백 번 읽어도 물리지 않는 소로(Thoreau)의 『월든(*Walden*)』이다.

이렇듯, "미시시피 강에서 도선(導船)하는 데 필요한 분석적 지식을 터득한 후로는 강의 아름다움이 상실된 것을 알게 된"(p. 70) 마크 트웨인(Mark Twain)과는 달리, 화자는 분석적 지식과 자연의 아름다움에 대한 느낌을 서로 혼동하지 않으면서도 결부시키려 한다. 감각, 직관, 미의식과 같은 인간정신의 '낭만적' 측면 없이는 불가능한 자연미에 대한 체험을 분석적 지식이 방해하기는커녕 도리여 고양할 수 있도록 말이다. 굳이 일반화시켜서 말해 보자면 그것은 파스칼(Pascal)적 의미에서의 심정과 이성을 통합하는 길이 될 것이며, 또 사회현실과의 관련에서 말하자면 테크놀로지를 인간화시키려는 움직임의 일단이라고 생각해 볼 수도 있을 것이다.

그러나 *ZAMM*은 테크놀로지의 문제가 널리 의식화되었던 1950년대로부터 줄곧 되풀이되어 온 그런 안이한 담론으로 요약될 수 있는 성질의 책이 아니다. 그 야릇한 제목은 선(禪)을 '낭만적' 태도의 전형이나 상징으로 삼고, 오토바이 정비술을 테크놀로지의 합리성을 따르려는 태도를 대표하는 것으로 보면서, 서로 대립되는 두 갈래의 지향을 병합해 보겠다는 것을 뜻하는 것이 아니다. 더구나 그 한쪽으로부터 다른 쪽으로 거침없이 마음대로, 다시 말해서 내적 모순을 느끼지 않고 드나들 수가 과연 있겠는가? 선이건 자연과의 교감이건 간에, 한쪽은 주체와 대상의 합일을 요구하는 것이며, 또하나의 지향은 그 양자의 분화를 상정하지 않고서는 불가능한 것이다. 그렇다면 소설의 제목에서의 '와(and)'라는 접속사는 그 두 가지 지향을 동시에 혹은 계기적(繼起的)으로 실현시킬 어떤 정신적 곡예를 시도할 수 있다는 것을, 혹은 굳이 시도해야 한다는 것을 시사하는 것일까? 비록 인격적 분열을 무릅쓰고라도 그 시도를 생각해 보려는 것일까? 그러나 소설을 읽어 나감에 따라 독자는 논지가 그런 방향으로 전개되어 나가는 것이 아님을 알게 된다. 왜냐하면 작가가 그 등위접속사로서 뜻하려는 것은 모순되는 두 가지 태도의 병치(並置)가 아니라 과학적, 기술적 합리성을, 그가 선이라고 부르는 것속으로 흡수하겠다는 것이기 때문이다. 그렇다면 그것은 어떻게 이루어지는 것일까? 이 매우 어렵고도 흥미로운 질문에 대답하기 위해서는 우회를 해서, 작가가 '질적 가치(Quality)'라고 부르는 것이 무엇인지, 그리고 무슨 이유에서 그것을 매우 중시하는지를 자세히 살펴볼 필요가 있다.

3

이 주제를 밝혀 나가는 과정에서 나는 소설의 플롯에 관한 이야기는 되도록 삼가고, 다만 예비적으로 다음과 같은 몇 가지 점에 대해서만 언급해 두려고 한다. 1) 화자는 그의 전신(前身)인 피드러스(Phaedrus)의 정체를 다시 찾아내려고 시도한다. 피드러스라는 그 이름은 플라톤의 「대화편(對話篇)」에 나오는 인물의 이름인 파이드로스(Phaidros)를 본 딴 것이지만, 그것은 플라톤의 정신을 계승하겠다는 뜻에서가 아니라 매우 아이러니한 뜻에서 그렇게 지은 것이다. 다시 말해서 플라톤의 「대화편」에서는 소피스트의 영향을 받은 그 청년이 소크라테스에게 설파되고, 말하자면 소피스트들의 수사적 언어의 무덤 위에 '이성의 교회'가 세워지는데, 화자가 자기의 전신을 피드러스라고 스스로 부른 것은 이성의 지배 이전의 파이드로스를 되살리기 위해서였다. 한데 이 현대판의 파이드로스(피드러스)는 유럽 합리주의를 극복하려는 그의 긴 정신적 여정의 끝에 이르러 광증의 징상을 보여서 정신병원에 수용되고, 충격요법을 받아 자신의 정체성을 거의 완전히 상실하고 말았다. 2) 그래도 화자는 가닥가닥 부서진 피드러스의 생각들 중의 어떤 조각을 간직하고 있으며, 그중에서도 특히 앞서 언급한 낭만적인 것과 고전적인 것의 구별이 그렇다. 화자는 그의 전신으로부터 물려받은 이 구별을 이제 초극해 보려는 것이다. 3) 그는 피드러스의 내적 체험을 되살리고 되짚어 가면 아마도 그 모순을 초극할 수 있는 왕도를 발견하게 되리라는 예감을 가지고 있다. 그러나 그가 자기의 전신에 관해서 떠올릴 수 있는 것은 지금으로서는 다만 어렴풋한 환영뿐이다. 4) 그가 여행으로 나선 것은 바로 이런 이유 때문이다. 여행의 목적은 처음에 언급한 것처럼 단순히 자연과의 교감에 있는 것이 아니라, 무엇보다도 그 환영을 포착하고 실체화하는 데 있다. 그럼으로써 과거로부터 나오는 빛이 현재를 밝혀 주고 미래의 길잡이가 되어 주기를 바란다. 그렇기 때문에 독자가 소설의 첫머리에서 받는 인상과는 달리, 화자는 일정한 여정(旅程)을 가지고 있다. 그의 목적지는 몬태나(Montana) 주(州)에 있는 보즈먼(Bozeman)이다. 피드러스가 그곳의 대학에서 강의를 했기 때문이다. 화자는 공간과 시간의 양자에 걸친 이 여행을 통해서, 그리고 옛날의 사물과 사람들과의 만남을 통해서, 피드러스의 생각을 속속들이 되살리고 현재화할 수 있으리라고 믿는다. 5) 다행히 그는 차츰차츰 그의 목표에 이른다. 그래서 피드러스가 '질적 가치'라는 개념을, '이성의 교회'에서 탈출하기 위한 결정적 열쇠로 삼았다는 것을 마침내 또렷하게 상기하게 된 화자는 그 개념을 다시금 자신의 것으로 회복하려고 한다.

그렇다면 그것은 어디에서 유래한 개념이며 무엇을 의미하는가? 그것을 알기 위해서 피드러스의 궤적을 좀 더 거슬러 올라가 보자. 화자의 말로는 피드러스가 만일 그의 정체성을 잃지 않고 살아 왔다면, 오늘날의 테크놀로지의 사회를 보고는 현재의 자기처럼 이렇게 비판했으리라는 것이다.

오늘날 우리의 합리성의 방식은 사회를 더 좋은 세상으로 나가게 하고 있지 않다. [……] 그 방식은 르네상스 이래로 효과를 발휘해 왔다. 의식주(衣食住)의 욕구가 가장 중요한 것인 한에는 그것은 여전히 효과가 있을 것이다. 그러나 허다한 사람들의 경우에 그런 욕구가 다른 모든 것보다 더 중요하지는 않게 된 오늘날, 고대로부터 물려받은 이성의 구조 전체가 이미 적합성을 상실했다. 이제 그 본질이 드러나기 시작한 것이다. 이성은 정서적인 면에서 공허하고 심미적인 면에서 무의미하고 정신적인 면에서 실없는 것이다.(p. 102)

한데 이런 느낌은 피드러스가 오래전에, 보즈먼의 대학에 취직하기도 전에, 그의 실험실에 홀로 있었을 때에 이미 느꼈던 것이다. 그렇다면 벌써 그때부터 과학의 한계를 자각하고, 근대적 테크놀로지를 탄생시킨 합리성과 이성 그 자체를 고발했던 그는 당장에 그 대안으로서 질적 가치를 선양한 것이었던가? 아니다. 피드러스의 정신적 궤적은 그렇게 직선적으로 그려져 나간 것은 아니다. 그는 그 즉시로 과학적 탐구에서 손을 떼지는 않았다. 하기야 과학적 지식의 기원은 신비로운 것이며, 과학의 진리는 상대적, 일시적, 다원적라는 것을 알고는 과학자로서의 연구에 벌써 균열이 생겼다고 느낀 것은 사실이다. 그뿐 아니라 힌두 대학(Benares Hindu University)에서 연구하는 동안, "모든 동양의 종교에 있어서는, 우리가 자신의 존재라고 생각하는 모든 것과 우리가 지각한다고 생각하는 모든 것은 분화되어 있지 않다는 주장에 큰 가치가 부여되어 있다. 이러한 무분화를 철저하게 인식하는 것이 각성의 길이다."(p. 126)라는 것을 알게 된 것도 또한 사실이다. 과연 이런 체험들은 이성을 부정하게 하는 잠재적 요인이 되기는 했다. 그러나 그것만으로 결정적 위기가 폭발하고 질적 가치로의 회심이 당장에 초래되지는 않았다. 그의 의식이 진실로 위기에 봉착하고 분열되고 마침내 변환된 것은 보즈먼에서의 강의 과정에서였다.

강의를 담당하게 된 초기에는 피드러스는 대학이 '이성의 교회'로 지속되어 나가야 한다고 믿고, 이성 이외로는 마땅한 것이 없으니 이성에 대한 신뢰를 잃지 말기를 학생들에게 권했다. 더구나 그 무렵인 1960년대에는 비트닉과 히피들이 주지주의적(主知主義的)인 기존의 체제에 도전하기 시작했던 시기였기 때문이다. 그러나 체제 자체의 붕괴를 막아야 한다는 당위성에 충실한 공인(公人)으로서의 이러한 보수적인 참여는, 그 자신이 개인적인 차원에서 이성에 대하여 이미 품고 있는 깊은 회의와는 분명히 모순된다. 한데 이 모순은 그가 수사학의 강의를 담당하게 됨으로써 더욱 깊어진다. 왜냐하면 그 과목은 "모든 이성의 교회 내에서 분명히 가장 정확성이 없고 비분석적이며 무정형적(無定型的)인 것이기 때문이다." 그리하여 그는 엄청난 고민에 잠기는데, 하루는 한 동료가 이렇게 한마디를 던진다. "당신이 학생들에게 질적 가치를 가르치기를 바랍니다." 지나가는 말처럼 던진 이 한마디가 피드러스에게는 대오각성의 계기가 되어, 그는 이제 진실한 깨달음을 향하는 정신적 도정으로 나서게 된다.

　　피드러스의 이 도정은 비(非)형이상학적, 형이상학적, 그리고 신비적이라는 세 가지 단계로 구분된다. 그중에서 화자가 특히 부각시키는 것은 제2의 단계이다. 거기에는 그럴 만한 이유가 있다. 왜냐하면 첫째의 비형이상학적 단계는 일종의 준비 단계이며, 다른 한편으로 제3의 신비적 단계에서는 깨달음이 완성되어 침묵에 들어서게 되기 때문이다. 그 경지에 이르렀을 때에는, 그의 영혼은 완전히 속세에서 떠나서 진정한 휴식에 접어들게 되는 것이다. 그러나 피드러스가 도달한 이 최종의 단계는 화자의 현재와는 아무런 관계가 없다. 왜냐하면 본의는 아니지만 피드러스를 등지고 현실주의자로서 사회로 되돌아오고 사회 속에서 살아나가려는 화자로서는 그런 절대적 경지로의 초탈은 바랄 바가 아니기 때문이다. 따라서 화자가 현재 다시 제 것으로 삼으려는 피드러스의 질적 가치의 철학은 제2단계의 것이다. 오직 그것만이 일상생활의 문제를 실제적으로 해결하는 데 도움을 줄 수 있기 때문이며, 그는 자신이 당면한 문제, 즉 낭만적인 것과 고전적인 것의 대척에서 오는 문제가 그 철학의 덕분으로 풀리기를 기대하는 것이다.

그러나 우선 첫째 단계에 관해서 한두 마디 해 두자. 이 단계의 피드러스의 생각으로는, 질적 가치가 비록 정의될 수 없는 것이기는 하나 그래도 역시 존재하는 것이다. "질적 가치는 비사고적 과정을 통해서 인식되는 사고와 언술의 특질이다. 정의는 경직되고 형식적인 사고의 산물이기 때문에, 질적 가치는 정의될 수 없는 것이다."(pp. 184-5) 그렇지만 이러한 정의 불가능성은 지적(知的)인 차원에서 보자면 역시 불만스럽고 꺼림칙한 것이며, 피드러스는 "각자 창조적인 사람들의 신비로운 내적(內的) 목표를 어떻게 흑판에 적어서 표시하면 좋을지" 괴로워한다. 질적 가치와 불가분의 관계를 가진 개인적 창조성에는 어떠한 객관적인 기준도 없기 때문이다. 그럼에도 불구하고 그는 "통일성, 생동성, 감성, 균형, 깊이와 같은 질적 가치의 양상들," 다시 말해서 합리적인 정의를 거부하는 그모든 속성들을 가려내려고 애씀으로써 교육적 효과를 얻는다. 그 결과많은 학생들이 "질적 가치라는 개념 전체가 아름답다."는 것을 깨달았다. "그것은 효과를 냈다. 그것은 모든 창조적 인간의 신비롭고 개인적이며 내적인 목표라는 것이 흑판에 분명히 나타났다."(pp. 186-7)

한데 피드러스가 질적 가치에 관한 성찰의 제2단계로 들어서는 것은 바로 이 시점에서이다. 그는 강의가 성공적이었다는 데에 만족하지 않고, 다음과 같이 더욱 근본적인 문제를 스스로 제기한다. "합리적 방법이 모두 실효가 없는 반면에 비합리적인 방법은 효과를 내는 것은 무슨 이유 때문인가?" 그는 이 질문에서 잠시도 떠날 수 없다. 왜냐하면 질적 가치의 본질에 대한 해명만이, 이성의 균열로 말미암아 이미 위기에 처한 그의 실존적 자아를 구원하는 계기가 될 수 있기 때문이다.

이 단계에 있어서 피드러스는 정의의 불가능성에도 불구하고 제일원리(第一原理)로서 작용해야 할 질적 가치의 이름으로, 모든 합리적인 또는 합리주의적인 개념과 구조를 파괴하려고 한다. 우선 그가 시도한 것은 철학의 한 분야로서의 미학(美學)을 부정하는 것이다. 미는 질적 가치의 영역에 속하는데, 미학의 전문가들은 그것에 분석적 방법을 적용한다는 과오를 범하고 있기 때문이다. "미란 적절하고 섬세한 언사를 써서 지적으로 조금씩 썰어 먹고 찍어 먹고 떠 먹고 할 수 있는 어떤 것"이 아니다. "그들의 식욕을 돋우는 것은 그들이 오래전에 죽인 어떤 것의 부패된 부분일 따름이다." 미학에 대한 이런 신랄한 비판에 뒤이어, 피드러스는 그가 과학적 유물론과 고전적 형식주의라고 부르는 것에 대한 비판으로 나선다. 전자는 "물질과 에너지로 구성되고 과학적 기구로 측정할 수 있는 것만이 현실적이라고 주장한다." 이렇듯 과학적 유물론은 훌륭한 것, 가치 있는 것, 좋은 것과 같은 특질을 내포하는 질적 가치를 거부하는데, 그 이유는 그런 특질들이 물리적이거나 측정될 수 있는 것이 아니기 때문이다. 다른 한편으로 고전적 형식주의는 "지적으로 이해될 수 없는 것은 전적(全的)으로 이해될 수 없는 것이라고 주장한다. 이런 입장에서 보면 질적 가치는 중요하지 않다. 왜냐하면 그것은 이성의 지적 요소가 개입하지 않는 정서적 이해이기 때문이다."(pp. 209-210)

질적 가치의 적들에 대한 피드러스의 공격은 그뿐 아니라 고대 그리스 철학까지 거슬러 올라간다. 그는 말하자면 니체의 후예이다. 그의 생각으로는 합리성만을 숭상해서 분석적 지식으로 환원될 수 없는 모든 것을 폄하하는 서양의 전통의 근원을 이룬 것은 플라톤과 아리스토텔레스이다. 가령 아레테(aretê)는 "오직 '훌륭한 것'을 의미하고 삶의 완전성 내지는 통일성에 대한 존중을 함축하고 있는 말인데, 플라톤은 그것을 항구적이며 고정된 이데아로 만들고, 경직되고 움직이지 않는 영원한 진리로 전환시켜 놓고 말았다. 그는 아레테를 모든 이데아 중에서도 최고의 것인 '지선(至善)'으로 만들어 놓았다." 한편 아리스토텔레스의 경우에는 "'지선'은 윤리학이라고 불리는 비교적 부차적인 지식의 영역을 이루고, 그의 주된 관심이 된 것은 이성, 논리, 지식이다. 이리하여 아레테는 사멸하고 과학, 논리, 그리고 오늘날 우리가 알고 있는 바와 같은 대학이 그 창립 특허를 획득하게 된 것이다."(pp. 341-4)

그러나 질적 가치에 대한 더욱 적극적이며 구체적인 성찰이 없다면, 이성에 대한 이 모든 고발은 결국 비생산적인 것으로 머무르고 말 것이다. 과연 피드러스는 그의 탐구를 밀고나가 마침내 한 중요한 발견에 도달하는데, 그것은 "질적 가치란 사물(thing)이 아니라 사건(event)"이라는 것이다. 그것은 이 세상에서의 우리의 출현이 사건인 것과 마찬가지의 뜻에서 사건이다. 바로 이 사건이 원초적인 것이다. 그것은 모든 담론과 가치체계의 기초가 되는 절대적 여건이다.

그렇다면 피드러스는 어떤 곡절로 이런 깊은 인식에 이를 수 있었는가? 그것은 갑작스러운 영감에 의해서였던가 혹은 화자가 '이성의 확장'이라고 부르는 것, 즉 이성의 극한까지 가서 이성이 말하자면 폭발하게 되는 그런 추론을 통해서였던가? 그것은 분명하지 않다. 지금 화자가 상기할 수 있는 것은 피드러스의 탐구의 세밀한 과정이 아니라 다만 그 결과일 따름이며, 화자로서는 그것으로 족한 것이다. 한데 일단 질적 가치의 중요성을 확신하게 되자 피드러스는 그것을, 분리된 채로 남아 있던 것을 통합하는 원리로 삼고, 그럼으로써 낭만적인 것과 고전적인 것의 이원론을 극복하려고 했다. 그러나 그 작업은 바란 대로 순조롭게 진행되지 않는다. 질적 가치에는 객관적 기준이 없고 그것은 각자의 기호에 불과하다고 비판하는 형식주의자들을 물리치기는 했지만, 피드러스는 통합을 위한 만족할 만한 논리를 얼른 세우지 못한다. 왜냐하면

·   하나의 단일적인 질적 가치 대신에 이제 두 가지 질적 가치가 나타났기

202

[때문이다]. 한편으로는 관조(觀照)라는 낭만적 질적 가치와 [……] 다른 한 편으로는 포괄적 이해라는 고전적 질적 가치가 분립된 것이다. [……] 사물을 대하는 낭만적 방법과 고전적 방법을 통합할 것 같았던 분열의 종극(終極) 그 자체가 다시 두 부분으로 갈라져서 이미 그 무엇도 통합할 수 없게 된 것이다. [……] 주관성과 객관성이라는 칼이 질적 가치를 둘로 갈라서, 실용적인 개념이 될 수 없도록 죽여버린 것이다."(p. 212)

따라서 이 분열에 대한 대책을 세워야 했는데, 이 목적을 위해서 피드러스는 '오른쪽 끝'을 물리친다. 왜냐하면 질적 가치는 물질적 세계에 객관적으로 존재하는 것이 아니기 때문이다. 그리고 그 다음으로는 '왼쪽 끝'을 물리친다. 왜냐하면 질적 가치는 오직 정신적으로만 존재하는 것이 아니기 때문이다. 그렇다면 피드러스는 어떻게 이 결론에 도달한 것인가? 앞에서 말한 것처럼 이 소설은 현재의 화자가 그의 전신인 피드러스를 완전히 복원할 수는 없는 것으로 되어 있기 때문에, 그 설명은 면제될 수가 있다. 아무튼 간에

마침내 피드러스는, 그가 아는 한, 서양사상의 역사에서 아무도 일찍이 가 보지 못한 길을 따라 주관성과 객관성의 딜레마라는 양단(兩端) 사이로 똑바로 나가서, 질적 가치란 마음의 한 부분도 아니고 물질의 한 부분도 아니라고 말하게 되었다. 그것은 그 양자로부터 독립된 제3의 실재(實在)인 것이다.(p. 213)

따라서 피드러스에 의하면 세계는 정신, 물질, 질적 가치의 세 가지로 구성되어 있다. 그러나 이 발견은 아직도 결정적이라고는 말할 수 없다. 왜냐하면 주체와 객체의 이원론이 진실로 극복되는 것은 그 세 가지 실재가 유기적인 상관 관계를 맺을 때에만 가능하기 때문이다. 과연 피드

러스는 마치 랭보(Rimbaud)가 말하는 '견자(見者, voyant)'처럼 "질적 가치는 [……] 오직 주체와 객체의 상호 관련에 있어서만 발견될 수 있을 따름이다. 그것은 주체와 객체가 만나는 자리이다."라는 것을 깨닫는다. 따라서 "질적 가치는 사물이 아니라 사건이다."(p. 215)

이 혁명적인 깨달음과 더불어 이제 질적 가치는 선지적(先知的)으로(preintellectually) 파악된 현실로서, 절대적 우위성을 차지하게 되었다. 다시 말해서 피드러스는 마침내 일원론에 도달하고 "질적 가치를 마음과 물질의 어버이로, 마음과 물질을 탄생시키는 사건으로" 인식하게 된 것이다. 그렇다면 질적 가치를 구성하는 것은 결국 무엇인가? 그 양태와 속성은 어떤 것인가? 그 점에서는 어떠한 콘센서스도 없다. 왜냐하면 사람마다 질적 가치는 다르게 나타나기 때문이다. "우리가 질적 가치에게 주는 이름이나 모습이나 형식은 다만 부분적으로만 질적 가치 그 자체에 의존한다. 그것은 다른 한편으로는 우리가 우리의 기억 속에 축적한 선험적 이미지들에 의존한다. 우리는 항상 질적 가치라는 사건 속에서, 우리의 선행적 체험의 유동물(類同物, analogues)을 찾아보려고 한다."(p. 224) 다시 말하면 피드러스는 질적 가치의 다양한 표현을, 즉 가치에 있어서의 문화적 상대성을 인정한다. 그러나 그는 인간의 갈등의 가장 중요한 원인이 되어 있는 이 가치의 상대성을 문제로 삼는 대신에, 질적 가치 그 자체의 의의만을 부각시키려고 한다. 그것은 형체가 없고 서술될 수 없고 정의될 수 없는 것이지만, 그래도 역시 우리의 세계 체험의 기본을 이루는 것이라는 점이 끝끝내 강조된다.

　　내가 질적 가치라는 말로서 뜻하고자 하는 것은 주어와 술어로 구분될 수 없는 것이다. 그것은 질적 가치가 매우 신비로운 것이기 때문이 아니라, 도리어 매우 단순하고 무매개적(無媒介的)이고 직접적이기 때문이다. [……] 한데 우리로 하여금 세계를 창조하게 한 원인이 된 것을 들어내서 그것을 우리가 만든 세계 내에 포함시킨다는 것은 분명히 불가능한 일이다. 그러기 때문에 질적 가치는 정의될 수 없는 것이다. 만일 우리가 그것을 정의한다면 우리는 질적 가치 그 자체보다 열등한 어떤 것을 정의하는 꼴이 될 것이다.(p. 225)

이렇게 볼 때 질적 가치의 본질은 노자의 도(道)와 흡사한 것이 아니겠는가? 아닌게 아니라 피드러스는 대부분 『노자』의 구절에서 따온 말들로 시를 짓는다. 한데 이 시가 노자의 구절과 다른 것이 있다면 '도'라는 단어를 '질적 가치'라는 말로 바꾸어 놓은 것뿐이다. 그것은 물론 질적 가치가 절대적이고 명명할 수 없고 무형체이며 무진무궁하다는 것을, 따라서 세계의 근원으로서의 도에 부여된 것과 똑같은 특성을 그대로 가지고 있다는 것을 드러내기 위해서이다. 그러나 이 동일화는 납득할 만한 것이 못 된다. 왜냐하면 도는 존재론적 개념인 반면에 질적 가치는 인식론적, 가치론적, 그리고 또한 인간 중심적인 개념이기 때문이다. 이런 범주적 오류는 후에 말하는 바와 같이 노자의 도와 불교의 관계에 관한 작가 자신의 견해에서도 일어나는 것이지만, 여기에서는 그 이야기는 일단 접어두고, 이 동일화가 피드러스의 정신적 궤적의 마지막 단계, 즉 신비적 단계에 가서야 일어난다는 점을 지적해 두자. 한데 앞서 언급한 것처럼 이 마지막 단계는 지금의 화자가 따르려는 것이 아니다. 그의 의도는 피드러스가 발견한 질적 가치라는 독특한 개념을 제일원리로 삼아, 이원론의 분열을 넘어서서 현실적 세계의 사물들을 받아들이려는 것이었다. 따라서 우리는 이제 우리의 논의의 초점을 현재의 화자로 옮겨서 과연 그 개념이 얼마나 실효적인지를 검토해 보아야 할 단계에 이르렀다.

화자는 피드러스의 제2단계의 최종적 결론을 따라 주체와 객체의 통합의 원리가 곧 질적 가치라는 것을 확신하게 되자, 우선 과학의 기초를 질적 가치에 의거해서 설명하려고 하고, 이 점에서 푸앵카레(Henri Poincaré)

를 높이 평가한다. 그는 푸앵카레의 실용주의적 이론을 길게 인용한다. 그 이론에 의하면 우리가 과학적 사실이라고 생각하는 모든 것은 객관적인 것이 아니라 우리 자신에 의해서 선택된 것이다. 그리고 이 선택은 푸앵카레가 심리학적 용어를 빌려 역하자아(閾下自我, subliminal self)라고 부르는 것에 의해서 이루어지는데, 그것은 화자의 해석으로는 다름아니라 피드러스가 말한 선지적 인식이다. 더구나 "수학적 해답은 '수학적 아름다움', 즉 수 및 형태의 조화와 기하학적 우미성(優美性)을 규준으로 삼는 역하자아에 의해서 선택된다."고 생각하는 점에서 푸앵카레는 피드러스와 혹사(酷似)하다. 왜냐하면 후자 역시 "이 조화, 달리 말하면 이 질적 가치야말로 [……] 우리가 알 수 있는 현실의 유일한 기초"라고 생각했기 때문이다. 그러면서도 화자는 푸앵카레가 주관주의에 치우친 감이 있다는 점에서 피드러스에 못 미친다고 다음과 같이 비판한다.

그가 미처 못한 말이 있다. 그것은 우리가 '관찰'하기도 전에 선택한 것은 다만 주체와 객체를 이원론적으로 보는 형이상학적 체계에 갇혀 있는 경우에 제멋대로 선호한 것에 불과하다는 것이다. 그러나 질적 가치가 제3의 형이상학적 실재로서 등장할 때에는, 사실들의 선행적 선택은 이미 자의적인 것이 아니다. 사실들의 선행적 선택은 주관적이고 변덕스럽고 제멋대로의 것이 아니다. 그것은 실재 그 자체인 질적 가치에 의거한 것이다. 이 점을 알면 모든 곤경에서 벗어나게 된다."(p. 241)

그러나 내 생각으로는 모든 곤경에서 그렇게 쉽게 벗어날 수 있을 것 같지는 않다. 작가는 질적 가치가 정의될 수 없다는 것을 꾸준히 강조하면서도, 그것이 어떤 것인지 더 구체적으로 독자들에게 이해시키려고 애쓰고 있고, 그러기 위해서 군데군데 질적 가치의 특성이나 기능과 같은 것을 열거한다. 가령 조화, 미, 절대적 가치, 정서적(整序的) 원리, 과학과 예술과 종교의 중핵적(中核的) 개념과 같은 것이 그것이다. 게다가 "이 질적 가치를 가장 쉽게 체득하는 것은 아동들, 교육받지 못한 사람들 그리고 문화적으로 소외되어 있는 사람들이다." 이런 말을 들으면 *ZAMM*은 이성을 완전히 불신하고 있는 것 같다. 그러나 이 작품에서 이성에 대해서 하고 있는 비판은 사실은 전통적인 이원론을 극복하기 위한 것이며 이성을 전적으로 배격하려는 것은 아니다. 다시 말해서 그것은 서양의 전통적 철학의 이성 절대주의를 거부하고, 삶의 전체성 속에서 이성이 차지하는 지위를 상대화하여, 이른바 질적 가치라는 고차적 심급(審級)으로 통합하려는 것이다. 그러기 때문에 소설에서 화자는 피드러스의 신비주의에 끌려들어 가지 않는다. 그러기 때문에 또한 그는 테크놀로지의 현실을 질적 가치의 견지에서 근본적으로 재고하려고 하면서도, 합리적이며 체계적인 절차를 반드시 요청하는 그 현실을 수용하는 것이기도 하다. 그렇다면 질적 가치라는 개념의 도입은 테크놀로지의 문제를 어느 정도로 해결할 수 있는 것인가?

4

앞서 언급한 것처럼 화자는 테크놀로지의 문명을 불가피하다고 생각할뿐 아니라 적극적으로 받아들인다. 왜냐하면 "간신히 연명한 [원시인의] 괴로운 생활로부터 근대적 생활로의 과정은 오직 상향적 진전이라고 보는 것이 마땅하기 [때문이며], 이 진전의 유일한 작용주(作用主)는 명백히 이성 그 자체이다." 더욱이 그는 "쓰레기를 산출하는 테크놀로지가, 환경을 파괴하지 않고 그것을 처리하는 방법도 찾아낼 수 있고 또 사실상 찾아내고 있다."고 믿는다(p. 112). 그렇다면 마치 장례행렬처럼 고속도로에 넘쳐흐르는 자동차들이 보여 주는 바와 같은 테크놀로지의 추악

상은 어디에서 오는 것인가? 화자의 동행자인 존이 테크놀로지에 대해서 적의를 품은 것은 그가 낭만적 기질의 소유자라는 단 한가지 이유 때문인가? 대답은 이제 어렵지 않다. 일단 질적 가치의 깊은 뜻을 터득하고 나면 분명해지는 것이 있기 때문이다. 그것은 "과학과 그 산물들이 가치중립적이며, 따라서 질적 가치와 관련이 없다는 견해는 지양되어야 한다는 것이다. [테크놀로지가] 죽음의 힘으로서 작용하는 데 중요한 역할을 하는 것은 이 가치중립성이라는 개념이다."(p. 231) 그리고 바로 여기에서 인간적 가치와 테크놀로지의 요청 사이의 갈등이 생기는데, 이 문제를 해결하기 위해서 필수적인 것은 테크놀로지의 진실한 의미에 대한 이해이다. 즉 테크놀로지는 "자연의 개발이 아니라 자연과 인간정신의 융합이며, 그리하여 그 양자를 초월하는 새로운 창조를 실현하는 것"임을 이해하는 것이다. 작가는 그런 융합의 예로서 최초의 대양(大洋)횡단 비행과 또 우리 시대의 것으로 인간의 월면(月面) 착륙을 들고 있다.

그러나 이러한 예들은 작가의 견지가 현실적이라기보다도 관념적이라는 것을 말해 주는 것 같고, 다음의 세 가지 이유에서 납득하기 어려운 것이다. 첫째로, 장거리 비행기나 우주선이 작가가 찬양하는 바와 같은 자연과의 융합을 실현시키고 한걸음 나가서 자연에 대한 경외감을 불러일으킨 것은 사실이겠지만, 그런 것들은 이 세계를, 하이데거가 말하는 베슈탄트(Bestand)로 만들어 버리는 무수한 기술적 단계와 절차의 누적의 결과이다. 둘째로, 공시적(共時的) 입장에 서서 볼 때 그러한 고도기술의 기계를 생산하는 과정 자체에 직접적으로 참여하는 수많은 기술자나 노동자가 그런 초월적 체험을 누릴 수 있다고는 생각되지 않는다. 왜냐하면 그들의 작업은 단편적으로, 집렬적(集列的)으로, 그리고 자동적으로, 한마디로 해서 소외된 상태에서 이루어지는 것이기 때문이다. 셋째로, 융합의 감정은 발명품의 부산물 내지는 부수현상에 지나지 않는다. 왜냐하면 그 발명의 직접적 목표는 한편으로는 모든 시대의 테크놀로지와 마찬가지로 인간의 에너지의 절약, 즉 생력(省力)에 있고(특히 비행기의 경우), 다른 한편으로는 과학적 지식의 획득에, 그리고 아마도 전략적 우위의 확보와 또한 경제적 이득을 위한 가능한 이용에 있기 때문이다.(특히 월면 착륙의 경우)

테크놀로지의 문제를 다루는 작가의 태도가 이렇듯 관념적이라는 것은 비단 일반적이며 공적(公的)인 차원에서뿐만 아니라, 또한 사적인 차원에서 그 이야기를 할 때에도 드러난다. 그는 공적인 차원과 개인적인 차원에서 동질적인 체험이 가능하다고 생각한다. "최초의 대양횡단 비행이나 최초의 월면 착륙과 같은 일에서 그런 초월이 일어날 때에는, 테크놀로지의 초월적 특질에 관한 일종의 공적인 인식이 생기는 것이다. 그러나 이런 초월은 또한 비록 덜 극적(劇的)이기는 하지만 개인적, 사적 차원에서, 우리들 자신의 생활에서도 일어날 것이다."(p. 262) 한데 소설의 서두부터 언급되었던 기계에 대한 '돌보기(care, caring)'가 매우 중요한 테마로서 부각되는 것은 바로 이러한 개인적 차원에서이다.

돌보기와 질적 가치는 동일한 것의 외적 양상과 내적 양상이라는 점을 지적하면서 그 양자를 결합시키는 것이 중요하다고 생각한다. 작업하는 과정에서 질적 가치를 보고 느끼는 사람은 곧 돌보는 사람이다. 자기가 보고 하는 일을 돌보는 사람은 필경 질적 가치의 어떤 특성들을 갖추고 있는 사람이다.(p. 247)

다소 생소하고 야릇하게 들릴지도 모르는 이 구절은 그러나 질적 가치의 개념에 비추어 보면 넉넉히 이해할 만한 것이다. 질적 가치는 무엇보다도 조화와 질서가 베푸는 원초적이며 선지적(先知的)인 '매혹'에서 유래하는 것이기 때문에, 기계를 돌보는 사람은 세 가지 뜻에서 그것을 현실화한다고 말할 수 있다. 우선 작업의 동기가 되는 것은 사물들이 무질서하게 되는 것을 막아 주는 질적 가치에 대한 내적인 감각이다. 다음으로는 주의 깊은 작업의 과정에서 그리고 그 결과로서, 작업하는 사람의 내부에 깃들어 있던 질적 가치가 외면화하고 구체화한다. 그래서 돌보아진 기계는 말하자면 그의 분신(分身)이 된다. 마지막으로 기계의 작동은 여러 부분의 조화롭고 질서 있는 기능 없이는 생각될 수 없는 것인데, 기계에 대한 돌봄은 그것에 내재해 있는 그런 질적 가치가 충분히 발휘되도록 만들어 준다. 그러나 질적 가치의 완전한 실체화를 위해서는 또 한 가지가 필요하다. 그것은 실제적인 솜씨, 즉 작업상의 기술인데 그것은 물론 축적된 경험을 통해서만 획득되지만, 항상 질적 가치에 대한 의식에 의해서 인도되는 것이다. 이렇게 보면 인간과 기계의 사이에는 일종의 대화가 있는 것 같다. 다정하고 융통성 있고 끊임없는 대화가 있는 것 같다. 그런 점에서 질적 가치를 터득한 이상적인 사람은 장인(匠人, craftsman)이다. 장인에게 있어서는 "돌보기와 질적 가치는 각각 동일한 것의 외적 모습이고 내적 모습이다." 따라서 "테크놀로지의 옹호자와 그 반대자가 다같이 돌보기를 등한히 하기 때문에 생기는 테크놀로지에 대한 절망의 문제는 그런 사람에게는 있을 수 없다." 그는 솜씨(art)와 테크놀로지의 사이에서 생길 수 있는 그런 비정상적인 모순 따위는 전혀 모른다. 왜냐하면

장인은 단 한가지의 지침만에 의거해서 작업하는 일은 결코 없다. 그는 작업을 해나감에 따라 결정을 내린다. [……] 그의 동작과 기계는 일종의 조화를 이룬다. 그는 지침서에 적힌 절차를 곧이곧대로 지켜나가지 않는다. 왜냐하면 그의 생각과 동작은 다루는 사물의 성질에 따라 결정되는 것이기 때문이다. 그리고 이 생각과 동작은 동시에 그가 다루는 사물을 변화시킨다. 사물과 생각이 변화의 진행을 통해서 함께 달라지고. 마침내 사물이 바로잡히는 동시에 그의 마음은 편안해진다.(p. 148)

그러기 때문에 "당신이 돌보는 오토바이는 당신 자신이라는 이름의 오토바이이다. '저기 저쪽에 있는' 것처럼 보이는 기계와 '여기 이 안에 있는' 것처럼 보이는 인격(人格)은 두 가지의 분리된 것이 아니다. 그 둘은 질적 가치를 향해서 함께 신장하거나 그렇지 않으면 질적 가치로부터 함께 떨어져 나간다."(p. 293) 소설에서는 질적 가치의 이러한 쌍방적 실현의 또 다른 예로서, 화자가 오토바이의 터진 튜브를 고쳐달라고 찾아간 용접공의 능란한 작업의 장면이 나온다. 그러나 우리는 그런 솜씨를 또한 더 전통적인 유능한 장인들, 가령 직조공, 목수, 미장이, 구두수선공, 대장장이와 같은 사람들의 경우에도 쉽사리 찾아 볼 수 있을 것이다. 그들은 그들의 도구를 이용해서 다른 것을 만들건 그 도구 자체를 수리하건 간에, 자기가 다루는 사물에 대해서 속속들이 알고 있고, 그들의 동작과 연장은 조화를 이루고, 그들의 작업에 있어서는 기술과 예술이 항상 일체가 되어 있다. 이런 점을 생각할 때 이 소설이 제시하고 있는 인간과 기계의 이상적 관계의 모델은 근대적인 테크놀로지의 시대의 것이라기보다도 차라리 산업혁명 이전 혹은 그 초기의 시대의 것이라고 말할 수 있다. 하기야 오늘날에도 우리는 장인들의 정신과 작업을 높이 평가하고 그것에 대해서 작가와 마찬가지로 깊은 뜻을 부여할 수는 있을 것이다. 그러나 작가의 비전은 근대적 테크놀로지의 특정된 문제들에 대해서 효과적으로 대응하기에는 미흡하다. 왜냐하면 "불행하게도 그는 개인적인 기계의 정비에 대한 분석으로부터, 다수의 노동자들에 의해서 어셈블리 라인에서 이루어지는 대량 생산의 품목의 제조에 대한 분석으로 그의 생각을 체계적으로 확대하지 못했기"[11] 때문이다. 개인을 넘어서는 기획과 노동으로 이루어져 있고, 개발과 생산과 소비의 모든 과정들이 긴밀히 연관되어 있는 근대적 테크놀로지의 현실에 비추어 볼 때, 질적 가치를

---

11) George Basalla, "Man and Machine" (*Guidebook*, p. 259.)

섬기면서 개별적 대상을 돌보는 사람들의 태도야말로 "인간을 사물(事物)처럼 외로운 처지로 빠뜨리는 테크놀로지의 경향"(p. 322)을 극복할 수 있다는 작가의 낙관적 믿음은 시대착오적인 것으로 들리며, 그것에 동조하기는 어려운 일이다.[12]

5

마지막으로 나는 지금까지 살펴본 질적 가치의 개념을 염두에 두면서, 이 글의 서두에서 제기한 문제로 되돌아가려고 한다. 선(禪)은 과연 소설의 제목과 어떻게 관련되는 것인가?

우리는 질적 가치가 서양철학의 바탕을 이루어 온 주체와 대상의 이원론을 극복할 수 있는 동시에 또한 바로 그 이원론에서 태어난 테크놀로지의 산물들을 슬기롭게 수용할 수도 있는 원초적인 원리로서 강조된 것을 보았다. 그러니까 화자가 괴로운 과정을 겪으면서 '이성의 교회'에서 마침내 벗어났던 왕시의 피드러스처럼, 이제 동양사상에 대한 친근감을 갖게 된 것은 자연스러운 일이다. 피드러스가 그랬듯이, 그는 질적가치의 개념을 더 굳건한 것으로 만들기 위해서 특히 선불교로부터 어떤 영감을 얻으려고 한다. 그뿐 아니라 화자는 무슨 신탁(神託)처럼 소설의 첫머리부터 느닷없이 부처에 대해서 언급함으로써 독자를 놀라게 한다.

---

12) 작가는 인간 존재의 사회적 측면의 복합성과 그 특정된 양상을 등한시하고 있을 정도가 아니다. 그는 아주 명시적으로 가장 좁은 의미의 개인주의를 옹호하고 있다. 그의 소박한 신념에 따르면 훌륭한 사회란 훌륭한 개인들의 산수적(算數的) 총화로 이루어진다. "사회적 가치는 오직 개인적 가치가 올바를 경우에만 올바른 것이다. 세계를 개선하는 자리는 우선 개개인 자신의 마음과 머리와 양손이며, 그 연후에 그곳으로부터 밖으로 일을 전개시켜나가는 것이다." (p. 267)

부처, 즉 신성(神性)은 산꼭대기나 꽃잎에 깃들어 있듯이, 디지털 계산기의 회로나 오토바이의 변속 기어에도 역시 편안히 들어앉아 있다. 그렇지 않다고 생각하는 것은 부처를 폄하하는 것, 다시 말해서 자기자신을 폄하하는 것이다.(p. 16)

이 구절은 화자가 그의 친구인 존의 태도를 두고 "테크놀로지로부터의 도피와 그것에 대한 증오는 자멸적(自滅的)"이라고 혹독하게 비판한 대목 다음에 나온다. 따라서 그것은 삼라만상이 부처의 편재성(遍在性)을 나타내니 우리가 모든 것을 겸허하게 그리고 적극적으로 받아들여 깨달음의 계기로 삼을 것을 권고하고 있는 듯이 보인다. 그러나 화자는 어떻게 그런 말을 할 수 있게 되었는가? 여기에서 언급되고 있는 신성은 물론 유태교나 기독교가 받드는 신과는 아무 상관없다. 그러한 신은 창조주이기는 하지만 결코 피조물에 깃들어 있는 것이 아니라, 어디까지나 절대적 타자(他者)로서 피조물의 밖에 위치하면서 피조물을 관장하기 때문이다. 위의 구절에서 언급되고 있는 것은 내 생각으로는 중생을 구하기 위하여 천태만상으로 나타나는 응신(應身, nirmāna-kāya)이나 만유불성(萬有佛性)의 사상과 관련되어 있는 것 같다. 그렇다면 화자는 소설의 이야기 이전에 이미 가졌던 어떤 불교적 체험을 통해서 그것을 알게 되었던가? 혹은 그 진리의 체험은 더 먼 곳에서 비롯된 것, 즉 그의 전신인 피드러스로부터 물려받은 것인가? 그렇지 않으면 그것은 아직까지는 다만 얻어들은 말에 불과하고, 앞으로 피드러스의 흔적을 찾아가는 정신적 여행의 과정에서 진실로 터득하려는 것인가?

그 곡절에 대해서 분명한 것을 알 수가 없는 독자는 둘째로 든 사정이 가장 그럴듯하다고 생각하게 되지만, 선과 부처에 관한 화자의 발언은 산만하고 불충분한 것이 사실이다. 소설은 그 시초부터 부처의 편재성을 내세우면서도, 우리의 기대와는 달리 그것이 마치 의심의 여지없는 것처럼 아무런 논거도 제시하지 않는다. 그가 겨냥하는 것은 오직 공리(公理)처럼 명백한 그 편재성에 의거해서 질적 가치에 관한 자신의 논리를 정당화하는 데 있을 따름이다. 우선 그는 부처가 분석적 이성에도 내재한다고 연역한다. "오토바이의 분석에도 참여하는 부처의 몫을 배척한다는 것은 부처를 완전히 잃는 것이다."(p. 70) 즉 부처는 인간으로 하여금 분석적 정신을 따르게 했는데, 그것은 인간이 마침내 분석적 정신의 불충분성과 오류를 깨달아 분화적인 이성의 미망에서 해탈할 수 있도록 하기 위해서이다. 아마도 이것이 화자가 하고 싶었던 말이었을 것이다. 그리고 이런 사고의 과정을 밟으면서 질적 가치의 개념이 단단히 자리잡고, 화자는 과거에 오직 이성적 견지에서만 생각해 오던 테크놀로지의 산물에 대해서 그 개념을 적용하기에 이른 것이다. 이 점에서만 보자면 부처의 편재성이라는 생각은 질적 가치의 정립(定立)을 위한 매개의 구실을 하는 것인데, 우리는 그것을 탓할 필요는 없을 것이다.

그러나 화자는 이런 절차에만 머무르지 않고, 또한 다른 각도에서 질적 가치에 관한 그의 새로운 비전과 불교를, 특히 선불교를 접근시키려고 시도한다. 그러나 그것은 과연 합당한 것일까? 그의 말로는 질적 가치와 선은 같은 것이다. 왜냐하면 "진리는 정의될 수 없으며 오직 이성적이 아닌 방법으로만 파악될 수 있다는 생각은 역사의 시초로부터 인간과 함께 있어 왔으며, 이것은 참선(參禪)의 기초에 깔려 있기"(p. 207) 때문이다. 이렇듯 질적 가치의 개념은 정의 불가능성과 반(反)합리성이라는 점에서 선과의 공통성이 있다는 화자의 말에는 일리가 있어 보인다. 왜냐하면 "'선의 진성(眞性)'은 [……] 어떠한 사유로서도 도달할 수 없고 어떠한 말로서도 그 자체를 표현할 수 없는 그런 진성이기 [때문이다]. 그것을 두고 유무(有無)를 넘어서는 절대무라고 말해 본들 미흡한 것이다. 부득이 가령 절대무라고 할 수밖에 없겠지만, 그것은 '말할 것'이 전혀 없어진 곳에서 현성(現成)하는 진성, 아니 차라리 '말할 것' 이전에 항상 현존(現存)해 온 진성이다."[13]

그러나 이러한 선의 정의 불가능성과 질적 가치의 그것 사이에는 본질적인 차이가 있다. 전자가 무로서의 정의 불가능성인 반면에 후자는 유로서의 그것이다. 다시 말하면 선의 경우에는 이 인용문에서도 지적되어 있는 바와 같이 언어를 절(絶)하는 차원에서 비로소 그 진성이 나타나는 것임에 반하여, 질적 가치의 경우에는 (또한 일반적으로 유의 경우에는) 그 진성이 언어로서 정립되어야 하는데, 당장에는 꼭 들어맞는 언어를 찾아내기가 불가능한 것이다. 그러기 때문에 화자는 정의의 시도에 절망하면서도 질서, 조화, 융합과 같은 그 속성의 중요성을 누누이 강조하는 것이다.

이렇듯 질적 가치와 불교적인 무를 정의 불가능성이라는 공토분모로 묶어서 동일시하려는 잘못된 이해와 아울러, 우리는 화자(그는 이 소설의 많은 다른 경우에서와 마찬가지로 이 경우에도 틀림없이 작가의 대변자이다.)가 무 자체에 대해서 납득하기 어려운 견해를 보이고 있다는 점을 지적하지 않을 수 없다. 그는 무를 영어로 번역하지 않고 그대로 Mu라고 전기(轉記)해 놓고 있는데, 그것은 선에서 말하는 무가 서양의 사상가들이 생각해 온 무(nothingness)와는 다르다는 것을 명시하기 위해서였을 것이다. 그는 한걸음 더 나가 '일본적 무(Japanese Mu)' 라는 말을 쓰고 있다. 그것은 필경 그가 언급한 조주(趙州)가 일본인이라고 오해한 데서 연유한 것이겠지만, 아무튼 그의 해석에 의하면 '일본적 무' 는 가부(可否)나 일반적인 유무의 대답으로서는 파악될 수 없는 미결정 상태를 두고 하는 말이다. 한데 이 무는 모든 과학적 탐구의 과정에서 마주치게 되는 것이며, "실험을 하는 모든 과학자는, 실험이 원래 가부를 판가름하도록 마련되어 있지만 실험의 결과는 Mu라는 대답만을 가져오는 일이 아주 많다는 것을 알고 있다. [……] 과학의 발전은 가부의 대답보다도 Mu라는 대

---

13) 쓰지무라 고이치(辻村公一) 『ハイデッガー 論考』 創文社, 1986, p. 44.

답에 의해서 이루어져 나간다는 것을 마땅히 주장할 수 있을 것이다." (pp. 289-290) Mu에 관한 이 야릇한 해석은 화자가 조주와 한 승려 사이에서 있었던 선문답의 내용을 잘못 짚었기 때문에 생긴 것이다.[14]

선불교에 대한 화자(=작가)의 오해는 또한 다음과 같은 구절에서도 엿볼 수 있다. "이 이야기의 제목은 '선과 오토바이 정비술'이며, '선과 등산술'이 아니다. 산정에는 오토바이가 없으며 또한 내 생각에는 선도 거의 없다. 선은 '골짜기의 정신'이며 산꼭대기의 정신이 아니기 때문이다. 당신이 산꼭대기에서 발견하게 되는 선은 당신이 그곳으로 가지고 올라간 선일 따름이다."(p. 220) 이 반농담 같은 말로써 화자가 은유적으로 의미하려는 것은 그 자신과 피드러스의 구별이다. 즉 그의 전신인 피드러스가 선에 끌리면서도 결국 신비주의의 '저주된 메시아'로 자처하게 된 데 반하여, 그 자신은 선의 진리에 합당하게 일상생활로 되돌아왔다는 것을 부각시키려는 것이다. 그러나 '골짜기의 정신'이라는 은유는 두 가지 이유에서 적절하지 않은 것 같다. 첫째로 그것은 내가 아는 한 어떤 불전(佛典)에서 따온 것이 아니라, 필경 『노자』 제6장에 나오는 '谷神不死 是謂玄牝 玄牝之門 是謂天地之根'이라는 그 유명한 구절에서 나온 것이라

---

14) 그 선문답의 내용은 다음과 같다. "한 스님이 물었다. '개도 불성이 있습니까?' '없다(無).' '위로는 모든 부처님에서 아래로는 개미에 이르기까지 모두 불성이 있는데, 어째서 개에게는 없습니까?' '그에게 업식의 성품이 있기 때문이다."(『조주록』, 『선림고경총서 18』 장경각, p. 71.) 여기에서 조주의 대답은, 인간에게 깃들어 있는 불성은 인간의 의식이 업식계(業識界)에 사로잡혀 있는 이상 현시(顯示)되지 않는다는 것을 비유적으로 말하기 위한 것이다. 따라서 여기에서 사용된 '無'라는 단어는 이 번역문이 보여주듯 '없다'라는 분명한 부정사(否定辭)이며, 일반적인 공안(公案)에서 가부간에 대답하기를 회피하기 위하여 사용되는 '無'라는 말과는 다른 것이다. 소설의 화자는 이 근본적인 차이점을 파악하지 못했기 때문에 다음과 같은 오해를 하고, 그 바탕에서 선과 과학의 발전을 견강부회한 것이다. "선승 조주는 개에게 불성이 있느냐는 질문을 받자 '無(Mu)'라고 대답했다. 만일 있다고 대답해도 또 없다고 대답해도 양단간에 그 대답이 잘못된 것이 뻔할 것이기 때문이다." (p. 289) 이 점에 관해서는 이즈쓰 도시히코(井筒俊彦), 『意識と本質』, 岩波文庫, 1991, p. 127.

고 생각된다. 여기에서 '골짜기'라는 말에 어떤 의미를 찾아보건 간에, 『노자』에서 그것은 무 자체라기보다도 하늘을 포함한 모든 존재의 근원이다. 따라서 '골짜기의 정신'은 화자가 생각했듯이 '산꼭대기'와 대립시켜서 사용된 말은 아니다. 이와 아울러 화자처럼 이 은유를 선에 적용한다면 선은 매우 단순한 이유에서 그 진성을 상실할 것이다. 왜냐하면 부처와 절대무는 골짜기이건 산정이건 간에 결코 일정한 자리에 한정되어 있는 것이 아니라 시공을 넘어서서 전개되는 것이기 때문이다. 이러한 사실은 선과 질적 가치에 대해서 이야기한 모든 것에도 불구하고 화자가 아직도 분화적인 견지에서 사상(事象)을 보고 있다는 것을 의미한다.

선에 관한 이러한 오해 내지는 견강부회가 더욱 잘 드러나는 것은, 본질적으로 동일한 것으로서 선을 질적 가치와 결부시키고 또 더 구체적으로 오토바이의 정비와 결부시키려는 화자의 시도에서이다. 다음에 인용하는 구절은 그의 그런 시도를 단적으로 보여 주고 따라서 소설의 제목의 연유를 말해 준다는 점에서 중요하다.

선불교를 따르는 사람들은 '앉아 있기(just sitting)'[15]에 대해서, 자아와 대상의 이원성의 생각이 의식을 지배하지 않게 되는 그러한 명상적 실천에 대해서 이야기한다. 내가 여기에서 오토바이 정비에 관해서 이야기하고 싶은 것은 역시 자아와 대상의 이원성의 생각이 의식을 지배하지 않게 되는 그러한 '고치기'이다. 우리가 작업의 대상과 분리되어 있다는 느낌에 끌리지 않을 경우에는 우리는 우리가 작업하고 있는 것을 '돌본다'고 말할 수 있다. 그것이 바로 진실한 의미의 돌보기이다. 그것은 우리가 하고 있는 것과의 일체감이다. 우리가 이러한 느낌을 가질 때에는 우리는 또한 돌보기의 이면(裏面)을, 즉 질적 가치 그 자체를 인식하게 되는 것이

---

15) 가부좌(跏趺坐)를 두고 하는 말일 것이다.

다.(pp. 266-267)

　이 구절은 소설의 수수께끼를 완전히 밝혀 준다. 작가의 눈에는 선과 질적 가치는 다 같이 주체와 객체의 분리를 초월하려고 한다는 점에서 같은 것이다. 그것은 알 만한 이야기이다. 그러나 양자 사이에는 이러한 표면적인 동질성에도 불구하고 본질적인 차이가 있다. 작가가 생각하는 바와 같은 질적 가치의 경우에는 초월이 주체와 객체의 융합을 겨냥해서 이루어지고, 그 결과 질적 가치와 정신과 사물 사이의 삼위일체가 형성된다. 달리 말하자면 인간과 사물은 질적 가치로 융합함으로써, 조화와 질서와 평화가 깃드는 고차원의 유(有)의 세계를 탄생시키는 데 협력하는 것이다. 이와 반대로 선의 실천이 겨냥하는 것은 주체와 객체의 융합이 아니라 그 동시적인 해체이다. 그리고 이 해체는 절대무를 깨닫게 될 때까지, 아니 절대무조차 해체될 때까지 무한히 추구된다. 그런 점에서 우리는 전자를 구성적 초월이라고 부르고 후자에 대해서는 해탈적 초월이라는 말을 사용할 수 있을 것이다. 이렇듯 우리가 그 두 가지의 기본적으로 다른 지향에 주목한다면, 첫눈에 그렇게도 매력적이고 뜻 깊어 보였던 소설의 제목은 사실에 있어서는 납득하기 어렵고 허식적이고 심지어 경박하다는 것을 알게 된다. 그런 의미에서 다음의 평언(評言)은 다소 지나치게 아이러니하게 들릴망정 정당한 것이다.

　이 우화작가는 '자기 지향적'이 될 수밖에는 없어서, 제목에 나오는 선이라는 말을 매우 당찮게 사용하였다. 사실을 말하자면 이 책의 내용에는 선이 거의 없다. 제목에서 사용된 이 말은 헤리겔(Herrigel)의 『궁술에서의 선(*Zen in the Art of Archery*)』을 왜곡한 것이다. 그러나 선의 입장에서 오토바이 정비에 접근하려는 그의 시도가 의미하는 것은 다음과 같은 잘 알려진 상식적인 지시사항을 크게 넘어선 것이 못 된다. 지침서를 꼼꼼히 읽어라, 질 좋은 도구를 사라, 나사를 지나치게 조이면 줄을 손상시킨다 따위의 지시 말이다. 이런 지시는 과연 옳다. 그러나 그것이 비록 선의 방향으로 나가는 것이라고 해도 선과는 거리가 먼 것이다.[16]

내 생각으로는 작가가 이 소설의 제목을 차라리 『도(道)와 오토바이 정비술』이라고 붙이고, 그 내용에서 도와 술(術)의 차이를 부각시켰으면 더 합당했을 것 같다. 왜냐하면 술은 다만 어떤 도구를 다루는 솜씨를 의미하는 반면에, 도는 극기적인 수련의 결과로 인간과 그가 사용하는 도구 사이에서 이루어지는 융합을 함의하기 때문이다. 그래서 이 경우에 있어서 사용되는 도구에는 말하자면 사용자인 인간의 넋이 깃들고, 또한 인간은 그가 사용하는 도구로 말미암아 고차원적인 존재로 변신하는 것이다. 이것이 가령 검술과 검도 사이의 차이이며, 퍼식이 그렇게도 강조한 질적 가치는 주체와 객체의 이원성의 초월이라는 차원에서 이 도와 매우 밀접한 관련이 있는 것이다. 소설의 제목에 관해서 한가지 더 부언하자면 그것은 문화사적인 견지에서 설명될 수도 있을 법하다. 즉 그것은 1950년대와 60년대에 스즈키 다이세쓰(鈴木大拙)와 같은 동양의 불교학자들의 영향하에 미국의 지식층에 선에 대한 관심이 넓게 퍼졌다는 사정과 무관하지 않을지도 모른다. 아무튼 간에 이 소설은 "자유를 순전히 부정적인 목표로서만" 보았던 당시의 히피의 정신상태를 넘어서려는 시도로서 뜻있는 것이다. 그러나 작가가 출간 10년 후에 쓴 발문에서도 거듭 주장하는 바와 같이 "이 책이 물질적 성공에 대한 또 하나의 더욱 진지한 대안을 제시한다."(p. 377)고 믿기에는, 그리고 더구나 현대의 테크놀로지의 사회의 근본 문제에 대한 대안을 제공한다고 믿기에는 너무나 의심의 여지가 많은 것이다.

16) Robert M. Adams, "Good Trip," (*Guidebook*, p. 242).

그렇기는 하지만 나는 그가 부각한 질적 가치의 개념이 매우 시사적이라고 생각한다. 가령 우리는 그 개념의 의미의 영역을 좁혀서 그것이 무엇보다도 '조화'를 함의하는 것으로 고쳐 생각해 볼 수는 없는 것일까? 아닌게 아니라 화자의 전신인 피드러스도 또 화자가 훌륭한 과학자로서 예시한 푸앵카레도 질적 가치의 속성으로서 가장 강조한 것은 바로 조화였다. 그리고 조화가 생명체로서의 우리의 존재를 가능케 해주는 원리인 것은 모체에서 자랄 때부터, 그리고 갓 태어나서부터 어린애가 움직이는 모습을 통해서 확인할 수 있는 것이다. 건강한 어린애의 활동은 외부의 세계에 합당하게 대응하려는 신경조직과 기관들의 조화된 전체적 작용으로 이루어진다. 그리고 후일 그가 어른이 되면, 동서양을 막론하고 이성이 그런 원초적 조화를 설명하고 정당화시키고 확대하여 해석하고 이론화하는 데 참여하려고 한다. 이리하여 음양의 상호작용, 반대되는 두 항(項)의 변증법적 통합, 카오스로부터의 코스모스의 생성, 카오스 그 자체에도 있을 수 있는 질서와 같은 것에 대한 주목이 인류의 정신사를 형성해 온 것이다. 질적 가치란 우리의 생명 자체를 존립시키고 우리의 사물관과 우주관의 바탕에 깔려 있을 이 조화의 감각과 인식에서, 그리고 그 추구의 과정에서 형성되는 것이다.

하기야 조화는 예측할 수 없는 장애와 질병에 의해서 그리고 천재지변에 의해서 항상 무너질 위기에 처한다. 더구나 테크놀로지의 사회에서는 생산의 모든 과정과 그 결과에 의해서 우리의 삶과 대지의 조화가 인위적으로 파괴되어 가고 있다. 그러나 죽음을 넘어서서 영위되는 삶처럼 조화는 항상 재정립하려고 한다. 우리는 그 조화를 퍼식이 바라듯이 개인적 행동과 비전의 원리로 삼을 뿐만 아니라, 인간 상호간의 관계를 지배하고 또한 인간과 자연과 기계의 관계를 지배하는 윤리적 원리로 삼을 수 있을 것이다. 그러나 이 프로그램을 세계적 차원에서 마땅하게 전개시키기 위해서는 동양사상과 서양사상의 이분법적 구별이나, 고대와 현대의 사고방식의 차이의 지적과 같은 종래의 관점을 넘어서는 깊고도 면밀한 반성이 앞으로의 긴요한 과제로 요구될 것이다. (1999)

철학, 문학 그리고 잔혹성
—— 로티의 『우연성, 아이러니 그리고 연대성』에 대하여

1

리오타르에 의하면 우리의 앎에는 두 가지 종류가 있다. 하나는 과학적인 앎이며 또 하나는 설화적(narratif)인 앎이다. 20세기의 전반기까지만 해도 과학적 앎은 설화적 앎(철학적, 윤리적, 정치적 이야기 따위)에 의해서 그 정당성이 부여되었다. 한데 대략적으로 말해서 과학적 앎에 그 궁극적 의의를 베푼다고 자부해 온 이야기들——주체로서의 인간이 전개시켜 온 그런 이야기들은 다시 크게 두 가지로 나뉠 수 있다. 한편으로는 헤겔, 훔볼트, 피히테와 같은 철학자들이 만든 사변적(spéculatif)인 이야기가 있다. 이 이야기를 따르자면 "가능한 모든 지시 대상(référent)에 관한 모든 지식적 담론들은 그 즉각적 진실로서의 가치에 따라서가 아니라, 정신과 삶의 궤적에 있어서 그것들이 차지하게 되는 가치에 따라서 평가된다."[1] 다른 한편으로는 정치적, 도덕적 이야기가 있고, 그것이 또 그 나름대로 과학적 앎에 정당성을 부여하려고 했다. 그 이야기에 의하면 인

---

1) Jean-François Lyotard, *La condition postmoderne*, Editions de minuit, 1979, p. 59.

류가 걸어 온 길은 민중의 자치를 가로막는 모든 것으로부터 민중을 해방시켜 온 길인데, "이러한 규범적인 관점에서 보자면, 과학적 지식이 수행할 수 있는 기능은 오직 규범적 행동의 바탕이 될 현실에 관해서 행동의 주체에게 정보를 제공해 주는 데 있을 따름이다."[2]

그러나 후기 산업사회의 도래와 아울러 이런 "거시적 이야기(le grand récit)는, 그것이 담당하기로 되어 있는 통합의 양식이 어떤 것이건 간에, 다시 말해서 그것이 사변적 이야기이건 혹은 해방의 이야기이건 간에 그 신뢰성을 상실했다."[3] 이 거시적 이야기의 쇠퇴는 자연과 인간을 총체적으로 조작할 가능성을 지닌 테크놀로지의 비약적 발전과 비례해서 더욱더 명백한 것이 되긴 했지만, 그 원인이 테크놀로지의 발전 그 자체에 있다고는 말할 수 없다. 왜냐하면 그것은 마치 과일 속에 깊숙이 자리잡은 애벌레처럼 거시적 이야기 자체에 내재해 있었기 때문이다. 우선 사변적 이야기의 경우를 보자면, 과학적인 앎을 정당화시키는 역할을 한다는 그 이야기 자체는 어떻게 정당화될 수 있는 것인가? 기껏해야 어떤 형이상학적인 전제만을 근거로 내세울 수 있을 뿐일 텐데, 그 근거의 진정성(眞正性)이 증명될 수는 없는 이상(가령 헤겔적인 절대정신이 존재론적으로 증명될 수는 없는 이상), 과학은 그런 거시적 이야기의 후견(後見)으로부터 벗어나서, 자신을 스스로 정당화할 수 있을 어떤 독립적이며 실용적인 언어를 획득하려고 한다. 다시 말해서 자신의 고유한 입론(立論)을 위한 언어, "그 작업의 원칙이 그 자체로서는 증명될 수 없지만 전문가들 사이에서 콘센서스의 대상이 되는"[4] 그런 언어를 마련하려는 것이다. 다른 한편으로 해방과 정의의 이름으로 존속되어 온 윤리적, 정치적, 사회적 이야기들도 나름대로 제 품안에 과학적 지식을 포섭하려고 해왔지만, 이것

---

2) 같은 책, p. 60.
3) 같은 책, p. 63.
4) 같은 책, p. 71.

역시 문제시되었다. 그 이야기들은 사변적 이야기보다도 더 큰 의심의 대상이 되었다고 말하는 것이 더욱 옳을 것이다. "인지적 가치를 지닌 외시적(外示的, dénotatif) 언술과 실천적 가치를 지닌 규범적(prescriptif) 언술 사이에 존재하는 차이는 관여성, 따라서 관할권의 차이"[5]이기 때문이다. 물론 이렇게 본질적으로 다른 영역에 속한다고 해서 과학적 지식을, 정치적 또는 도덕적 목적을 위해서 이용하는 것이 불가능하다는 말은 아니다. 그러나 만일 정치적이나 도덕적인 프로그램(리오타르가 '해방의 이야기'라고 총칭하는 것)의 조명하에서 과학적 지식을 살피기를 고집하는 경우에는 현실적으로 매우 걱정스러운 사태가 벌어질 수 있을 것이다. 특히 진리의 탐구에 권력이 개입하여 일어나는 왜곡(가령 구소련 시대의 루이센코의 경우), 남용(오늘날 미국에서 변호사와 정신과 의사 사이의 야합에서 자행되고 있는 성 학대 소송 사건), 또는 편파성(어떤 특정 분야에 대한 국가의 일방적 지원) 따위의 현상을 우리는 자주 보아 왔다. 이런 것은 모두 권력이 제 나름대로 마련한 '해방의 이야기'의 바람직하지 못한 산물인 것이다.

이렇듯 사변적이건 정치적이건 간에, 과거의 거시적 이야기들은 과학에 대한 관할권을 상실하거나 혹은 권력과 결탁하여 매우 부당하게만 과학에 간여할 수 있을 따름인데, 이러한 사태는 동시에 통합의 근본 원리로서의 주체적 인간의 해체를 의미하는 것이기도 하다. 인간은 이미 변증법적 혹은 목적론적 전체화를 실천해 나가고 또 그 실천을 통해서 더욱 굳건하게 자리잡는 그런 주체가 아니다. 그 구체적 징조의 하나로서, 이미 1950년경부터 빌둥스로만(형성소설)이 사라져 가고 그 자리에는 주체의 정체성을 의심하거나 부정하는 이른바 '새로운 소설(nouveau roman)'이 대신 들어앉은 사정을 지적할 수 있을지 모른다. 그것은 유토

5) 같은 책, p. 66.

피아의 전망을 지탱해 온 두 거시적 이야기——다 같이 생성의 계기로서의 시간을 믿어 오던 그런 이야기의 몰락과 직결되어 있을 것이다. 그 점에 대해서 여기에서는 깊이 논구하지 않겠는데, 그 대신 한 근본적인 문제를, 벌써 수십 년 전부터 제기되어 왔지만 늘 새롭게 대두되는 문제를 내 나름대로 다시 한번 제기해 보려고 한다. 그것은 거시적 이야기들은 진정 죽은 것인가, 만일 그렇다면 철학은 과연 무엇을 할 수 있는 것인가 하는 문제이다. 나는 그 대답에 접근하는 한 방편으로 로티(Richard Rorty)의 『우연성, 아이러니, 그리고 연대성(*Contingency, Irony and Solidarity*)』(1989)을 살펴보려고 한다. 왜냐하면 로티는 이 책에서 거시적 이야기들의 위기에 대해서 성찰하고 그것을 그 나름대로 '비합법화' 하고 나서는, 그 작업으로부터 서로 긴밀히 연관된 세 가지의 중요한 결론을 유도해내고 있기 때문이다. 그것은 1) 자아의 두 영역의 구획화, 2) 철학과 문학의 경계의 모호성, 3) 새로운 연대성 개념의 형성이다.

2

현대의 철학자들 중에는 형이상학적이며 본질론적 전제(객관적 진실, 인간의 본성, 초역사적인 도덕과 같은 것)에 의지하기는커녕 도리어 그 허위성을 고발하고, 그 대신 좀 더 분명하고 겸허하면서도 다부진 사상과 삶의 스타일을 모색하려는 사람들이 많은데, 로티도 그런 철학자이다. 이점에서 그 역시 니체의 후손이다. 그는 철학자들이 역사적 감각을 갖추지 못해서 "절대적 진리가 없듯이 영원한 여건(與件)들도 없다."[6]는 것을 모른다는 니체의 비판에 전폭적으로 동의하는 사람이다. 그러나 로티는

---

6) 니체, 『인간적인, 너무나 인간적인』, 제1권, I, 2.

니체처럼 '자유로운 정신'으로서의 개인의 중요성만을 강조하는 것이 아니다. 그는 또한 공동체의 일원으로서의 인간의 처지와 희망에 대해서도 깊은 관심을 표명하고 있다. 그리고 우리가 앞에서 언급한 리오타르에 대해서 로티가 비판을 가하는 것도 바로 이 공동체의 문제와의 관련에서이다. 그는 거시적 이야기들이 이제는 성립될 수 없고 불필요하다고 생각하는 점에서는 리오타르와 생각이 같다. 그러나 로티의 발언을 직접 빌리자면, "푸코나 리오타르와 같은 사상가들은 '주체'의 운명에 관해서 또 어떤 거시적 담론에 빠져들까 보아 무척 겁을 먹고 있는 듯하다. 그래서 자기들이 속하는 세대의 문화와 자기들 자신을 동일시할 만큼 충분히 '우리'라는 말을 할 결심을 못 하는 것이다."[7]

다른 한편으로 로티와 사르트르는 다 같이 존재의 우연성에 대해서 이야기하고 있으므로, 그 두 철학자 사이에 어떤 본질적인 공통성이 있으리라고 느끼게 될지도 모른다. 그러나 이런 인상은 헛된 것이다. 무엇보다도 사르트르가 말하는 우연성은 공허한 자유만을 지닌 존재론적 유기(遺棄) 상태(하이데거가 'Gevorfenheit'라고 부르는 것)와 관련된 것인 반면에, 로티가 말하는 우연성에는 이미 엄청난 문화적 부수물들이 퇴적되어 있다. 그것은 우리가 어떤 특정한 과거와 현재를 지닌 사회에 우연히 살게 되었다는 것(happen to be)을 의미하며, 그 속에서 우리는 불가불 "동류(同類)의 인간들로부터의 유산과 그들과의 대화를 유일한 지표로"[8] 삼을 수밖에 없는 것이다. 더구나 로티는 사르트르와는 전혀 다른 길을 걸어 왔다. 철학자로서의 정치적 참여란 원칙적으로 불가능하다는 것이 그의 생각이기 때문이다. 로티의 생각에 더 충실하게 말하면, 철학이란 본

---

7) Rorty, "Habermas and Lyotard on Postmodernity" in *Essays on Heidegger and Others*, Cambridge University Press, 1991, p. 174.

8) Rorty, *Consequences of Pragmatism* (이하 *COP*로 약기), University of Minnesota Press, 1982, p. 166.

래 사적인 영역에서 추구되는 지적 활동이다. 그렇다면 그것은 도대체 무슨 뜻인가?

철학은 이미 다른 학문의 토대를 마련하고 그것을 정당화시켜 주는 그런 '학문 중의 학문'이 아닌 이상, 각각의 철학자가 할 일은 그 자신의 독특한 언어를 창조하는 것이다. 로티는 프로이트에게서 바로 그러한 자기창조의 개념의 전형적인 범례를 찾아볼 수 있다고 말한다.

플라톤과 칸트의 합리성(rationality)의 개념의 중심을 이루는 것은, 만일 우리가 도덕적인 존재가 되려면 개개의 행동들을 일반적인 원칙에 귀착시켜야 한다는 생각이다. [······] [반대로 프로이트의 생각을 따르자면] 우리는 우리의 과거에 있어서 중대한 역할을 한 어떤 특이한 우발 사건을 포착할 경우에만 우리는 자신을 어떤 값진 것으로 만들어 나갈 수 있는 것이다. [······] 우리가 자신을 욕되게 만드는 것은 보편적 규준에 따라서 행동하지 못해서가 아니라, 그런 과거로부터 벗어날 줄 모르기 때문이라는 것이 프로이트가 시사하는 것이다.[9]

이 말을 좀 더 부연하면 다음과 같은 이야기가 될 것이다. 프로이트가 흔히들 '변태적'이라고 불리는 사람들의 이야기를 하고 또 정상적으로 보이는 사람들에게서 '변태적'인 점을 드러내는 것은, 결정적으로 발견된 어떤 변치 않는 진실을 알리기 위해서가 아니다. 그것은 독자인 우리에게 다른 각도에서의 이야기를 새롭게 해줌으로써, 우리가 자신의 과거를 자각하고 이해하고 넘어서는 동시에 또한 남들과의 관계를 재정립하는 데 도움을 주려는 것이다. 이런 점에서 필자의 머리에 곧 떠오르는 것은 옌센의 『그라디바』, 다 빈치의 그림들, E. T. A. 호프만의 『모래 사나

---

9) Rorty, *Contingency, Irony and Solidarity* (이하 *CIS*로 약기), Cambridge University Press, p. 1989, p. 33.

이』와 같은 문학작품과 미술작품에 대해서 프로이트가 시도한 많은 분석이다. 그것들은 모두가 "새롭고 다른 것들을 가능하게 만들고 중요하게 만드려는 언어의 힘"을 보여주는 것이다. 그것은 "단 하나의 옳은 서술이 아니라 다른 서술들의 더욱 넓은 레퍼토리를 이루고자 할 때에만 가능한 평가"[10]이다.

그런 이상 철학자 역시 자기 자신과 세상을 재서술(再敍述)하고 남들이 자신을 넘어서는 데 도움을 줄 만한 그런 새로운 글쓰기를 시도 못 할 이유가 어디 있겠는가? 로티는 그런 글쓰기의 가능성을 긍정하고 그것에 큰 가치를 부여하려는 사람이다. 그러나 자신을 아이러니스트라고 칭하고, 또 아이러니스트는 동시에 유명론자(唯名論者)이며 역사주의자라고 말하는[11] 로티는 그 시도를 위한 세 가지 조건을 내세우며, 만일 그 조건들을 지키지 못할 경우에는 형이상학적, 본질론적 환상에 다시 빠져들 것이라고 경고한다. 그 세 가지 조건이란 다음과 같이 요약될 수 있을 것이다. 1) 자신의 종국적 어휘(우리의 삶의 이야기를 해나가는 데 사용되는 낱말들)에 대해서 근본적이며 계속적인 의심을 가질 것, 2) 이 의심은 현재의 어휘로써 전개된 논의에 의해서 해소될 수 없다는 것을 이해할 것, 3) 자기의 어휘가 다른 어휘들보다 현실에 더 가깝다고 생각하지 말고 다만 새로운 것과 옛것을 대치시킬 것.[12]

한데 코기토의 종점을 거부하면서 의심을 지속시키고, 종국적 어휘를 찾아냈다는 어떠한 자만심도 품지 않으면서 오직 '독사(doxa)'에 대해서

---

10) 같은 책, pp. 39-40.

11) 같은 책, p. 74.

12) 같은 책, p. 73 참조. 이 책에서 로티는 '형이상학자'들을 줄기차게 비판하고 있다. 그들은 "자기들의 종국적 어휘가 우연적인 것임을 인식하지 못하고, 현실의 본질에 내재해 있는 어떤 것이 그 어휘를 보존하리라고 믿게 된 사람들이다."(p. 184) 그가 보기에는 새로운 글쓰기의 대표적 철학자라고 할 수 있는 니체와 하이데거도 이런 함정에 빠져들고 말았다. (pp. 106, 116-118 참조)

이의를 제기하는 작업(쉴새 없는 소격화와 낯설게 하기)은 모든 위대한 작가와 시인의 원동력이기도 하다. 따라서 로티가 내세우는 바와 같은 철학적 글쓰기와 문학적 글쓰기 사이에는 긴밀한 아날로지가 성립될 수 있을 것이다. 아닌게 아니라 철학과 문학과의 관련에 대한 로티의 생각은 과격하며 가히 혁명적이라고까지 말할 수 있는데, 그 이야기를 하기 전에 우선 로티가 옹호하는 사회적 환경에 대해서 먼저 언급해 두어야겠다. 왜냐하면 그의 생각으로는 "니체, 데리다, 푸코와 같은 자기 창조적인 아이러니스트들이 추구하는 자립성, 어떤 특별한 사람들이 자기 창조를 통해서 도달하기를 바라고 또 실제로 몇몇 사람들이 도달하는 그런 자립성"[13]이 실현될 수 있는 특정한 사회적 환경이 있기 때문이다. 그것은 다름 아니라 자유주의 사회이다. 이 사회는 도덕성, 인간성, 합리성 등을 갖추기 위해서 형이상학적인 혹은 본질주의적인 철학자들의 손을 빌릴 필요가 없는 사회, 그렇지만 "억압이 최대한으로 배제된 커뮤니케이션이 성립할 수 있도록 마련된 제도와 관습"[14]을 이미 내장하고 있는 사회이다. 그리고 로티는 이 자유주의 사회가 곧 현재의 자본주의적 부르주아 사회라고 거침없이 천명하고, "그것이 여태껏 현실화된 가장 훌륭한 정치체제라는 것을 우리는 더 자진해서 칭송해야 한다."[15]고조차 말하고 있다.

이것은 곧 철학적 자기창조의 실현이 오직 두 가지의 조건하에서만 제한적으로 가능하다는 이야기가 된다. 즉 그 실현은 1) 자유주의 사회, 즉 자본주의적 부르주아 사회에 산다는 요행을 향유하는 2) 예외적 천재 (오직 몇몇 소수의 사람들에게만 가능한 일이므로)밖에는 누릴 수 없는 것이다. 따라서 이런 범주에 속하지 않는 사람들, 즉 자기창조의 실현을 허용하

---

13) 같은 책, p. 65.
14) 같은 책, p. 68.
15) *COP*, p. 203.

는 정치적 상황 속에서 살지 못하거나 그런 능력을 특별히 갖추고 있지 못한 많은 철학자들에게 있어서, 철학이란 과연 무엇이겠느냐는 질문을 던져 봄 직하다. 가장 간단한 대답은 아마도 이런 형편의 사람들에게는 어떤 뾰족한 대안을 제시해 줄 수 없다는 것이리라. 개인적인 천재성의 구비도 자유주의 사회의 향유도 순전히 우연적인 것이기 때문이다. 그러나 적자생존의 이론이나 시장경제 속에서의 자유경쟁의 논리를 상기시키는 이런 발언으로 철학적 문제가 해결되리라고 생각하는 사람은 아무도 없을 것이다. 철학 교육에 관한 전반적 문제, 국가권력과 철학의 관계, 후기자본주의 사회에서의 철학의 역할 등과 같이 철학의 공적(公的) 기능에 관한 성찰은 철학의 운명과 직결된 것이다. 한데 『우연성, 아이러니 그리고 연대성』은 이런 성찰을 직접적인 목적으로 삼고 있지 않고 있으며, 그 점에 이 책의 중대한 한계가 있다고 평가할 사람도 있을 것이다. 그러나 로티는 여기에서 철학의 본질에 대하여 과거에 아무도 시도한 일이 없는 새로운 반성을 가하고 그럼으로써 그 공적 기능에 관한 이야기도 간접적으로 해 보려는 것이다.

철학에 대한 그의 근본적 반성은 철학적 언어와 문학적 언어를 엄연히 구별해야 한다는 종래의 대부분의 철학자들의 주장을 뒤엎는 결과를 가져온다. 앞서 말한 것처럼 철학적 글쓰기가 인지적(認知的), 형이상학적 기능을 수행할 수 없는 것이라면, 그것은 보편성을 지향하려는 기도로서의 적합성을 상실하고 만다. 그러자 그것은 '강력한 시인,' 즉 세계와 삶을 근본적으로 재서술하는 사람의 새로운 언어에 끌리고 만다. 달리 말하면 종국적 어휘의 부단한 제시와 재제시(再提示)에 있어서 문학적 언어가 철학적 언어보다 더욱 풍요롭다는 것이 밝혀지는 것이다. '아이러니한' 철학자에게는 이러한 새로운 글쓰기의 모델은 문학비평이라고 로티는 말하기조차 한다. 그에 의하면 "문학비평은 이아러니스트들에게 대해서, 보편적 도덕 원칙의 탐구가 형이상학자들에게 대해서 한다고 상정된 역할에 해당되는 역할을 한다." 그리고 블레이크와 매튜 아놀드, 니체와 밀, 마르크스와 보들레르, 나보코브와 조지 오웰(이 두 작가에 대해서는 그 자신이 논하고 있다.)과 같이 서로 대척적으로 보이는 사람들에 대해서 "문학비평가가 새롭게 서술함으로써, 규범을 넓히고 되도록 풍요롭고 다양한 일련의 고전적 텍스트를 우리에게 마련해 주기"[16]를 그는 기대하는 것이다. 그뿐 아니라 로티의 견해로는 문학의 영역이 터무니없이 넓어져서, 이제 '문학'이라는 말이 "문학비평가들이 비평하는 모든 것을 망라한다." 다시 말해서 "도덕적 관련을 가질 수 있다고 생각되는 모든 종류의 책——무엇이 가능하고 중요한 것이냐는 점에 대한 우리의 지각을 변화시킬 수 있다고 생각되는 모든 종류의 책을 샅샅이 망라하는 것이다."[17]

사실을 말하자면 이렇게 담론의 장르의 경계를 모호하게 만들고 그 사이를 넘나드는 경향은 이미 『프라그머티즘의 결과』에 분명하게 나타나 있다. 그 책에서 로티는 다음과 같이 말한다. "소설, 신문 기사, 사회학적 연구 사이의 경계는 흐려졌고,"[18] 철학 역시 그 자체의 독특한 영역을 확보하고 있는 것이 아니다. 왜냐하면 "철학이라는 이름의 단독적인 실체는 없는 것이다. 그것은 한때는 하나의 전체였으나 지금은 산산이 갈라졌기 [때문이다]. '철학'이란 어떤 자연적인 부류의 것의 이름이 아니라 행정적, 문헌적 목적을 위해서 인문적 문화를 분할한 작은 칸막이들 중의 하나이다."[19] 철학이 이렇게 그 독자성을 상실하자 전면(前面)에 부각된 것은 넓은 의미에 있어서의 시(詩)다. 그것은 "주체와 객체, 말과 의미, 언어와 세상 따위로 갈라진 세계로부터 우리를 벗어나게 하여, 더 새롭고 더 좋은 지적 세계로 우리를 안내해 준다."[20] 한 걸음 더 나가서 이

---

16) *CIS*, pp. 80, 81.
17) 같은 책, pp. 81, 82.
18) *COP*, p. 203.
19) 같은 책, p. 226.

제 자립적이며 자기창조적인 모든 새로운 언어는, 그 외양적인 기호가 아무리 다를망정 '문학'이라 불릴 수 있다고 로티는 말한다.[21]

필자의 생각으로는 철학을 문학에 흡수 통합시키는 것보다는 르클레지오의 견해[22]를 더욱 부연해서 그냥 '글쓰기'라는 이름으로 총괄하는 것이 더 합당하리라는 생각이 든다. 그러나 아무튼 간에 철학에 대해서 문학의 가치를 급진적으로 드높이려는 로티의 시도는 데리다의 유사한 시도와 아울러[23] 매우 중대한 의미를 갖는 것이다. 그것은 그 두 글쓰기의 분야의 상호관계에 관한 그 많은 고찰에 덧붙여진 또 하나의 고찰에 불과한 것이 결코 아니다. 우리가 거기에서 보게 되는 것은 플라톤으로

---

20) 같은 책, p. 136.

21) 1) 로티에 의하면 이렇듯 철학이 문학으로 전환되도록 도와 준 사람은 누구보다도 헤겔이다. 2) 여담이지만 폴 발레리는 벌써 오래전에, 로티와는 좀 다른 견지에서이지만 철학적 글쓰기를 문학이라는 카테고리에 통합시킬 수 있다고 주장한 바 있다. "'글로 쓰인 작품'이라는 그 성격에 의해서 한정되어 있는 철학은, 객관적으로는 어떤 주제들에 의해서, 그리고 어떤 용어들과 어떤 형식들의 빈출(頻出)에 의해서 특징지어진 하나의 특수한 문학적 장르이다. 그러면서도 정신 작업과 언어 산출에 있어서 매우 특수한 이 장르는 그 목표 및 형식의 일반성을 내세워 최고의 위치를 자처한다. 그러나 철학은 외부로부터의 아무런 확인이 없고 아무런 '힘'의 성립에 이르지 못하고, 그것이 내세우는 일반성 자체가 지향적(指向的)인 것으로, 즉 확인될 수 있는 결과의 수단이나 표현으로 여겨질 수 없고 또 여겨져서도 안 되기 때문에, 우리는 그것을 시와 그렇게 멀리 떨어져 있지 않은 것으로 치부해야 할 것이다." ('Léonard et les philosophes,' *Oeuvres* I, Pléiade, 1957, p. 1256.)

22) "시, 장편소설, 단편소설 따위의 개념은 이미 아무도 속일 수 없는 야릇한 골동품들이다. [……] 이제 남은 것은 오직 글쓰기뿐이다." (Roland Barthes, *Critique et vérité*, Seuil, 1966, p. 46에서 재인용.)

23) 로티는 데리다가 매우 독특한 모습으로 문학적인 언어 놀이의 한 전형적 경우를 보여 주고 있으며, "그의 목적은 프루스트와 예이츠가 겨냥한 바와 똑같은 자립성"에 있다고 말한다. (*CIS*, p. 133) 그러나 데리다와 로티의 사이에는 관심의 차이가 있을 것 같다. 데리다는 이른바 논리 중심주의의 겉껍질을 뚫어서 엿볼 수 있는 기표(記表)들의 미묘한 '놀이'에 주목하지만, 로티는 도덕적, 지적으로 새로운 전망을 제시하는 비교적 명백한 기의에 관심을 둔다고 볼 수 있을 것이다.

부터 분석철학에 이르기까지 한 지배적인 전통을 이루어 온 철학자들의
견해에 대한 도전이다. 그들은 문학적 언어의 특정한 영역을 구획하기
위해서, 다시 말하자면 이른바 객관적, 인지적, 이성적 또는 형이상학적
인 진리의 영역을 문학에 대해서 거부하기 위해서 여러 가지의 담론을
동원해 왔다. 그들이 최대한으로 관대하게 되는 경우가 있었다면 그것은
기껏해야 문학의 언어가 진리의 싹을 어렴풋이 보여 준다고 말할 때인
데, 그런 배아(胚芽) 상태의 진리를 파악하는 것조차 철학적 해석학을 겪
음으로써만 가능하다는 것이었다.

　이러한 문학 억압의 전통의 한 전형적인 표현이 바로 "도덕적인 것과
단순히 미적(美的)인 것의 구별——문학을 문화의 권내에서 종속적인 지
위로 쫓아내 버리고 소설과 시는 도덕적 성찰에 합당하지 않다는 것을
시사하기 위해서 사용되어온 구별"[24]이다. 문학과 심지어 문학비평에 대
해서 선포된 이와 같은 '진리의 영역으로의 출입금지'는 최근에도 하버
마스에 의해서 되풀이되고 있다. 그가 보기에는 장르의 구별은 지켜져야
한다. 왜냐하면 문학비평과 철학이 그 수사적 형식에 있어서 어느 정도
유사한 외양을 보이고 있지만, 그 두 가지는 각각 "취미(taste)의 문제와
진리의 문제를 다루는 데 특유한 언어로부터 추출된 표현수단을 통해서
매개의 과업을 이루어나가는 것으로 상정되어 있기 [때문이다]. […] 자
기지시성(自己指示性)의 역설을 희석할 목적으로, 이성의 근본적 비판을
수사(修辭)의 영역에 옮겨 놓으려는 모든 사람들은 또한 이성의 비판의
칼날 그 자체를 무디게 하는 사람들이다."[25] 한데 이렇게 언어를 두 갈래
로 구분하여 한편으로는 취미와 수사의 언어를, 다른 한편으로는 이성과

---

24) *CIS*, p. 82.

25) Habermas, *The Philosophical Discourse of Modernity*, MIT Press, 1987, pp. 209-
　　210. 하버마스의 문학관에 대한 필자의 자세한 비판은 이 책에 실린 「철학과 문학과
　　진실」 및 「문학적 근대성에 관한 고찰」 참조.

진리의 언어를 설정하는 것은 18세기 서양사상의 유산이다. 그것은 특이 니체 이후로는 지탱될 수 없게 된 것이며, 이 점에서 하버마스의 생각은 반동적인 것으로 여겨진다. 반면에 로티가 시도한 정반대의 급진적 생각 은 어느 정도로 납득할 만한 것인지 따져보아야 할 것이다. 그러나 여기 에서는 다만 로티의 생각이 적어도 두 가지 점에서 시사적이라고만 말해 두려고 한다. 첫째로 그것은 이성에 의한 담론의 구속과 상상의 모험적 인 확산을 융합시킬 수 있는 새로운 글쓰기에 대한 전망을 열어보일 수 있을 것이다. 둘째로는 지금껏 서양 철학사나 서양 철학과에서, 논리성의 결핍이란 이유로 철학의 변두리에 머물러 있게 했던 작품들을 이제 충분 히 철학적인 것으로 다시 맞아들일 가능성이 트일 것이다. 단지 프랑스의 경우만을 예로 들자면 '작가'나 기껏해야 '사상가'로만 대접받아 온 몽테 뉴, 파스칼, 디드로와 같은 사람들의 글이 그런 경우일 것이다.

문학과 철학에 관한 이야기는 이 자리에서는 우선 이 정도로 줄이고 이번에는 로티가 '공적 영역(public sector)'이라고 부르는 것이 무엇인지 를 살펴보려고 한다. 이 개념은 철학적 언어와 문학적 언어의 경계의 부 정과 아울러 로티의 생각의 또 하나의 핵심을 이루는 것이기 때문이다.

3

로티가 말하는 공적 영역이란 '상호 적응의 공적 윤리,' 즉 '타인에 대 한 책무감'[26]이 발휘되는 영역이다. 그러나 이 책무감은 칸트의 정언명령

---

26) *CIS*, pp. 34, 68. 여기에서 '적응'이라고 번역한 'accommodation'이라는 말에 관해서 는, 로티의 용어 사용과 잘 들어맞는 다음과 같은 정의가 있다. "a process of mutual adaptation between persons or social groups, usually achieved by eliminating or reducing hostility"(*Webster's College Dictionary*, Random House, 1995).

이나 또 심지어 절대 다수의 최대 행복을 겨냥하는 공리주의적 도덕과는 전혀 상관없는 것이다. 그것은 단순히 "오직 굴욕에 대한 공통적 감수성의 인식만이 사회적 유대의 필수조건"이라는 생각에서 나오는 것이며, "타인의 현실적인 또는 가능한 굴욕을 의식하고 그것을 막기를 바라는 능력"[27]의 덕분으로 실천으로 옮아갈 수 있다. 따라서 여기에서 문제가 되고 있는 것은 사회적 연대성이긴 하지만, 로티에 의하면 이 연대성은 변치않는 이성이나 인간성의 산물이 아니라, 우연적이며 한지적(限地的)이며 또한 시대적인 것이다. 더 정확히 말하자면 연대의식이라는 이 다행스러운 능력은 "주로 지난 300년간의 유럽 및 미국과 관련되어 있는 것"[28]인데, 그 두 지역에서는 잔혹성이 줄어들도록 제도와 습관이 구성되어 왔으며, 바로 이런 배경하에서 자유주의적인 아이러니스트는 어떤 형이상학적인 믿음에 의지하지 않고서도 "잔혹성이야말로 우리가 할 수 있는 최악의 짓"[29]이라고 생각하기에 이른 것이다. 한데 이러한 공적 영역, 더 적절하게 말하자면 자유주의 사회의 정치적 도덕은 순전히 사적인 영역에 속하는 철학적 자기창조와는 아무런 관련이 없다. 설사 철학자들이 때로는 정치 이야기를 하는 경우가 있더라도, 그것은 그들 각자의 독특한 세계관이며, 헤겔, 니체, 데리다, 푸코와 같은 아이러니한 이론가의 대표자들은 로티의 생각으로는 오직 "사적인 자기 이미지를 형성하려는 우리의 기도와의 관련에서 매우 소중한 것이며, 정치의 차원에서는 별로 소용이 없는 것"[30]이다.

그렇다면 우리는 이 두 영역의 독립성(로티 자신의 용어로는 '자아의 구획화')을 어느 정도 타당한 것으로 치부할 수 있는 것일까? 그 점을 살피

---

27) *CIS*, pp. 91, 93.
28) 같은 책, p. 93.
29) 같은 책, p. 85.
30) 같은 책, p. 83.

기 위해서는 우선 로티가 생각하는 공적 영역은 그 윤곽이 뚜렷하고 한정된 것임을 상기할 필요가 있다. 로티는 잔혹성을 회피하는 것보다 더 중요한 도덕적 목적을 설정하지 않는데, 이것은 그가 보기에는 너무나 분명한 것이어서 철학적 문제로 설정될 수조차 없는 것이다. 따라서 도덕적 문제에 대해서 관심을 가지고 있는 사람들——니체, 사르트르, 푸코와 같은 사람들의 언어가 뜻깊은 것은, 시공(時空)을 막론하고 적용될 수 있는 실천적 프로그램을 제시하기 때문이 아니다. 그것이 뜻깊은 것은, 우리 자신이 타인과의 관계를 다르게, 그리고 더 납득할 수 있게 밝히는 것을 도와 줄 만한 도덕적 재서술(再敍述)을 하고 있다는 한도내에서이다. 그런 이유에서 로티가 우리에게 권고하는 것은 "니체, 사르트르, 푸코가 보여 준 진정성과 순수성을 향한 기도"를 '사유화(私有化)'하고 그럼으로써 우리가 "정치적 태도로 빠져드는 것을 스스로 막는 것"이다.[31] 그렇기 때문에 또한 "공적인 것과 사적인 것, 국가의 몫과 영혼의 몫, 사회적 정의의 추구와 개인적 완성의 추구를 융합시키려는 플라톤의 기도"[32]를 따르는 것은 합당한 일이 아니다. 적어도 자유주의 사회에서 사는 사람에게는 합당한 일이 아니다. 이와 아울러 로티는 하버마스가 범주의 혼동을 일으켰다고 비판한다. 왜냐하면 하버마스는 니체, 하이데거, 데리다를 "공적인 요청(要請)의 견지에서" 공격하고 있는데, 이 철학자들은 오직 사적인 영역에 있어서 중요한 사람들이며 "공적인 철학자로서는 기껏해야 소용없는 존재들이며, 또 자칫하면 위험한 존재들"[33]이기 때문이다. 그뿐 아니라 아이러니한 문화의 권내에서는 "공적인 목적에 적합하지 않은 것은 비단 어떤 특정된 철학자들의 작업일 뿐 아니라, 한 걸음 더 나가서 철학 그 자체이다. 전통적인 형이상학이 바랐듯이 "왜 잔인해

---

31) 같은 책, p. 65.
32) 같은 책, pp. 33-34.
33) *CIS*, p. 68.

서는 안 되는가?, 왜 선량하게 되어야 하는가?" 하는 따위의 질문에 대해서 철학이 어떠한 진정한 대답도 줄 수 없는 이상, 철학은 "어떤 사회적 과업을 위해서가 아니라 사적인 완성을 위해서 더 중요하게 된 것이다."[34]

이러한 로티의 말을 믿자면 철학과 정치적, 사회적 실천은 엄격히 양분되고 그 사이에는 합치는 물론 교합(交合) 부분조차 없게 된다. 하지만 철학자는 동시에 시민이기도 하다. 그렇다면 한 사회가 철학자들에게 시민으로서 공적 영역에 참여하지 않아도 좋다는 면책 특권을 부여하지 않는 이상, 그는 두 영역 사이에서 현명하게 자기 자신을 구획하고는, 서로 관계없고 때로는 모순되기조차 하는 두 활동을 동시에 전개시켜 나가야 할 것이다. 더 구체적으로 말하면 철학자는 철학자로서 그에게 고유한 사적 영역에 진력하는 한편, 또한 자유주의 사회의 구성원으로서 공적 영역에 주의를 기울여 이웃들이 겪는 잔혹성에 관심을 가지고, 필요하다면 그것을 경감하기 위해서 적극적으로 개입할 수 있고 또 그렇게 해야 할 것이다. 속된 말로 이 '양다리 걸치기'에 대해서 로티는 그의 책의 마지막 문장에서 이렇게 시사하고 있다. "이런 문제들을 구별함으로써, 공적인 문제와 사적인 문제를, 고통에 관한 문제와 인생의 핵심에 관한 문제를, 자유주의자의 영역과 아이러니스트의 영역을 구별할 수 있게 된다. 그것은 한 사람이 양자(兩者)가 될 수 있는 가능성을 열어준다."[35] 그렇다면 그것은 어떻게 또 어느 정도로 가능한 것인가? 사실인즉 우리가 화제로 삼고 있는 로티의 책은 한 개인적 철학자에 있어서의 그 양립성을 일반론으로서도 또 어떤 구체적 예시를 통해서도 논구하고 있지 않다. 우리가 앞서 언급한 바와 같이 그는 다만 철학이 사적 영역의 것임을 확인하는 데 그치고, 공적 영역에서 중요한 역할을 하는 것은 문학이라고 말한다. 이런 발언은 또 큰 문제를 가져올 수 있다. 그것은 철학을 문

---

34) 같은 책, pp. 94-95.
35) 같은 책, p. 198.

학 속으로 흡수 통합할 수 있다는 그의 주장과 잘 어울리지 않기 때문이다. 그러나 이 자리에서는 이 문제에 대한 본격적 논의는 차치하고, 이번에는 철학과 구별되는 장르로서의 문학의 고유성에 대한 로티의 생각을 좀더 자세히 따라가보려고 한다. 어쩌면 이 작업이 결과적으로 그 문제에 대한 간접적 검토가 될지도 모를 일이다.

이야기가 다시 되풀이되는 감이 있지만, 로티에 의하면 철학은 공적 영역에서의 유용성이 없는 반면에, 문학, 특히 소설은 그 영역과 깊은 관련을 가지고 있다. 그것은 "우리의 언어로 이야기하지 않는 사람들의 고통에 대한 감수성을 자극하고," "잔혹성이 우리가 미처 몰랐던 곳에서 일어난다는 사실에 대해서뿐만 아니라, 그 근원이 우리 자신에게 있기도 하다는 사실에 대해서 주목하도록 도와 준다."[36] 그리고 로티는 스스로 소설에 나타난 잔혹성을 분석하는데, 그가 선택한 소설은 나보코브와 조지 오웰이라는 서로 매우 다른 두 작가의 것이다. 그러나 그 소설에 관한 이야기에 들어가기 전에 우선, 문학작품이 우리의 내부와 둘레에 존재하는 잔혹성에 대한 의식화를 도와 주는 사회적 효용성을 가지고 있다는 그의 견해에 관해서 두 가지의 비판적 주석을 달아 두려고 한다.

1) 로티의 견해로는 "고통은 비언어적인 것이며 따라서 '피억압자의 목소리'나 '희생자의 언어'와 같은 것은 존재하지 않는다." 이것은 곧 "그들의 상황을 언어로 옮겨 놓는 일은 어떤 다른 사람에 의해서 대행되어야 한다."[37]는 것을 의미한다. 한데 이 주장은 필자가 보기에는 반드시 설득력 있는 것은 아니다. 하기야 고통을 겪는 바로 그 순간에 있어서 그것이 분절(分節)된 언어로서 표현되기는 어렵다는 것은 사실일 것이다. 적어도 대부분의 경우가 그럴 것이다. 그러나 이 사실로부터, 희생자 자

---

36) 같은 책, pp. 94-95.
37) 같은 책, p. 94.

신이 조만간 사후에 그 고통을 추체험하고 그것을 마치 현장적인 고통인 양 생생하게 글로 고정시킬 수 없다는 결론이 나올 수 있는 것은 아니다. 그 증거로서 우리는 안네 프랑크의 일기를 비롯한 유대인 대학살과 관련된 기록이나, 또 비근하게는 이른바 종군 위안부로 동원된 여성들의 증언 등을 수없이 많이 가지고 있다. 그렇다면 당사자에 의한 이런 고통스러운 체험의 재현을 잔혹성의 문헌에서 배제해야 하는 이유는 어디 있는 것인가? 사실에 있어서는 그런 기록들은, 로티가 고통의 대변자로서 기대하는 소설이나 민족지(民族誌, ethnography)나 저널리즘보다 더 절실하게 호소해 오는 수도 있을 것이다. 더구나 엘리 비젤과 같이 잔혹성의 희생자이면서도 글쓰기를 생업으로 삼아 온 사람들의 존재를 생각할 때, 희생자들은 "새로운 말들을 엮기에는 너무나 큰 고통을 겪고 있다."[38]고만 주장할 아무런 객관적인 근거도 없는 것이다. 다만 로티가 이런 점에 대해서 소홀하게 생각한 까닭을 이해성 있게 추측해 볼 수는 있을 것 같다. 한편으로는 그것은 최대한의 효과가 산출될 수 있도록 언어가 조직되는 허구적 담론으로서의 문학, 특히 소설에 대해서 그가 큰 가치를 부여한 데서 온 결과일 것이다. 또 다른 한편으로는 다음과 같은 사정도 고려해 봄 직하다. 즉 로티는 그의 출생 이전부터 이미 굳건히 자리 잡은 것 같은 자유주의 사회의 백인 시민이기 때문에, 그가 남들에게 가해지는 잔혹성에 대해서, 그리고 한 걸음 더 나가서 그 자신 속에 깃들어 있을 잔혹성에 대해서 강력히 의식화할 수 있는 것은 현실적 체험이 아니라 무엇보다도 소설의 언어를 통해서일지도 모른다는 것이다.

2) 이와 아울러 또 한 가지 언급하고 싶은 것은 공적 목적에 부적합한 것으로 치부된 철학과는 달리 소설은 사회적 유용성을 가지고 있다는 일

---

38) 같은 책, p. 94.

반론의 타당성 여부이다. 이 이분법에도 역시 의심의 여지가 없는 것은 아니다. 하기야 소설은 비록 고독을 주제로 삼을 때라도 타자와의 구체적 관계를 내포하므로 다른 장르보다 더욱 인간들 사이의 잔혹성에 대한 감수성을 자극할 가능성이 있다는 것은 사실일 것이다. 반대로 일상생활에 관한 이야기를 할 때조차도 대부분의 경우에 개념적, 추상적인 어휘를 사용하는 철학의 텍스트로서는 그런 작용이 어렵다는 것 역시 이해할 만하다. 그러나 이러한 소설의 사회적 기능은 불문가지의 일이며 그것이 또한 작가의 의도라는 것을 한결같이 주장할 수는 없다. 소설의 텍스트가 잔혹성을 고발하기 위해서 있지 않은 경우는 허다하다. 그 점에서 로티가 다루려는 두 소설은 대척적이다. 어떤 종류의 정치적 잔혹성을 고발하려는 분명한 목적을 가지고 있는 오웰의 『1984년』과 나보코브의 『로리타』의 동질성을, 우리는 객관적으로 주장할 수는 결코 없다. 롤랑 바르트의 재미있는 용어를 빌리자면 『로리타』는 '쓰기를 재촉하는 텍스트(texte scriptible)'이어서 그 의미가 늘 흔들거리고, 독자는 그것에 관해서 자기의 욕망과 관점과 능력에 따라 해석하고 스스로 쓰기로 유도되는 그런 작품이다. 내 생각으로는 그것은 무엇보다도 문체의 힘으로 존립하기를 겨냥하는 플로베르적인 소설이다.(변태성욕자로서의 행적만으로 읽는다면 그것은 얼마나 진부한 이야기이겠는가!) 그러나 내가 이러한 견해를 가졌다는 것은, 그 소설에서 잔혹성을 매우 중요한 테마로서 읽어내려는 로티의 기도가 잘못이라는 말이 되는 것이 아니다. 다만 그것은 『로리타』를 읽는 한 가지 길이며 이 읽기의 방법에는 한계가 있다는 것을 나는 지적하고 싶은 것이다.

일반적으로 말해서 의미를 산출하는 것은 텍스트의 객관적인 기호가 아니라 독자의 결심이다. 소설을 비롯한 어떤 텍스트를 사회적으로 유용한 것으로 생각한다는 것은 작가가 표명한 의도에 끌려서이건 혹은 반대로 작가의 의도를 애초부터 도외시하건 간에, 독자가 그런 각도에서 읽겠다고 마음먹었다는 뜻이다. 그런 일의 가장 극단적인 예의 하나로서 마르쿠제의 경우를 들 수 있을 것이다. 그는 그의 심미주의를 정치적 혁명과 결부시킨다. 다시 말해서 아름다움 그 자체가 사회적, 정치적으로 최고도의 유용성을 지니는 것으로 생각하는 것이다. "예술이 행복의 약속과 더불어 실패한 목표의 기억을 간직하고 있는 한, 그것은 세계를 바꾸기 위한 필사적 투쟁에 '지도적 이념'으로서 끼어들 수 있는 것이다. [……] 예술은 모든 혁명의 종극적 목표, 즉 개인의 자유와 행복을 대변하는 것이다."[39] 이렇듯 사회적 현실과는 가장 무관하게 보이는 소설의 텍스트에서 사회적 유용성을 찾아내고 그것을 가장 중요하다고 생각하는 것은 독자의 선택이다. 그러나 이 선택은 다른 해석들을 무효화시키거나 금지시킬 수 있는 성질의 것은 결코 아니다. 왜냐하면 철학적 글쓰기에 있어서와 마찬가지로 소설의 읽기라는 영역에서도, 어떤 규범의 기능을 할 만한 형이상학은 존재하지 않기 때문이다. 여기에서 나는 이러한 유보를 전제로 하고, 로티가 나보코브와 오웰의 소설에서 제기한 잔혹성의 문제를 검토해 보려고 한다.

4

문학에 대한 로티의 견해는 지금까지 살펴본 것처럼 대단히 포괄적이기도 하지만 또한 동시에 단호한 것이기도 하다. 문학적 언어를 일상적 언어와 구별하여 '자동사적인 것'으로 보는 바르트와는 정반대로, 로티의 견해에 따르면 "우리 자신에 대해서 혹은 남들에 대해서 무엇을 해야 하느냐는 우리의 생각과 관련 있는 것만이 미학적으로 유용한 것이며,"

39) Herbert Marcuse, *The Aesthetic Dimension*, Beacon Press, 1978, p. 69.

더욱 구체적으로 말해서 "문학적 언어는 일상의 도덕적 언어에 기생(寄生)하고 [……] 문학적 관심은 도덕적 관심에 기생할 터이다."[40] 한데 우리가 이미 언급한 바 있지만 그가 보기에 유일한 도덕적 관심은 어떻게 잔혹성을 살피고 또 가능하다면 그것을 감소시키느냐는 점에 있기 때문에, 보통 근대적 심미주의의 대표작으로 알려진 나보코브의 소설들이 잔혹성에 대한 반성으로 재해석된다는 것은 그로서는 당연한 일이다. 그러나 사전에 한 가지 구별은 해 두어야 할 것 같다. 그것은 잔혹성의 문제가 이른바 '공적 영역'에 속한다는 것은 사실이겠지만, 이 공적 영역은 어떤 때는 좁은 의미에 있어서의 대인 관계(너와 나의 관계)로 축소되고 또 어떤 때는 엄청난 사회적, 정치적 규모의 것으로 확장될 수도 있다는 것이다. 나보코브의 소설들은 전자의 경우이고 오웰의 『1984년』은 후자의 예인데, 이 두 경우에 있어서 문제가 같은 식으로 제기되거나 해결될 수는 없을 것이다.

로티가 나보코브의 소설에서 부각시키는 것은 행복과 잔혹성 사이의 극복할 수 없는 모순이다. 개인적 행복을 추구하는 사람은, 그 추구가 잔혹한 행위의 실천과 표리(表裏)를 이루는 것은 아닐망정 적어도 타인의 고통에 대한 무관심을 동반한다는 것을 뼈아프게 느끼기 때문에 괴로운 처지에 빠지는 것이다. 그러나 이러한 모순과 직면함에도 불구하고, 또한 잔혹하게 되는 것을 두려워함에도 불구하고, 나보코브의 주요 인물들은 "자기들 자신의 집념에 영향을 끼치거나 그 집념의 표출을 가능케 해 주는 모든 것에 대해서 기막히게 민감하며, 남들에게 영향을 주는 것에 대해서는 완전히 무관심하다."고 로티는 말한다. 그의 설명을 따르자면 나보코브가 자신이 창출한 작중 인물들을 혐오하는 것은 바로 그런 이유에서이다. 그것은 『로리타』의 발문에서 작가가 "예술을 호기심, 애정, 친

---

40) *CIS*, p. 167.

절함 그리고 황홀감의 공존과 동일시하고 있고," 특히 호기심을 첫 번째로 들어 가장 중요한 것으로 여기고 있는 점을 보아도 알 수 있는 일이다.[41] 그러나 나보코프의 두 주요 인물(『로리타』의 험버트와 『창백한 불』의 킴보트)이 황홀경에 들어설 수 있는 최고급의 시인이 된 것은 바로 호기심이라는 덕목이 결핍되어 있기 때문이며, 그 반면에 『창백한 불』의 다른 인물인 셰이드는 호기심과 애정에 끌렸기 때문에 도리어 열등한 시인으로 머물 수밖에는 없었던 것이다. 하기야 나보코프는 로티가 상정하듯이, 그런 괴물과 같은 천재를 만들어 낼 수 있었던 자신의 무자비성을 자책했는지도 모를 일이다. 그러나 중요한 것은 그런 점에 있는 것이 아니다. 무엇보다도 강조해야 하는 것은 도덕과 예술 사이의 긴장이다. 예술의 역사만큼이나 오래되었다고 말할 수 있는 이 긴장이 한 작가의 내부에서 매우 괴롭게 구체화되어 있는 것이다. 다시 로티의 말을 빌리자면

　　호기심과 애정이 예술가의 특징이라면, 그리고 이 두 가지가 황홀감과 불가분리한 것이라면, 결국 미적인 것과 도덕적인 것 사이에는 구별이 없게 될 것이다. 이리하여 자유주의적인 유미주의자의 딜레마는 해결될 것이다. [……] 그러나 나보코프는 황홀경과 애정이 비단 별개의 것일 뿐만

41) 같은 책, p. 158. 그러나 나보코프가 예술의 이름으로 들고 있는 네 가지 명사에 대한 로티의 해석이 반드시 옳은 것인지에 대해서는 의심의 여지가 있다. 우선 작가 자신의 말을 들어보자. "『로리타』는 어떠한 도덕적 교훈도 수반하고 있지 않다. 나의 경우에 허구적 작품은 조잡한 표현이지만 내가 미적 행복이라고 부르는 것 ──다시 말해서 예술이 그 규범이 되는 다른 상태들(호기심, 애정, 친절함, 황홀감)과 어떻게든지 또 어디에서든지 관련되어 있다는 느낌──을 줄 수 있는 한에서만 존재하는 것이다." (*Lolita*, Penguin Books, 1980, p. 313.) 필자로서는 이 글에서 호기심이라는 말이 유독 타인의 고통에 대한 관심을 가리키는 것인지, 또 이 명사가 첫 번째로 등장했다고 해서 그것이 다른 명사들보다 더 중요한 의미를 갖는 것인지 분명하지 않다. 또한 나보코프가 과연 한 예술작품 내에서 이 네 가지 특징이 모두 공존해야 한다는 것을 강조하고 있는지도 단정할 수 없는 일이다.

아니라 상호 배제적이라는 것을 아주 잘 알고 있었다. [……] 그는 자립성의 추구가 연대성의 감정과 상충한다는 것을 아주 잘 알고 있다.[42]

한데 아이러니하게도 나보코브의 작품에 도덕적 의미가 깃들이는 것은 바로 이러한 이율배반에 대한 강한 의식 때문이라는 것이 로티의 견해이다. 나보코브가 도덕적인 것을 희생시키고 미적인 것을 택하는 것은 사실이지만, 그렇다고 해서 그의 마음이 편한 것은 결코 아니다. 그런 점에서 그의 소설은 『로리타』의 발문에서 작가 자신이 말한 것과는 반대로 "도덕적 교훈을 수반하고" 있다는 이야기이다.[43] 달리 말하자면 "그의 재능은, 그리고 일반적으로 예술적 재능은 연민의 감정이나 친절심과 특별한 관련이 없고 또 '세계를 창조할' 수도 없는데,"[44] 역설적으로도 바로 그런 이유 때문에 나보코브에게 있어서는 문학적 관심이 도덕적 관심에 기생하는 것이다.

이상으로 나보코브에 대한 로티의 견해를 매우 조잡하게나마 요약해 보았다. 이것만으로도 그의 생각이 예술적인 것과 도덕적인 것의 상호 관련성 또는 상호 배제성에 대한 우리의 반성을 새롭게 하는 데 이바지한다는 것을 어렴풋이 짐작할 수 있을 것이다. 그러나 "괄목할 만한 인물을 창조하는 작가는 그 창조를 통해서 독자가 어떻게 행동해야 하느냐는 것을 반드시 암시하는 법이다."[45] 라는 그의 주장은 그의 나보코브론에서 설득력 있게 예증되어 있는 것 같지는 않다. 도시 그 작가의 괄목할 만한 두 인물인 험버트와 킴보트는 우리가 따라야 할 도덕적 행위에 관해서 어떤 암시를 던져 주고 있는 것인가? 그것은 타인의 고통과 굴욕에 대해

---

42) *CIS*, pp. 158-9.
43) 같은 책, p. 164.
44) 같은 책, p. 168.
45) 같은 책, p. 167.

서 민감해지고 그것을 감소시키기 위해서 미적(美的) 자립성을 완전히 포기해야 한다는 것을 역설적으로 보여 주려는 것인가? 그렇지는 않을 것이다. 만일 이렇게 대타 관계의 도덕성만을 가장 중요한 것으로 치부한다면, 로티가 그토록 강조한 철학이라는 사적(私的) 영역의 자립적 의미마저도 크게 손상되는 결과가 초래될 것이다. 따라서 가장 좋은 길은 자기 집중적인 미의 차원과 자기 확산적인 도덕의 차원을 동시에 차지하는 것이지만, 앞서 언급한 것처럼 이 두 영역의 융합의 가능성은 적어도 나보코브의 인물들의 경우에는 생각될 수 없다. 그러니까 그 인물들이 우리에게 시사하는 것은 그들 자신이나 그 작가를 닮지 말고,[46] 우리가 각자 제 나름대로 그 두 영역을 지나친 모순 없이 넘나들게 해주는 어떤 대안을 마련하라는 것일지도 모른다. 그런 의미에서는 나보코브의 소설은 참으로 아이러니한 것이 될 것이다. 그러나 이 대안이 마련되기까지는(과연 그것이 가능한지는 모르지만), 우리가 반드시 짚고 넘어가야 할 또 하나의 잔혹성의 차원이 있다. 그것은 단순히 개인적인 잔혹성이 아니라 한 사회 전체를 지배할 수 있는 정치적인 잔혹성인데, 이런 종류의 잔혹성에 대해서도 오직 소설만이 우리의 감성을 최고도로 자극할 수 있다는 것이 로티의 생각이다. 그가 보기에는 오웰의 『1984년』이 바로 그런 소설 중의 하나이다.

말할 필요도 없겠지만 이 소설은 허다한 유럽 사람들에게 구소련체제가 위협적인 동시에 매력적이었던 1949년에 발표되었고, 또한 로티가 그것에 대해서 이야기한 것도 그 체제가 붕괴하기 전의 일이다. 그러나 저자의 논지는 오늘날 우리가 알고 있는 정치적 변화 때문에 약화되었거나 시효를 상실했다고는 결코 말할 수 없다. 왜냐하면 소설에서 묘사된 바

---

46) 나보코브 자신이 그의 생각을 부정하고 있다는 것이 로티의 견해이다. "나보코브의 가장 훌륭한 소설들은 작가가 자신의 일반적인 생각들을 믿지 못한다는 것을 보여 주고 있는 소설들이다." (같은 책, p. 168.)

와 같은 정치적 잔혹성을 대할 때, 로티는 그것이 현실적으로 존재했거나 존재하는 특정한 전체주의 국가의 현상으로만 보는 것이 아니라, 언제라도 또 어디서라도 현실화될 수 있는 가능한 사태라고 생각하기 때문이다. 그렇다면 그 불행한 가능성에 미리 대처할 수 있는 어떤 효과적인 방책이 존재하는 것인가? 대답은 부정적이다. 지성도 도덕적인 힘도 자유주의 사회에 대한 신념도 그 예방을 위해서 아무런 중요한 역할을 할 수 없다. 모든 것은 역사적 우연성——미래에 관한 우리의 시나리오를 송두리째 뭉개버릴 만한 적대적 힘을 가진 그런 우연성에 달려 있을 따름이다. 모든 것은 "우연히 그렇게 일어나는 것이다.(just so happens.)"[47] 자유주의 사회가 일련의 우연적인 사건들에 의해서 성립되었듯이, 오브라이언(굴욕과 고문을 바탕으로 세워진 전체주의의 체제의 대표자)은 우연히 성립될 "가능한 미래 사회——자유주의적인 희망의 실현 가능성이 없다는 사실을 지식인들이 받아들인 사회에서 존재함직한 전형적 인물이다."[48]

이렇듯 우연성이라는 견지에서 볼 때 자주 오웰에게 지향되어 온 비난——자유를 지키려는 투쟁을 소홀히 하고 오브라이언의 결정적 승리로 소설을 맺었다는 그런 비난은 진리, 인간의 존엄성, 역사적 필연성 또는 당위성과 같은 형이상학적인 믿음에서 유래하는 소박한 견해에 불과하다. "우리는 현재보다 더 좋은 여러 가지 사회경제적 조직을 구상해 볼 수 있다. 그러나 현실의 세계로부터 그러한 이론상 가능한 세계로 어떻게 넘어갈 것인지 분명하게 알 수 없으며, 따라서 어떤 목표로 향해 나갈지 분명한 생각을 가지고 있는 것도 아니다."[49] 그렇다면 "남들이 말하는 것이 믿음과 욕망의 그물을 정서화(整序化)하려는 우리의 노력을 도와주

---

47) 역사적 사건의 우연성을 강조하기 위해서 로티는 'happen'이라는 동사를 수없이 되풀이한다. 특히 같은 책, pp. 183-5 참조.
48) 같은 책, p. 183.
49) 같은 책, p. 182.

리라."[50]는 희망을 안고 남들과 상통하려는 선의를 발휘해 나간다면, 방금 언급한 바와 같은 미래사회에 대한 불확실성은 어느 정도나마 극복될 수 있는 것일까? 아닌게 아니라 자기의 종국적 어휘에 대해서 자신이 없는 사람들이 모두 그렇듯이, 소설의 주인공인 윈스턴 역시 자기의 진영, 즉 자유의 진영에 속한다고 생각되는 사람들에게 다가가서 이야기하겠다는 긴박하고 견딜 수 없는 충동에 사로잡힌다. 그러나 좀 더 분명한 인식을 위해서 윈스턴이 호소의 상대로 삼았던 사람은 다름아니라 오브라이언이다. 그는 "'이중 사고'를 완전히 터득하여, 자기 자신과 당에 대한 의심 때문에 괴로워하는 일이 없는"[51] 사람——고문을 정당화시키는 정치적 강령을 우롱하면서도 고문의 행사를 즐기는 그러한 사람이다.

이렇게 볼 때 좁은 의미에서의 개인 간의 관계에 있어서도, 또 정치적 세계에 있어서도, 잔혹성은 항상 잠재해 있으며 그 지양은 우리들의 의도나 능력에 달려 있는 것이 아니다. 우리가 살펴본 바와 같이 로티가 생각하는 자립적 철학은 그런 문제를 다루는 공적 영역과는 애초부터 관련이 없다. 또한 다른 한편으로 나보코프와 오웰의 소설에 무슨 사회적 유용성이 있다고 해도, 그것은 개인적 희열에 부수하는 잔혹성(나보코프의 경우)[52]과 우리의 지적, 도덕적 역량을 넘어서는 정치적 차원의 사태에 부

---

50) 같은 책, p. 185.

51) 같은 책, p. 187.

52) 그러나 예술 분야에서는 잔혹성의 문제는 로티가 생각하는 것보다 한결 심각하다. 잔혹성은 비단 황홀경의 실현에 부수적인 것일 뿐 아니라 그 필수적인 조건일 수도 있다. 그것이 적어도 어떤 종류의 작가들의 경우이다. 가령 사드는 자연의 이름을 빌려 다음과 같이 말한다. "남자는 오직 여자를 희생으로 삼아서 희열을 느낄 수 있다는 것, 남자는 그가 누리고 싶은 열락을 증가시킬 수 있는 모든 것을 여자로부터 끌어낸다는 것은 극히 중요한 일이다. 이 과정에서 여자에게 어떤 일이 생기게 되는지에 대해서는 전혀 고려하지 말아야 한다. 그런 고려는 남자의 마음을 어지럽힐 뿐이기 때문이다." (*Justine ou les malheurs de la vertu*, Coll. 10/18, 1969, p. 171.) 현대에 와서는 누구보다도 아르토(Artaud)가 잔혹성에서 생의 원리를 찾아보려고 하는데, 우리

수하는 잔혹성(오웰의 경우)을 아이러니하게 보여 준다는 한도 내에서의 이야기이다. 우리는 거기에서 아무런 대책도 찾아볼 수 없다. 개인적 차원에서 잔혹성이 지양되리라는 어떠한 객관적 전망이 없을 뿐만이 아니다. 또한 "우리의 미래의 지배자들이 어떤 모습으로 나타날 것이냐는 문제는 인간성에 관한 어떤 광범한 필연적 진리나, 또 인간성이 진리 및 정의와 맺는 관계에 의해서가 아니라, 수많은 작은 우연적 사실들에 의해서 결정되어 나갈 것이다."[53]

5

그렇다면 어떤 형이상학에 기반을 두지 않는 도덕——그러나 자유로운 사회가 주는 혜택을 향유하면서도 잔혹성을 그나마 줄여나갈 수 있게 해 주는 그런 도덕이란 어떤 것인가? 우리가 기대한 바와는 달리 나보코브의 소설도 오웰의 소설도 그 모델을 우리에게 제시해 주지는 못했다. 그 소설들이 타인의 고통에 대한 우리의 감수성을 자극한 것은 사실이지만, 그 사회적, 도덕적 유용성은 도리어 우리가 잔혹성의 문제를 해결할 수 없다는 것을 의식화시켜 주는 데 있는 것처럼 보인다. 그러나 다시 한

가 다만 가해자로서만이 아니라 또한 희생자로서 잔혹성을 맞을 것을 그는 종용한다. "우리가 행사하는 잔혹성에는 일종의 숭고한 결정론이 깔려 있다. 이 결정론에는 살인 집행자 자신도 지배되고 있는 것이며, 만일의 경우에는 그 역시 결정론의 희생자가 되어야 하는 것이다. 잔혹성은 무엇보다도 명철한 것이며, 그것은 일종의 엄밀한 방향이며, 필연에 대한 복종이다. [⋯⋯] 그것은 삶의 모든 행동의 실천에 피의 빛깔과 잔혹한 색조를 주려는 의식이다. 왜냐하면 누구나 알다시피 삶이란 항상 어떤 사람의 죽음이기 때문이다." (*Le Théâtre et son double*, Coll. Idées, Gallimard, 1964, pp. 158-9.) 이런 잔혹성의 견지에 설 때 우리는 로티와는 다른 입장에서 보들레르, 주네, 그리고 누구보다도 바타유에 관해서 이야기할 수 있을 것이다.

53) *CIS*, p. 188.

번 뒤집어 생각해 보자. 우리의 도덕적 상황에 대한 이러한 비관적인 인식은 최소한의 유효한 가설을 구상함에 있어서, 비록 간접적으로나마 일종의 정화적(淨化的) 반성의 계기가 될 수 있는 것이 아니겠는가? 과연 로티도 그의 책의 마지막 장에서 연대성에 관한 그 나름의 독특한 개념을 제시한다. 그러나 그의 주장은 앞서 나보코브와 오웰에 관하여 말했던 내용과는 논리적으로 연맥이 닿는 것이라고는 말하기 어렵다.

로티로서는 인간 상호간의 연대성의 개념을, 그 어떤 형이상학적 전제에 묶기는커녕 도리어 과거의 그런 견지에서 벗어나게 해야 한다는 것은 당연한 이야기이다. 출발점은 앞서 본 바와 같이 타자의 고통에 대한 '나'의 감수성이며, 이 감수성은 상상적 동일화를 통해서 계발된다. 그렇지만 이 타자란 우선은 인류 전체라는 추상적 집합체가 아니라, 지금 이 자리에서 나와 함께 구체적 공동체를 구성하고 있는 사람들이다. 그것은 내가 사적으로 잘 아는 나의 가족, 친구들, 이웃들——다시 말해서 언어, 관습, 감정, 생활 양식, 문화적 전통 등에 있어서 내가 나의 동류자라고 생각하는 사람들이다. 이리하여 특정된 '우리'가 성립되고 이 '우리'는 우리가 대립적이라고 생각하거나 적어도 무관하다고 생각하는 '그들'과 대조를 이룬다. 그래서 "연대성에 대한 우리의 느낌은 그 연대성의 대상이 되는 사람이 '우리 중의 하나'라고 생각될 때 가장 강한데, 이때 '우리'란 인류라는 개념보다 더 작고 국지적이다."[54]

물론 이러한 '우리'의 구성 내용은 상황에 따라 극히 가변적이겠지만, 연대성이라는 개념을 구체적으로 이렇게 파악하고 서술한다는 것은 우리의 일상적 경험과 부합하는 것이다. 하기야 로티가 표명하고 있는 생각이 연대성에 관해서 우리가 품을 수 있는 모든 생각은 아니다. 그러나 이러한 현상적인 인식과 실질적인 한계를 일단 넘어서게 되면, 추상적이며

---

54) 같은 책, p. 191.

이상주의적인 견지로 빠져들기가 십상이다. 가령 '우리'의 개념에 관해서 로티와 푸코 사이에 작은 논쟁이 있었다. 니체와 푸코의 경우에는 '우리'가 경시되어 있고 따라서 실용적인 연대성이 경시되어 있다는 로티의 비판[55]에 대해서 푸코는 이렇게 반발한다.

로티는 내가 '우리'에게 호소하지 않는다고 지적한다. 사고의 테두리를 이루고 사고의 정당성의 조건을 설정하는 콘센서스와 가치와 전통이 '우리'에 내포되어 있는데, 그런 '우리' 중의 어떤 것에 대해서도 내가 무심하다고 지적한다. 그러나 중요한 것은 다름아니라 어떤 한 가지의 '우리' 속에 자신을 위치시키는 것이 현시점에서 적합한지를 판단하는 데 있다. 만일 그것이 적합하지 않다면, 그 문제를 더욱 숙고하여 '우리'에 관한 미래적 구상을 가능하게 하는 것이 오히려 필요하지 않을지 생각해 보이야 할 것이다.[56]

그렇다면 푸코가 암시하는 바와 같은 절차——더 보편적인 견지에서 각자가 끼어들어 갈 수 있는 구체적인 '우리'를 성립시키는 데 공헌할 유효한 절차는 과연 무엇일까? 그 구상을 위해서는 전제 조건으로 인간의 본성으로서의 공생관계의 존재를 상정하거나 그렇지 않으면 어떤 정치적 입장을 표명해야 할 것이다. 한데 푸코는 주지하는 바와 같이 로티와 마찬가지로 형이상학적인 전제로서의 공생관계를 인정하지 않는다. 다른 한편으로 그의 정치적 입장은 모호하며, 이 점에서 우연성을 역사의 유일한 원동력으로 보면서도 부르주아 자본주의를 오늘날의 최상의 체제로 옹호하는 로티와는 판이하다. 그렇기 때문에 푸코는 '우리'에 대한 더욱

---

55) 같은 책, p. 207 참조.
56) "Polemics, Politics, and Problematizations" (Paul Rabinow, ed., *The Foucault Reader*, Pantheon Books, 1984, p. 385.)

이상적이고 이론적인 정의의 필요성을 강조하기만 할 뿐, 로티가 제시하는 바와 같은 융통성 있는 '우리'의 개념을 넘어설 수 있는 구체적인 제안을 할 수가 없다. 이런 점에서 볼 때 로티의 '우리'는 이론적 밑받침이 결여되어 있지만, 바로 그런 한계 때문에 도리어 실천을 위한 직접적이며 효과적인 여건으로 작용할 수 있을 것이다.

그러나 그런 현상적인 연대성이 그 자체로서 도덕적 명제를 이룰 수 있는 것은 아니다. 하기야 "'우리'의 힘은, 역시 같은 인간이긴 하지만 잘못된 종류의 인간으로 구성되어 있는 '그들'과 대조된다는 뜻에서 일반적으로 대조적인 것"[57]이기는 할 것이다. 그렇다면 과연 '우리'는 '그들'에 대해서 적극적으로 잔인하게 되어서는 안 될망정, 적어도 무관심하게 되는 것은 상관없다고 주장할 권리가 있는 것인가? 로티는 사르트르처럼 인간의 상호관계를 상극적인 것으로 규정하지 않는 것은 사실이지만[58] (그런 규정은 인간관계를 공생적인 것으로 보는 견해와 마찬가지로 형이상학적이라고 그는 말할 것이다.), 만일 사실적 성찰('우리' 사이의 연대성과 대조되는 '그들'에 대한 무관심 내지는 잔혹성의 가능성)에만 시종한다면, 그의 연대성의 개념은 도덕적 무게를 지닐 수 없을 것이다. 따라서 그는 우리 모두가 취해야 할 보편타당한 태도에 대해서 불가불 어떤 언급을 하지 않을 수 없는 것이다.

그의 도덕적 권고는 단순하고 심지어 상식적이라고까지 말할 수 있다. 그것은 "'우리'에 대한 우리의 의식을, 우리가 여태까지 '그들'이라고 생각해 왔던 사람들로까지 확대하는 것"이다. 다시 말해서 "고통과 굴욕

---

57) *CIS*, p. 190.
58) 사르트르의 경우에는 '너와 나'의 상극 관계가 뒤에 가면 '우리들과 너희들'의 상극 관계로 발전한다. 그리고 '우리들' 사이의 연대성이 성립하는 것은 바로 이러한 실존적 대립관계의 복수화(複數化)에서 비롯되는 것이다. 대체적으로 말해서 이 과정이 『존재와 무』로부터 『변증법적 이성비판』으로 이르는 과정이다.

의 유사성과 비교할 때 종족, 인종, 관습과 같은 전통적 차이점은 점점 더 중요하지 않다고 보는 능력——우리 자신과 엄청나게 다른 사람들 역시 '우리'의 범위 내에 포함된다고 생각하는 능력"[59]을 계발해 나가는 것이다.

내 생각에는 이러한 상상적 일체성의 보편화에는 어려운 문제가 뒤따를 것 같다. 우선 우리의 연대감의 강도에 관해서 로티가 말한 바를 상기해 보자(주 54로 표기한 부분). 그러면 우리의 이웃으로부터 시작하여 계급과 인종을 거쳐 인류 전체로 이르기까지 연대성의 보편화가 추진됨에 따라, 우리 자신을 남들의 아픔에 일체화시키는 능력은 감소되어 결국에는 명목상의 것이 될지 모른다는 당연한 결론이 나올 것이다. 하기야 일반적으로 관찰할 수 있는 이러한 약화 현상이 동정심이나 감정이입의 보편화에 대한 구상을 포기해야 하는 이유가 될 수는 없다고 주장하는 것은 여전히 가능하다. 또한 이러한 자연적인 약화 현상을 극복하려는 선의를 발휘하여 마치 가족을 대하듯 인류 전체와의 연대감을 가지려고 하는 데 바로 도덕적인 힘과 발전이 있다고 외치는 것도 결코 헛소리는 아닐 것이다. 사실을 말하자면 로티는 이러한 자기 극복의 덕, 아니 차라리 자기 고양(高揚)의 덕에 대해서 분명한 언급을 하고 있지는 않다. 그러나 이와 같은 극기적이며 숭고한 윤리와 그 윤리의 실천의 가능성에 대한 믿음이 없다면, 연대감의 보편화는 과거의 숱한 도덕적 이상주의와 마찬가지로 아름답지만 실효 없는 슬로건에 지나지 않을 것이다. 그러나 이 믿음 자체는 벌써 형이상학적이다.

또 한 가지 말해 둘 것이 있다. 그것은 혹시 로티가 그의 논의를 전개

---

59) *CIS*, p. 192.

하는 과정에서 모순에 빠지거나 또는 적어도 스스로 아이러니한 태도를 보이고 있지 않을까 하는 의심이다. 우리가 살펴본 바와 같이 그가 말하는 "시화(詩化)된 문화는 우리 각자의 유한성에 대응하려는 사적인 작업과 다른 사람들에 대한 의무감을 결합시키려는 기도를 포기한 문화"[60]이다. 바꾸어 말해서 인간 상호간의 이 의무(연대성이라는 공적 영역)는 철학과는, 적어도 로티가 철학다운 철학이라고 생각하는 것과는 별로 관련이 없는 것이다. 이렇듯 그는 사적인 것과 공적인 것 사이에서 엄연한 구별을 지었고, 바로 이런 근거에서 "헤겔로부터 푸코를 거쳐 데리다로 이르는 아이러니스트의 사고의 계열을 사회적 희망의 파괴자로 본" 하버마스의 단견을 비판하고, 그 자신은 "그 사고의 계열이 공적 생활이나 정치적 문제와는 별로 상관없는 것으로"[61] 보는 것이다. 그럼에도 불구하고 이 아이러니한 사상의 이론가인 그는 비단 문학비평가로서만 아니라 (나보코브와 오웰의 소설에 대한 그의 해석) 또한 철학자로서 (연대성의 새로운 개념에 관한 논의) 공적 영역의 문제에 큰 관심을 표명하고 있다. 그럼으로써 자기 자신은 철학적인 자립성과 자기창조를 실현할 만큼 드문 천재가 못 되지만, 도리어 그런 이유 때문에 사적 영역과 공적 영역을 동시에 다룰 수 있다는 역설적 겸허성을 보이려는 것일까? 혹은 반대로 그 두 영역에 대해서 동시적 관심을 가짐으로써 "한 사람이 양자가 될 수 있다."[62]는 결론을 스스로 정당화시킨 것일까?

아무튼 간에 '양자가 되는 것'은 로티가 생각하는 것처럼 단순한 가능성에 머무를 성질의 것이 아니라 의무적인 것으로 조정(措定)되는 것이 더욱 마땅할 듯하다. 거기에는 두 가지 이유가 있다. 첫째로는 "공통적인 이기적 희망, 즉 자기의 세계가 파괴되지 않으리라는 희망을 나누어 갖

60) 같은 책, p. 68.
61) 같은 책, p. 83.
62) 같은 책, p. 198.

는 것"[63]이 인간의 연대성인데, 이것은 자유주의 사회──저자에 의하면 종국적 어휘를 향한 자기창조가 이루어질 수 있는 가장 좋은 현실적 사회──를 위한 필수불가결한 조건이기 때문이다. 둘째로는 이 첫째 이유의 당연한 귀결로서, 자유주의 사회의 각 성원은 모두 이 사회──필경 우연적인 사건들에 의해서 구성되었겠지만 미래의 모든 우연성에 대해서 지켜나갈 가치가 있는 이 사회──의 파괴를 막기 위해서 일정한 역할을 담당해야 할 도덕적 책임이 있기 때문이다. 그렇다면 이른바 아이러니한 철학자들의 작업이 "공적 목적에는 부적합하고, '자유주의자로서의 자유주의자'에게는 소용이 없다."[64]는 구실하에, 그들을 오직 '사적인 철학자'로서만 특권적으로 대접한다는 것은 합당한 일이 아니다.

하기야 나는 이런 비판을 한다고 해서 정반대의 입장에 선 하버마스가 전적으로 옳다고 주장하려는 것은 아니다. 하이데거, 아도르노, 데리다, 푸코와 같은 현대의 중요한 철학자들을, "니체의 유산──철학적 반성을 자유주의의 희망과 관련 없는 것으로 만들어버렸고, 또 더욱 나쁜 일로는 그 희망과 대립되는 것으로 만들어버렸기조차 한 그 끔찍한 유산"[65]의 승계자로 비난하는 하버마스의 처사가 마땅치 않다는 데 대해서는 나도 로티와 같은 생각이다. 그의 그런 비난의 밑에 깔려 있는 이성 절대주의나 지배관계에서 해방된 순수한 커뮤니케이션의 개념은 지난 수십 년 동안에 걸친 인간의 현실과 욕망에 관한 혁명적 검증(문학의 분야에서 말하자면 초현실주의로부터 새로운 리얼리즘을 거쳐 쿤데라에 이르기까지)을 도외시한 낙후된 이상주의 내지는 유토피아주의에 불과하다. 그러나 다른 한편으로 보면 이른바 사적인 텍스트에서 공적인 의미 내용을 간파하여 그 도덕적 자세를 묻는다는 것이 로티가 생각하듯이 정당화될 수 없는 행위

---

63) 같은 책, p. 92.
64) 같은 책, p. 95.
65) 같은 책, p. 62.

라고는 여겨지지 않는다. 바로 그것이 그 자신이 나보코브의 『로리타』를 읽으면서 한 작업이었다. 그렇다면 그를 따라, 다음과 같은 제한을 깊이 인식한다는 조건하에서라면 같은 종류의 작업을 철학적 텍스트에 대해서 시도하지 못할 이유가 어디 있겠는가? "그 두 측면의 존재는 [⋯⋯] 딜레마를 가져온다. 그러한 딜레마를 우리는 항상 내포하고 있다. 하지만 그것은 철학의 재판소가 발견하거나 적용할 수 있을 어떤 일련의 고차원의 의무에 항소함으로써만 해결될 수 있는 것은 결코 아니다."[66]

마지막으로 나는 잔혹성의 문제로 되돌아가서 몇 마디 첨가하려고 한다. 로티에 의하면 우리의 사회적 행위의 목적은 타인의 현실적 굴욕이나 가능한 굴욕을 생각하고 그것을 막으려는 노력을 통해서 잔혹성의 감소를 겨냥하는 데 있다. 그러나 앞서 본 것처럼 이 목적의 실현은 다음의 세 가지 이유로 쉬운 일이 아니다. 1) 잔혹성은 개인적 희열의 추구에 부수하거나 심지어 그 조건이 될 수 있다. 2) 잔혹성이 통치행위의 원칙이 될 수 있는 역사적 우연성은 우리의 모든 선의를 넘어서서 언제나 잠재해 있다. 3) 연대성의 의식은 그 보편화에 비례해서 강도를 상실한다. 한데 우리가 가령 시시포스의 신화에 의해서 상징되는 영웅적인 윤리의 가치를 선양한다는 그 낯익은 이상주의에 새삼스럽게 의지하지 않는 한, 이러한 사태는 매우 난처한 것이다. 더구나 이 어려운 사태를 더욱 어렵게 만드는 잔혹성의 또 하나의 차원이 있다. 그것은 로티가 적어도 이 책에서는 주목하고 있지 않은 잔혹성——테크놀로지의 사회라고 불리는 오늘날의 자유주의 사회의 한 구성 요소를 이루고 있는 잔혹성이다. 이 점에 대해서는 나는 긴 이야기를 삼가고,[67] 다만 이 사회에서 가장 문제가

---

66) 같은 책, p. 197.
67) 졸저 『문학을 찾아서』(민음사, 1994)에 수록된 「테크놀로지, 사회 그리고 인간」(pp. 425–446) 참조.

되어 있는 것은 유순한 육체와 정신을 제조하려는 휴먼 엔지니어링이라는 것만을 강조해 두고자 한다.

이 현대의 휴먼 엔지니어링은 푸코가 보여 준 바와 같은 징벌적 조치가 이미 아니라, 현대 사회의 필수적인 조건이다. 우선 이른바 '선진 사회'의 실천적 타성태가 되어버린 기술적 진보는 그것 없이는 생각할 수 없다. 다른 한편으로 그것은 국제적인 경제 전쟁——많은 국가 원수들이 세일즈맨이라고 뻔뻔스럽게 자칭하면서 세계를 돌아다니게까지 된 이 새로운 중상주의(重商主義)의 기반이기도 하다. 그런 유순한 육체를 만들기 위한 휴먼 엔지니어링의 구체적 형태가 가령 오거니제이션 맨의 양성, 소비의 조장, 기술적, 관료적 전문직의 중시, 반성적 지식을 대신하는 자극적 정보의 양산, 대중문화와 레저 산업이 가져오는 소외의 효과의 이용 등이다. 그리고 예술의 영역에 있어서는 이질적 요소들의 동시 전개를 가능케 하는 공간성(백남준의 비디오 예술이 제공하는 현기증 나는 이미지들은 그 대표적인 예가 될 것이다.)이, 일관성 있는 주체의 점진적 숙성에 필수적인 시간성을 내몰아버린다. 앞서 말한 바와 같이 오늘날 형성소설(Bildungsroman)이 사멸했다는 사실은 그것을 단적으로 말해 준다.

이런 현상들은 이미 너무나 진부하게 되어버린 것이 사실이다. 그러나 '자유로운' 공동체 안에서의 개인적 자립성과 종국적 어휘의 추구를 가로막는 잔혹성이나 굴욕이 무엇인지를 생각해 볼 때, 우리는 방금 말한 일들이 새로운 형태의 잔혹성이 아닌지 자문해 볼 필요가 있는 것이다. 육체적 고통을 동반하지 않고 도리어 위안으로 느껴지기까지 하는 이 잔혹성은 어쩌면 더 걱정스러운 잔혹성일지도 모른다. 왜냐하면 그것은 후기산업사회를 지배하는 소수의 타이쿤(大君)들에 의해서 고무되고 부과되는 것이기 때문이다. 그리고 이 사회의 핵심적 활동——즉 늘 새로워지는 인공물의 발명, 생산, 유통 및 소비에 직접적 또는 간접적으로 종사하는 사람들은, 주변화되기를 바라지 않는 한 그 잔혹성을 자진해서 받아들여야 하기 때문이다. 이리하여 자본주의가 지배적 세력으로 부상하기 시작한 19세기 초에 비니(Vigny)나 발자크나 스탕달이 이미 간파한 역설——사회적 소외의 희생자가 되지 않기 위해서는 자기 소외에 애써야 한다는 역설이 오늘날 보편화되고 극점에까지 이른 것이다.

혹시 철학이 로티가 바라듯이 오직 사적인 영역에 속하는 것이라면 이러한 사실들은 과연 철학과는 무관할 것이다. 그러나 실제로는 로티가 그렇게 했듯이, 연대성의 문제를 현대 사회의 콘텍스트에서의 철학적, 도덕적 문제로 제기하는 경우에는, 테크놀로지의 사회가 가져오는 그 다른 형태의 잔혹성의 문제 역시 당연히 그 안에 포함되어야 할 것이다. 만일 그런 잔혹성에 연루된 사람들은 철학자(진리의 사도라고 아직도 자칭하건 혹은 로티가 말하듯 사적인 영역에서의 자립성을 지향하건 간에)를 먹여 살려주기 위한 '하등인간'일 따름이라는 어설프게 플라톤적인 태도를 취한다면, 그것처럼 시대착오적인 일은 없을 것이다. 왜냐하면 오늘날에는 그들이야말로 권력 구조의 인사이더이며 철학자의 생존 자체가 그들에게 의존하고 있기 때문이다. 일반적으로 말해서 우리는 오늘날 철학이 정치적, 사회적 권력에 대해서 이데올로기적 근거를 마련해 주지 못하는 사회, 아니 차라리 권력이 그 근거를 철학에 요청하지 않는 사회에서 살고 있다. 그러나 철학이 시대에 대한 어떤 의무감을 느껴서 연대성의 도덕에 관심을 베푼다면, 그리고 오로지 이상주의적 또는 유토피아적 구상에 시종하지 않고 이 테크놀로지의 사회의 현실을 직시한다면, 과연 어떤 구체적 제안을 할 수 있는 것일까? 이를 위해서는 깊고도 광범한 공동 성찰이 필요하겠지만, 나로서는 서로 독립되어 있으면서도 다 같이 낙관적이 아니라는 공통점을 가진 두 가지 태도를 시사해 두려고 한다.

1) 우리는 기독교적이건 유교적이건 혹은 칸트적이건 간에 이웃에 대한 사랑이라는 초시대적인 요청을 여전히 강조할 수 있을 것이다. 바람직한 사회적 연줄에 대해서 생각할 때 이 고상한 윤리를 내걸고 그것을

이론적으로 다듬고 또 실제적으로 적용해 나가는 것 이외로 다른 어떤 선택이 있겠는가? 그러나 그 윤리의 근원에 관한 문제——그것은 신으로부터 유래하는가 혹은 인간성에 기초를 두는 것인가, 사회적 계약의 산물인가 혹은 로티가 주장하듯이 단순히 타인의 굴욕에 대한 감수성에서 비롯되는 것인가 하는 따위의 문제를 차치하고라도, 날이 갈수록 강화되고 간사해지는 구조적 지배체제에 대한 저항의 원리로서는 그 실효성은 더욱 감소되어 가는 것 같다. 대부분의 경우에 그 실제적인 효능은 가족, 종교 단체 혹은 농촌 사회와 같은 극히 제한된 영역에서만 발휘되는데, 이러한 공동체 자체가 기술 사회화의 결과로서 와해되어 가고 있는 것이다. 극단적으로 말하자면 이런 영역 이외에서 우리가 할 수 있는 모든 것은 여러 차원의 지배자들에게, 휴먼 엔지니어링에 있어서 좀 덜 잔혹하게 되라는 것을 휴머니즘의 이름으로 주문하는 것이지만 그런 주문이 큰 효과를 거두리라는 기대를 할 수는 없다.

2) 이와 동시에 우리는 모순을 너무 두려워하지 말고, 삶을 두 가지 측면으로 쪼개서 영위하는 현실주의적 이중성을 시사하고 고무할 수가 있을 것이다. 즉 한편으로는 굴욕과 잔혹성을 기술사회가 과하는 불가피한 여건으로서 의연히 견뎌나가고, 다른 한편으로는 무엇과도 바꿀 수 없는 주체로서 자신을 회복하고 상호 이해를 증진하는 것이 어렵지만 가능할 것이다. 이런 후자의 말 없는 연대성을 매개해 주는 것이 고전적 가치를 지닌 책들이다. 낮에는 관례적이며 자기 소외적인 노동에 종사하다가도, 저녁 때면 공자나 프루스트를 읽음으로써 내적 자아의 시간적 숙성을 꾀하는 것이 그런 경우이다. 이런 이야기는 물론 대학이라는 우산의 보호를 받으면서 철학적, 도덕적 또는 문학적 언어를 반성하고 창출하는 것을 직업으로 삼고 있는 '행복한 소수'에 관한 것이 아니다. 내가 염두에 두고 있는 것은 고도화된 테크놀로지의 실천적 타성태 속에 직접적으로 편입되고 통합되어, 허위의식, 반(反)목적성, 수단과 목적의 전도와 같은

소외 효과에 순치될 위험에 처한 대부분의 사람들인데, 그들에게 권할 수 있는 현실적 대안이 달리 어디 있겠는가? 만일 그들이 실존적 주체를 내걸면서 사회적, 경제적 생산 조건에 반항한다면 사회의 기반 자체가 무너질 것이다. 반대로 소외적인 노동과 무감각화를 겨냥하는 그 모든 전술에 말려들 때는, 인간을 인간답게 만들어 주는 자율성과 자아창조를 완전히 등지게 될 것이다.

그러나 이 이율배반 앞에서 결국 자아의 구획화라는 이러한 시덥지 않은 선택밖에는 현실적으로 할 수 없다는 것, 정신분열증의 위험을 무릅쓰고, 『1984년』에 나오는 잉그속의 '이중사고'[68]를 연상시키는 이중사고를 권고한다는 것 자체가 어쩌면 불길한 징조일지도 모른다. 이른바 '자유로운' 사회가 역사적 우연성에 의해서 매우 능란하게 위장된 전체주의 사회로 변화하고 있다는 징조일지도 모른다. 그렇게 되면 어떤 철학이 형이상학을 몰아내려는 듯이 자아, 주체성, 자율성과 같은 개념은 실지로는 추방될 것이며 그런 문제에 대한 모든 논의는 '우렁찬 공허'처럼 들릴 것이다. 그러나 적어도 오늘날까지는 철학은 아직도 이 야릇한 테크놀로지의 사회에 살 수밖에 없는 사람들의 특수한 조건을 고려하면서 현실적인 삶에 대해서 이야기할 수 있고, 또 그런 이야기는 경청의 대상이 될 수 있을 것이다. 개개인의 철학자가 만고불변의 진리를 탐구하는 과업에만 시종하지 않고, 그런 진리조차 자신의 생존을 좌우하는 초미의 문제들과 맞부딪치고 맞닿게 하는 실존적이며 정열적인 작업을 의무로 삼는다면 말이다. 그런 점에서 내 머리에는 니체의 다음의 구절이 절실하게 떠오른다.

한 사상가가 자신의 문제에 대해서 개인적으로 입장을 취하여, 그런 문

---

[68] 그 전체주의의 나라에서 이중사고란 "마음속에 모순되는 믿음을 동시에 간직하고 그 두 가지를 모두 받아들이는 힘을 의미한다." (Penguin Books, 1949, p. 171).

제들 속에서 그의 운명과 괴로움과 가장 큰 행복을 발견하는 것과, 그의 문제에 '비개성적'으로 접근하여 오직 차디찬 호기심에 연유한 생각을 가지고서만 그것을 다루고 파악하는 것과의 사이에는 커다란 차이가 있는 것이다.[69] (1996)

---

69) 『쾌활한 지식』 #345(알베르(Henri Albert)의 프랑스어 번역에 의거. Hachette, 1987, p. 249.)

철학과 문학과 진실
—— 하버마스의 문학관에 대한 비판을 중심으로

1

가장 좋은 방법은 그날그날 일어난 일을 그대로 기술하는 것이다. 사태를 확실히 알기 위해서 일기를 쓸 것. 아무것도 아니게 보이는 것일 망정 뉘앙스 하나도, 사소한 사실 하나도 놓치지 말 것. 그리고 특히 그런 것들을 분류할 것.[1]

갑자기 야릇하고 언짢은 모습을 띠기 시작한 사물들 앞에서 불안을 느끼기 시작한 사르트르의 『구토』의 주인공은 그 불안을 쓸어내기 위해서, 방금 인용한 바와 같은 두 가지 작업을 시도하려고 한다. 우선 그는 이른 바 현상학적 기술에 착수할 작정이다. 그러면 사물들은 인간이 짜 놓은 의미의 그물에서 마침내 풀려 나와 그 자체의 본연의 모습을 드러내겠고, 그러면 그는 야릇한 불안의 원인을 바로 거기에서 찾아낼 수 있을 것이다. 따라서 그는 사소한 것도 놓치지 않고 의식에 주어진 대로 기술하

---

1) Sartre, *La Nausée*. Gallimard, 1938, p. 11.

려고 한다. 그러나 주인공의 이 기도는 결코 순수하지 않다. 왜냐하면 다른 한편으로 그는 현전(現前)하는 사물을 그대로 놓아 두는 대신에, '분류'하려고 하기 때문이다. 다시 말하자면, "사물들을 의식 속에서 용해(溶解)하려는 소화적(消化的) 철학"[2]의 오래된 전통이 그렇게 쉽게 사라지지는 않는 것이다. 그래서 주인공은 아무리 수상하게 보이는 사물일 망정 결국은 '정상화'되리라는 것, 즉 각자의 불변의 본질에 따라서, 그리고 존재 전체의 체계 내에서 그것이 차지하는 중요성에 따라서 인간이 마련해 놓은 제자리로 마침내 얌전하게 복귀하리라는 것을 여전히 믿으려 한다. 그러기 위해서는 다시 말해서 그 말썽꾸러기 사물들로 하여금 제자리로 돌아가게 하기 위해서는, 우리의 이성이 약간 거들어 주기만 하면 된다. 마치 헤매는 양떼를 다시 우리에 들어가게 하기 위해서는 목동들이 채찍을 가볍게 휘두르기만하면 되는 것과 마찬가지로 말이다.

『구토』의 로캉탱이 당장에 시도하려는 것도 바로 이와 같은 짓이다. 그는 가장 하찮은 사실까지도 일일이 그 이름을 확인하면서 빠짐없이 열거하고, 분류학과 인과관계의 원칙에 따라서 정리하려고 한다. 그러면 수상쩍게 느껴졌던 모든 것이 다시 낯익은 질서를 회복하게 되리라. 이것이 그의 희망이다. 방금 전에 조약돌의 감촉이 야릇하고 불안했지만, 조약돌이란 결국 생명 없는 광물체에 불과하니 그것이 무슨 불길한 힘을 발휘할 수 있단 말인가? 이렇게 이치에 맞는 생각으로 되돌아 가면, 그 감촉에 불안을 느꼈다는 사실 자체가 터무니없는 일로 밝혀질 것이다. 필경 그 불안의 원인은 조약돌에 있기는커녕, 무슨 감기기운이나 미열 때문에 그 자신의 건강 상태가 고르지 않았다는 데에 있을 것이다.

그러나 이러한 '합리적인' 사고로 사물을 다시 다스리려는 그의 희망은 크게 어긋나고 만다. 이윽고 사물들의 대반란이 일어난다. 사물들은

---

2) Sartre, *Situations* I, Gallimard, 1948, p. 32.

이성이 마련해 준 카테고리 속에 얌전히 들어앉아 있기를 거부하고, 인간이 결정적으로 부여한 이름을 받아들이려고도 하지 않는다. 더구나 그것들은 윤곽이 분명한 고체성을 상실하여 끈적거리고 흐느적거리고 곤죽이 된다. 다시 말해서 우리가 익숙하게 보아 온 이른바 이성적 질서란 결국 "추상적인 발명이며, 세척되고 단순화된 관념이며, 인간이 만들어낸 관념"[3]이라는 것이 분명하게 된 것이다.

내가 이런 이야기를 한 것은 '존재의 우연성'이라는 그 진부하게까지 된 사르트르적 테마를 재론하기 위해서가 아니다. 그러나 스스로 발견한 사물의 본래의 모습 앞에서 주인공이 보여 주는 반응은 여전히 어떤 의미 있는 고찰의 실마리가 될 만한 것이라고 생각한다. 가령 다음과 같이 더 근본적인 입장에서 질문을 던져 보자. 마침내 인간의 이성의 굴레에서 벗어난 존재자들 앞에서 로캉탱은 왜 구토와 공포를 느끼는 것인가? 그는 인간의 미망에서 깨어나 드디어 발견된 사물의 본래의 모습을 태연히 받아들이고, 일종의 평정의 상태에 이를 수도 있었을 것이 아니겠는가? 한데 이 질문에 대한 대답은 매우 간단하다. 무정형(無定型)하게 된 사물들 앞에서 느낀 구토라는 그 노이로제 증상은 결국 일정한 구도(構圖)에 따라 사물들을 정리할 수 없게 된 당황한 합리주의자의 반응일 따름이다. 우연적인 것, 부조리한 것, 불합리한 것이 합리적인 것을 위협하면서 존재한다는 생각은 요컨대 인간의 분화적 이성에서 비롯된 것인데, 그 이성이 이제 어떤 치명적인 상처를 입은 것이다. 그 반증으로서, 가령 『노자』나 『장자』가 보여 주는 바와 같은 동양의 옛 생각, 말하자면 존재론적 평등주의 속에 모든 사상(事象)을 포괄하는 그런 생각을 따른다면 존재의 부조리나 그 앞에서의 구토와 같은 느낌은 아예 있을 수 없는 것이다. 이 경우에는 인간을 위시해서 모든 존재자는 어떤 가치체계나 질

---

3) *La Nausée*, p. 166.

서를 형성하지 않고 그냥 있을 따름이다. 존재자 중의 어떤 것, 가령 인간이나 신이나 로고스가 특권적인 지위를 차지하고 다른 것 위에 군림하는 일은 없다. 더구나 이러한 미분화와 비체계성은 그 글쓰기의 양식에 그대로 드러난다. 동양의 이 옛 사상가들의 경우에, 규정될 수 없는 것은 비단 존재자들을 지배하는 어떤 원리뿐만이 아니라, 또한 수상(隨想), 시, 이야기, 철학적 담론을 뒤범벅한 것 같은 '정체불명의' 스타일이기도 하다.

이와 반대로 합리적인 것(이쪽이 더 바람직한 것으로 받아들여져 왔다.)과 비합리적인 것(그것은 어지럽고 성가신 것, 그리고 가능하다면 이성에 의해서 순치되어야 할 것으로 알려져 왔다.) 사이의 구별은 두말할 필요도 없이 서양 철학사상의 매우 끈질긴 전통을 이루고 있다. 한데 많은 경우에 이런 구별은 글쓰기 그 자체에 관해서도 이루어져 왔다. 그래서 무엇보다도 철학이 이성적이며 논리적이며 따라서 보편적인 담론인 반면에, 문학적 글쓰기는 비합리적이라고까지는 말할 수 없을지언정 적어도 엄밀성이 결여된 것으로 치부되어 왔다. 이에 더하여 진실에 관한 문제가 있다. 널리 유포되어 있는 견해에 따르면 진실을 다루는 분야는 철학이며, 문학은 원칙적으로 미학의 영역에 속하는 것으로 되어 있다. 이리하여 한편으로는 '철학——진실——합리적'이라는 개념의 계열과 다른 한편으로는 '문학——취미——비합리적'이라는 개념의 계열이 설정된다. 그렇기 때문에 한 소설에 '철학적'이라는 형용사를 붙인다면(가령 『구토』에 대해서 자주 그렇게 하듯이), 과연 그런 특징화가 합당한 것인지 물어 보아야 할 것이다. 철학적 소설이란 과연 무엇인가? 그것은 어느 정도의 분량의 철학적 담론이 섞여 있어서, 허구적인 이야기가 논증적인 언어로 채색되어 있는 (아니 도리어 '중화'되어 있는) 소설을 두고 하는 말일까? 혹은 그것은 철학적 논의의 대상으로 쉽게 이용될 수 있는 모티프나 디테일을 많이 포함하고 있는 소설을 가리키는 것일까? 그렇지 않으면 소설이라는 담론을 매개로 삼지 않으면 밝혀질 수 없는 어떤 철학적 테마가 존재하기 때문에 철학적 소설이라는 명칭이 생기게 된 것일까? 아무튼 간에 벌써 볼테르의 시대로부터 자주 사용되어 온 이 명칭의 존재가 분명히 말해 주는 것이 한가지 있다. 그것은 언어적 제약과 이른바 '미학적'인 것으로 치부되어 온 그 특질에도 불구하고, 문학이 우리가 '진실'이라고 부르는 것, 그보다도 차라리 진실의 탐구라고 불러야 할 것과 어떤 관계를 지닐 수 있다는 것이다.

프루스트에 의하면 "진실한 인생, 마침내 발견되고 밝혀진 인생, 따라서 진실로 체험된 유일한 인생, 그것은 문학이다."[4] 그리고 거의 반세기 후가 되어서, 아이러스 머독이 동일한 종류의 주장을 하고 있는데, 그 어조는 한결 야심적이며 단호하다.

우리에게 필요한 것은 도덕적 삶의 어려움과 복잡성에 대한, 그리고 인격(人格)의 불투명성에 대한 새로운 의식이다. [······] 바로 이런 점에서 문학은 매우 중요하다. 과거에 철학이 담당했던 일들 중의 어떤 것을 이제 문학이 걸머진 이후로 특히 그렇다. 우리는 문학을 통해서 우리의 삶의 밀도를 재발견할 수 있다. [······] 그러나 그 과업을 수행하기 위해서는 산문이 과거의 영광을 되살려, 감동시키고 논의하는 힘이 회복되어야 한다. 나는 호소력과 진실을 말하려는 기도를 결합시키고자 한다.[5]

이 인용문이 포함된 글에서 머독은 문학이 메마르게 된 점을 고발하고

---

4) Proust, *A la recherche du temps perdu*, tome III, Gallimard (Pléiade), 1954, p. 895.

5) Iris Murdoch, "Against Dryness : A Polemical Sketch," *Encounter*, vol. 16, no. 1 (January, 1961).

있을 뿐 아니라(인용문에 앞서서, 현대문학은 왜소화하고 '깨끗해지고' 자제적(自制的)인 것이 되었다는 점이 지적되어 있다.), 철학이 삶의 문제와는 단절된 개념 분석에 시종(始終)하고 있다고 책망한다. 그러나 문학은 과연 그녀가 바라는 것처럼 삶의 여러 문제를 감동적으로 제시하고 그럼으로써 진실을 밝힐 수 있을 것인가? 문학의 인식적 능력의 주장, 말하자면 철학에 대한 도전이라고 말할 수 있는 주장(그러기에 이 글에는 '논쟁적 소묘'라는 부제가 달려 있다.)은 진실의 유일한 권능자로 자처해 온 철학에 의해서도 역시 받아들여질 것인가? 사실에 있어서 철학이 그 자신과 문학 사이에 설정해 놓은 대립적 관계, 달리 말하면 철학이 문학에 대해서 선포한 '진실의 영역으로의 출입금지'라는 금령은 심지어 문학자들에 의해서도 존중되어 온 것처럼 보인다. 일례로 보들레르는 시에 대해서 이야기하기에 앞서서 철학과 시의 사이에 분명한 구별을 설정하고, 시는 전적(全的)으로 객관적 이성의 관할하에 있는 진실과는 아무런 상관이 없다고 말했다. 그렇다면 그의 말은 진정에서 나온 것인가, 혹은 반대로 자기가 말하려는 것에 대해서 철학자들의 비위를 거스르지 않도록 하기 위해서 수사적(修辭的) 전술을 사용한 것인가? 내 생각에는 아무래도 후자인 것 같다. 왜냐하면 그가 주장하려던 것은, 숭고한 미(美)의 형태를 지닌 초월적 진실이 있고 그것은 오로지 시적 상상을 통해서만 엿볼 수 있다는 것이었기 때문이다. 보들레르는 우선 이렇게 말한다. "진실은 노래와는 아무런 상관이 없다. 노래의 매력을 이루는 모든 것은 '진실'에서 그 권위와 힘을 박탈하고 말 것이다." 그러고는 몇 줄 뒤에서는 다음과 같이 덧붙인다.

땅과 땅의 정경을, 하늘의 모습처럼, 그 조응(照應)처럼 바라보게 해주는 것은 미에 대한 이 희한한 불멸의 본능이다. 피안에 존재하면서도 이승의 삶이 계시해 주는 모든 것에 대한 가라앉힐 수 없는 갈증이야말로 우리

268

의 불멸성의 가장 생생한 증거이다. [……] 그리고 절묘한 시가 눈가에 눈물을 맺히게 할 때, 이 눈물은 [……] 불완전한 것 속으로 유배되어 있기에, 계시된 천국을 당장 이 땅에서 움켜잡으려는 인성(人性)의 표징이다.[6]

그렇다면 보들레르로부터 아이러스 머독에 이르는 한 세기 동안에 걸쳐서, 본질적인 것으로 생각되었던 철학과 문학의 차이는 점차 뭉개지고 흐려지고 사라져 버려서, 문학이 철학과 같은 정도로 유능한 진실의 탐구자 내지는 계시자라는 것을 공공연하게 선양(宣揚)할 수 있게 된 것인가? 그러나 실상은 이러한 단선적인 진전이 있어 온 것은 아니다. 철학과 문학의 상대적 지위와 기능에 관한 문제는 아직도 혼미한 상태로 남아 있다. 한편으로 보면 벌써 19세기 말에 발레리는 머독보다도 더 급진적인 생각을 피력한 바 있었다. 이 시인의 견해로는, 진실의 담론이라기보다 "글로 쓰인 작품이라는 그 성격에 의해서 한정되어 있는 철학은, 객관적으로는 어떤 주제들에 의해서, 그리고 어떤 용어들과 어떤 형식들의 빈출(頻出)에 의해서 특징지어진 하나의 특수한 문학적 장르이다."[7] 그러나 다른 한편으로는 널리 알려져 있다시피, 대부분의 분석철학자들은 오늘날에도 문학적 담론을 진실의 탐구와는 거리가 먼 것으로 보고 그것은 철학의 고유 영역이라고 생각하고 있다. 그러나 이 의견의 분립은 철학의 아성을 잠식하거나 무너뜨리려는 문학자와, 이런 '음모'에 대해서 자신을 지키려는 철학자의 대립으로 반드시 요약될 수 있는 것은 아니다. 이미 1960년경부터 일부의 문학이론가와 비평가들은 이른바 '문학성'의 이름을 빌려 자신들의 영역 속으로 자폐하고 고립한다. 그들에 의하면 문학적 글쓰기라는 기호적 활동은 그 자체의 세계를 이룬다. 다시 말해

---

6) Baudelaire, *Oeuvres complètes*, tome II, Gallimard (Pléiade), 1976, p. 334.
7) Valéry, "Introduction à la méthode de Léonard de Vinci" (1894), *Oeuvres*, tome I, Gallimard (Pléiade), 1957, p. 1256.

서 외부의 세계와도 또 다른 지적(知的) 영역과도 아무런 상관이 없는 자율적이며 자기지시적(自己指示的)인 텍스트를 형성한다. 이와 반대로 어떤 철학자들(특히 폴 리쾨르)의 견해를 따르자면, 작가와 시인이 '창조' 하는 세계는 그 자체의 언어적 특성을 가지고 있으면서도 독자들을 텍스트 밖으로 지향시켜서 그들이 다른 조명하에서 현실을 볼 수 있게 만들어 준다. 또 다른 철학자들은 문학이 철학을 집어삼킨다고조차 말한다. 한데 문학에 의한 철학의 이 병탄(倂呑)은 새로 규정된 진실의 이름으로 이루어지는 것이 아니다. 그것은 도리어 형이상학과 진실의 죽음(그 두 죽음은 서로 연관되어 있다.)에서 유래된 빈터를 메우려는 새롭고 유동적인 의미들의 확산을 위한 것이다. 이것이 대체로 리처드 로티나 데리다의 생각이며, 어떤 측면에서 볼 때 그들은 발레리의 후예라고 말할 수도 있을 것 같다.

이상은 매우 조잡한 요약이다. 그러나 이 조잡한 요약을 통해서일 망정, 플라톤 이래로 전개되어 온 철학과 문학 사이의 알력이 시간과 더불어 매우 어지러운 혼전으로 악화되었다는 것을 짐작할 수는 있을 것이다. 한쪽에는 문학의 방해나 간섭이나 주제넘은 포부를 경계하면서 철학의 이성적 순수성을 지키려는 사람들이 존속하고 있다. 그러나 그 반대편에는 그 두 영역의 혼합 내지는 지양을 위한 시도가 있다. 나는 하버마스와 로티의 문학관을 비교함으로써 그 양쪽의 대조를 부각시킬 수 있다고 생각하는데, 이 고찰에서 초점이 되는 것은 다름아니라 이성과 진실의 지위에 관한 문제이다.

2

철학이 진실의 문제와 관련해서 문학에 대하여 취해 온 태도는 대개 다음과 같은 다섯 가지로 총괄할 수 있을 것 같다. (A) 배제. 철학은 문학을 진실의 성역에서 배제한다. 왜냐하면 문학이란 이성이 통제해야 할 비이성적인 것의 영역에 속하는 것이기 때문이다. 플라톤에 의한 시인의 추방이 그 가장 전형적인 경우이다. (B) 격리. 이것 역시 진실의 이름으로 이루어지는 배제의 한 형식이다. 그러나 이 경우에는 문학에 대해서도 조형예술이나 음악에 대해서와 마찬가지로 별개의 자립적인 영역을 지정해 주고 문학을 그 속에 가두어 두려고 한다. 이 영역은 때에 따라 미학, 수사학 또는 취미라고 불린다.[8] (C) 종속. 오직 이성적 명제만이 개념적, 객관적, 보편적 양상하에서 진실을 완전히 정립할 수 있다. 비록 문학이 진실을 표현할 수 있다 해도 그것은 다만 감성적 차원의 것에 불과하다. 따라서 그것은 당연히 철학에 비해 하위의 것이며, 철학에 의해서 처리되고 완성되어야 할 성질의 것이다. 데리다의 말을 빌리자면 문학의 이러한 '하녀(下女)적' 지위는 이미 아리스토텔레스에 의해서 규정된 바 있다.[9] (D) 가치부여. 문학, 특히 시는 이성적 언어로서는 도달할 수 없는 진실이 나타나게 하는 효능을 지니고 있는 것으로 치부된다. 문학에 대한 이러한 가치부여는 니체와 하이데거의 경우에 현저하다. (E) 해체. 데리다에게서 보는 바와 같이 진실이라는 개념 자체가 해체되고, 철학은 규범 없는 기호의 놀이로서 문학과 만난다.

하버마스는 둘째 번 범주의 견해를 가지고 있는 철학자이다. 그의 생각으로는 문학작품은 현실세계에서의 의사표현이나 행동과는 상관이 없다. 그것은 다만 비실용적인 차원에서 유사(類似) 발화행위가 이루어지는

---

8) 하이데거의 말 참조. "예술의 본질은 존재자의 진실이 자신을 만들어 나가고자 하는 것일지도 모릅니다. 그러나 지금까지 예술은 아름다운 것이나 아름다움과 연관되고 진실과는 연관되지 않았습니다. [……] 진실은 논리학의 영역이며, 아름다움은 미학의 몫으로 마련되어 있습니다." ("L'origine de l'oeuvre d'art," *Chemins qui ne ménent nulle part*, Gallimard, 1962, p. 37).

9) Derrida, *Marges de la philosophie*, Editions de minuit, 1972, p. 284.

영역이며, 바로 "이렇게 담론의 일상적 실천에서 격리되어 있는 덕분으로, 새로운 세계들을 창조한다는 유희적 권능을 향유하게 된다. 더 적절하게 말하자면 언어의 혁신적인 표현에 고유한, 세계를 향해서 열리는 힘을 순수하게 표출할 수 있는 권능을 향유하게 된다."[10] 그렇다면 새로운 세계를 향한 이 열림은 무엇을 할 수 있는 것인가? 그 기능은 사르트르가 강조하는 진정한 세계의 드러냄, 독자로 하여금 제 속과 제 주위에 있는 세계를 다른 눈으로 보게 하는 그런 드러냄과 비슷한 것인가?

이 질문에 대한 하버마스의 대답은 양의적(兩義的)인 것으로 보인다. 그 역시 야콥슨과 마찬가지로, 문학작품은 '시적' 기능을 주된 기능으로 가지고 있지만 그렇다고 해서 다른 언어적 기능에 참여하지 않는다는 이야기는 아니라고 생각한다. 하기야 그가 문학적 담론에서 강조하는 것은, 야콥슨의 시적 기능에 해당하는 '레토릭'이다. "그 자체의 생명을 획득하기 위해서 의사소통의 관행으로부터 벗어나는"[11] 문학적 담론의 자립성을 이루어 주는 것이 바로 레토릭이다. 그러나 하버마스는 독자의 눈을 뜨게 하고 세상에 대한 인식을 새롭게 해주는 텍스트 외적인 기능을 문학작품에서 무시하고 있는 것은 아니다. 문학작품을 순수한 언어의 유희라고 생각하기는커녕, 그는 그것이 독자에 의해서 새로운 인식을 위한 호소로서 받아들여지기를 바라고 그 점에서 문학비평의 매개적 역할에 큰 기대를 건다.

비평은 문학작품의 체험의 내용을 통상적 언어로 통합한다. 의사소통의 일상적 활동을 통해서 재생산되는 삶의 형식과 개인적 생활을 위해서, 예술과 문학의 혁신적인 잠재력이 발현되는 것은 오직 그러한 산파적 역할에 의해서이다. 이 일은 가치 평가적인 어휘의 변화로, 가치의 설정과

---

10) Habermas, *Le discours philosophique de la modernité*, Gallimard, 1988, p. 237.
11) 같은 책, p. 239.

욕구에 대한 해석의 혁신으로 미치며, 지각 방식의 변화를 통해서 생활 방식의 새깔을 바꾸어 놓는다.[12]

이렇듯 비평활동에 힘입어 자기지시적(自己指示的)이었던 언어가 '삶의 세계'로 뻗게 되는데, 비평활동은 철학이 하는 일과 세 가지 차원에서 흡사하다. 첫째로 "전문가들의 문화의 비교적(秘敎的)인 분야의 하나"인 철학이 "과학과 도덕과 법의 기반"을 따지는 것을 그 관심의 대상으로 삼듯이, 역시 그러한 비교적인 분야의 하나인 문학비평은 "'예술적 진실', 미학적 조화, 예증의 타당성, 혁신적 능력, 진정성"에 대한 문학 텍스트의 주장을 검토하는 것을 목적으로 삼는다. 한데 바로 여기에서 또하나의 유사성이 비롯된다. 그것은 논증의 형식의 유사성이다. 다시 말해서 문학비평은 명제적 진실을 위해서 특별히 마련되어 있는 형식을 빌려오는 것이다. 셋째로 철학도 문학비평도 다 같이 "체험된 세계의 전체 및 상식"과 긴밀한 관계를 갖는다는 점에서도 서로 닮은 점이 있다. 그리고 문학비평만이 아니라 철학 역시 수사적 요소를 중요하게 생각하는 것은 바로 그 관계를 확보하기 위한 것이며, 이 점에서 "뜻 깊은 문학비평가와 위대한 철학자는 다같이 훌륭한 작가인 것이다."[13]

그러나 하버마스는 이러한 유사성이 다만 표면적인 것에 불과하다고 말한다. 그가 이 유사성에 대해서 언급한 것은 일종의 아이러니의 효과를 위해서이다. 즉 그것은 데리다나 로티가 범하는 '혼동'과는 정반대로, 철학과 문학비평의 본질적 차이를 더 잘 부각시키려는 뜻에서이다. 양자 간의 상호적인 대차관계(貸借關係)에도 불구하고, 문학비평은 특별히 취미와 자기지시적 언어의 문제를 다루는 담론이며, 따라서 오직 논리적

---

12) 같은 책, p. 245.
13) 같은 책, pp. 244-247.

명제에 의해서만 이루어질 수 있는 근본적 성찰과 진실의 표현에는 전혀 부적합한 것이다. 이리하여 하버마스는 데리다와 "미국 대학의 문학과에 있는 [그의] 동조자들"이 저지르는 '장르의 혼합'을 단호하게 고발한다. 그들의 혼동 때문에 "문학비평의 판단력이 그 힘을 상실하고 말았다. 문학비평은 미적 체험의 내용을 제 몫으로 삼으려고 하는 대신에 형이상학을 비판하려고 나섰으니 말이다. [……] 그 두 가지 영역을 부당하게 동화(同化)함으로써, 양자의 실체를 다같이 없애버리고 만 것이다."[14]

이 구절은 하버마스의 의도를 분명히 말해 준다. 그는 철학과 문학의 절대적 구별을 하려는 것인데, 이 의도의 밑바닥에는 우리가 '실체의 형이상학'이라고 부를 만한 것이 깔려 있다. 지적 활동의 영역들과 그 각각의 본질은 마치 불가침의 교령(敎令)에 의해서인 양 결정적으로 규정되어 있어서, 어떠한 변화도 전이도 전혀 불가능한 듯이 말이다. 17세기 프랑스의 어떤 비평가들은 장르의 구별을 절대적으로 지킬 것을 주장했는데, 그 사람들의 고집을 상기시키는 이러한 본질주의적인 순수주의는 과연 정당한 것인가? 이러한 엄준한 구별에 대해서, 데리다 자신은 "오직 일종의 '고의(古意, paléonymie)'를 따라서만 '철학적'이니 또는 '문학적'이니 하고 지금도 부르고 있는"[15] 텍스트들이 존재한다고 빈정대고 있다. 그리고 그는 스스로 철학적이면서도 문학적인 (혹은 양자가 다 같이 아닌) 텍스트들을 산출하고 있다. 그러나 데리다가 그런 애매한 글을 쓴 최초의 사람은 아니다. 일방적인 범주화에 저항하는 그런 글쓰기의 전통은 동양뿐만 아니라 서양에도 존재한다. 『노자』나 『성서』뿐만이 아니라 무엇보다도 플라톤의 대화편들이 그렇다. 그 후로도 몽테뉴, 파스칼, 디드로와 같은 사람들의 글을 예로 들 수 있을 텐데, 그들에 대한 연구가 철학과가 아니라 문학과의 소관이 되어 왔다는 것은 매우 시사적이다. 따

---

14) 같은 책, p. 247.
15) Derrida, *Positions*, Editions de minuit, 1972, p. 95.

라서 하버마스가 그렇게 하듯이, 한쪽에는 '철학-논리-진실'을 설정하고 다른 쪽에는 '문학-수사-취미'를 위치시키는 엄격한 구별은 이른바 이성적 글쓰기의 숭상이라는 전통에서 비롯된 것이다. 한데 그 전통이 유럽의 철학계에서 우위를 차지해 왔다는 사실은 그러한 언어 사용 자체의 객관적이며 배타적인 합당성에 의해서가 아니라, 역사적, 사회적으로으로 설명되어야 할 것인지도 모른다. 아무튼 간에 이성적 담론에 대한 하버마스의 믿음은 하도 엄격해서, 그는 심지어 '예지적인 것'의 감각화(感覺化)로서의 문학의 기능조차 인정하지 않는다. 이런 점에서 문학비평에 대한 그의 견해는 옹졸하고 잘못된 것이며, 우리의 비판의 대상이 될 수 있는 것이다.

그의 근본적 잘못은 문학비평의 기능이 문학적 언어를 '통상적' 언어로 옮겨 놓는 것, 달리 말하면 "의사소통의 일상적 활동을 통해서" 그것을 재생산하는 것으로 본다는 점에 있다. 그렇다면 이 옮겨 놓기는 다름 아니라 패러프레이즈(paraphrase)의 작업인데, 이런 작업은 하버마스 자신도 문학적 언어의 특성으로 인정하고 있는 '기호의 감촉적(感觸的)인 측면'을 완전히 등지는 것이다. 가령 시 자체에 치명적인 손상을 입히지 않고 어떻게 보들레르의 『조응(Correspondances)』을 통상어로 옮긴단 말인가? 실상 지각 있는 비평가가 보기에는, 시구(詩句)의 음악성, 공감각(共感覺)의 효과, 피안의 세계에 대한 갈증 등, 그 시에 관해서 말할 수 있는 모든 것은 시를 일상적 의사소통을 위한 통상적 언어로 환원하려는 데 그 뜻이 있는 것이 아니라, 도리어 시의 암시적인 마력을 독자가 더 잘 느끼도록 도우려는 데 그 목적이 있다. 시적 언어와 더 일반적으로 말해서 문학적 언어는 "독립적 생명을 지닌 것처럼 보이는 그 '물질성'"을 위해서 존재하는 것이며, 비평가들이 궁여지책으로 일상적 언어를 사용하는 것은 (사르트르식으로 말하면, 실천적 타성태로서의 언어를 사용하는 것)¹⁶⁾은 그 물질성의 의의를 탐구하고 밝히기 위한 것이다.

그뿐 아니라 비록 패러프레이즈를 정당화할 수 있다 하더라도(가령 위에서 언급한 바와 같이 미숙한 독자를 난해한 텍스트에 다소라도 더 가까이 접근시키려는 경우가 그렇다.), 그 타당성 여부나 정도를 판정할 만한 규준이 있을 것인가? 통상적 언어를 사용하면서도 작품의 뜻을 속속들이 해명할 수 있을 최상의 옮겨 놓기란 어떤 것이겠는가? 사회화된 주체들 사이의 규범적 관계의 기초로서 하버마스가 상정하는 의사소통적 이성도, 또한 그가 문학비평을 생각함에 있어서 유일한 대상으로 삼는 취미도 그 원칙이 될 수는 없다. 왜냐하면 훌륭한 문학비평은 하버마스의 견해와는 전혀 다르게, 어떠한 설명도 결코 완전히 규명할 수 없는 의미의 풍요성에 대한 의식을 밑에 깔고 있는 것이기 때문이다. 가령 『햄릿』이나 『리어왕』은 무수한 비평가들이 그것에 대해서 전개해 오고 또 앞으로도 전개해 나갈 무수한 담론의 미완(未完)의 총체이며, 그중의 어떤 하나를 가장 진정한 것으로 선택하는 것은 불가능한 일이다. 우리 시대에 더 가까운 예를 들자면, 사르트르의 『구토』의 이상적인 읽기란 어떤 것인가? 오직 '철학적' 읽기만이(그러나 도시 어떤 철학을 두고 하는 말인가?), 그 야릇한 화자의 세계 내 존재의 모든 양상을 밝혀낼 수 있다는 이야기인가? 사회학적, 정신분석학적, 문체론적 관점과 같은 다른 여러 관점에 서서 이 소설에 대해서 시도한 수많은 비평은, 유일한 결정적인 의미로의 환원 불가능성이 문학적 텍스트의 존재양식임을 다시 한번 확인시켜 주는 것이다. 비평은 무엇보다도 서로 다른 해석들로 이루어지고, 그것은 모두가 텍스트에 잠재태로 묻혀 있는 진실들을 드러내는 데 공헌한다. 만일 우리가 일상적 언어에 묶여 있다면 그런 진실들은 영영 매장되고 말았을 것이다. 아마도 우리는 이와 같은 해독(解讀)의 고전적인 예로서 호프만의 『모

---

16) Sartre, *Situations*, VIII, p. 436 참조.

래사나이』에 대해서 프로이트가 시도한 해석을 들 수 있을 것이다. 프로이트는 그 이야기가 주는 '섬뜩한 느낌(Unheimlich)'에서 출발해서 텍스트를 심층적으로 읽어 나간다. 다시 말해서 의식의 작업에 의해서 은폐된 것을 밝혀 내고 그럼으로써 거세 콤플렉스를 찾아낸다. 그러나 이러한 정신분석학적 통찰이 『모래사나이』의 유일한 의미라든가 종국적 의미라고는 말할 수 없으며 이 이야기에서 가령 죽음의 집념, 환상적인 것의 인력, 또는 광증에 대한 두려움과 같은 테마를 추출하는 것은 여전히 가능할 것이다.

한데 하버마스가 인정하기를 거부하는 것은 다름 아니라 해석과 발견의 작업으로서의 근대비평이 보여주는 다의성(多義性)이다. 그 이유는 분명해 보인다. 그가 진실의 영역과 미의 영역 사이에 설정한 구별의 밑에는 언어에 관한 좁은 생각이 깔려 있는데, 우리는 그것을 다음과 같이 요약해 볼 수 있다.

하버마스는 일의성(一義性)의 단호한 옹호자이다. 그 점에서 그는 데리다와 극단적으로 대립한다. 하버마스에 의하면 데리다는 '분명한 것'을 고의적으로 흐려 놓는다는 죄악을 저지르는 사람이다. 그는 "후설, 소쉬르, 루소의 텍스트를 주리 틀어 내심의 비밀을 고백하게 만든다. 그 저자들의 생각이 명백한데도 말이다. 그 수사적 내용에 중점을 두어 순리에 어긋나게 읽혀진 텍스트는 그것이 언명하는 것을 부정하는 꼴이 된다."[17] 한데 이러한 의미의 왜곡은 문학비평을 이용함으로써 이루어진다. 그리하여 "철학과 과학의 텍스트가 지니는 명백한 의미를 무시하고, 그 안에 있는 수사적 의미라는 여분의 것을 드러내는 것이다."[18] 따라서 철학적 언어의 고유성을 확보하기 위해서 해야 할 첫째 작업은 바로 '수사적 의미라는 여분의 것'을 제거하는 일이다. 그리고 하버마스의 생각으로는,

---

17) Habermas, 앞의 책, p. 223.
18) 같은 책, p. 225.

이러한 정화작업만 하고 나면, 저자가 분명하게 주장하고 또 텍스트에 어김없이 옮겨진 유일한 의미가 부각될 터이다.[19] 그러나 1960년대에 라신의 작품에 관해서 레이몽 피카르가 롤랑 바르트에게 가한 비판을 상기시키는[20] 이러한 의미낙관론은 지탱되기 어려운 것이다. 심지어 철학적 개념의 해석에 있어서조차 그것이 어렵다는 것을 알기 위해서는 예컨대 다음과 같은 질문을 던져 보기만 하면 된다. 아리스토텔레스의 미메시스의 개념이나 루소의 자연의 개념에 관해서 쓰인 모든 글들은 과연 이미 오래전부터 정립된 명백하고 유일한 의미에 대한 담론, 즉 '수사적' 뉘앙스에 있어서는 다소 다르겠지만 결국은 동어반복적인 담론의 집적에 불과한 것인가? 혹은 반대로 그 다양한 글들은 모두가 수사적 표피와 본질적인 논리를 구별하지 못한 데서 생긴 오해의 소산인가? 그렇지 않으면 진정한 일의성을 결정하고 그 글들 중에서 좋은 것과 나쁜 것을 판별하는 데 척도가 되는 어떤 어김없는 규준이 존재하는 것인가? 물론 이런 것들은 어리석은 질문이겠지만, 적어도 하버마스에게는 마땅히 제기해야 하는 질문이다. 왜냐하면 일의성에 대한 그의 신념은 해석상의 자유──"텍스트가 되도록 많이 의미하고, 이것보다 저것을 의미하는 것이 아니라 '더 많이 의미하고', 『판단력비판』에서의 칸트의 표현을 빌리자면 '더 많이 생각하는 것(mehr zu denken)'을 가능하게 해 주는"[21] 그런 자유(그것은 결코 방종이 아니다.)를 거부하는 것이기 때문이다.

하버마스의 의사소통의 이론은 바로 이러한 단일적이며 객관적인 의

---

19) 두말할 필요도 없이 이것은 데리다의 작업──철학적 담론이 로고스의 이름을 빌려 지우려고 한 원초적인 수사의 흔적을 다시 찾아보려는 작업──과 정반대가 되는 것이다. "La mythologie blanche" (*Marge de la philosophie*) 참조.

20) Raymond Picard, *Nouvelle critique ou nouvelle imposture*, Pauvert, 1965 참조.

21) Paul Ricoeur, *Lectures 2*, Seuil, 1992, p. 490.

미에 대한 상정(想定)을 개인간의 이해의 차원에 적용한다는 바탕 위에 세워진 것이다. "우리의 사회문화적 생활 형태에 고유한, 명제로 구별된 언어의 의사소통적 사용에 있어서,"[22] 그 언어행위는 명제적, 발화내적 및 언어적이라는 세 가지 요소를 포함한다. 하버마스의 정의에 의하면, 명제적 요소는 언어 밖의 사태(事態)에 언급하는 것을 기능으로 삼고, 발화내적 요소는 개인 상호간의 관계를 맺는 기능이며, 언어적 요소는 화자의 의도를 나타내기 위한 것이다. 한데 "우리는 이 세 가지의 기본적 기능에서 출발해서 세 가지의 다른 양상의 타당성을 밝혀낼 수 있다." 달리 말해서 어떤 화자의 말이 진실한 것인지, 적합한 것인지, 그리고 성실한 것인지를 각각 판별하게 된다.

  이리하여 청자(聽者)는 화자의 말을 송두리째 배척할 수도 있다. 왜냐하면 그 말에서 주장되고 있는 것의 '진실성'을 부인하고 [⋯⋯], 진술의 규범적 콘텍스트에 비추어 보아 그 '적합성'을 부인하고 [⋯⋯], 또 화자에 의해서 표현된 의도의 '성실성'을 부인할 수 있기 때문이다.[23]

  그러나 이러한 세 가지의 타당성의 판별은 모든 진술의 일의성이 확보될 수 있다는 것을 전제로 깔고 있지 않으면 성립되기가 어려울 것이다. 만일 청자가 화자의 말의 단일적 의미를 확신하지 못하고, 언어의 모호성이나 다의성 때문에 그 말의 의미에 대한 판단을 망설이게 된다면, 진실성이나 적합성의 판별은 불가능할 것이다. 아울러 청자는 화자의 발언의 성실성을 즉각적으로 판정하기 어려운 경우가 많거니와(그가 약속을 지킬지 않을지는 흔히 오랜 시간 후에 밝혀질 것이기 때문에), 또한 그 발언에서, 화자 자신의 의도의 성실성 여부를 넘어서는(다시 말해서 화자가 불성

---

22) Habermas, 앞의 책, p. 368.
23) 같은 책, p. 370.

실해서 생기는 것이 아닌), 그리고 화자와 청자 양자의 잠재의식에서 산출될지도 모르는 그런 코노테이션이나 숨은 뜻을 감지하거나 넘겨잡는 경우도 있을 것이다. 그뿐 아니라 하나의 진술이 단정적인지 수행적인지 결정하기 어려운 상황도 얼마든지 있을 수 있다. 그리고 더욱 근본적인 문제로, 화자가 말하려고 했던 것(의도)과 실지로 말한 것(발화)이 일치한다는 것을 어떻게 분명히 알 수 있단 말인가? 이러한 사례들이 말해 주는 것은 일상생활에서의 의사소통은 '오해'의 가능성을 짙게 지니고 있으며, 발언의 진실성, 적합성, 성실성을 가늠하려는 타당성의 테스트는 실현되기 매우 어려운 이상이라는 사실이다. 그러나 하버마스의 생각으로는 일의성은 언어행위에 있어서의 현실적 왜곡을 비판적으로 측정하기 위한 필수조건일뿐 아니라, 또한 주체 중심적인 이성(理性) 대신에 의사소통적인 이성이 지배하게 되는 이상적 언어공동체의 목표이다. 이 공동체에 참여하는 사람들은 "이성적으로 이루어지는 합의에 힘입어, 처음에는 주관적으로 편향되었던 견해를 극복할 수 있으며, [그리하여] 의사소통적인 이성은 세계에 대한 탈(脫)자기 중심적인 이해를 통해서 표출되는 것이다."[24]

이렇게 볼 때 일의성의 신화는 왜곡된 현실적인 언어행위에 대해서 비판적이며 조정적(調整的)인 기능을 수행하는 것으로, 그리고 동시에 개인 상호간의 관계가 합당하게 정립되는 세계의 이상으로 상정되어 있는데, 그것은 헤겔의 절대정신이나 마르크스의 계급 없는 사회를 연상시킨다. 과거의 이 두 유토피아와 마찬가지로, 하버마스의 언어적 유토피아 역시 인간의 완성가능성에 대한 믿음을 그 바닥에 깔고 있다. 더 구체적으로 말하면 그것은 인간이 인식론적으로도 또 의사소통의 면에서도 절대적인 능력을 제 속에 가지고 있고, 그 능력을 발휘함으로써 언어라는 괴물을

---

24) 같은 책, p. 372.

완전히 통어(統御)할 수 있다는 낙관론을 상정하고 있는 것이다. 그러나 이 믿음 자체의 합리성이 확립되어 있는 것이 아니고, 또 그런 이상적인 언어공동체의 도래는 현실적으로 예측될 수 없는 것이므로, 모색과 갈등과 오해로 가득찬 해석적 행위의 끝에 이르러서, 혹은 그것을 넘어서서 성립될 완전한 일의성의 비전은 하나의 아름다운 환상에 불과하다. 콘센서스는 항상 불안정하고, 항상 무너져서 새로 구성된다는 것, 그리고 그런 붕괴와 재구성은 어떤 변증법적 운동이나 예정조화에 의해서 지배되어 있지 않다는 것을 잊어버린다면, 그리하여 이상적 콘센서스의 이름을 빌려 해석적 고리의 밖으로 제 몸을 빼내서 절대적인 비판자나 재판관의 행세를 한다면, 언어적 목적론은 진실성과 적합성과 성실성을 내세운 언어적 독재주의로 전락할 위험마저 있을 것이다.

따라서 우리는 다시 현실로 돌아와 이성으로써 결코 다스릴 수 없는 다의성에 체념하는 슬기를 가져야 한다. 그런 한계를 자각하는 것이 도리어 이성적 행위이다. 특히 우리의 논의의 대상이 되어 있는 글로 쓰인 텍스트로 말하자면, 이 체념은 불가피한 것이다. 왜냐하면 글로 된 텍스트에 있어서는 하버마스가 주장하는 세 가지 테스트 중에서 진실성에 관한 테스트는 위에서 언급한 바와 같이 실효가 없는 것이고, 또한 나머지 두 가지는 본래부터 적용이 불가능한 것이기 때문이다. 한편으로 "발화의 규범적 콘텍스트와 관련된 언어행위의 적합성"은 독자라는 존재가 본시 무규정적이며 익명적인 까닭에 전혀 측정되거나 판단될 수 없다. 다른 한편으로 "화자에 의해서 표현된 의도의 성실성"(문학적 텍스트에 있어서는 독자가 대부분의 경우에 직접적으로 접촉할 수 없는 저자의 의도의 성실성)을 어떻게 판정할 수 있단 말인가? 기껏 할 수 있는 것은 이른바 텍스트 분석인데, 그것은 독자의 일방적인 해석일 따름이고 저자의 확인을 얻는 것은 불가능한 일이다. 그뿐 아니라 우리가 저자의 발언을 통해서 그 의도를 알게 되었다 하더라도, 실작(實作)이 적합성의 규준을 배반하고 이 배반이 도리어 작품의 깊은 의미의 근원이 되는 경우는 비일비재하다. 이 점에서 상기되는 것은 이미 2000여 년 전에 플라톤이 지적한 텍스트의 소외이다.

일단 글로 쓰인 담론은 도처에 굴러다니고 전문가의 수중으로도 또 문외한의 수중으로도 구별없이 넘어간다. 그래서 누구에게 이야기하고 누구에게 이야기하지 말아야 하는지를 분간하지 못한다. 만일 담론이 부당하게 멸시되거나 매도되는 일이 있으면, 언제나 그 아버지의 도움이 필요하다. 왜냐하면 담론은 그 자신의 힘으로써는 공격을 물리치고 자기방어를 할 능력이 없기 때문이다.[25]

이 재미있고 중요한 발언에 대해서 우리는 세 가지의 주석을 달아 둠직하다. 첫째로 글로 쓰인 담론은 제 아버지를 찾아보아도 이제는 헛일이라는 것이다. 플라톤의 시대가 아닌 오늘날에는 지적(知的) 세계가 무한히 확대되고 따라서 담론들은 결정적으로 고아처럼 흩어져서 마구 다루어지는 신세가 되었다. 다시 말해서 그 아버지의 의도를 굳이 알려고 하지 않고, 알아도 대수롭게 여기지 않고, 또 많은 경우에 알 처지에 있지도 않은 타자인 독자에 의해서 갖가지 방법으로 해석되는 대상이 되었다. 둘째로 그 고아와 같은 텍스트에 대해서 '문외한'이 나타내는 것은 반드시 모멸이나 매도가 아니다. 심지어 문외한과 텍스트 사이에는 어떤 교감이 이루어지고 서로가 뜻하지 않은 조명을 받을 수도 있을 것이다. 앞서 언급한 바와 같이 문학비평가 아닌 프로이트에 의한 『모래사나이』 읽기가 바로 그런 경우이다. 셋째로 아버지의 부재는 고아를 걷잡을 수

---

25) Platon, *Phédre*, 276a, Garnier–Flammarion, 1964, p. 166.

없는 개구쟁이로 만들어 놓고 아무도 그를 길들일 수 없을 것이다. 다시 말해서 저자에서 해방된 텍스트의 뜻을 속속들이 이해할 길은 없을 것이다. 한데 이러한 의미의 확산은 논증적 언어에 묶이지 않는 문학 텍스트의 경우에 가장 두드러진다. 그렇다면 그것은 진실과는 별로 상관이 없는 담론이라는 뜻이 되는 것인가? 이야기를 다시 이 문제로 돌려서 생각하기 위한 한 과정으로서 이번에는 리처드 로티의 견해를 간단히 살펴보자.[26]

3

널리 알려진 일이지만 로티는 인식론이나 도덕론의 분야에서 어떤 초월적 본질을 주장하고 이 주장의 저변에 언어의 일의성에 대한 신념을 깔고 있는 철학의 전통에 대하여 가장 혹독한 비판을 가하는 사람 중의 하나이다. 그가 생각하는 것처럼 각각의 철학적 어휘는 한때만 존속하고, 철학의 역사란 다름 아니라 선행하는 담론 위에 쌓아 올린 무한정한 다른 담론의 연속이라면——저마다 절대적 앎을 목표 삼아 전개했지만, 시간과 더불어 그것에 더 가까이 갔다는 증거는 아무 데도 없는 그런 담론의 연속이라면, 철학에 의하여 진실의 영역에서 추방되었던 문학을 복권시키지 못할 이유는 없다. 사실 철학을 인식적 기능과 형이상학적 포부에서 벗어나게 하려는 '아이러니스트'인 철학자 로티는 이제 주도권을 갖게 된 것은 문학이라고 생각하며, 다음과 같은 이유에서 문학비평가를 찬양한다.

문학비평가들은 더 많은 책을 읽었고 따라서 어떤 한 책의 어휘에 사로

---

26) 로티의 문학관에 관한 더 자세한 논의는 이책에 실린 「철학, 문학 그리고 잔혹성」 참조.

잡히지 않을 수 있는 더 좋은 처지에 있다. 특히 아이러니스트는 비평가들이 어떤 종류의 종합을 이룸으로써, 첫눈에는 서로 상반되는 것 같은 책들을 감상해 나갈 수 있도록 도와 주기를 바란다. 우리는 블레이크와 아놀드를, 니체와 밀을, 마르크스와 보들레르를 함께 감상할 수 있으면 좋겠다고 생각한다. [……] 이렇듯 우리는 어떤 비평가가 이 사람들의 책들을 함께 엮어 아름다운 모자이크를 구성하는 방법을 보여 주기를 바란다. 우리는 비평가들이 그런 사람들의 책을 새롭게 서술함으로써, 규범을 넓히고, 되도록 풍요롭고 다양한 일련의 고전적 텍스트를 우리에게 마련해 주기를 바란다.[27]

　문학비평가의 기능에 대한 이 높은 평가는, 문학을 취미의 영역에 가두기 위해서, 다시 말하면 문학을 문화에 있어서의 종속적 지위에 묶어 두기 위해서 하버마스가 전개한 논리와는 첨예하게 대립된다. 이와 아울러 우리는 '왜곡되지 않은' 이상적 의사소통을 위한 하버마스의 이론에 내포되어 있는 합리주의적 보편주의에 대한 로티의 거듭된 비판[28]을 상기하면서 위의 텍스트를 읽을 수 있고, 그것이 하버마스의 경직된 주장보다 더 설득력 있다고 생각할 수도 있을 것이다. 그러나 로티의 글은 적어도 세 가지 질문을 유발한다. 첫째로, 개개의 문학비평가는 그 역시 형이상학적이건 마르크스주의적이건 혹은 정신분석학적이건 간에 그 자신의 한정된 어휘를 가지고 있는 것이 아닐까, 따라서 기장 다양한 텍스트에서 그들 각자가 찾아내는 것은 다양성 그 자체가 아니라 도리어 어떤

---

27) Richard Rorty, *Contingency, Irony and Solidarity*, Cambridge University Press, 1989, pp. 80–81.

28) 특히 같은 책, pp. 61–68, 그리고 "Habermas and Lyotard on Postmodernity" *Essays on Heidegger and Others*, Cambridge University Press, 1991, pp. 164–176 참조.

동일한 모습이 아닐까 하는 의문이 제기될 수 있다. 둘째로 니체와 밀을, 마르크스와 보들레르를 함께 감상함으로써 문학비평가들이 철학자들이나 사회학자들보다 더 풍요로운 의미를 찾아 낼 능력을 갖추고 있다는 것은 결코 자명한 일이 아니다.

그러나 가장 중요한 것은 문학비평가들에게 기대하는 '어떤 종류의 종합'이나 '아름다운 모자이크'가 과연 어떤 것이냐는 질문이다. 그것은 아마도 최대한으로 다양하고 내적 통일성을 생각할 수 없는 의미들의 은하계일 것이다. 왜냐하면 문학은 "자못 의식적으로, 어떤 포괄적인 비평적 어휘에 대한 합의를 삼가고 따라서 논증을 삼가는 문화의 영역"[29]이기 때문이며, 또한 문학비평가들 역시 규칙 없이 작업하는 사람들이어서, "시비의 해결책으로 내세울 만한 것이나 모든 쪽에서 다 같이 받아들여야 하는 기준에 대해서 합의할 수"[30] 없기 때문이다. 그럼에도 불구하고 로티는 문학의 도덕적 의미에 대해서 대단한 중요성을 부여한다. 그는 한편으로는 '다부진 오독(strong misreading)'의 옹호자이며, 비평가들은 그런 오독을 통해서 "자기자신의 목적에 이바지하는 형태로 텍스트를 두드려 맞출 따름"[31]이라고 말한다. 그러나 다른 한편으로는 "규범을 넓히는 이 작업이 도덕철학자들의 기도를 대신하여, 개개의 경우에 있어서 보통 인정되고 있는 도적적 직관들을, 보통 인정되고 있는 일반적 도덕 원칙들과 균형되도록 만들어 줄 것"[32]을 그는 희망하고 있다. 따라서 문학과 문학비평은 사회생활에 있어서 엄청난 역할을 수행할 수 있는 것인데, 로티의 논리를 따르자면 이 주장은 불합리한 것이 아니다. 문학은 철학이 미(美)와 취미의 이름으로 가둔 종속적 지위에서 해방된 한편, 철학

---

29) Rorty, *Consequences of Pragmatism*, Minnesota University Press, 1982, p. 142.
30) 같은 책, p. xii.
31) 같은 책, p. 151.
32) Rorty, *Contingency*……, p. 81.

그 자체는 형이상적 진실의 존재가 부정된 이상, 그 관리자로서의 자리와 근본주의적 포부를 상실하게 되었으니 만큼, 문학이 실생활에서나 공적(公的) 생활에서 항상 담당해 온 역할을 새삼 강조하는 것은 분명히 일리 있는 일이다. 로티의 말로는 심지어 그 자신과 같은 '아이러니스트'인 철학자의 작업조차도 "공적 목적에는 부적합하며," 반면에 "소설가들은 사회적으로 유용한 어떤 것을 할 수 있다. 그들은 잔혹성이 우리가 미처 몰랐던 곳에서 일어난다는 사실에 대해서뿐만 아니라 그 근원이 우리 자신에게 있기도 하다는 사실에 대해서 주목하도록 도와 준다."[33] 그러나 철학이 이제 손 놓아야 할 진실의 탐구에 관해서 말하자면, 문학이 그것을 대신 떠맡아야 할 것은 아니다. 철학자들의 흉내를 내서 인식론과 관계된 이야기를 하는 비평가들은 "마치 점령한 지방의 귀족들로부터 빼앗은 초라한 의관(衣冠)을 걸치면 민중을 위압할 수 있다고 생각하는 정복자"[34]와도 흡사하다.

이렇게 볼 때 하버마스와 로티는 정반대의 방향을 취했으면서도 문학은 진실과 상관없다는 같은 결론에 도달한 것이 된다. 그리고 그 과정에서 그들은 다같이, 산문에 의해서이건 시적 표현을 통해서이건 간에, 또한 성공했건 실패했건 간에, 어떤 궁극적 (또는 근원적) 실재를 찾아내려던 그 많은 문학작품들을 고려하고 있지 않다. 하버마스의 편견은 누구이 말했듯이, 진실은 오직 논리적인 명제로만 표현되며 각각의 발언에는 단 하나의 진정한 의미만이 존재할 수 있다는 믿음에서 유래한다. 이와 반대로 로티의 경우에는, 모든 학문과 지식의 기반으로 자처해 온 형이상학이 이미 끝났다는 인식에서 출발하여, 인간은 형이상학적인 것을 추

---

33) 같은 책, p. 95. 로티가 보기에는 잔혹성이야말로 가장 중요한 도덕적 문제이다. 그는 이 책의 제7장과 8장에서 나보코브와 오웰의 소설을 통해서 그 문제를 다루고 있다. 그것에 관해서는 이 책에 수록된 「철학, 문학 그리고 잔혹성」 참조.
34) 같은 책, p. 156.

구하는 동물이라는 사실을 부인하기에 이른다. 그들의 생각이 미흡하다는 것을 알기 위해서는 네르발, 말라르메, 카프카, 바타유와 같은 몇몇 이름을 상기하는 것으로 족할 것이다. 하버마스가 바라는 대로 그들을 다만 취미의 영역에 가두면서 읽는 길이 있을 것인가? 또 로티의 권유를 따라 그들의 작품을 도덕적 관심의 표명으로서만 읽는 것이 정당한 것이겠는가? 비록 로티가 던져 준 또하나의 시사(示唆)를 존중하여 그들의 텍스트를 '다부진 오독'의 대상으로 삼는다 해도, 형이상학적인 읽기가 그러한 '다부진 오독'의 한 방식으로서 정당화되지 못할 이유가 어디에 있겠는가? 나는 하버마스와 로티가 보여 준 양 방향의 환원주의에서 떠나서, 문학적 담론이 가질 수 있는 진실로서의 가치에 관해서, 두서없지만 중요하다고 느껴지는 몇 마디 말을 첨가해 두려고 한다.

4

문학은 합리적이거나 더구나 과학적이 아닌 상상의 언어로써 그 나름대로 진실의 탐구에 참여하려고 한다. 한데 문학에는 진실로서의 가치가, '존재론적 무게'가 결여되어 있다고 어떤 철학자들이 생각하는 것은 바로 문학의 상상적 언어가 확실하고 객관적인 지시대상을 가지고 있지 않다는 이유에서이다.[35] 이른바 '진실상응론(correspondence theory of truth)'에 의거한 이러한 의견에 대해서는 세 가지 점에서 비판이 가능할 것이다.

우선, 어떤 대상을 지시한다는 것은 그것에 관한 진실을 말하는 것이

---

35) 가령 다음과 같은 의견. "표현된 진실이 과연 진실이냐는 것은 일반적으로 관찰될 수 있는 사실과의 부합 여부에 달려 있다." (Jerome Stolnitz, *Aesthetics and the Philosophy of Art Criticism*, Houghton-Mifflin, 1960, pp. 325-6.)

아니다. 『구토』의 화자가 불안에 싸여 검증하는 것은 다름 아니라 말과 사물 사이에 존재하는 것으로 생각되어 왔던 대응관계의 파괴이다. "말들은 사라졌다. 그리고 말들과 함께 사물들의 의미도 그 용도도, 인간이 그 표면에 그어 놓은 가냘픈 표지도 사라졌다."[36] 이와 반대로 말라르메의 전 생애는 "종족의 말에 더 순수한 뜻을 주기" 위해서 바쳐졌다. 이렇듯 진실을 말한다는 것은 기존의 명명(命名)에 이의를 제기하고 새로운 이름을 찾아내는 것인데, 이 작업은 일상적 언어 사용을 초월하여 말들과의 치열한 투쟁을 요청한다.

둘째로, 한 진술이나 담론의 이른바 객관적, 과학적 진실은 결코 결정적으로 자리잡고 우리의 지각을 지배하는 것이 아니다. 가령 우주에 대한 우리의 지각의 기본적인 양식은 여전히 프톨레마이오스적이며 은유적이다. 우리의 구체적 체험에 있어서 태양은 여전히 동쪽에서 떠오르고 서쪽으로 진다. 또 어떤 별들은 지구를 찾아온 지 수천 년만에 다시 지구의 곁으로 되돌아 온다고 우리는 말한다. 그런 비과학적인 발언, 사물의 '진실'에 대응하기는커녕 그것을 배반하는 발언이 우리의 진실이다. 한 걸음 더 나가서 보자면, 우리는 사물들의 모순된 양상에서 그 진모(眞貌)를 직관적으로 그리고 신비롭게 발견하는 일이 흔히 있으며, 이 점에서 단순한 수사적 기법이라고 여겼던 것이 사실에 있어서는 한 세계상(世界像)의 환원불가능한 현시(顯示)일 수가 있다. 그것은 이미 19세기 초의 수사학자 퐁타니에가 간파했던 것이다.

모순논법(paradoxisme)은 일반적으로 서로 대립하거나 모순되는 생각이나 말들을 인접시키고 결합하는 언어의 기교이다. 그 결과 그것들은 서로 싸우고 서로 물리치는 것처럼 보이지만, 매우 놀랄 만한 화합에 의해서

---

36) Sartre, *La Nausée*, p. 161.

우리의 지성에 강력히 호소하고, 가장 진실되고 가장 깊고 가장 다부진 의미를 산출하는 것이다.[37]

셋째로, 문학작품에는 현실적인 지시대상이 없으므로, 그 담론은 진실한 것도 거짓된 것도 아니라는 일반적 견해는 전적으로 정당한 것이라고는 말할 수 없다. 위에서 언급한 것처럼 언어의 지시성과 진실성은 별개의 개념이라는 점을 차치하고라도, 문학작품은 결코 이 세계와 유리된 담론이 아니며, 그것은 과학적 담론과 마찬가지로 짙게 이 세계의 진실에 대해서 이야기하기를 멈추지 않는다. 그리고 그 덕분에 우리의 지성은 자동화된 일상적 지각에서 해방되고 새로운 현실을 향해서 그 문을 연다. 리쾨르의 한 구절을 빌려 말하자면,

서술적 담론의 규준에 의하여 규정된 의미에서의 지시의 중단은 더 근본적인 지시의 양식이 출현하기 위한 부정적 조건이다. [······] 해석적 계기란 텍스트의 세계가, 보통 현실이라고 부르는 것과 대결하여 그것을 재서술하는 것을 가능하게 해주는 그러한 정신적 작업이다. 이 대결은 현실적인 것의 부정과 심지어 파괴로부터 출발해서——부정과 파괴 역시 세계와의 관계이다 ——그 변화와 변용으로까지 이를 수 있다.[38]

그러나 문학이 현실적인 것을 재서술하고 변용하는 것은 객관적이며 자아를 넘어선 견지에서의 순수관조를 요청하는 어떤 초시공적(超時空的)인 추상적 진실을 찾아내려는 목적 때문이 아니다. 그 작업은 항상 누구나 더 진정한 것으로 만들고 싶어 하는 구체적 삶과의 관련하에서 이루어진다. 따라서 문학의 인식적 기능은 개개의 진술의 진실이나 개념적

37) Pierre Fontanier, *Les Figures du discours*, Flammarion, 1968, p. 137.
38) Ricoeur, 앞의 책, p. 492.

진실과 직결되어 있는 것이 아니다. "문학작품에서의 인식은 과학적인 글의 경우와는 달리, 진실기능성(truth-functionality)보다도 '삶과 관련된 진실(truth to life)'이라는 더 약하지만 합당한 측면에서 해석될 수 있다."[39] 한데 삶은 결코 고정되어 있지 않다. 그것은 항상 과거로부터 미래로의 움직임의 순간이다. 따라서 '삶과 관련된 진실' 역시 불안정하다. 그것은 인간의 존재를 지배하는 것으로 상정된 어떤 유일한 원칙에 의해서 구성되는 것이 아니라, 우리가 삶의 과정에서 행하는 부단한 선택과 관련해서 달라질 수 있는 일련의 요청과 가정에 의해서 구성되는 것이다. 그리고 각 단계마다, 각 순간마다, 동일한 것이 다른 의미를 띨 수 있을 것이다. "우리는 헤라클레이토스의 강이다. [……] 우리는 쉴새없이 달라진다. 한 책을 읽을 때마다, 그것을 재독(再讀)할 때마다, 이 재독의 추억을 떠올릴 때마다, 텍스트는 새로워진다. 텍스트 역시 헤라클레이토스의 변화하는 강이다."[40] 삶의 변모의 함수라고 말할 수 있는 이러한 텍스트의 변모는 읽기의 차원만이 아니라 또한 쓰기의 차원에서도 부단히 일어난다. 상상적 작품이건 문학비평이건 간에 글쓰기란 더 진정한 삶을 향한 거듭된 추구의 흔적이며, 이 흔적은 아주 많은 경우에 단절, 소외, 심지어 '반의사소통'의 양상을 띤다. "우리가 우리 자신으로부터 등을 돌리고 살 때, 자존심, 정념, 지식, 습관 따위가 우리 속에서 시시각각으로 이루는 작업, 그리하여 우리의 진실한 인상 위에, 우리가 삶이라고 잘못 알고 있는 용어나 실용적 목적을 쌓아 올려서 그 진실한 인상을 완전히 은폐하는 그러한 작업과는 정반대되는 작업"[41]에 독자와 작가가 다 같이 참여하는 것은 바로 그러한 괴로운 대가를 치름으로써 가능한 것이다.

---

39) Peter McCormick, *Fictions, Philosophies and the Problems of Poetics*, Cornell University Press, 1988, p. 13.
40) Jorge Luis Borges, *Conférences*, Gallimard, 1985, p. 92.
41) Proust, 앞의 책, p. 896.

따라서 문학적 커뮤니케이션은 하버마스가 상정하는 바와 같은 보편적 합의의 유토피아, 다시 말해서 작가와 비평가와 독자가 공유하는 의사소통적 이성에 힘입어 이루어질 그런 유토피아를 겨냥하는 것은 결코 아니다. 그것은 도리어 역설적으로 이루어진다. 왜냐하면 "'나'에 의해서 한번 말해진 것은 그 다음 번으로 '남'에 의해서 말해지고, 이리하여 본질적인 차이로 낙착되기"[42] 때문이다. 이렇듯 같은 말이 한 사람으로부터, 그리고 의사소통의 경로로부터 떨어져 나와 타자의 속에서 무수한 양상으로 울리고 확산되는데, 이것은 단순한 무상(無償)의 놀이가 아니라, 존재 그 자체에 대한 근본적 반성을 불러일으킬 수 있는 돌연한 충격을 자아내는 것이다.

제 나름대로 진실을 찾고 표출하고 전하려는 이 문학의 작업은 논리나 변증법보다도 신화와 무의식과 우연에 의해서 지배되는 삶의 전개와 마찬가지로 합리적이 아니다. 그리고 바타유가 말하듯이 빛이 태어나는 것은 아마도 이러한 비합리적인 체험으로부터일지도 모른다. "나는 불가지(不可知)한 하늘을 향해서 크게 뚫린 구멍처럼 열려 있다. 내 속의 모든 것은 궁극적인 부조화를 향해서, [······] 불투명하고 죽은 밤이면서도 마음의 밑바닥처럼 알 수 없고 눈부신 빛을 지닌 밤을 향해서 쏠려들고 그 속에서 화합한다."[43] 그러나 이성의 피안에서 이러한 황홀을 찾는 그는 다른 한편으로는 이 '밤의 빛'을 발견하는 과정에 있어서 이성이 매우 중요한 역할을 한다는 것을 알고 있다. "내적 체험은 논증적 이성에 의해서 인도된다. 오직 이성만이 자신이 만든 것을 해체하고 자신이 세운 것을 무너뜨리는 힘을 갖는다. [······] 우리는 이성의 도움 없이는 '어두운 작

---

42) Maurice Blanchot, "Le jeu de la pensée," *Critique*, No. 195-196 (août-septembre. 1963), p. 739.
43) George Bataille, *L'Expérience intérieure*, Gallimard, 1954, p. 74.

렬'에 다다르지 못한다."[44] 그러나 바타유가 말하려는 것은 이성적인 것과 비이성적인 것의 변증법적 종합이 아니다. 이성의 끝까지 가면 이성은 마치 무르익은 석류처럼 스스로 터지고 그것이 그때까지 억압해 왔던 것이 눈부시고 황홀한 불꽃처럼 솟아나는 것이다.

나는 이 두서없는 이야기를 아이러니로 물들이면서 끝내려 한다. 왜냐하면 결국 진실을 향한 문학의 포부 역시 그 정당성이 객관적으로 증명될 수 있는 것은 아니기 때문이다. 직관과 상상이 인식의 우월한 형식이며, 이성적 탐색으로는 도달할 수 없는 궁극적 실체의 왕국은 무엇보다도 시의 영역이라는 주장은, 이성이 앎의 유일한 기능이라는 합리주의적 전통의 철학의 주장과 마찬가지로 여전히 하나의 주장이다. 바꾸어 말하면 진실에 관한 예부터의 다툼은 앞으로도 계속될 것이며, 십자가에 오르기 직전의 예수에게 필라투스가 던진 "진실이란 무엇인가?"라는 질문은 오늘날 더욱 날카롭고도 무겁게 울려 온다. 그 대답을 위한 갖가지 시도들은 그동안 인간의 예지의 화합을 가져왔기는커녕 인간을 더욱 어리둥절하게 만들고 갈라 놓았기 때문이다. 이제 바라야하는 것은 이 다툼이 폭력적 언어가 아닌 대화로 전환되는 것이다. 그래서 합리주의적인 전체화의 야심이 이데올로기적이며 독재적인 담론으로 변질해서 다른 담론의 양식을 억압하는 일이 없게 되고, 또 다른 한편으로는 비합리적인 것의 복권(復權)을 위한 주장이 잘못 합리화되어서, 일상적 의사소통에 부당하게 간섭하는 일이 없게 되어야 할 것이다. 하기야 이런 말이 부질없다고 생각할 사람들도 있으리라. 왜냐하면 도구적 이성의 거의 결정적인 승리, 다시 말해서 테크놀로지와 테크노크라시의 가속화되는 보편화는, 우리의 모든 경각심에도 불구하고 이른바 자율적 인간을, 라메트리

---

44) 같은 책, p. 160.

(La Mettrie)가 250년 전에 그려 보인 기계적 인간으로 변화시킬지도 모르기 때문이다. 그러나 이것은 이 자리에서는 다루기에 마땅치 않은 다른 이야기이다.[45] (2000)

---

45) 이 점에서는 이미 70년 전에 나온 올더스 헉슬리의 『멋진 신세계』가 지금도 엄청난 현실성을 띠고 있다고 생각된다. 졸저 『문학을 찾아서』(민음사, 1994), pp. 425-446 참조.

문학적 근대성에 관한 고찰
—— 하버마스와 바티모의 생각을 비판하면서

1

야우스의 말을 따르자면 "보들레르에 의해서 새로운 미학의 구호로 떠받들어진" 근대성(modernité)[1]이라는 용어는 "기나긴 문헌학적 역사의 말예(末裔)"에 불과하다. 다시 말해서 각각의 세대는 오직 자기들의 문학적 경험만이 독특한 '근대적' 참신성을 지녔다고 자부해 왔지만, 그것은 한낱 환상에 지나지 않는다. 근대성에 대한 의식은 서양문화의 역사에 있어서, 마치 생물학에서의 세대교체와 마찬가지로 통상적이며 자연스러운 '문학적 상수(常數)'일 수도 있기 때문이다.[2]

만일 야우스가 지적하듯 근대성을 이루는 것이 계속되는 교체에 지나지 않는다면, 우리가 다루려는 서양문학의 근대성[3] 역시 문학과 취미의

---

1) modernité, modernity라는 말을 어떻게 번역할 것이냐는 것은 어려운 문제이다. 그것을 '근대성'이라고 옮기면 자칫 '현대적 성격'이 배제되는 것 같고, '현대성'이라고 옮기면 그 뿌리인 '근대성'이 등한시되는 듯한 인상을 준다. 편의상 '근대성'이라고 옮겨 놓았지만, 여기에서의 이 말의 사용은 오늘날까지 이어지는 특징이 내포되어 있다는 것을 미리 말해 둔다.

2) Hans Robert Jauss, *Pour une esthétique de la réception*, Gallimard, 1978, p. 160.

진전 과정에 있어서의 일과적(一過的)인 현상일 따름일 것이다. 그것은 또 다른 근대성과 자리를 바꾸어 머지않아 시류에 뒤떨어진 구식의 것이 될 것이며 이미 그렇게 되었는지도 모른다. 그러나 그 근대성을 아직도 가장 중요한 문학적 표현으로 여기고 있는 사람으로서는 그런 세대교체의 법칙을 확인하고 그것을 순순히 받아들이는 것으로 만족하지는 않을 것이다. 서양문학의 당사자들은 물론 서양문학에 큰 관심을 가져 온 사람들로서는 이른바 근대성의 지양은 일종의 실존적 사건이며, 그것은 문학의 본질이나 특이성에 관한 근본적 반성을 초래하고 또 이런 변화와 문학 그 자체에 대한 자신의 태도를 새삼 살피는 계기가 되지 않을 수 없을 것이다. 그렇다면 과연 어떤 문학정신이나 문학적 본질을 내세워서 근대성을 끝끝내 수호해야 할 것인가, 혹은 반대로 이른바 포스트 모더니티라는 새로운 흐름이 그것을 휩쓸어가게 내버려 두는 것이 마땅한가? 사실 이런 이야기들이 벌써 30년 전부터 줄기차게 오갔으며, 그것들을 한데 모으면 커다란 도서관을 이룰 것이다. 따라서 내가 여기에서 하려는 이야기는 때늦은 군더더기에 지나지 않을지도 모른다. 그러나 나는 지금까지 그 문제를 다룬 대부분의 담론들이 문학적 근대성이라는 개념을 규정하는 데 미흡한 점이 있었다는 느낌을 씻을 수 없었다. 이 개념이 명확히 규정되지 않으면 포스트 모더니티와의 관계가 바람직하게 설정되기 어려울 뿐 아니라, 역사적, 철학적, 사회적 근대성(또는 초근대성)과의 관련도 모호해진다는 것이 나의 평소의 느낌이었다. 하기야 나는 내가

---

3) 내가 여기에서 다루려는 서양문학의 근대성은 한국이나 일본의 근대문학의 요청과는 전혀 다른 성질의 것이다. 근대문학을 내세우는 사람들이나 혹은 그것을 역사적 견지에서 다루는 사람들이 흔히 저지르기 쉬운 잘못의 하나는 양자를 동일한 내용의 것으로 생각하고 견강부회를 하거나 문제의 핵심에서 벗어난 점에 있다. 나는 이런 본질적 차이에 대한 의식의 결핍으로 말미암은 왜곡된 서양문학 수용의 실례를 이미 20여 년 전에 이상의 문학을 논하면서 이야기한 바 있다. 졸저 『한국작가와 지성』(문학과 지성사, 1978)에 수록된 「이상—부정과 생성」 참조.

말하려는 문학적 근대성이 그것을 규정하는 유일한 길이라고 자부하지는 않는다. 그러나 그것에 대한 충분한 고려 없이 서양문학의 근대성을 논하고 그 지양을 이야기하는 것은 온당한 처사가 아니라는 생각에는 변함이 없다.

2

그렇다면 우리의 관심의 대상인 서양의 문학적 근대성이란 과연 무엇인가? 내가 여기에서 이야기하려는 것은 이른바 '근대'라고 불리는 시대에 나타난 모든 문학적 현상이 아니다.[4] 그것은 어떤 작가들과 시인들에 의해서 표명된 특정한 성찰, 그러나 근대성을 규정하려고 할 때 핵심적 개념을 밝혔다고 생각되는 그런 성찰이다. 그것은 누구보다도 보들레르가 그의 「근대적 생활의 화가」에서 표명한 내용과 관련된 것이다. 보들레르에 의하면 콩스탕탱 기(Constantin Guys)의 그림은 특별한 중요성을 가지고 있다. "그는 내가 감히 '근대성'이라고 부르려는 어떤 것을 추구하고 있다. 내가 이 말을 쓰는 것은 그 이외로는 그의 생각을 표현하기에 더 적합한 말이 없기 때문이다. 그가 추구하는 것은 오늘날의 유행에서 역사적인 것 속에 담긴 시적(詩的)인 것을 건져내고, 일시적인 것에서 영원한 것을 추출하는 것이다." 보들레르는 이렇게 말하고 나서 몇 줄 뒤에서는 또 다음과 같이 덧붙이고 있다. "근대성이란 일시적인 것, 덧없는 것, 우연한 것, 즉 예술의 절반이다. 그리고 나머지 절반은 영원한 것과

---

4) 그 현상들을 두고 발레리는 이미 1914년에 이렇게 말하고 있다. "모든 교양 있는 사람들의 정신에, 가장 다양한 사상들과 극단적으로 대립되는 삶의 원리와 지식의 원리들이 자유롭게 공존하고 있다. 그것이 근대의 특징이 되어 있는 것이다." (Valéry, *Oeuvres complètes*, I, Pléiade, Gallimard, p. 992.)

변하지 않는 것이다."⁵⁾

너무나 잘 알려져 있고 수없이 언급되어 온 이 유명한 구절은 이론(異論)의 여지가 있는 수많은 해석을 빚어낸 것이 사실이다. 나로서는 이 글의 주제와 직접적인 관련을 염두에 두고 다음의 세 가지 점만을 지적해 두려고 한다.

1) 첫째 인용문을 통해서 보면 '근대성'이라는 말은 '옛 시대'라는 말과 대조적으로 '오늘날의 시대'를 의미하고 부각하는 그런 시간적 개념만을 내포하는 것이 아니다. '근대성을 추구한다.'는 것은 시간을 넘어서는 예술의 본질을 망각함이 없이 그의 시대가 가지고 있는 독특한 것을 포착하려는 예술가의 의식적인 행위를 의미한다. 따라서 보들레르가 사용하는 '근대성'이라는 말에는 과거보다 근대가 더 훌륭하다는 비교의 개념도, 역사적 변천의 개념도 또 시대적 지양의 개념도 포함되어 있지 않다. 그것은 가령 "근대인이란 과거의 거인의 어깨에 올라 탄 난쟁이"라는 베르나르 드 샤르트르(Bernard de Chartres)의 유명한 비유에서 보는 바와 같은 상대적 진보⁶⁾의 생각과는 아무런 관련이 없다. 그것은 또한 17세기 말의 프랑스 문학계에서 전개되었던 '신구논쟁(Querelles des Anciens et des Modernes)'의 재판(再版)도 결코 아니다. 더구나 '근대성(modernité)'이라는 명사는 moderne이라는 형용사에서 파생된 것이기는 하나 그 말 자체는 위의 보들레르의 텍스트가 시사하는 것처럼 그가 최초로 사용했다고 해도 과언이 아니며,⁷⁾ 그는 이 말에 초역사적인 특별한 의미를 주려고

---

5) Baudelaire, *Oeuvres complètes*, II, Pléiade, Gallimard, 1976, pp. 694, 695.

6) 보들레르는 사실 진보라는 개념에 대해서는 완전히 부정적이었다. "아주 널리 퍼져 있는 잘못이 한가지 있는데, 나는 그것을 지옥을 기피하듯 기피하려고 하고 있다. ── 내가 말하고자 하는 것은 진보라는 사상이다. 오늘날의 철학 만능주의가 만들어낸 이 어두운 등잔, [……] 근대적인 이 등잔이 지식의 모든 대상에 암흑을 덮어씌우고 있는 것이다."(같은 책, p. 580.)

7) 이 새로운 말이 보들레르 이전에 사용된 드문 선례가 있기는 하다. 그 점에 관해서는

했던 것이다. 그러므로 만일 지금도 보들레르의 시정신을 따르고 거기에서 시의 근본을 재확인하기를 바라는 사람이라면 그의 근대성은 우리의 근대성이라고 주장해서 마땅할 것이다.

2) 그러나 위의 이야기는 시의 본질의 형성에 있어서 근대성이 담당해야 할 역할이 무엇이냐는 것을 구체적으로 알기에 불충분하다. 이 문제는 어느 정도 세밀하게 검토되어야 한다. 왜냐하면 우리가 앞서 인용한 보들레르의 글들은 언뜻 보기에 앞뒤가 잘 맞지 않는 것 같기 때문이다.

한편으로 그는 근대성의 본질이 "일시적인 것에서 영원한 것을 추출하는 데" 있다고 주장한다. 그 두 요소는 하나가 되어야 한다는 것이다. 만일 시인이 현실적 생활의 올을 이루는 독특하면서도 일시적인 요소를 등한시하거나 멸시한다면 그는 "마치 원죄 이전의 유일한 여자의 아름다움처럼 추상적이며 규정할 수 없는 아름다움이라는 공허한 상태로 빠지고야 말 것이다." 그러나 반대로 만일 "인간의 삶이 뜻하지 않게 새겨 놓는 신비로운 아름다움"을 추출하지 못한다면 근대성은 "고대성이 될 만한,"[8] 즉 고전적 작품으로 남을 만한 값어치가 없을 것이다. 사실을 말하자면 이렇듯 근대성을, 일시적인 것과 영원한 것의 유기적 결합을 지향하는 활동으로 본다는 것은 특별히 독창적이라고는 생각되지 않는다. 그것은 개별적인 것 속에 깃든 보편적인 것을 표현하는 데 예술의 본령이 있다는 예부터의 교훈의 한 변종이라고 말할 수 있을 것이다. 그런 점에서 보자면 보들레르의 미학의 근본은 차라리 관례적이다. 그래서 그의 독창성은 혁명적인 미학이론 그 자체에 있다기보다도, 그의 시집 『악의 꽃』이라는 제목이 시사하듯이 '개별적인 것'의 매우 중요한 한 요소로서 이른바 '악'을 수용한 점에 있다고 말할 만하다.

그러나 이런 해석은 과연 정당한 것인가? 이 의문이 떠오르는 것은 그

같은 책, pp. 1418–1419 참조.

8) 같은 책, p. 695.

의 발언 중의 둘째 구절을 자세히 살피려고 할 때이다. 그것을 다시 한번 되풀이하면 다음과 같다. "근대성이란 일시적인 것, 덧없는 것, 우연적인 것, 즉 예술의 절반이다. 그리고 나머지 절반은 영원한 것과 변하지 않는 것이다." 이 구절을 보면 근대성은 예술의 두 요소의 융합을 겨냥하는 활동이 아니라 다만 예술의 절반인 일시적인 것만을 나타내는 것으로 되어 있고, 그것이 또 다른 절반, 즉 영원한 것과 병치(竝置)되고 대조되어 있다. 그렇다면 보들레르의 진술에는 모순이 깔려 있는 셈이다. 근대성은 한편으로는 우리가 앞서 본 것처럼 일시적인 것에서 영원한 것을 추출하는 것, 즉 일시적인 것에 내재하는 영원한 것의 현현(顯現)을 의미하고, 다른 한편으로는 오직 일시적인 것만을 의미하는 것으로 되어 있으니 말이다. 그리고 보들레르는 예술가가 이 일시적 요소를 "마치 거룩한 과자의 재미있고 간질간질하고 구미를 돋우는 껍질처럼" 이용할 줄 알아야 하며, 그런 재주가 없으면 영원한 요소는 "소화될 수 없고 완미(玩味)될 수 없으며 인간성에 적합하지도 않고 적절하지도 못한 것이 되리라."[9]고 말한다. 그러니까 근대성에 관한 보들레르의 생각은 양의적(兩義的)이고 불안정하며,[10] 그것은 우리로 하여금 영원히 되풀이되는 내재성과 초월성의 문제를 되씹게 만드는 것일까? 혹은 반대로 그 개념의 불안정성은 다만 외양일 따름이며, 그의 두 가지 발언은 따지고 보면 같은 말이 되는 것이 아닐까? 나로서는 이 후자의 견해를 택하고 싶다. 근대성이란 예술의 절반으로서의 일시적인 것을 의미한다는 보들레르의 두 번째 발언은 내 생각으로는 근대성의 '최소한의 정의적 특징'을 강조하려는 뜻에서 한 것이며, 그것이 영원한 것이라는 또 하나의 절반을 포함하지 않는다

---

9) 같은 책, p. 685.

10) 가령 메쇼닉은 그런 의견이다. "이러한 양면성이 보여 주는 것은 근대성이라는 개념이 그 창조와 분석의 순간에서부터 불안정하다는 것이다."(Henri Meschonnic, *Modernité modernité*, Folio essais, Gallimard, 1988, p. 119.)

는 뜻에서 한 말은 결코 아니다. 왜냐하면 영원한 것은 근대적이건 고대적이건 간에 예술이라는 이름에 마땅한 모든 예술작품이 다 같이 지녀야할 필수적인 공통분모이기 때문이다. 이렇게 생각하면 두 번째 정의는 일시적인 것과 영원한 것의 융합을 근대성의 특징으로 본 첫 번째 정의와 모순되지 않는다. 다만 그 양자의 사이에는 뉘앙스의 차이가 있을 것이다. 첫 번째 정의가 특수한 것 속에 깃든 보편적인 것을 강조하고 있는 반면에, 두 번째 정의에서는 보편적인 것을 담은 특수한 것에 중점을 두고 있다고 말해서 좋을 것이다.

3) 내가 마지막으로 지적하고 싶은 또 한가지의 것은 보들레르가 말하는 '영원한 것'이 과연 무엇이냐는 문제이다. 근대적 아름다움을 이루는 두 가지 요소 중에서 일시적인 것의 내용은 쉽게 파악되고 밝혀질 수 있는 한편(그것은 "번갈아 혹은 한꺼번에 시대이며 유행이며 도덕이며 정념이다."), 영원한 것에 관해서는 말하기가 거의 불가능하다. 보들레르에 의하면 "영원하고 변함 없는 요소의 양은 규정하기가 매우 어렵다."[11] 그러나 규정하기 매우 어려운 것은 다만 그 양만이 아니라 질이다. 달리 말하자면 핵심적인 문제가 되는 것은 영원한 요소로서 조정(措定)되어 있는 것이 과연 무엇인지, 또한 그 조정의 진실성이 어떻게 확보될 수 있는지를 알 수 있느냐는 것이다. 그러나 이 앎은 어떤 절대적인 권위의 보장 없이는, 더 구체적으로 말해서 전지전능한 신의 보장 없이는 불가능한 일이다. 한데 보들레르는 공공연한 무신론을 내세우지는 않았지만, 자주 불가지론적인 말을 하고 때로는 반종교적인 태도를 보이기도 한다.[12] 그

---

11) 보들레르, 앞의 책, p. 685.
12) 그 점을 알기 위해서는 「넝마주이의 술」, 「성 베드로의 배반」, 「반역자」와 같은 시를 보면 된다. 또한 1861년에 어머니에게 보낸 두 통의 편지에는 각각 다음과 같은 말이 있다. "석 달 동안 저는 쉬지 않고 기도했습니다.(누구에게? 어떤 확실한 존재에게? 그것은 전혀 모르면서도 말입니다)." "그러면 신은? 하고 어머니는 말씀하시겠죠. 저 역시 어떤 보이지 않는 외부의 존재가 저의 운명에 관심을 가져 주기를 진심으로 바

리고 당연한 이야기지만 그가 영원한 것에 관하여 생각하고 말하는 것은 이러한 회의적 심성으로 말미암아 영향을 받지 않을 수 없다. 하기야 그는 결코 영원한 것에 대한 집념을 버리지는 않는다. 그는 그것을 미(美), 무한, 자연, 완전성이라고 이름짓기도 하고 그것에 어쩔 수 없이 끌리며, 그 부름에 응답하지 않는 것은 예술뿐만 아니라 삶을 배반하는 행위라고 생각한다. 그에게는 "저 너머에 존재하면서도 삶이 계시하는 모든 것은 우리의 영생의 가장 생생한 증거이다."[13] 그러나 이 지상의 삶(즉 일시적인 것)이 계시해 준다는 저 너머의 영원한 것에는 확고한 존재론적 근거가 없으므로, 시인이 할 수 있는 일은 직관, 상상, 경험, 언어적 마술과 같은 모든 정신적 능력을 동원하여 그것을 상징적으로 암시하고, 또 가능하다면 이른바 '인공낙원'의 창조를 통하여 비록 순간적으로나마 그것을 체험하는 것이다. 그렇다면 보들레르는 이 작업에 과연 성공했으며 또 어떻게 성공한 것인가?

그 논의는 이 글의 범위를 벗어나는 것이지만, 나는 영원한 것의 탐구와 관련하여 그가 보여 준 세 가지 정신적 측면을 간단히 지적해 두려고 한다. 그것은 (i) 영원한 것을 비록 일시적일망정 포착했다는 느낌, (ii) 좌절감, (iii) 죽음조차 무릅쓰는 끈질긴 시도이며, 그 세 가지는 각각 다음의 시구에 의해서 대표적으로 나타나 있다. (i') "자연은 신전, 거기 살아 있는 기둥들에서 / 어렴풋한 말소리들이 이따금씩 새어나오고 / 사람은 그곳 상징의 숲을 지나가는데 / 숲은 정다운 시선으로 그를 지켜본다"(「조응」), (ii') "나는 이 공간의 끝과 복판을 / 찾아내려 했지만 헛일이었다. / 알지 못할 그 어떤 화염의 눈총을 맞아 / 나는 날개가 부서지는 것을 느낀다"(「이카루스의 한탄」), (iii') "이토록 그 불꽃이 우리 머리를 불태우니 /

랍니다. 그러나 어떻게 해야 그것을 믿을 수가 있을까요?" (Jean Massin, *Baudelaire entre Dieu et Satan*, Julliard, 1945, pp. 69-70에서 재인용.)

13) 보들레르, 앞의 책, p. 114.

지옥인들 천당인들 심연의 끝까지 내려가리 / 미지의 것의 바닥에서 새로운 것을 찾고저"(「여행」).

　이상 이야기한 것을 요약해 보자. 보들레르의 경우에 근대성이란 "일시적인 것으로부터 영원한 것을 추출하는 것"인데, 이 추출의 작업은 거의 넘어설 수 없는 어려움에 마주친다. 왜냐하면 그 진정성(眞正性)을 보장해 줄 수 있는 신적(神的) 권위의 존재가 불확실하기 때문이다. 그러면서도 그는 초월적인 것에 대한 향수를 억누를 수 없어 삶을 내건 시적 모험의 길로 나서고, 그 모험은 때로는 기쁨을, 때로는 의심을, 또 때로는 절망을 가져온다. 한데 나는 바로 이런 문맥에서 문학적 근대성의 개념을 부연할 수 있으리라고 생각한다. 더 구체적으로 말해서 진리가 의심스럽게 된 세상에서, 현존하는 상대적인 것으로부터 출발하여 절대적인 것에 이르려는 모든 산문과 시의 기도(그 성패 여하를 불문하고)를 문학적 근대성이라고 규정해 보려는 것이다.[14] 그리고 아울러 말해 두어야 할 것은, 이 기도는 신의 존재에 대한 의심이 더욱 짙어 가고 마침내 그 죽음을 선언하게 됨에 따라 더욱 착잡하게 되었다는 점이다. 요컨대 신의 죽음의 인증 그 자체가 중요하다기보다도, 그것이 가져온 혼란과 당황에 더욱 큰 문제가 있었던 것이다. 그 점에서 니체가 그의 '광인'으로 하여금 외치게 하고 있는 다음의 구절은 의미심장하다. "우리가 그를 죽였소. 당신들과 내가 말이오. [……] 이 땅에서 그 태양을 떼어버렸다니 무슨 짓을 했단 말이오? 이 땅은 이제 어디를 향해서 가고 있는 것이오? 모든 태

---

14) 내가 이렇게 규정하려는 문학적 근대성은 근대문학의 가장 뜻깊은 현상이지만 근대문학 전체를 이루는 것은 물론 아니다. 근대문학을 '근대라는 역사적 시기의 문학'이라는 견지에서 볼 때는 기독교 문학, 이른바 리얼리즘 문학 또는 사회적 내지는 사회주의적 문학과 같은 다른 경향의 것들을 모두 포함해서, 그리고 전통을 계승한 것과 새로운 것을 모두 고려하면서 이야기해야 할 것이다. 다시 말해서 '문학적 근대성'은 '근대문학'과 동의어가 아니다.

양들로부터 아득히 떨어져 있는 것이 아니오? 우리는 부단히 떨어지고 있는 것이 아니오? [……] 말하자면 무한한 허무를 거쳐서 헤매고 있는 것이 아니오? [……] 밤이 오는 것이, 항상 밤이 오는 것이 보이지 않소? 대낮에도 등불을 밝혀야 하지 않겠소?"[15]

이렇게 볼 때 근대성이란 이 '무한한 허무'로의 전락을 스스로 막기 위해서 대낮에도 등불을 밝히려는 기도, 다시 말해서 신의 죽음이 남긴 빈터를 채울 수 있을 그 어떤 것을 찾으려는 기도의 총체를 의미하는 것이라고 말할 수 있다. 순화된 언어로써 절대적이며 초감각적인 세계를 상징하려고 하건(가령 말라르메), 혹은 인류의 근본적 변화를 가져올 혁명에 나서건(가령 서로 정반대의 입장에서 정치참여를 한 드리외 라 로셸과 사르트르), 혹은 모든 구원의 가능성에 결국은 절망하고 말건(가령 카프카와 베케트) 간에, 그들 모두의 희망과 고뇌의 밑에 깔려 있는 것은 신을 대신할 존재를 찾으려는 형이상학적 기도, 대부분의 경우에 비극적이며 좌절되는 그런 기도이다. 따라서 특히 문학에 의해서 가장 다양하고 심각하게 표명되었고 서구 사상의 운명과 직결된 이 근대성의 본질적 지향을 등한시하고 근대성을 논하려는 모든 담론은 잘못된 것이거나 적어도 미흡한 것이다.

3

이런 결함 있는 담론의 전형은 하버마스의 담론이다. 한편으로는 18세기 계몽주의의 철학을 단단히 믿고, 다른 한편으로는 칸트가 이론화하고 막스 베버가 발전시킨 정신활동의 세 가지 구분을 신봉하는 이 전통적

---

15) *Le gai savoir*, §125.

합리주의자의 주장에 따르면, 자못 이성적으로 추진되어 오던 근대화의 작업이 교란되기 시작한 것은 바로 보들레르에 의해서였다. "미학적 근대의 정신상태의 윤곽이 명확히 잡히게 된 것은 보들레르에 이르러서, 그리고 또한 에드거 앨런 포의 영향을 받은 그의 예술이론에 이르러서였다. 그런 미학적 근대는 아방가르드의 운동에서 만발하고 다다이스트와 [……] 초현실주의를 통해서 마침내 극단화하게 된다."[16] 여기에서 하버마스가 단죄하는 것은 보들레르 이래로 우려할 만한 의식의 변질이 생겼다는 점이다. 왜냐하면 그가 보기에 보들레르가 극히 소중히 여긴 일시적인 것, 덧없는 것, 사라지는 것들은 바로 데카당스와 아나키로의 길을 트고, 그럼으로써 역사의 연속성을 파괴하는 것이기 때문이다. 나는 이 자리에서 하버마스가 어떤 점에서 보들레르의 미학에 대해서 중대한 오해를 하고 있는지 새삼스럽게 언급하지는 않으려 한다. 그 점을 알기 위해서는 내가 바로 앞의 제2절에서 이야기한 것으로 충분할 것이다. 그 대신 나는 그 오해의 밑바닥에 깔려 있는 그의 예술론 일반에 관해서 몇 마디 언급하려고 한다.[17]

하버마스에 의하면 "학문과 도덕과 예술을 태어나게 하고, 막스 베버가 서구문화의 합리주의의 특질로 삼은 분화(分化)"[18]는 예술로 하여금 그 자율성을 향해서 부단히 진전(進展)하게 했는데, 그 과정에서 칸트는 "미적 기쁨을 유발하는 감정"을 사심 없는 만족이라고 정의했었다. 그러나 보들레르가 나타나자 예술의 이 특별하고 한정된 기능은 "벌써 예술을 위한 예술이라는 정신에 따라 작품을 생산하도록 예술가를 부추기는"[19]

---

16) Juergen Habermas, "La modernité : un projet inachevé," *Critique*, octobre 1981, no. 413, p. 952.

17) 이 점에 대한 더 자세한 논의는 이 책에 실려 있는 「철학과 문학과 진실」 참조.

18) Habermas, 앞의 책, p. 958.

19) 같은 책, p. 959.

유미주의(esthétisme)와 자리를 바꾸었다. 그리고 그 시점으로부터 근대의 예술적 유토피아의 흐름이 시작된다. 한데 이러한 예술의 절대화는, 예술이 담당해 오고 또 담당해야 할 특별할 기능을 완전히 배반하는 현상들을 초래했다고 하버마스는 규탄한다. 그것이 가령 이루어질 수 없는 행복의 약속, 실생활에 대한 마조히스트적인 반항, 예술과 인생을 갈라놓고 있는 심연을 메우려는 터무니없는 기도, 또는 사회로부터 소외되고 배척되었다는 감정에서 오는 시름 따위이다. 그리고 이런 상궤(常軌)를 벗어난 경향이 나날이 더욱 악화되어 마침내 초현실주의라는 "난센스의 카테고리"에 의해서 예술 그 자체가 파괴되는 사태에 이르게 된다.

그렇다면, "그런 기도의 특징이 되어 있는 탈선과 부질없는 초월의 강령"[20]을 고발하면서 하버마스가 얻어내려는 교훈은 무엇인가? 그가 겨냥하는 것은 일상적인 의사소통의 실천에 있어서 인식적인 것, 도덕적인 것, 그리고 미학적인 것의 이상적인 협동을 실현하는 것인데, 그것은 "니체, 바쿠닌, 보들레르와 그 후예들이 대표적으로 구현한 파괴적인 힘들의 일반화"[21]를 통해서는 결코 이루어질 수 없는 이상, 우선 취해야 할 대책은 칸트적인 3분법을 엄격히 지키면서 예술작품의 건방진 포부를 비판하고 그 의미내용을 한정하는 조치를 강구하는 것이다. 다시 말해서 예술작품을 그 방면에 정통한 사람들에게 맡겨서 "전문가들의 분야이며 대중적 욕구를 일체 배제하는 그런 특정된 문제들을 다루게" 하는 것이다. 그러나 하버마스는 "문외한이나 더구나 일상생활의 전문가에 의한 예술작품의 수용이, 예술의 내적 발전을 고찰하는 직업적 비평가에 의한 수용과는 다른 방향을 취한다."는 것을 모를 정도로 그렇게 소박한 사람은 아니다. 그런 예술적 체험은 "우리로 하여금 세계를 지각하게 하는 욕구들의 해석"에만 만족하지 않고, "또한 인식적인 과정이나 규범적인 기대에

---

20) 같은 책, p. 963.
21) 같은 책, 같은 쪽.

간여하게" 한다.[22] 하버마스가 보기에는 바로 이 점이 큰 문제인 것이다.

따라서 그가 마땅히 해야 할 일이라고 주장하는 것은, 예술적 체험이 가져올 새로운 지각과 인식적 및 도덕적 영역 사이에 명확한 구별을 설정하는 것이다. 그는 다른 텍스트에서도 이 점을 똑같이, 그러나 한결 단호하게 강조하고 있다. 그에 의하면 문학비평의 기능은 독자들로 하여금 작품의 본질을 이해시키는 데 있다. 다시 말해서 문학작품은 새로운 지각을 유발하기 위해서 있지만, 이성적 반성이나 진리의 표현에는 완전히 부적합하다는 것을 알려주는 데 있다는 것이다.[23] 이런 주장에는 이성적 반성과 진리의 표출은 오직 논리적, 추상적 언어를 통해서만 가능하다는 오래된 편견이 깔려 있지만, 그것보다도 더 중요한 것은 하버마스가 인간정신의 지향을 실존적 차원에서 생각하고 있지 않다는 점이다. 도대체 새로운 지각을 그가 생각하는 바와 같은 미학적 차원에 가두어 놓고, 그것이 인식적 활동이나 도덕적 생활에 반향(反響)하는 것을, 그리고 많은 경우에 그것들에 깊은 영향을 끼치는 것을 어떻게 막을 수 있단 말인가? 아니 더욱 본질적인 문제가 있다. 문학작품은 무엇보다도 그가 생각하는 바와 같은 좁은 의미의 미학적 대상으로서 존재하는 것인가? 역사적 상황이나 존재의 문제들에 대한 반성에 바쳐지는 글쓰기나 읽기는 부차적이며 비본질적이며 심지어 진정하지 않은 것인가? 가령 야릇하지만 알고 보면 때로는 환멸적이며 때로는 위협적인 징조들에 휘말려 헤매는 사람의 실존적 고뇌를 함께 나누어 가지지 않고서는 어떻게 카프카를 읽을 수 있겠는가? 또한 말라르메를 읽으면서, 마침내 결정적 좌절로 끝날 형이상학적 모험에 참여하지 않는 독자가 있겠는가?

더 근본적인 물음을 던져 보자. 3분법의 결정적 원조로 알려져 있는 칸

---

22) 이상의 몇 구절의 인용은 모두 같은 책, p. 964.

23) Habermas, *Le discours philosophique de la modernité*, Gallimard, 1988, pp. 244-247 참조.

트 자신이 진선미의 구별에 있어서 과연 하버마스처럼 그렇게 단호했던 가? 『판단력 비판』의 제49절에 나오는 다음의 글은 칸트가 예술작품에 대해서 얼마나 넓고 융통성 있고 합당한 생각을 가졌는지를 여실히 보여 준다. "상상력은 [……] 창조적이요, 지적 이념의 능력 (이성)을 활동시켜서, 결국 하나의 표상을 기연(機緣)으로 하여, 그 표상에 있어서 포착될 수 있고 판명될 수 있는 것 이상의 것을 사고하도록 [……] 하는 것이다. [……] 그러한 상상력의 표상은 표현할 수 없는 많은 것을 하나의 개념에 덧붙여 사유하게 하며, 이 표현할 수 없는 것에 대한 감정이 인식능력들에 활기를 넣어주고, 단순한 문자로서의 언어에 정신을 결합시켜 주는 것이다."[24] 이와 아울러 공자(孔子)의 경우처럼 미(美)를, 선(善)과 불가분리한 것으로 보고, 한 걸음 더 나가 장자(莊子)처럼 절대적 초월과 결부시켜 온 고대중국의 미학[25]의 전통을 살피는 것은 하버마스가 터무니없이 편협하게 만든 예술의 본뜻을 복원하는 데 이바지할 것이다.

4

이렇듯 하버마스의 경우에는 미학적 편견과 그것에서 유래되는 문학적 근대성에 대한 몰이해로 말미암아 근대를 보는 시각이 크게 잘못되어 있는데, 그와 대척적인 위치에 있는 것이 바티모이다. 바티모는 근대의 예술과 문학에 대하여 도리어 과대평가를 하고 그것을 제 나름대로 해석하여, 그가 옹호하려는 철학적 포스트 모더니티와 문학적 근대 사이의 상통성 내지는 일관성을 설정하고 있는 것처럼 보인다.

---

24) 이 번역은 대체적으로 이석윤 역 『판단력비판』, 박영사, 1974, pp. 196, 198를 따른 것이다.
25) 今道友信 『東洋の美學』, TBS Britannica. 1980, pp. 26–32, 168–203 참조.

그의 견해에 의하면 이른바 근대는 절대적 표점(標點)들의 상실, 그중에서도 특히 신의 죽음과 함께 그리고 이에 따른 휴머니즘의 탄생과 함께 시작된다. 즉 그것은 "근거(Grund)로서, 충만한 현존으로서 생각된 존재의 테두리 속에서, 인간에게 주체의 역할을, 다시 말해서 명증의 중추로서의 자아의식의 역할을 부여하는 교리(敎理)"[26]의 탄생과 함께 시작된다. 한데 니체와 하이데거는 푸코에 앞서서 이러한 인간의 주체성을 근저부터 흔들어 놓고, 그럼으로써 근대의 종언과 포스트 모더니티의 시작을 고한 사람들이다. 그리고 이때부터 인식론은 해석학과 자리를 바꾸었다. 이제는 진리가 단단하고 영속적인 객관성을 지닌 것으로 인식의 대상이 되는 시대는 지나갔다. 진리는 이제 와서는 예기치 않은 재(再)서술에 의해서, 그리고 무한히 달라질 수 있는 재해석에 의해서 항상 새로 만들어지는 어떤 것으로 생각되기에 이르렀다. 그렇다면 이성적이며 형이상학적인 지식이, 독창적인 동시에 다원적이며 불확실하며 덧없는 경험들 앞에서 물러가는 듯이 보이는 이런 지적 격변기에 처하여, 예술의 상황과 기능은 어떠한 것이겠는가?

이런 질문과 관련하여 바티모는 예술에 매우 큰 자리를 부여한다. 그는 토마스 쿤의 생각을 답습하여 "근대에 있어서의 미학적 영역(미학적 체험, 예술 및 그 관련 현상)의 중심적 지위"[27]를 인정한다. 그러나 바티모의 주장을 따르자면 예술이 그러한 특별한 자리를 차지하는 것은 그것이 이루어 놓은 거창한 업적 때문이 아니며, 더더구나 방금 언급한 인간적 주체의 전권을 강조하는 이른바 휴머니즘을 구현했기 때문이 아니다. 그것은 정반대로 그 '죽음' 때문이다. 그렇다면 그가 말하는 예술의 죽음이란 무엇인가? 그것은 "오늘날 우리가 살아가고 있는 역사적, 존재론적 상황을 구성하는 하나의 사건"[28]이다. 더 알기 쉽게 말하자면 "미학이 전

---

26) Gianni Vattimo, *La fin de la modernité*, Seuil, 1987, p.48.
27) 같은 책, p. 100.

통에 의해서 지정되었던 제도적 경계 밖으로 '폭발'하는 전반적 현상"[29]이다. 따라서 여기에서 사용되고 있는 '죽음'이란 말은 일종의 과장법이며, 바티모가 사실로 지적하려는 것은 예술 그 자체의 소멸이 아니라 새로운 예술적 양식의 도래이다. 다시 말해서 정치적 혁명, 테크놀로지의 발전, 대중사회의 출현과 같은 20세기의 역사적 사건들에 의해서 초래되고, 전통적 미학이 마련한 테두리에 갇혀 있기를 거부하는 비제도적 예술의 출현이다. 한데 영화, 사진, 키치, 바디 아트(body art), 가두연극(street theater)과 같이 그가 '예술의 죽음'이라고 부르는 새로운 예술, 그리고 백남준의 시도와 같은 여러 장르의 야릇한 혼효(混淆)는 "두 가지의 것을 의미한다. 강하지만 유토피아적인 의미에서는, 다른 경험과는 분리된 특별한 사실로서의 예술의 종언을 말하고, 약하지만 현실적인 의미에서는, 대중매체(mass media)의 지배의 연장으로서의 그 예술화를 말하는 것이다."[30]

바티모의 이 발언에 관해서는 한마디 주석이 필요할지도 모른다. 그가 '강하지만 유토피아적인 의미'라는 차원에서 말하고 있는 것은 무엇보다도 발터 벤야민의 그 유명한 글인 「기술적 복제 시대의 예술작품」에 의해서 자극 받은 것이다. 주지하는 바와 같이 벤야민이 그 글에서 내다보고 있는 것은 모든 민중이 보편적으로 예술을 향유할 수 있을 새로운 혁명적 사회의 도래이다. 이때 예술은 이미 실생활에서 유리된 특별한 영역이 아니다. 그러기는커녕 민중은 예술을 일상적 경험 속에 유기적으로 통합할 터인데, 그것은 발달된 복제 기술의 덕분이다. 그 기술은 과독점에서 비롯되는 예술작품의 아우라(aura)를, 즉 "예술작품을 에워싸고 그것을 다른 존재로부터 따로 떼어놓는 그런 후광"[31]을 소멸시킬 것이

---

28) 같은 책, p. 56.
29) 같은 책, p. 57.
30) 같은 책, p. 60.

다……. 그러나 또한 주지하는 바와 같이 예술적 유토피아에 대한 벤야민의 이런 희망은, 그리고 그것을 따른 바티모의 희망은 사회주의적 정체의 몰락과 더불어 적어도 당분간은 환멸로 화하고 말았다.[32] 그 결과 오늘날 이 복제의 기술은 대부분의 경우에 자본주의 사회에서의 대중예술을 위해서, 바티모의 표현을 빌리자면 "대중매체의 지배의 연장으로서의 그 예술화"를 위해서 이용되고 있다. 그렇다면 근대의 종언과의 관련에서, 그리고 특히 바티모가 포스트 모던 철학의 결정적 양식이라고 주장하는 'Verwindung'과의 관련에서 이 예술화를 어떻게 생각해야 할 것인가?

그러나 이 질문에 대한 대답은 잠시 뒤로 미루어 두고 바티모가 근대 예술에 관해서 하고 있는 말을 좀 더 따라가 보자. 그는 예술의 죽음을 보여 주는 두 가지 현상, 즉 통합의 유토피아와 대중문화의 예술화 이외로 또 한가지의 현상을 지적하는데, 그것은 "진정한 예술의 자살과 침묵"[33]이다. 그렇다면 '진정한' 예술이란 도대체 무엇이며 그 죽음이란 또 무슨 뜻인가? 여기에서 그가 '진정한' 예술이라고 지칭하는 것은 작품의 즉각적인 소비를 거부하고 심지어는 일체의 커뮤니케이션의 가능성을 거부하는 예술, 따라서 "예술의 죽음의 두 가지 현상"과는 대척적인 위치에 있는 예술이다. 그러면서도 이 '진정한' 예술 역시 '예술의 죽음'을 의미한다. 왜냐하면 순수하고 솔직한 침묵을 선택한 이 예술적 체험은 "미적 쾌락을 비롯하여, 전통에 의해서 규범화된 특징들을 이루어왔던 모든 것의 부정으로서만 주어질 수 있기"[34] 때문이다. 바티모는 이 제3의 현상을 대

---

31) 같은 책, p. 58.
32) 참고로 말해 두지만 『근대의 종언』의 원서가 이탈리아에서 출간된 것은 구소련체제가 붕괴되기 4년 전인 1985년이었다.
33) 같은 책, p. 61.
34) 같은 책, p. 60.

표하는 사람으로서 사뮤엘 베케트(Samuel Beckett)의 이름을 들고 있다.

따라서 여기에서도 역시 '예술의 죽음' 이라는 말은, 예술작품을 미의 순수한 향유를 위한 대상으로 생각해 온 전통적 예술관이 이미 시효를 상실했다는 뜻으로 사용된 것에 지나지 않는다. 그리고 바티모는 베케트의 작품이 혁명적 민중예술로 뻗어나갈 제1의 현상과 대중예술로 실현된 제2의 현상과는 전혀 다르지만, 그 점에서는 같다고 말하고 있는 것이다. 그러나 '예술의 죽음' 이라는 명목하에 민중적 예술 및 대중적 예술과, 베케트와 같이 '자살과 침묵' 만을 보여 주는 '진정한' 예술의 동일성을 주장한다는 것은 합당한 일이 아니라는 것이 나의 생각이다. 그것은 다음과 같은 두 가지 이유 때문이다.

1) 그런 예술들이 다 같이 전통예술을 거부하는 공통점을 가지고 있다는 이유에서, 그 사이에 본질적 동질성이 있다는 결론을 내리는 것은 헛되고 잘못된 일이다. 마치 파시즘과 자유민주주의가 다 같이 공산주의를 반대한다는 이유를 내세워서 양자간에 동질성을 주장할 수는 없듯이, 그 사이에는 근본적인 차이가 있는 것이다. 그리고 강조되어야 할 것은 바로 이 차이이며, 이른바 '예술의 죽음' 이라는 표면적 유사성이 아니라는 것이 내 생각이다. '진정한' 예술이 전통적 미학을 거부하는 것은 '미' 의 카테고리를 넘어서는 형이상학적, 실존적 문제들과 대치하기 때문이다. 가령 베케트의 작품에서 그 부조리한 수다스런 말들을 통해서 들려오는 날카롭고 불쾌한 침묵의 소리는, 우리 존재의 '우렁찬 무익성' 앞에서의 돌이킬 수 없는 절망을 작가와 함께 나누어 갖기 위해서 있는 것이다. 환언하자면 베케트가 보여 주는 것은 내가 앞서 말한 문학적 근대성이 보여주는 움직임의 한가지 한계상황, 즉 신의 대리자를 찾는 과정에서 체험한 완전한 좌절이다.[35] 이와 반대로 대중예술이 공공연히 내세우는 것

---

35) 그 반대의 경우를 대표하는 것은 시간의 파괴작용을 넘어서서 자신을 정립한 프루스트이다. 바티모도 프루스트에 관해서 언급하고 있지만, 그의 발언은 정당한 동시에

은 비단 전통적 미학의 거부만이 아니라, 특히 문학적 근대성이 추구하려던 모든 초월의 시도에 대한 결정적인 배반이며 이 배반을 증거하기 위한 의도적인 깊이의 거부이다.

2) 또 한가지 말해 둘 것이 있다. 그것은 하이데거가 형이상학과의 관련에서 사용하고 있는 Verwindung이라는 말에 관한 것이다. 한데 바티모는 앞서 언급했듯이 오늘날의 예술의 변모를 설명하기 위해서 이 말을 차용하고 있다. 그렇다면 그 차용은 어느 정도로 정당한 것인가?

하이데거에 의하면 verwinden이라는 동사는 '받아들이고 깊이 파내려간다'는 것, 다시 말하면 "한 사물 속으로 더 깊이 들어가고 그것을 높은 차원으로 옮겨 놓음으로써 자기의 것으로 만든다는 것"[36]을 의미한다. 더 구체적으로 말하면 "형이상학의 시대를 verwinden한다는 것은 그것을 '극복한다(to overcome)'는 것을 뜻한다. 그러나 그것은 일반적인 뜻에서의 '내버린다(leaving behind)'든가 '넘어선다(going beyond)'는 의미는 아니다. 그것이 의미하는 바는 차라리, 형이상학을 받아들이고 그것에 체념함으로써 그것을 넘어서는 것, 그리고 동시에 형이상학의 힘을 빼기 위해서 그것을 다른 방향으로 뒤틀므로써 그것으로부터 치유되기를 기도하는 것이다."[37] 그렇다면 예술과의 관련에서 볼 때 형이상학의 Verwindung은 이미 일어났던 것인가 혹은 현재 일어나고 있는 것인가?

미흡하다. 『사라진 시간을 찾아서』가 미래라는 시간의 위기와 직선적 시간관의 허위성을 보여 주고 있다는 지적은 정당하다. 반대로 그는 프루스트가 죽음을 넘어서는 의미를 마련하기 위해서 필사적인 투쟁을 전개하고 기적적인 결말에 이르렀다는 점에 주목하고 있지 않은 것은 미흡한 점이다. 바로 이 점에 주목하고 있지 않기 때문에 그는 프루스트를 무질(Robert Musil)이나 조이스와 동질적으로 보고 있는데, 그것은 베케트와 키치(Kitsch)의 근본적 차이를 사상(捨象)하고 양자를 한통 속에 넣은 것과 마찬가지 실수이다. (같은 책, p. 112 참조)

36) Heidegger, *Essais et conférences*, Gallimard, 1958, p. 80.
37) 이 재미있는 설명은 바티모의 책을 영역하고 해설을 붙인 스나이더(Jon R. Snyder)의 것이다. *The End of Modernity*, Polity Press, 1988, p. xxvi 참조.

그리고 그것은 어떤 양상으로 일어났거나 일어나고 있는 것인가? 바티모
는 '예술의 죽음'이 "형이상학의 종말의 시대를 이루는 [……] 어휘들 중
의 하나"라고 주장하고 있지만, 내 생각에는 "예술의 죽음"은 Verwin-
dung과 관련이 없는 것이다. 앞서 말한 것처럼 대중문화에 의해서 초래
되고 특히 키치(kitsch)에 의해서 대표되는 '예술의 죽음'은 형이상학적
문제에 대한 완전한 무관심을 보여 주고 있다. 따라서 그 죽음은 형이상
학을 지니고 그 속으로 깊이 파내려 가고 그럼으로써 그것으로부터 치유
되는 과정을 의미하는 Verwindung과는 아무런 상관이 없는 것이다. 구
태여 예술에 있어서의 Verwindung을 이야기해야 한다면, 그것은 아직도
살아 있는 '고급예술'(바티모가 '진정한 예술'이라고 지칭하는 것) 속에서만
이루어질 수 있을 것이다.

다만 대중문화는 고급예술의 테두리 내에서 일어나는 이 본질적 변화
에 있어서 어떤 매개의 역할은 할 수 있을지 모른다. 아닌게 아니라 바티
모가 우리의 주목을 끌고 특히 강조하는 것은 바로 이 관련이다. 그가 보
기에 "지난 수십 년 동안의 예술의 역사는 대중매체가 보여 주는 이미지
의 세계나 그 언어와의 관련하에서 고찰할 때야 비로소 뜻이 있는 것이
다. [……] 그것은 전반적 견지에서 볼 때 Verwindung이라는 하이데거적
범주 속에 포섭할 수 있는 관련이다."[38] 그가 말하려는 것은 결국 '고급
예술'에 속하는 것으로 치부되는 작품들이 대중문화에 스스로 '오염'됨
으로써(가령 벌써 20세기 초에 아폴리네르가 광고문, 샹송, 비속한 언어 따위
를 활용한 것) 초래한 전통적 미학의 쇠퇴이다. 그러나 사실은 예술의
Verwindung에 있어서의 대중문화의 역할은 보들레르 이후로 추구되어
온 Verwindung과 비교할 때 그 중요성이 큰 것은 결코 아니다. 그 시대
로부터 "예술작품을, 천재의 모범적 소산으로서, 관념의 감각적 표현으

---

38) *La fin de la modernité*, p. 62.

로서, 또는 진리의 구현으로서"[39] 생각해 온 전통적 미학은 두 가지 모습으로 꾸준히 '극복되어(verwunden)' 왔다. 한편으로는 이질적 문화와의 만남(가령 고갱과 타이티, 아르토(Artaud)와 인도의 원시종교, 바타유와 아즈텍 문명의 만남)을 통해서, 그리고 다른 한편으로는 관례적 사상의 거부(가령 보들레르와 '악'의 미학, 초현실주의와 자동기술법, 카프카, 조이스, 베케트 등에 의한 주체의 와해)를 통해서. 그러나 이러한 만남과 거부의 움직임의 저변에서 우리가 한결같이 보게 되는 것은 신의 대리물의 유혹——많은 경우에 문학적 근대성의 역사가 보여주듯이, 반항적이고 절망적이며 왜곡된 양상을 띠는 그런 유혹이다. 만일 하이데거를 뒤따라서 바티모가 말하는 듯이 "시적(詩的) 작업이 어떤 '숲속의 빈터(Lichtung)'의 도래를, 진리가 이미 형이상학적 명증(明證)과 같은 위압적인 성격을 띠고 나타나지는 않은 그런 박명(薄明)의 도래를"[40] 추구해 나간다면, 그런 작업을 하는 주체는 대중문화도 또 그것에 물든 사이비 예술도 아니다. 그것들은 진보라는 것이 합목적성을 상실한 타성태(惰性態)가 되고 만 오늘날의 세계에서, 기분 전환의 수단으로서, 그리고 경합(競合)에서의 승리를 위하여, 엉뚱한 신제품을 부단히 제조하고 있을 따름이다. 우리가 바랄 수 있고 바라야 하는 것은, 예술의 본뜻을 등진 그런 사이비 제조물의 범람이 아니다. 그것은 오늘날도 역시 이름 모를 어떤 절대를 찾는 사람들에 의한 위험하고 필사적인 모험의 끝에 이르러 '숲속의 빈터'가 간신히나마 엿보이게 되었으면 하는 것이다.

---

39) 같은 책, p. 63.
40) 같은 책, p. 79.

5

결론 삼아 한 마디 첨가해 두자. 하버마스는 지적 영역의 세 분야에 관한 엄격한 구분을 고집했기 때문에 문학적 근대성의 중요한 뜻을 이해할 수 없었다. 그 반면에 바티모는 그가 '예술의 죽음'이라고 부르는 것, 특히 대중문화의 지위를 지나치게 강조했기 때문에 역시 문학적 근대성에 대해서 충분한 인식을 할 수 없었다. 하버마스의 합리주의적 근대관도, 또 바티모가 전개하는 형이상학의 종언(終焉)에 관한 주장도 문학적 근대성이 표상하는 유럽 사상의 가장 큰 드라마, 즉 신의 대리자의 추구를 둘러싼 드라마를 설명하기에 부적절하다. 이 드라마는 이른바 포스트 모더니티의 도래에 의해서 초극된 것은 결코 아니다. 바티모가 생각하는 것과는 달리, "철학적 재건의 긍정적 계기"[41]를 겨냥하여 형이상학의 Verwindung이 이루어지는 철학적 포스트 모더니티와, 하이데거가 예견했던 바와 같은 '또 하나의 다른 시작'을 향한 아무런 지향도 없는 포스트 모던 예술과의 사이에는 아무런 대응관계도 없다. 만일 구태여 철학적 포스트 모더니티에 상응하는 것을 예술과 문학에서 찾아야 한다면, 그것은 차라리 보들레르 이후의 '모더니스트'들의 작업이다. 다시 말해서 신의 죽음에 체념할 수 없는 사람들이 남겼고 또 앞으로도 남길 우여곡절의 궤적이다. 바로 그런 이유에서 하이데거가 이미 생각하기를 포기한 세간의 건달들의 족속, 즉 대중문화에 끌려들고 대중문화에 의해서 '소비되는' 오늘날의 속한(俗漢)들을 니체의 광인(狂人)과 대조하면서 말한 다음의 구절은 매우 심각한 인상을 내게 남기는 것이다.

"[이 광인은] 세간의 건달들의 족속, '신을 믿지 않는 자들'과는 아무런 공통점도 없다. [……] 그들은 이미 무엇을 찾아 나서는 능력을 상실했다.

---

41) 같은 책, p. 7.

왜냐하면 사유하는 능력을 상실했기 때문이다. 세간의 건달들은 사유를 없애고 그 대신 객담(客談)을 갖다 놓았다. 객담은 자신의 객담이 위험에 처했다고 느끼는 모든 곳에서 니힐리즘의 냄새를 맡는다. [……] 반대로 [……] 광인은 신을 향해서 외치면서 신을 찾는 자이다."[42] (2004)

---

42) Heidegger, "Le mot de Nietzsche 'Dieu est mort'" in *Chemins qui ne mènent nulle part*, Gallimard, 1962, pp. 321.

현대의 위기와 인간
● ● ● ●

1판 1쇄 펴냄 2006년 7월 30일

지은이 정명환
편집인 장은수
발행인 박근섭
펴낸곳 (주) 민음사

출판등록 1966. 5. 19.(제16-490호)
(135-887) 서울시 강남구 신사동 506 강남출판문화센터 5층
대표전화 515-2000, 팩시밀리 515-2007
www.minumsa.com

값 18,000원

ISBN 89-374-2563-7 03800